人底线

网络通缉篇

重庆出版集团 重庆出版社

张远宁○著

管他天涯海角，找你，那就上网呢，再找不到，那就通缉你！不信你就能逃出这张网。

图书在版编目(CIP)数据

女人底线 / 张远宁著. 一重庆:重庆出版社,2010.3
ISBN 978-7-229-01640-1

Ⅰ.①女⋯ Ⅱ.①张⋯ Ⅲ.①长篇小说—中国—当代
Ⅳ.①I247.5

中国版本图书馆 CIP 数据核字(2009)第 231296 号

女人底线

NÜREN DIXIAN

张远宁 著

出 版 人:罗小卫
责任编辑:陶志宏 何 晶
责任校对:郑小石
装帧设计:重庆出版集团艺术设计有限公司·黄杨

重庆出版集团
重庆出版社 出版

重庆长江二路 205 号 邮政编码:400016 http://www.cqph.com

重庆出版集团艺术设计有限公司制版
重庆华林天美印务有限公司印刷
重庆出版集团图书发行有限公司发行
E-MAIL:fxchu@cqph.com 邮购电话:023-68809452
全国新华书店经销

开本:787mm×1092mm 1/16 印张:18 字数:267 千
2010 年 3 月第 1 版 2010 年 3 月第 1 次印刷
ISBN 978-7-229-01640-1
定价:26.00 元

如有印装质量问题,请向本集团图书发行有限公司调换:023-68706683

Contents

目 录

Di 1 juan

第一卷

　　她是现代女人,但为了男人,她"狸猫换太子";为了男人,她吃尽苦头!但那一天,男人还是抛弃了她!一哭、二闹、三上吊!NO,NO,网络时代,女人已经拥有了新型锐利武器——"网络通缉"!一阵网络风暴,一番"人肉搜索",她犹如惊涛骇浪里的一叶小舟,开始了她潮起潮落的人生……

第一章：恋人远行，男女间有真诚的友谊吗

金阳和主管经理打架了，毕业于名校的他，总是看不起主管，认为他势利、浅薄，所以，他根本不服从他的指派。他们时常摩擦，干一架是早晚的事情。但这一架最直接的后果，就是金阳被开除。

"有什么啊，我早就不想干了！就他那样，估计连他老婆都摆不平，还想领导我。"金阳点上一支烟，苏菲能感受到他内心的激动。也难怪他这么说，金阳一直没忘记锻炼身体，他的篮球打得特好，苏菲就特迷恋他的身体，他们每天都有激情，以至于隔壁的老黄友情地提醒他们，要爱惜身体，但激情确实弥补了生活里的平庸。

作为他的女友，苏菲却不只一次地听到金阳的抱怨，她也认为金阳是龙困浅滩，他的世界应该很广阔，金阳是有才华的，给他一双翅膀，他或许就能翱翔蓝天。

"我要去南方，我几个同学在那里，混得不错！"金阳掐灭了烟头，眼睛紧紧盯着苏菲，苏菲点点头。这个年代，跳槽换岗，那是再正常不过。

这年夏季的雨特别多，淅淅沥沥的，就像离人的眼泪。这个周末也是，滴滴答答，响了一夜。苏菲起得很早，因为今天她要送金阳离开。其实，该准备的，她昨天晚上已经准备好了，但她一晚上都没睡好。学校毕业后，她在省城立住脚，和金阳

恋爱以后,她感觉到这个城市到处充满阳光,前段时间,她不断地在各个楼盘之间转悠,她想按揭一套房子,然后和金阳夫唱妇随。可忽然的变故打乱了所有的计划。

金阳已经吃好早饭,拿着行李准备离开。

苏菲要送金阳去火车站,她看了一眼房间,这是个30平米的出租屋,她和金阳在这里同居了四个多月,她省吃省喝,已经开始做新娘子的梦。

金阳背着行李,她打着伞,然后乘坐一辆出租车,到了火车站,站在月台上,她忽然想起一句著名的诗句:"悔教夫婿觅封侯",她不知道自己是不是这样,但他们在一起的时候,金阳总是感叹、时常对现实不满。

必须改变命运,这不是金阳一个人的愿望,苏菲也强烈地这么想,走出去或许就有新天地。

"我混得好,会很快回来的!"金阳搂着她,在她耳边轻轻地说。这话他从昨天晚上就开始说,话里透露出金阳对苏菲的不舍与感激。

苏菲用力挤出笑容:"不好也要回来!"

苏菲觉得自己绝对不是杞人忧天,金阳个性强烈,如果遭遇不好,爱面子的他或许会滞留不归。苏菲这时候却忽然想到自己的母亲,她的父亲去世得早,是妈妈一手把她带大的,妈妈把所有的希望都压在她身上,而这一刻,她又把所有的梦想都寄托给了金阳。

火车轰鸣着离开了,金阳在车上挥挥手,苏菲捂着自己的肚子,她忽然有了种不祥的预感,总觉得金阳这一去,就再也不会回头。她其实已经怀孕了,但她怕金阳担心,就隐瞒了没说,等他混出一番名堂,再得知自己已经做爸爸,那会有多高兴。

这当然是苏菲内心最美好的想法,而她必须面对的现实就是,她必须换一个更小的出租屋。还好,她的小姐妹宁宁已经帮她找好。宁宁是反对金阳出去的,她一直认为,男人都是禁不起诱惑的动物。

苏菲在一家公司做财务,这家公司的生产部经理叫张鸿,30岁这样的年纪,业绩不错。张鸿对苏菲的感觉一直不错,他试探性地约会过苏菲几次,但都被她婉转地拒绝了。而这天下班后,他竟然发现了新大陆,苏菲竟然搬到他住的小区来了。

张鸿是土生土长的本地人,他住的房子是他父亲企业的,张鸿出资以他父亲

的名义买下这套房子，就是准备用来结婚的。可遗憾的是，他到现在连女友都没有，这倒不是他没人爱，而是他难以找到适合的、理想的伴侣。

在张鸿眼里，苏菲就是理想的对象，感觉她总是把自己整理得很好，该凸的地方凸，该凹的地方凹，曲线玲珑的苏菲确实是公司里一道亮丽的风景。张鸿觉得这小女人有很多时尚知识，可她并不十分张扬，让人从骨子里感觉到贤惠温存。

作为同事，苏菲不好拒绝张鸿的光临。那其实是间企业过去的过渡房，傍着楼房建着矮矮的平房，很小，大约只有 10 平米。张鸿无话找话地和她聊天，她不时地看表，动作很明显，就是提醒张鸿时间晚了，可张鸿浑然不觉，他说着自认为很好笑的笑话，可苏菲听了却眉头紧锁。

只要方便，张鸿每天都会骑车带苏菲去上班，他的电动车也随苏菲任意使用。上班的时候，一有机会，他就会溜到财务室。苏菲不是傻子，她逐渐明白了张鸿的心意，她觉得张鸿这个人真的不错，所以她不想那么直接地拒绝他，她在考虑一个婉转的方法。

周末到了，苏菲买了几个菜加两瓶啤酒，她准备趁吃饭的时候，跟他好好说。

接到邀请，打扮一新的张鸿兴冲冲地来了，他手上还拿着一束玫瑰花，苏菲笑笑，感觉他真的用心良苦，这个小区没有花店，买花要走很远的路。

出租屋的门一关，那就是个小世界，张鸿的脸已经被酒熏红，苏菲一时不知道究竟该怎样开口。而就在这时候，张鸿却一把搂住她，他的吻落到她的脸上，随即，她的嘴唇被堵上。她感觉一股扑鼻的男人气息。但这样的男人气息却透露出粗鲁，酒气熏得她想呕吐，退一步说，苏菲就是没有金阳，那也不会接受张鸿的。

事情太突然，苏菲一下子不知所措。她想说，张鸿，别这样，可张鸿正热吻她，她无法发声，她用力扭动着身体，想挣脱张鸿的搂抱。但她的行为却更进一步激发了张鸿，他把她推倒在床上，左手在她胸前游动，右手却滑向她的下体。

苏菲整个人都蒙了，在她眼里，张鸿一直是个胆小的男人，可能是酒精壮了他的胆子吧。她瞪着眼睛看着张鸿，张鸿的吻一停，她就大声说："你如果这样，我们连朋友都没得做了！"说完，她闭上眼睛，眼泪从眼眶里溢出。

她开始赌博，因为眼泪有时候是女人最好的武器。

张鸿一怔，苏菲就势从他身下溜了出来，然后很严肃地看着他说："我是有男友的！"说来也是巧合，就在这时候，金阳打电话来，她故意高声说："金阳，你要做爸爸了，我怀孕了！""真的吗？"话筒那边的金阳十分高兴。

可能是欲望没有得到满足，张鸿脸色变得青紫。见张鸿尴尬地站在那里，苏菲有些于心不忍："张鸿，如果你愿意的话，我们还是好朋友！"可张鸿却狠狠地看了她一眼，然后气急败坏地说："你是在利用我，你真卑鄙！"说完，他摔门而去。

看着一桌子的狼藉，苏菲心里乱乱的，了却了一个男人的纠缠，但也失去了一个要好的朋友。男女间，为什么就不能像男人之间那样，大家做好哥们儿呢！

第二章：冤家送她去产房，男人会知道生孩子的痛吗

那天之后，无论是上班还是下班，苏菲很少再看见张鸿的影子。有时候路上看见了，张鸿也不和她打招呼，她的生活开始清静，可她的肚子却渐渐地大起来。

宁宁不断提醒她，男人是靠不住的，这样没名没分地把孩子生下来，做个未婚妈妈，那充满风险。"你想过没有，没有结婚证，孩子报不了户口，无法上学，再说，如果金阳一变心，你以后嫁人都困难！"

宁宁总会这样嘀咕，苏菲知道她是为她好，可金阳喜欢孩子，她就没理由为了那么多担心，而让金阳失望。肚子越来越大，人们看苏菲的目光也变得复杂起来，主管领导严肃地对她说："你这样生孩子，那是没有产假的！"苏菲一句话都没说。既然选择了，她就不会在乎得失。

那天夜里，苏菲的肚子忽然疼了起来，她要生了，可她身边却没有一个亲人。

豆大的汗珠在苏菲的脸上翻滚，疼痛让她忍不住呻吟，她试着站起来，可一点力量都没有。苏菲忍不住慌了，从小到大，她还没经历过这样的事情，她听说过生孩子死人的事情，可在这陌生的城市，谁又能帮助自己呢！

她忽然想到张鸿，只有他离她最近，可她刚刚拒绝了他，而自从她肚子越来越大，越来越明显之后，张鸿就再也没正眼看过她，此刻，就算她拉下脸面求他，他会帮助她吗？

越来越疼痛,不会就这样死了吧,想到还未出世的孩子,她的脸上顿时挂了一行泪水。罢罢,为了孩子,她决定低声下气地求张鸿。可电话打通后,她连说话的力气都没了,只有抽泣的声音。

"喂、喂,苏菲,你怎么啦?"听筒里传来张鸿焦虑的声音。而这一刻,苏菲忽然改变了主意,就是爬,那也要爬到医院,因为她觉得,就是张鸿来了,除了看她笑话,是不会帮助她的。然而,疼痛却让她寸步难行。

"嗵、嗵、嗵"有人敲门,随即就传来张鸿焦虑的声音:"苏菲,开门!"苏菲挣扎着想去开门,但门却被张鸿撞开了,他穿着睡衣,看样子从床上起来就直奔她这里了。苏菲用出最大的力气,说:"我要生了!"她停顿了一下,看了张鸿一眼:"你能帮我吗?"说完,她低下头,她在等张鸿拒绝,他是恨她的,有个朋友就告诉过她,张鸿说她是个风流的女人。

张鸿二话没说,一把抱住她,她的胸脯正贴在他的怀里,可这不是避嫌的时候。

张鸿背着她下楼,已经满头大汗,然后打了个车,直奔医院。可到了医院之后,他们却发现忘记带钱了。好在医院答应先收留苏菲。

安顿好苏菲之后,他又跑回家拿钱,跑来跑去,天已经大亮。

说来也是奇怪,到医院之后,苏菲的肚子又不疼了。看着张鸿憨厚的脸,苏菲的内心百转千回,人生有时候就是这么奇怪,天天盼望的人,却远在天边,而被自己伤害过的人,却成了自己依靠的肩膀。

"你的老公真好啊!"

病房不知内情的人都这样说,确实,张鸿忙上忙下,甚至背她上厕所,非常滑稽的是,他们都一直穿着睡衣。

虽然肚子不疼了,但苏菲还是被推进了产房,产房里,一个女人正嗷嗷乱叫,医生皱着眉头说:"你忍着点,搞得像没生过孩子一样!"苏菲忍不住想笑,那个女人看上去比她还小,长得还算漂亮,可就是脸色苍白。现在都是独生子女,谁有过几次生孩子的经历啊!

尽管那女人叫得厉害,但苏菲还是比她早生出孩子,是个女孩,样子像她,很

7

可爱。但她的内心还是有些失望,因为金阳一直以为是男孩呢!

躺在病床上,张鸿冲了一杯红糖水给她,又上街买了碗面条。苏菲的眼眶湿润了,她真的不知道如何感谢这个被她伤害过的男人。

"不要以为我在帮你,我是在可怜你,何必把自己搞成这样呢!"张鸿说话很冲,但她还是在她病床前坐了一夜,天亮的时候,苏菲用他的手机给金阳报了个信,金阳依旧很高兴:"女孩好,我就喜欢女孩!"苏菲心里的一块石头这才落地。

张鸿一把抢过手机:"你小子快回来,有比老婆生孩子更重要的事情吗!"他似乎还不解气,毛躁地对苏菲说:"你自己照顾自己吧,我看了窝心!"说完,他头也不回地走了。可傍晚,他还是拎着一桶鸡汤来了,张鸿或许是那种刀子嘴豆腐心的男人,更或许他还没从那种伤害里走出来,所以,他才装得这么冷酷无情。

那个叫声很响的女人也生了个女孩,巧合的是,她就在苏菲病床的对面。

她看上去比她还凄惨,苏菲好歹还有个张鸿照应,但女孩身边一个人影也没有,张鸿看不过,冲了杯红糖水给她,她感激了半天。

"你们女人全是这个德行,你男人呢?"张鸿有些不耐烦,也难怪,他一天一夜都没合眼呢。

"就你们男人好,你们男人好什么啊,没有你们,我们能受这么大的苦吗?"女人不顾刚才张鸿刚给她冲了红糖水,愤愤地反击。就在这时候,她的孩子哭了,她也不管,她不再理会苏菲他们,一会叹气一会流泪。

究竟发生了什么,女孩的老公呢?

苏菲看女孩实在可怜,就请张鸿给她下了碗面条。女人可能是生产花了力气,她狼吞虎咽地吃完以后,对张鸿感激地笑笑:"大哥,你是个好人,小妹以后发达了,一定报答你!"女人的话及神情把苏菲和张鸿都逗乐了,就在他们微笑的时候,那女孩忽然对苏菲说:"大姐,你要这个孩子吗?"

苏菲越来越奇怪了,哪个做母亲的,不心疼自己的孩子呢?这女孩究竟怎么啦!难道她爱上的是已婚男人,难道这个孩子不应该来到这个世界?

张鸿已经非常不耐烦了,确实,没有几个男人能忍受这样的婆婆妈妈。而同为女人,苏菲却急切地想知道答案。

第三章：产房风云，你也帮我生个孩子吧

面对苏菲质疑的目光，女孩断断续续说了自己的故事：原来她也是个未婚妈妈，本来男友就要和他结婚，但她弟弟和人家打架，他去帮忙，结果把一个人打坏了。结果他和女孩的弟弟都进了局子，弟弟刑期一年，而他要在监狱里待两年。

"我本来是不想生的，但孩子足月了，可生下来谁来照顾她啊！"女孩一再表示，她不会再等她男友。"可是，他是为了帮你弟弟啊！再说，两年时间也不是多长！"苏菲忍不住说。

"谁让他去帮了！这下好，好工作丢了，两年出来，他还能有什么出息，我不能把自己的幸福，压在一个劳改犯身上吧！再说，凭什么所有的苦难都是女人来承受呢，那还要男人做什么，就说生孩子，有几个男人知道女人生孩子的疼痛呢！"

女孩一口气说完，苏菲虽然感觉她有些偏激，但她似乎说得也有些道理。

就在苏菲和女孩交谈的时候，苏菲觉得应该给孩子喂奶了。可她抱起孩子，却忽然发现孩子的脸色已经发紫，她顿时吓得没有了主意。"孩子，你怎么啦？"她的声音里带着哭腔。

"大姐，别慌，我去叫医生！"女人猛地坐了起来，她可是刚生产不久啊，看着她歪歪倒倒地走出病房，苏菲忍不住流下一行热泪。医生来得非常及时，孩子被送进抢救室，那段时间真难熬啊，张鸿不知道哪里去了，男人再没用，可他们总是女人的主心骨。

"大姐，你别急啊！孩子一定没事的。"女人一直在安慰苏菲，可苏菲怎能不着急呢？也就两个小时的时间，医生沉重地告诉苏菲，她的孩子已经死了，原来孩子患有先天性心脏病，随时都会死亡。

事情太突然了，这个打击太大了，苏菲一下子傻了，随即她一头倒在病床上。

"大姐，大姐！"女人焦急地喊着她，然后又急忙地去喊医生。医生立马赶来检查，苏菲没什么大碍，急火攻心，需要静养。护士小姐给苏菲端来面条，可她一口也吃不下。

看苏菲那样子,女孩也觉得难受,她拍打着苏菲的肩膀边安慰边说:"女人的命运怎么那么苦!不过早发现也好,省得被拖累一辈子!"苏菲狠狠地看了她一眼,忽然发作了:"你给我住口!"

女人不说话了,苏菲觉得自己太情绪化了,女人和自己只是萍水相逢,她热心地帮自己,可见她的心地是善良的。"对不起,我太冲动了,请你原谅!"说完,她忍不住哭出声来。

苏菲忽然想到,如果金阳回来,得知这样的情况,那会多失望啊。苏菲几乎一夜未眠,快要到黎明的时候,她才昏昏地睡着了,但她很快被孩子的哭声惊醒,难道她的孩子还活着?她猛地蹦了起来,却发现,原来是对面女人的孩子在哭。

女人不知道到什么地方去了,苏菲心疼地抱起孩子喂奶,孩子不哭了,而苏菲却忽然发现孩子的身上有张纸条。纸条上这样写道:"大姐,或许我就是你说的那种坏女人,但我看你却是个好心人,刚好你的孩子死了,而我的孩子,我正不知道如何处理,你能帮我抚养她吗!万分万分的感激。"

这不是添乱吗?苏菲都不知道如何向金阳交差,如果再抱养别人的孩子,那金阳不会火冒三丈啊!苏菲赶紧把孩子放到对面的床上,可她一放下孩子,孩子就哇哇地哭了起来。苏菲顿时不忍心,她又抱起她,小孩圆圆的脸,两个小酒窝,非常的可爱。这么一细看,苏菲就舍不得丢了,她决定先把孩子抱回去抚养,然后再慢慢地做金阳的思想工作。为了避免不必要的麻烦,苏菲跟着就办理了出院手续。别人都是丈夫开了车子或者租了车子接老婆孩子回家,但苏菲只能抱着孩子,孤孤单单地打车回到出租屋。

苏菲单位的人,不大了解她和金阳同居就要结婚的情况,但都知道她做了个未婚妈妈。苏菲打电话到单位去请产假,但主管要她本人亲自去,她可是一个生完孩子刚7天的产妇啊。苏菲咬着牙挣扎地赶到单位,明显就感觉到人们看她的目光怪怪的。

在一个楼道口,她听到两个人在议论:"看她装得那么正经,原来是假正经啊,骚得连孩子都整出来了!"

苏菲努力克制自己的情绪,没有和那两人计较,可等她到主管那里请假的时

候,却被告知,因为她违反了计划生育,已经被开除了。

"这是公司的决定,有什么想不通,可以去找总经理!"财务主管跷着二郎腿,摇着头说。苏菲尽管非常恼火,但她也知道,到总经理那里,还是这样一个结局。

失去了工作,苏菲就失去了生活来源。她用乞求的目光看着主管,希望主管能帮着说说,但主管却望着别处。苏菲有些迷茫,张鸿忽然闯了进来,他冲着主管说:"苏菲的孩子,那是和她未婚夫的,她是有错误,但请看在她过去勤奋工作的分上,帮她说说话,让她留下来吧!"

"我不是总经理,你也不是! 能有什么办法!"话说到这分上,苏菲知道已经毫无希望,她就拉了拉张鸿,说:"感谢你,张鸿!"说完,她就走了出去,张鸿跟了出来,看了看她,摇摇头走了。

如果不是在产期,她会去找工作。而这会儿她只能守着孩子,一心等金阳回来。宁宁来看她了,她蛮多埋怨:"让你别那样,你偏偏那样,麻烦来了吧,我说那个金阳,究竟安了什么心啊,这么大的事情,也不回来一下。生孩子,身边都没一个人照顾,你婆婆呢!"

"他刚去,哪里有假期!"苏菲赶紧替金阳辩护,未婚生子,她不好意思告诉妈妈,她和金阳还没结婚,婆婆哪里会来照顾他。宁宁无奈地看了她一眼,觉得女人如果爱上一个男人,那是九头牛都拉不回来的。宁宁抱起孩子:"不说那些了,孩子真可爱,有名字了没?""还没起,我觉得她是我的宝贝,干脆叫金贝!"

说说笑笑,气氛活跃了许多,刚好张鸿来看望苏菲,他总觉得孩子变了样子,但孩子太小,他也不能确定。苏菲连忙让座,然后恭敬地对他鞠躬:"张鸿,请接受我的感谢,我的能力或许有限,但我一定让宝宝认你做干爸,因为是你给了她二次生命!"

张鸿被苏菲的举动搞得很不自在,在屋子待了几分钟就离开了,看着他的背影,苏菲笑着问宁宁:"一个好男人,你觉得他怎么样?"

"什么怎么样啊,你还是先管好自己吧!"

两人相视而笑,苏菲确实有心替他们做媒,宁宁和她一样大,工作好、收入高,绝对可以算得上是城市里的白领精英,不像她这般"无能",而张鸿,身为生产主

管,那也不错,难得他还有那样的好心肠。她觉得他们俩有些般配,但也有些不配,毕竟宁宁太优秀了,太优秀的女人眼光都高,男人也会有抗拒心理的。

孩子缺乏营养,窘迫的苏菲只得把自己项链都卖了,以前的同学都作了鸟兽散,除了宁宁,她几乎没有什么朋友。生产一个多月后的一天,她的一个老同学来看她。他带来一些礼物,丢下 200 块钱。可他却赖着不走,说话尽往那方面靠。

"未婚妈妈,都是勇敢的,那个人不会回来了吧!我早看出,他就是那样的人!"

苏菲奇怪地看着他,她不知道他想表达什么!

"难得你这么大方,也帮我生个孩子吧!"这个同学的家庭条件不错,但他已经离了两次婚,他可能以为苏菲是那种女人吧,他为什么会生出那样龌龊的想法呢。苏菲刚想严肃地申明,那同学却边说她边把苏菲往床上按。他这是怎么啦,在学校的时候,他看上去像个君子啊。苏菲奋力地把他推开,双眼冒火地看着他。他依旧笑嘻嘻的:"苏菲,我一直是喜欢你的!"说着,他又拿出一些钱,苏菲忽然有了要呕吐的感觉,世界上有张鸿这样的热心男人,也有眼前这样卑鄙的动物。苏菲吼叫着让他滚,可男人依旧嬉皮笑脸,他猛地把苏菲压在身下。女人的力量毕竟比不上男人,眼看他就要得逞,苏菲急得什么恶毒的字眼都骂出来了。

"你是个畜生,你不会有好报的!"

"对于我来说,女人就是最好的回报!我是不怕报应的。"男人的笑容特狰狞。

"就算我求你了,我还在产期,如果你有心,再等一段时间,行吗?"

可她的乞求依旧没有任何作用,他曾经是她的同学,但此刻,他完全是一条充满欲望的色狼。

"你想干什么?"一个响雷一样的声音在苏菲耳边响起,她睁眼一看,立即浑身酸软,原来是她的男人,她的金阳回来了。

金阳拎起那个男人,一拳打在他的眼睛上,男人给打蒙了,而金阳又冲进厨房,拿出一把刀。苏菲顿时清醒了,她觉得可能要出大事情,于是,她就死命地抱着金阳,趁这机会,男人一溜烟地跑了。

第四章：狐狸成精，世间已经没有秦香莲

　　金阳还是出门的那套衣服，也没给苏菲和孩子购买什么礼品，由此可以看出，他混得并不十分如意，鉴于这，苏菲并没有多问他在南方的情况。苏菲试着解释和那同学的事情，金阳大手一挥："苏菲，你不要解释，我知道你受苦了！"

　　金阳的理解，把苏菲的眼泪感动得掉了下来，金阳则抱着孩子左亲右亲，还时不时地用胡子扎她的小脸。"这孩子就叫金子吧，她是我们家的黄金！ 比黄金还宝贵！"

　　苏菲本来是想跟金阳坦白的，但见他如此兴奋，话到嘴边，就又咽了回去。"你别添乱，我已经想好名字了，叫金贝！"从苏菲的嘴里，金阳知道了张鸿，他特意买了礼品上门致谢，张鸿收了礼品，留金阳吃了一顿饭，两个男人很谈得拢。

　　"那男人，挺哥们儿的！"金阳对苏菲说，苏菲点点头，张鸿确实是个实心眼的男人，只是金阳如果知道，张鸿曾经追求过她，不知道会有什么想法？

　　连来回路程算在内，金阳也只有 7 天的时间，他回来主要是和苏菲领个结婚证，然后罚点款，把孩子的户口报了。由于时间紧张，第三天下午，他们就去领证。沿途，金阳都很抱歉，不说房子、车子，就连一个婚礼，普通的婚礼，他都没有给苏菲，还害得苏菲连工作都丢了。

　　苏菲笑笑，作为女人，她千万次地幻想过婚姻，那漂亮的婚纱、威严的牧师、亲友的祝福，这些都常常在她梦中出现，但如此景象，却是她从来没有想到的。如果妈妈看到这样的情况，她不知道会有多伤心。她又想到金阳的妈妈，她来看过她一次，金阳家离这个城市不远，老人家挺慈祥，一再表示："闺女，你受委屈了！"

　　苏菲忽然想哭，她用手擦擦眼角。领证的民政局在一个小巷子里，位置有些偏僻，但却多了一分幽静的环境，四周都是些民国建筑，青砖琉璃瓦，西洋式的窗户，如果小夫妻能够在这样的环境里居住，那真是神仙眷侣了。苏菲和金阳说说笑笑，可就在这时候，他们忽然发现前面围了一群人，像是在吵架。苏菲本不爱凑热闹，但她发现跟一个中年妇女厮打的女人很像自己的同学米莉。

大学时代,苏菲和米莉,被同学们公认为校园里最别致的两朵玫瑰花,她们也是要好的朋友,几年过去了,她不知道究竟在做什么。如此想法让她靠近人群,果真是米莉,她的上衣被撕开,胸脯隐约地露出来,她的身边还有个男人。一个中年妇女指着他们骂:"你这个狐狸精,勾引别人的老公!"

米莉挣扎着想离开,她身边的男人,样子很猥琐,一句话也不说,看起来有些惶恐。米莉忍不住对那男人说:"你他妈的还是男人吗,被老婆这么欺负!"

苏菲忍不住想,米莉,她究竟怎么啦,难道是做了别人的二奶?苏菲觉得有这个可能,读书的时候,米莉就是个享乐主义者,那时候,她们住在一个寝室,几个女生经常在一起讨论男人。苏菲的意思是,找男友,那一定要年纪相当,男人最好英俊点,不然做那事会别扭,而米莉却认为,男人首先要多金,"嫁给有钱的老男人,再养个小白脸!"米莉的话,把大家笑疯了。难道她已经开始实行她的计划了吗,但不管怎么说,大街上被人这样扯打围观,那总不雅。苏菲走近前,一把拉住米莉,米莉看见她,也吃了一惊,但还是顺从地跟她走,那个中年妇女除了骂,并没有阻挡他们离开。被人如此羞辱,米莉的心情一定非常不好,苏菲决定陪陪她,如果她确实走入了歧路,她也想劝劝她。于是,她让金阳先回去。

在一家茶社坐定之后,苏菲刚想询问,米莉却让她保守秘密,千万别对熟悉的人说。苏菲的内心更疑惑了。

"男人就那样,你看刚才那男人,想泡我的时候,甜言蜜语不知道说了多少,但一关系到利害,就那熊样!"米莉理了下头发说:"不错,我就是狐狸精,而且是职业狐狸精!"

自始至终,苏菲也没了解"职业狐狸精"究竟是啥职业,但她却知道米莉在吃青春饭,赚男人钱,她想好好劝劝她,但米莉根本不给她时间,急匆匆地离开了。苏菲摇了摇头,米莉穿金戴银、一副时尚女郎的样子,可她觉得她这样的生活没有什么意义,她宁愿守着一个男人,如果金阳在南方混得好,她会去陪伴他!如果混得不好,那他们还可以在这个城市重新开始。"有个心爱的男人,还有什么不满足的呢!"

金阳第二天就走了,他几乎没留下什么钱,也没来得及领结婚证。他这一走,

连春节都没回来,只是汇了2000元钱回来。而苏菲又购买了件羊毛衫给他寄去,两情相悦,小小的物件里,透露出丝丝的温情。

春节,苏菲是和宁宁在一起过的,宁宁讨厌回家,省得听父母没完没了的唠叨。大年三十,是在苏菲的出租屋过的,年初一,苏菲带着孩子赶到宁宁那里。因为收入高,宁宁按揭购买了一套房子,可有房子的她,个人问题却更难解决了。看来姻缘确实有根红线牵着,尽管苏菲好几次撮合她和张鸿,可他们就是不来电。

"找个不好的,那还不如不找呢,我又不是养不活自己!"这是宁宁的座右铭。可又如何区别这好与不好呢?这不是街头买菜,根本就没有一个通行的规则。

在宁宁家,苏菲接到金阳的电话,话筒里传来音乐声,被宁宁听到了,她有些不满:"男人就是这样!自己的老婆受苦,他却在外面欢愉!"苏菲笑笑,金阳能够放松心情,总比整天绷紧神经好吧。

五月,到处花红柳绿,为了金贝的奶粉钱,苏菲做起了家政,整天带着孩子,像超生游击队那样,以至于宁宁都笑她,是活在爱情里的女人,可孩子非常可爱,这让苏菲觉得,她受任何苦,都是值得的,等一切安定下来,她一定会为金阳再生个孩子,从此夫唱妇随,天荒地老!

"看你这样,我就更不敢结婚了!"宁宁皱着眉头,她已经是城市里的剩女,也为那久久不露面的另一半发愁。而就在她们说笑的时候,金阳来电话了,不过没有了以往那样爽朗的笑声,说话也期期艾艾。

"苏菲,我觉得我们在一起不适合!"没头没尾,苏菲以为自己听错了。

"啥,你说啥?"她忍不住问了一句。但电话那头却沉默了,"你说话啊!"苏菲忍不住对着话筒大叫起来,沉默,金阳终于说话:"苏菲,我觉得我们在一起不适合,我们还是分手吧!"

这回,话筒里的声音是清清楚楚,苏菲顿时呆住了,这才一年多的光景,金阳怎么能说出这样的话呢!其实,苏菲的妈妈一直反对她和金阳恋爱,觉得金阳这个人有些好高骛远,不实在,也没什么资产,但她还是顶撞妈妈,坚持和金阳好了下去。

苏菲忍不住回拨金阳的手机,但他却关机了。但苏菲还是发疯地拨打,她的

脑海里忽然又浮现出她和金阳的初次,那是个夏天的夜晚,那只是他们第二次见面,苏菲特喜欢金阳帅气的外表,其实,许多时候,女人比男人更好色。那时候的苏菲把所有的精力都放在装饰外表上了,她了解许多高档化妆品,也省吃省喝购买了几套时装,本来他们准备去看电影的,但不知道怎么就去了郊外,一身大汗后,苏菲就成了金阳的人,那会,她感觉到他宝贝着她呢。

从苏菲的表情里,宁宁猜到了事情的大概,她忍不住气呼呼地说:"真是一只白眼狼,世界上最卑鄙的男人!"

"让他立即回来,让他把孩子带走,让他赔偿你的青春损失费,单身的你,还怕找不到比他更好的! 苏菲,请你记住,现在只有陈世美,已经没有秦香莲!"

除了伤心难过,苏菲和宁宁一样的愤怒,她冲动地想,把不是他的孩子给他,让他从此也不得安生。

"不行,我要去找他,就算分手,也要搞清楚原因!"

宁宁忍不住摇头,中国这么大,如果他存心不见面,那哪里能找到啊!

第五章:网络通缉到人肉搜索,恩怨就此拉开

宁宁真是个热心人,她借了 2000 元钱给苏菲,苏菲拿着所有的积蓄,背着孩子去南方。她倒不是非要金阳回心转意,可这样莫名其妙地失踪,却是苏菲万万不能忍受的。

也真让宁宁预料到了,金阳的手机停机了,在一个不熟悉的城市,苏菲就像一个瞎子一样乱转悠,她的内心有说不出的惶恐。到了南方城市第五天,孩子病了,虽然是普通的感冒发烧,但苏菲还是焦虑得无法自已。

"坚持下去,或许会有希望!"苏菲坚持不让自己的眼泪掉下来。

"我觉得你还是回来好,为找这样一个男人,值得吗?"宁宁在电话里不断劝说苏菲。得知金贝正在医院挂水,宁宁气得骂了起来:"他连狗都不如,狗还知道疼小狗,可他呢!"

"天下有这样的男人吗? 难道世界上的男人都是这样吗?"宁宁在一个讨论版

发帖,讲述苏菲的遭遇,在那个帖子里,还贴了金贝的照片。这个帖子很快就成为热帖,几乎是众口一词谴责负心人金阳。

"那男人是谁啊,那么无情,他一定会被车子撞死!"这样的谩骂让宁宁的心里觉得痛快,可看着电脑上孩子的照片,她忽然觉得这孩子真可怜、真无辜!

说实话,宁宁也只是发泄一下情绪而已,但让她想不到的是,她这个平常的帖子,却上了某个网站的首页,让宁宁惊讶的是,除了开始的那些同情之外,网友并没有一边倒地谴责薄情寡意的金阳,有些跟帖竟然说,一个巴掌拍不响,女人必须自爱,那才会有人爱。

"敢于做未婚妈妈的,都是浅薄的女人! 可怜之人必有可恨之处!"这也代表着一种观点,尽管为数不多。

傍晚的时候,有个报社的女记者找到宁宁。

"你是在网络通缉薄情郎吗?"女记者的问题挺尖锐,仿佛宁宁在网络上化名说自己的故事,然后借助网络的力量,让薄情郎现身就范。

"网络通缉",这可是个新名词,宁宁不太明白。可她觉得,或许有媒体的介入,那可能会对苏菲有所帮助,于是,她对记者详细地说了苏菲成为未婚妈妈的全过程。说着说着,宁宁的眼泪流了下来,她觉得苏菲真的很苦。然而,让她万万想不到的是,那家报社第二天的头条新闻标题却是:"未婚妈妈网络通缉薄情郎!"

文章并没有怎么写苏菲的遭遇,而是展开了关于网络通缉的讨论,该文写道:"网络作为一个大众新锐媒体,越来越深入到普通民众中,其作用也越来越大,可像这样的网络通缉,或许合理合情,但不合法。"随着这个新闻,还有一些专家的意见。

这个新闻把宁宁的鼻子都气歪了,这是写了什么啊,她的帖子里,自始至终,也没提到过网络通缉这样的字眼。那个记者究竟什么意思啊! 宁宁气得和那个记者吵了一架,那记者不耐烦地说:"我就这么写了,有意见你可以去告我!"

由于传统媒体的介入,宁宁那个帖子已经被各大网站转载,几乎每个转载文章后面,都是评论无数,说什么的都有,同情的、流泪的、叹息的、谩骂的,也有幸灾乐祸的。

　　宁宁做梦也没想到,会有这样的结局出现,她支撑不住了,只得打电话向苏菲坦白。

　　苏菲哭笑不得,金阳仅仅是失去了联系,他或许有不得已的苦衷。或许找到后,他们还有和好的希望。而宁宁这样做,那不是把她和金阳推到完全对立的地步吗?可宁宁毕竟出于好心,她没理由怪罪她。

　　"你究竟什么想法啊?"宁宁着急地问。苏菲又能怎么想呢,她只是想让金阳当面对她说,当今的女子,不会傻到去捆绑一个男人。不是处女的女孩,也能找个好婆家,二婚女人不一定找不到幸福,可苏菲就是不甘心。

　　找到金阳才是最重要的,宁宁只是发了个帖子,又没指名道姓,用不着那么担心。

　　实在找不到金阳,盘缠也花得差不多了,苏菲只能回来。

　　"你是苏菲吗?"一个电视台的小姐打电话给她,请她去做一档节目。苏菲满心疑惑,宁宁不是没指名道姓吗,电视台的人怎么会找她?

　　就在她疑惑的时候,宁宁赶来了,一句话都没说,就把她拽到她的住所,然后上网。苏菲顿时惊讶了,原来网络上已经有人贴了她和金阳的照片。

　　天啦,怎么会是这样,金阳会看到吗?

　　"这就是人肉搜索,网友的全部力量都调动了!"宁宁摇着头说。或许大家看多了名人的艳遇风流,对普通人的情感遭遇也产生了浓厚的兴趣。

　　人肉搜索,苏菲无法理解,但她觉得,这样下去,那她和金阳,算是彻底完蛋啦。

　　"你在想什么,还在想找那个人吗?你看看这个!"宁宁点开一个帖子,帖子大概两千多字,还贴了照片,照片竟然是金阳搂着一个女人。原来金阳和一个女老板好上了,帖子里详细地说了那个女老板和金阳的一些近况。

　　原来那个人真的变心了,苏菲不由得眼前一黑,在南方那个城市,无论是多么艰苦,她都没有放弃,这缘于她心中存有一份希望。她想起孩子的第一句话,不是妈妈而是爸爸,那全是她痴心调教的结果。

　　"苏菲,你可不能想不开啊!"苏菲苍白的脸色把宁宁吓坏了。她连忙劝说她:

"好男人多的是,狐狸早露出尾巴,那应该是件令人庆幸的事情,四条腿的蛤蟆找不到,两条腿的男人却多的是!"

苏菲凄惨地笑笑,宁宁则劝她不要去电视台录节目了。

"不,我要去,我要让那个无耻男人,在全社会面前曝光!"

黑色的眼镜、黑色的风衣,不清楚的人,还以为苏菲是来电视台走秀的。可她只是个情感当事人。

第一次上电视节目,苏菲确实有些心慌。除了主持人,电视台还找了两个嘉宾,一个是法律专家,一个是排球节目的解说员。苏菲刚想说自己的遭遇,那个解说员就开始发飙了:"我觉得现在许多女孩不知道自爱,好像未婚妈妈是件多么光荣的事情!可你忽略了,你这是在煽动网友搞网络暴力!"

解说员把目光投向苏菲,有些喧宾夺主地询问她:"你这么做,除了炒作,又有什么意思呢?但像你这样的人炒作,那又会有怎样的结果呢!"苏菲再也忍不住:"我是炒作,但我不会半夜鸡叫!"地球人都知道,该评论员在一次解说时大喊大叫,结果成为当年最热门的事件。

解说员的脸顿时成了猪肝色,随即,苏菲和两位嘉宾开始唇枪舌剑,她讽刺那个法律专家,她说,她不会知法犯法搞情人,她已经忘记上节目的本意了⋯⋯

第六章:照片是否PS,她天生是贱货吗

"苏菲,你真棒!"许久没联系的米莉忽然给她打来电话:"我支持你,对坏男人就应该这样,哎,其实,这世界上也没有一个好男人,都是得到就不珍惜的家伙!"

苏菲哭笑不得,不管怎么说,她和金阳是恋人,不像米莉那样乱糟糟的关系,想到金阳,她的胸口又痛。就在她胡思乱想的时候,米莉跑来了,她拉苏菲去歌厅玩。

"男人就那么回事情,何必让自己陷得那么深!何必把自己贱卖!"

苏菲看了看米莉,她的气色不错,她究竟在做什么呢?她有男友吗?

被米莉连拖带拽,苏菲跟着她来到歌厅,已经有两个帅小伙在那里等了。米

莉趴在苏菲的耳边说："怎么样，不比你那位差吧！在我眼里，男人就是消费品！"苏菲摇摇头，她怎么也高兴不起来，尽管两个男人不断地向她献殷勤。

米莉要了两瓶红酒，苏菲本来是能喝酒的，但酒入愁肠，很快就有了一丝醉意，一个高个男孩请她跳支舞，她没有拒绝。歌厅包间里灯光迷离，音乐是缠绵的萨克斯，男孩温柔地抱着苏菲，从外表看，他们还真有点金童玉女的味道。一曲舞完，米莉暧昧地看着她说："感觉怎么样，要不要去消费一下！"

酒让苏菲的头晕晕的，她努力地支撑着，这个世界究竟怎么啦，难道真的到了女权时代，可像她这样，满世界寻找自己男人的女人，那是不是落伍了。"和你跳舞的是不是你男友？"苏菲忍不住问米莉，米莉暧昧地笑笑，没有回答。

米莉已经和那个男孩蛇一样贴在一起，两瓶酒已经见底，或许是酒精的作用，或许是米莉的行为刺激了苏菲，她忽然有了放纵的冲动。高个子男孩再次搂着她跳舞，他穿着黑色衬衫，领口开得很低，浑身透露出青春的男人气息。苏菲的身材本来就好，她穿着无袖衫，蕾丝的裙子，别有一番风味。男孩越来越贴紧她，随着低低的音乐，男孩的手忽然伸到她的大腿上，像条蛇一样穿行，苏菲一惊，酒顿时醒了几分。

实在是太孟浪了，苏菲立即从男人的搂抱中挣脱出来，然后离开轻轻喘息的男人，回到座位上。男人也没勉强，那边米莉和另一个男人已经纠缠到忘我的境地。苏菲决定离开，她谢绝了男人相送，摇摆地回到出租屋，衣服没脱，就倒在床上沉沉睡去。

也不知道过了多久，她被摇醒，她的眼前站着宁宁。

"苏菲，你喝这么多酒做什么，快起来，那个照片是 PS 的！"

苏菲莫名其妙地看着宁宁，宁宁顾不上向她做解释，把她拖到电脑前。自从她在网上发帖之后，她就把笔记本电脑放在苏菲这里了。宁宁点开一个帖子，题目是："拜托，PS 高明点！"那个帖子从摄影的技术角度来分析，金阳和那个所谓女老板的合影，是电脑合成的。"电脑时代，不但明星会利用电脑把自己搞得漂亮点，普通人也学会这玩意了，有人还搞出假恐龙呢！"宁宁忙着向苏菲解释，而苏菲的眼睛却一直盯着电脑屏幕，她继续看那帖子："阁下这样做，是想把金阳搞臭吗，

如此险恶用心，我真的怀疑你就是某人的马甲！"

这个帖子咄咄逼人，矛头直指苏菲，苏菲的心忍不住一阵颤抖，如果照片确实是合成的，那金阳可能就没有那个女人，可声势这么大，金阳不可能不知道，但他依旧没有一点消息，哪怕出来辩驳下都没有。

看着帖子，苏菲一脸的茫然，金阳是个非常容易冲动的男人，他怎么会如此沉得住气呢！

"苏菲！"在小区门口，有人叫她，回头一看，是张鸿，他们已经一个多月没见面了。苏菲感激地向他看看，对这个男人，她内心一直是感激的。

"苏菲，我觉得再这样下去，没什么意义，他如果诚心不回来，就算你把布告贴满大街小巷，那还是等于零！"

苏菲低下头："我并不是要他怎么样，我就想让他给我个说法！"苏菲说着说着，内心忍不住有些愤怒了，是男人抛弃了她，她只想知道金阳内心真实的想法，但他就是不露面。张鸿还想说什么，但苏菲已经不耐烦，她背上的孩子在哭，她的心情特糟，别人的孩子都在父母的怀抱里享受着幸福，可她的孩子，那么小就在网络上抛头露面。"孩子是无辜的！"几乎每个人都这么说，可又是谁把她的金贝贴满网络呢。

钱越来越少，苏菲必须去工作，才能赚到金贝的奶粉钱，可这时候，她已经没有上班的心情了。

"你们说我炒作，可我炒作有什么意思呢，芙蓉姐姐还靠它为生，我呢，有谁会给孩子奶粉钱吗！"夜深人静，苏菲在网络上写着心情："我只是想让他告诉我，究竟发生了什么，这难道这有错吗？"

发完帖子，已经是深夜两点，苏菲伸了个懒腰，刷新下网页，已经有人跟帖："你做不成芙蓉姐姐，人家最少会摆S形，可你呢，只会对着男人解裤带吧！"这个跟帖非常恶毒，苏菲看了双眼冒火。"你的心难道被狗吃了，如果换成你的姐姐或者妹妹，你会这样说吗！"是宁宁的ID，苏菲的内心一阵温暖。再看下面零星的跟帖，几乎都是声讨金阳的："真不是男人，男人就应该承担责任！"看来这世界，绝大多数的人，那还是同情弱者的。

苏菲内心少许有些平静,可她的思想还是挺混乱,迷糊地睡着,第二天,又有电视台找她做节目,可她不住地推辞:"不行,我得给孩子挣奶粉钱!"电话里的男人笑着说,他们会给她出场费。

500块钱拿在手里,苏菲的心情更乱了,她小心地问,她究竟该说什么,制片人让她讲"网络通缉"。

"对,我就是网络通缉他,通缉不到,我就绝不停止。"苏菲对着镜头侃侃而谈。她看上去挺镇静,可只有她自己知道,其实她的心里根本就没底,有些人已经劝说她打官司,可打官司无非是向金阳讨要孩子的抚养费,可这绝对不是一个女人要的全部!

"我怎么看了像做戏啊!"宁宁边看电视边自言自语,她这几天也累着了,除了工作,她就守在网上,她看不得别人说苏菲的坏话,所以,她就经常和人家在网络上吵架。她扫了一眼屏幕,忽然她发现有张照片,是苏菲和一个男人搂在一起,男人的手伸到了苏菲的大腿上,而苏菲却脸色绯红。凭着对苏菲的了解,宁宁觉得她不可能做那样的事情。

"你就PS作假吧,刚刚有人被打假,又出现李鬼!"宁宁愤怒地还击。可那个贴照片的人却这样说:"有点知识好不好,不懂别乱说,照片是真的,你却说是PS,我服了你了,说实话,某某本来就是被男人玩的贱货,你这么帮她,难道你也和她一样贱吗!"宁宁搞不懂照片究竟PS没PS,但有一点,她绝对不相信,苏菲会是那样的女人。

这边宁宁和人家在网络上争吵,那边,苏菲也和人家干上了,有个嘉宾指责她根本就不想找到金阳。苏菲心里一动,如果生活都是这样,既可以轻松地挣钱,又有曝光率,那她还真不想找到那个负心人了。可这个想法在她心里只是一动,她立即就火了:"你是我肚子里的蛔虫吗,我没想过的事情,你怎么又知道!"

"这又怎么说?"一个嘉宾忽然指着电脑屏幕,苏菲顺着她的目光看过去,就看见男人搂着她,抚摸大腿的情景,苏菲的头"嗡"了下,凭感觉,这张照片是她和米莉那天玩的时候,被人拍摄的,那么,究竟是谁拍摄的呢,他这样做,究竟有什么样的目的呢!

第七章：世间男人分为三类，人在江湖身不由己

面对艳照，苏菲选择了沉默。

"这究竟是怎么回事情啊？"宁宁盯着苏菲问："这些人太卑鄙了！"

苏菲依旧沉默，宁宁紧跟着说了一句："我觉得这样下去，谣言会越来越多，还不如干脆就不理睬，让事件自动平息！"

苏菲对她看看，她非常疑惑，那天是在包间跳舞的，难道是米莉悄悄地拍摄了照片吗，可米莉好歹是她的同学，她说那么恶毒的话，究竟什么意思呢！而正是因为这张照片，人们对苏菲的感觉变得特差，网络通缉有向网络声讨转变的倾向，甚至有人对她谩骂不止，海外的华人也介入了讨论。甚至连《欧洲时报》等海外媒体也纷纷报道，苏菲想不成名，都难。

"哇，哇！"金贝哭了，苏菲看了一眼，又掉转目光。宁宁赶紧抱起孩子："你怎么啦，我发现你变了，以前你是看不得孩子哭的！"

苏菲刚想回答，她的手机响了，是某网站打来的，他们告诉苏菲，已经为她特意开了个网络通缉版。苏菲立即上网，宁宁的眼光也跟着扫过来。讨论版做得很漂亮，背景是苏菲带着孩子的照片，音乐也很煽情。

"呀呀呀，我的宝贝！呀呀呀，我的小鬼。"背景音乐就是很感人的《宝贝》，网络似乎在用母子天性来掩盖炒作赚取点击的目的。

苏菲仔细瞄了瞄，里面已经有不少人发帖讨论苏菲的事情了。

"每个人都有网络上发表言论的自由，可这样的自由必须不涉及到他人的隐私，请问，你这么做，征求过金阳的同意吗？"发帖人自称来自加拿大，他说国外其实也有这样的情况，但绝对不会这么铺天盖地。这个帖子似乎有些道理，像这样的声音也不少，但更多却是赤裸裸的谩骂，言语涉及到两性词汇，看得宁宁眉头直皱。

苏菲自言自语地说："搞得不错！"

宁宁气得关了电脑："这不是无聊吗，这样金贝以后还怎么成长啊，我真后悔

23

发了那个劳什子帖子！我说，你究竟是找男人，还是找孩子啊！"

"这不矛盾啊，人们关注孩子了，就会想到帮我找男人，不说这些，你来做版主，好吗？我们共同管理这个版，或许我们会有一番作为的！"但宁宁想也没想就拒绝了，而后就头也不回地走了。

苏菲摇摇头，她的心里也是乱乱的，宁宁是她的好友，一直很帮她，她觉得这样下去不好，难道是她苏菲真的错了吗！那个芙蓉姐姐，不就是这样红了吗？而自从发生了"网络通缉"，就有一个炒作团队私下和苏菲接洽，但苏菲一心放在寻找金阳身上，所以，她并没有回应。

开弓没有回头箭，如果就此沉寂下去，那她除了出丑，没有达到任何目的，而如果大胆向前走，或许会有灿烂明天，想起这几天接连享受着曝光的愉悦，她的心怎么也平静不下来，于是，她打开电脑，又有几个人给她留言，有的是请她做节目，有的是网站请她开博客，这其中有个报社记者，苏菲和金阳在一起的时候，参加过该报社的活动，那个记者是个清秀的小伙，态度也很温和，当时，他还深深地祝福金阳和苏菲呢！

苏菲对他的感觉不错。难道他也对她的事情感兴趣吗？苏菲忍不住苦笑，一个普通的未婚妈妈，冠上"网络通缉"的帽子，竟然有如此大的影响。

"我没有什么时间！"苏菲冷冷地说，这几天，苏菲总会这么说，可笑的是，媒体都能容忍她的态度，有些记者甚至求她。

"我不是想采访你，继而写你的文章，我只是想和你谈谈！"男记者心平气和地说："我觉得现在的媒体都疯掉了，而你，现在看上去很疯狂、很风光，可你有没有想过，如果媒体都撤退呢！"

苏菲的心忍不住咯噔一下，她忽然想到张鸿的话，她除了是个情感当事人，其他什么都不是。这么多天，都是媒体追逐她搞新闻，男记者的关心，让苏菲对她有了亲近感。可就在这时候，北京有家电视台找来了，那家电视台影响很大，他们的编导言辞恳切地希望苏菲能去北京做节目，苏菲不想放弃这个机会。

"不是我不想平静，而是身不由己，要怪只能怪那个负心男人，是他让网络变得疯狂的！"

"我觉得你最好是去金阳老家一趟,打听到金阳的确切地址,然后走法律路线!"

"法律如果有用的话,世界上就没有老赖了!"苏菲已经很不耐烦,很多人找她做节目,还有一个厂家准备找她做广告,她为什么不就此来个咸鱼翻身呢,还是宁宁说得对,女人离开男人照样会过得好,可女人如果穷困潦倒,那就只能是死路一条了。

苏菲不想带着金贝去北京,于是,她把金贝往宁宁那里一放,宁宁直摇头,这还是那个爱男友、爱孩子的苏菲吗! 她是个未婚姑娘,怎么会带孩子啊!"拜托了,谁叫你发那个帖子的!"苏菲和宁宁赖皮,宁宁笑了:"去吧去吧,那么招摇,被人家抢去就玩完了!"

北京的那家电视台答应报销来回的机票,并且还给一定的出场费,可苏菲窘迫得连机票钱都没有,她不好意思再去麻烦宁宁,她忽然想到张鸿,她觉得这个男人行。男人分为三类,她想起米莉在学校时给男人的分类:第一类男人,他们太正直,性格倔强,只能远远地观望;第二类男人,那是可以给你依靠的男人,他们可以受委屈,他们心里只有你;第三类男人,就是帅哥型的消费品,这样的男人,只是我们生命里的过客,是不能当真的,更不能陷入! 那么,张鸿属于哪类男人呢? 或许就是能给她一个肩膀的男人!

苏菲硬着头皮把张鸿约出来,然后对他说了自己的想法,但张鸿冷冷地看着她,忽然他的眼光又温和了,他耐心地对苏菲说:"苏菲,还是安定下来,好好地过日子吧! 你这样折腾,没什么意思!"

"你借不借,不借就算了!"苏菲恼了,印象中,只有张鸿求她的场面,就是在她生产的时候,她也是骄傲的,像这样低声下气地借钱,她苏菲从来就没有过。张鸿看着她不做声,苏菲怒气冲冲地说:"又不是不还你,我去电视台,找到那个负心人,讨个说法,就安心生活,还不行吗!"

张鸿不再说什么,递给她2000块钱。苏菲温柔地看了张鸿一眼,目光复杂,眼前这个男人,给她的帮助太多了。

苏菲终于登上了去北京的飞机,看着窗外的风景,她忽然觉得,或许这一趟北京之行,会让她的人生彻底得到改变……

第八章:网络上的搏杀,你爱过我吗?

北京机场,有专车接苏菲,她被安排在高档酒店,然后去节目录制现场。宽大气派的演播大厅,面对著名主持人以及一些很有名气的嘉宾,苏菲有种处于梦中的感觉。

每个人心中都有梦想,她苏菲曾经想找个深爱的男人,一辈子平静地度过,可她从来也没想到,会有这样的场景出现。事实上,除了电视报纸,还有一些杂志联系采访她,有些杂志还准备拿她做封面,这可是那些模特梦寐以求的,如果这样下去,会不会成为明星呢,苏菲忍不住这样想,因为那个只会摆S形的芙蓉姐姐,不也红遍了中国吗!

节目无非是苏菲讲述网络通缉的过程,然后是嘉宾发表意见,苏菲不知道有没有人看,但北京这家电视台的影响力却是空前的,她从北京回来后,她的版已经爆棚,有家著名网站邀请她开博客,她答应了,而她的博客点击率奇高。

"你就是个妓女,你根本就不爱你的孩子,你口口声声说是为孩子的奶粉钱,但有你这样做的吗!像你这样的女人,根本是不会爱一个男人的,一见面就和男人搞,夏天就在露天里搞,你这样的女人,会对男人忠诚吗!"

这个跟帖引起了苏菲的注意,她忽然想起那个夏天的夜晚,凉风习习的野外,她流了一身汗,继而成了金阳的人。网上这个人又怎么知道得这么清楚呢,答案只有一个,他就是金阳,翻看他以前的帖子,每篇都是攻击苏菲的。苏菲的手忍不住颤抖起来,失踪这么多天的男人终于出现,她飞快地给他留言:"你就是金阳,究竟发生了什么,你为什么要这样待我!"

那个人没有任何回答,苏菲激动地继续留言:"你可以不在乎我,但你的骨肉,你不能不管,我再怎么贱,总带着孩子,而你呢!你难道就不觉得内疚吗?"苏菲越来越激动,如果金阳在眼前,他一定会揪住他追问的,可那个人一点回音都没有,而是仿佛空气般消失了,苏菲忍不住说:"你再不出面,我就把孩子扔掉!"可回答她的却是屏幕上的一片空白。

苏菲的思绪忽然乱了起来,金贝的哭声让她异常烦躁,就在这时候,有留言出现,很冰冷的文字:"是又怎么样,不是又怎么样? 你口口声声寻找自己的男人,目的又是什么呢? 难道你想做木子美那样的贱人,和男人搞,要让全世界的人都知道吗? 你无耻不无耻!"

那些文字像一个个小虫子一样,在苏菲的眼前爬行,她忽然想起那年产房的那个女人,就是金贝亲妈说过的话:"男人不要,女人为什么要! 女人不是天生的贱命!"这个思想忽然充塞了她的大脑,她抱起金贝,看也不看,就走出门外,这个孩子是烦恼的根源,丢掉了,什么烦恼也就没有了。

走到门外,想都没想,苏菲就把孩子往地上一放,刚好有个男人经过,看到这一幕,他惊讶地叫起来:"你不是要把孩子扔掉吧!"苏菲充耳不闻,径直往回走,男人的叫声却引来了四五个人围观,人们七嘴八舌:"现在这样,早做什么了? 风流女人都是这样吧!""扔了就没有负担,可以再找男人了!"

苏菲根本不理睬那些议论,她已经走到门前,正准备关门,就在这时候,有个女人抱起孩子,原来是宁宁,她飞快地走到苏菲面前:"苏菲,你疯啦!"苏菲的身体忽然一软,跌倒在宁宁的怀里,她哽咽地说:"金阳在网络上出现了,他不但不要孩子,而且还骂我贱,那么,我还宝贝孩子做什么呢!"说着,苏菲泪如雨下,男人的背叛已经让她难以承受,而那些恶毒的攻击,就像一把把利剑,狠狠地刺进苏菲的心窝,她已经遍体鳞伤。"我知道,我们先回去,回去再说!"宁宁拍着苏菲的肩膀,身为女人,她能感觉到苏菲的心情……

苏菲疯了,网络上都在盛传,"一个连亲生孩子都准备丢弃的女人,心肠是多么歹毒啊!"这样的观点竟然很多,宁宁看了直皱眉:"这什么观点嘛,那个男人根本就没管过孩子,但却少有人指责;苏菲冲动之下,就这么铺天盖地,照这样发展下去,搞不好过几天,网络上或许会造谣苏菲跳楼呢!"

苏菲没有回答,金阳的忽然现身,让她本来已经死去的心,又渐渐地复活了,转了一大圈,她才想到了自己的目的,和金阳在一起欢乐的日子又浮上心头,他们没有过上安逸的日子,但生活里却透露出丝丝的甜蜜。他们准备同居的时候,金阳对她有很多歉意的,他没有给她富裕的生活,甚至连落脚的地方都没有,苏菲在

27

楼盘转悠的时候,金阳就会有压力,不过,他在歉意里总是抱有希望:"相信我,我一定会发达的!""傻瓜,有你就够了!"苏菲特喜欢依靠金阳壮实的肩膀,每个女人都有梦想,那时的苏菲只想让金阳抱着走过一生一世。

金阳一直是很宝贝她的,这其中不会有什么隐情吧。苏菲的心动了起来,宁宁看了她一眼,说:"我觉得那个报社记者说得对,我看你还是去金阳老家一趟,或许就能找到他,当面问清楚,就算他要分手,那也不会这么牵挂,也算了了一个心愿!"

苏菲没有说话,但她已经在心里同意了这个想法,报社那个男记者,外表眉清目秀,但心思却很慎密,他特意找了辆车,约了另外一个记者加上宁宁,四个人带着金贝直奔金阳的老家。沿途,苏菲的脑海里不时地闪现出金阳妈妈的样子,她很慈爱,那年她来看苏菲,替她儿子金阳说了许多好话:"我们家金阳从小是惯宝宝,你多担待点!""我们家条件不是那么好,但你放心,我和孩子爸会全力支持你们的!"金阳妈妈一直那么絮叨,苏菲一直微笑地听着,她脸上很多皱纹,但温和的笑容,却让人产生无限的亲近感。

现在她已经和她儿子行同陌路了,她会怎么对她呢!父母都会向着自己的子女,他们不可能向着她苏菲吧,苏菲头疼起来。

第九章:互联网是用来捆人的吗? 我只想找回我的男人

汽车一路颠簸,来到金阳的老家,金阳的家在一个小镇上,那个小镇风景秀丽。苏菲从来没来过金阳的家,那主要是他们的时间有限,在都市里生存,那很不容易。

他们一路问到金阳家。

金阳父母应该知道苏菲来找他们的,因为报社已经和他们做了沟通。可让苏菲惊讶的是,金阳家已经坐了许多人,可能是他们家亲戚吧。金阳妈妈阴沉着脸,苏菲叫了声"伯母",她也没有回答。

"伯母,能告诉我金阳究竟在哪里吗?"苏菲不想和老人家闹毛,所以说话尽量细声细气,可老人家却发作了:"你找他做什么,用网捆他吗!"苏菲不知道如何解释了,她怎么会这样说呢,她是故意装疯卖傻,还是真的不知道呢,这还是那个很慈爱的女人吗?到了这一步,苏菲只得硬起心肠说:"孩子已经这么大了,他总不能一直不见面吧!金贝,过来叫奶奶!"苏菲拉过金贝,但金贝吓得直往后躲。老人的眼里浮现出一丝温柔,她看了看金贝,又看看苏菲:"孩子可以留下,我抚养,你走吧!"

"这是什么话!"苏菲忍不住眼睛里喷火:"你就是这样教育你的孩子的吗?我们来个换位思考,如果当初你丈夫抛弃你失踪,你还会这么说吗!"老人给苏菲说愣住了,但她就是不肯说出金阳在哪里,理由是,她不能让儿子给苏菲用网捆。而金阳的父亲,从头到尾就没说过一句话。

"阿姨,你错了,网络不是用来捆人的,我们报社也是协助他们解决问题的!"青年记者做金阳妈妈的思想工作。"报社,你们就不能做点正经事啊,总管别人的私事做什么,你们不嫌烦,我还嫌烦呢,这些天被你们这些人搞得累死了!"金阳妈妈狠狠地看了他一眼,接着说:"儿大不由娘,婚姻是两个人的事情,我们不好干涉,再说,金阳真的没告诉我,他究竟在哪里!"

老妇人把责任推得一干二净,苏菲无奈地看着同去的几个人,她不知道下一步,究竟该怎么办?一个自称是金阳舅舅的男人站了起来说:"没什么事情,你们好走了!"

苏菲当然不甘心这样离开,和金阳舅舅争执推搡起来,就在这时候,苏菲的手机响了,竟然是她妈妈打来的,发生了这么多事情,她一直隐瞒着她,但还是被她知道了。

"菲啊,谈得怎么样了!"母亲的声音还是那么轻柔,这不由得让苏菲想起小时候,她受了委屈以后,妈妈总是这样问她。她本来想说,谈得还不错,但她的情绪忽然有了出口,忍不住大声哭泣起来。

"菲啊,妈妈知道了,你赶快回来吧,世界上男人多的是,别想不开啊!"

苏菲擦了擦眼泪,挂了手机,回身走入屋子里,面对满屋子的疑虑的目光,她顿时也显得迷茫起来,她实在不知道,究竟还要不要寻找金阳。退一步说,在这样

29

的情况下,就是找到了,又会有什么好结果呢!

金阳老家之行,不但没有任何收获,而且还把事情推向了另一个高潮。有几个人在网络上质疑青年记者为何那样热心,于是,有人猜测是苏菲色诱了他,继而为她鞍前马后地效劳。更有人说,苏菲一定被男记者搞了,某天某日,有人说亲眼看见他们去开房。"拜托,你为什么总抱着媒体的大腿呢? 真的要找男人,不会自己一个人去啊,难道这个男人会把你杀了吗,真正害怕,那找法律啊!"

宁宁在网络上疾呼:"你们难道不讲理吗,苏菲这次去,就是准备走法律路线的!"可她的声音太微弱,很快被其他言论淹没了。

对于这样的言语,苏菲见怪不怪,她已经懒得辩驳了,唯一让她心痛的是,或许这群谩骂她的人中,就有金阳的声音。网络时代,戴个面具,穿个马甲,就是另外一个人了。她的内心也有些抱歉,男记者是个好同志,那些言语肯定会对他有影响,据说,他的女友已经和他闹上了,苏菲歉意地给男记者打了个电话,男记者豁达地笑笑:"没事,流言止于智者!"

网络上挂了一段苏菲在金阳老家哭泣的视频,是宁宁用手机拍摄的,本来是想引起人家的同情,但却被许多人指责"作秀"。当然,网络上也不全是声讨苏菲的声音,也有人看了视频之后,都表示他们伤心地流泪了,忽然感觉到,做女人真苦。也就是在这时候,那个炒作团队和苏菲联系上了,苏菲答应了任他们炒作,毕竟,她已经开始对金阳绝望了。

炒作团队让苏菲行动再大一些,最好来个征婚。苏菲同意了,一回到这个城市,她就感觉到她不是她自己了,总有一些人为她出谋划策,她也不知道他们说得对不对,但让她有些欣喜的是,她已经为一家服饰在网络上做了广告,广告语挺逗:"某某服饰,未婚妈妈苏菲的选择!"这样的广告词,那服装还卖给谁啊! 连苏菲也忍不住叹息,这个世界已经扭曲得不认识了。可征婚启事却让苏菲有些为难,苏菲毕竟是个寻常女子,如何知道炒作方面的事情。

但这个问题很快就解决了,团队里有的是写手,征婚启事很快就有人写好了,他们让苏菲过目,征婚启事写得声情并茂:"其实,我并不想网络通缉,我只想寻找自己的男人! 当一切无可挽回的时候,我忽然有了深深的倦意。不要以为我又在

作秀,我累了,想找个男人的肩膀依靠,你会是我心中的那个人吗?"

苏菲随意地看了一眼,反正是炒作,她也没怎么放在心上,她觉得自己不可能通过这样的方式得到男友,继而开始幸福生活的。苏菲感觉到心里闷得慌,不用说,这个帖子出来,一定会把网络炸个洞。炸就炸吧,有时候,苏菲会疯狂地想,最好这个世界,被原子弹摧毁才好!

炒作团队忙着到网络上折腾去了,他们有她的 ID 号,苏菲叹了口气,忽然感觉到自己像木偶一样,她关了电脑,想出去透点气,刚出门,她就看见了一个熟悉的身影,是张鸿,他可能去上班吧,急匆匆的,她向他打招呼,可张鸿却冷冷的没回答,但等她准备离开的时候,张鸿又叫住她,他的脸涨得通红,想说话,但半天没说出来,苏菲有些纳闷,他究竟想做什么呢?

第十章:征婚,苏菲忽然也想到了人肉搜索

张鸿憋了半天,忽然很大声对她说:"别那么无聊好不好,你这个女人,究竟有没有真心过,先是通缉,后是征婚,你就不能消停点啊!"

感念张鸿对自己的好,苏菲强忍着没有做声,可张鸿并没有停下的意思,他接着说:"我和金阳在一起喝过酒,感觉他这个人挺直爽的,如果不是你这样逼他,他能失踪吗!"

苏菲疑惑地看着张鸿,她实在不相信这样的话会从他的嘴里冒出来,她用手理了理头发,掏出粉饼,耐心地上妆,然后笑着说:"我不就是想安静吗,不征婚,我怎么能安静,你倒说说看,那个薄情男人不要我,我不能孤单一辈子吧!"

张鸿给她说愣住了,他仔细看了看眼前这个涂脂抹粉的女人,她还是那个熟悉的苏菲吗!他翻了翻眼睛,苏菲也盯着他,她问他借过钱,但已经还他了,他确实无私地帮助过她,可不能因此就对她指手画脚。张鸿一句话也没再说,就掉头走了。苏菲心里顿时空空的,这个好朋友,看来是保不住了。她不由得想到宁宁,宁宁恋爱了,对象竟然是网络上经常和她吵架的一个男人,这可能是这件事情的副产品吧!宁宁很少来了,她的理由很充分,说是怕她那位怪罪,这就是恋爱中的

女人吗,连一贯特立独行的宁宁都不能免俗,苏菲忍不住再次叹息。

相较于苏菲的纷乱心情,网络上却热闹得很,征婚的人不少,骂人的也很多,搞笑的是,有人竟然要娶苏菲做二房,苏菲的鼠标拖动着,像看别人的故事。

"大家为什么不能冷静地想一想,究竟是什么造成了这样的局面,苏菲只是一个普通的未婚妈妈,类似的事情很多,如果没有'网络通缉'这个新名词,就是苏菲找那些媒体曝光,媒体也会感觉寻常的!苏菲是个可怜的女人,她一个人带着孩子,那就更可怜,我愿意照顾她一辈子!"

这个帖子引起了苏菲的注意,她觉得他说得很对,帖子的下面,男人做了自我介绍,他原来是个海归,忙于事业,耽误了情感,他真诚地向苏菲求婚,希望苏菲能给他一个机会。现在多的是剩男剩女,婚恋观不知道是进步还是退化了,古代人二十岁已经生子,有了家再去创业,那不是更好吗!苏菲笑了,她想到宁宁那个大姑娘,当然,她也没当回事情,海归虽然说得好,但他什么都没留,整个像个虚拟人,又如何和他联系呢?

"我就搞不懂,女人真的离不开男人吗?难道你忘记你在医院生产时的仓惶了吗?或许不是你自己的孩子,你要给她找个后爹,来折磨她,你的心地也太恶毒了!我就搞不懂,你就离不开男人吗!"

一般人看这个帖子,或许会莫名其妙,可苏菲却看得目瞪口呆,这个人究竟是谁呢,他怎么知道,金贝不是她亲生的,她继续看那帖子:"在医院里,我觉得你是个好心女人,可你也不能忘记自己的诺言啊!"

苏菲忍不住要叫出声来,这个人不会就是金贝的亲妈吧,可她是抛弃孩子偷跑的女人,她又有什么资格来指责她呢?再说,她苏菲也从来没对她做过什么承诺。这时候,金贝又哭了,如果没有这小家伙,她也不会这样折腾,既然他亲妈出现了,何不还给她。苏菲立即给她留言:"我再怎么恶毒,也不会抛弃自己的亲生女儿,既然你来了,你就把她领回去吧!"

可那个人根本就不承认是金贝的亲妈,苏菲按捺住自己的心情,搜索了那个ID,那个ID刚注册不久,几乎是随着"网络通缉"一道诞生的,开始的时候,她是苏菲的拥护者,可后来,她却成了苏黑。这么一留意,苏菲还真从她的帖子和跟帖

中，发现了许多蛛丝马迹，她百分之百的确信，这个人就是金贝的亲妈。见那人还在抵赖，苏菲不由得火了："你不要，那我也不要，我会把孩子丢在大街上！"

电脑那边沉默了半天，那个人终于承认，她就是金贝的亲妈，她已经结婚了，如果莫名其妙多出个孩子，那不好交代。"你说得倒轻巧，你风流快活，却让我一个不相干的人来承担，究竟是谁恶毒！"苏菲忍不住心中的怒气，一再要求她把孩子领回去。那个女人也火了："是的，我早就不应该把孩子给你，尽管我会遇见很多麻烦，但我还是决定把孩子领回来，我真的看错人了，大不了，我离婚，有什么啊！"

苏菲的心里堵得慌，什么事啊，她千辛万苦地抚养她的孩子，却得到这样的言语，于是，她要把金贝送走的心情更加强烈了，那女人怒气冲冲地和苏菲约了交孩子的地点，就不说话了。

苏菲抱起金贝，打车来到女人指定的地点，女人还没来，苏菲等了一个小时，但依旧没有女人的身影，金贝又哭得厉害，苏菲越来越觉得烦躁。刚好附近有个网吧，苏菲忍不住钻了进去，她给那女人留言，女人竟然在线，女人委婉地说，她实在没有这个信心，她现在的老公会无法接受的。"大姐，拜托了，你就好人做到底吧，如果人家知道孩子不是你的，那人们会怎么看待你！再说你已经这样了，也就没有负担了！"

女人的话让苏菲无比愤怒，这不是强盗逻辑吗，苏菲的脸气得煞白，她冷冷地敲了一行字："那就让孩子在街上自生自灭吧！"说完，她就下网，走出网吧，抱着金贝来到女人指定的地点，把金贝往地上一放，看也没看孩子一眼，就上了一辆出租车。

出租车带着她，苏菲已经麻木了，开车的是个小年轻，车里正播放着一个歌曲："呀，呀，呀，我的宝贝！"非常抒情的歌曲，苏菲麻木的思绪忽然被刺激了一下，她的脑海里不自觉地浮现出金贝的模样，圆圆的苹果脸，一笑俩酒窝，他有时候会对她笑，就连哭的样子，也很可爱。

"停车，停车！"苏菲大叫起来，司机吓了一跳，来了个急刹车，然后疑惑地看着苏菲，苏菲摆摆手，让司机开回到原来的地方。车子掉转头，苏菲不住地催促司机

快点,一到起步的地方,苏菲从车上跳了下来,但她的金贝已经不见了,她一下子瘫倒在地上,难道金贝被她亲妈接走了吗!?

第十一章:亲爱的人啊,你穿着马甲为何如此无情

转了一圈,找不到金贝,苏菲只好回去。在路上,她忍不住给金阳发了个短信,在她思绪里,金阳仿佛只是和她吵了一架,短暂地离家出走而已。如今孩子没了,她不能不告诉他。这完全是下意识的,可那个短信依旧是石沉大海,苏菲无奈地摇摇头,觉得自己真笨,金阳既然诚心躲避,那自然已经把手机卡扔了。可回到出租屋,苏菲却觉得已经虚脱了,熟悉的哭声没了,更没有孩子牵她的手了,她这是做什么啊。

躺在床上,她的头嗡嗡地响,疼得厉害,她猛地跳了起来,打开电脑,给金贝的亲妈留言,询问她是不是把孩子带走了,可她一直等不到回音,她急得在屋子里乱转圈,转了几个圈子之后,她只得拨通宁宁的电话,然后有气无力地说:"金贝不见了!"

"什么,你说什么?你不会又发疯了吧!"宁宁着急地在电话里叫喊:"你现在在哪里?"得知了苏菲的具体方位,宁宁很快就赶来了,她的男友跟在后面。见到宁宁,苏菲立即说:"金贝不是我的孩子!"

"好了,别说故事了,你究竟把金贝怎么啦,那么可爱的孩子,他父亲是豺狼,你不会也没心肝吧!"宁宁打断了她,苏菲扼要地说了丢孩子的经过。宁宁二话没说,让她带路,他们三人立即赶到苏菲丢孩子的地方,可找了一圈,又问了不少人,哪里还有金贝的影子。"我发现你的心也给狗吃了!"宁宁冲着苏菲吼叫,也难怪,宁宁带过金贝,她对孩子也有很深的感情。

苏菲一声不吭,宁宁的男友就提议:"还是报警吧,不然孩子落在坏人手里,那就完蛋了!"宁宁摇摇头:"苏菲现在处境很不好,如果这样的事情再传到网络上,那苏菲只能跳楼了!"可如果不报警,那也没有更好的办法,宁宁急得眉头紧皱,苏菲心一横,说:"还是报警吧,枪毙坐牢,我一个人去!"

"先冷静下,你,我们再想想办法!"宁宁的话刚说完,苏菲的手机就响了,苏菲就像抓到一根救命稻草一样,赶紧接通电话,大声说:"金贝是在你那里吗?"电话里却传来一个低沉的男声:"苏菲小姐,你怎么了,我是那个向你求婚的海归,能见个面吗!"

苏菲哪里还有那样的心情,她说,很不巧,现在忙,等有时间再说,说着她就挂了机。宁宁和她男友疑惑地看着她,苏菲刚想解释,手机又响了,苏菲忍无可忍地爆发了:"你不要以为是个海归,就很了不起,难怪三十出头还没女友,有你这样缠人的吗!"

"你说什么啊,又发什么疯,你把金贝一人丢在大街上,究竟什么目的啊?"原来是张鸿,他出来玩,刚好碰见金贝一人躺在大街上,于是,他就抱着她一道玩,而后又抱了回去,但到了苏菲的出租屋,却发现苏菲不在,于是,他就打了她的手机。

"金贝找到了!"苏菲对宁宁说完这句话,就无力地躺在地上,再也没有力量爬起来……

"带着金贝去见见那个海归吧,他各方面条件都不错,又那么诚心约你,可见还是有几分诚心的!"宁宁拍着苏菲的肩膀说。

带着金贝回到家,苏菲再次上网,就看见金贝亲妈的留言,竟然有十几条,有七条是相同的:"大姐,孩子找到了吗?"寥寥的几个字,能看出母子连心。"大姐,我知道你心情不好,我知道你有难处。""大姐,你在吗?"看着那一条条留言,苏菲的内心也不是个滋味,看来这女人确实很在意现在的婚姻,但一想到她把自己玩弄得差点崩溃,她心里就火得不能再火:"我已经把她送人了!你一辈子也不会再见到她了!"

金贝妈妈再次如空气般消失,苏菲也懒得管她了,这个女人的心肠,短暂的柔软之后,竟然还是那么硬,那几天,她在思考宁宁的话,觉得她说得挺对,于是,她就和海归约了见面的地点。

海归35岁这样的年龄,外表给人的感觉很稳重,他笑嘻嘻地对苏菲说:"你比网络上照片漂亮多了!"苏菲笑笑,和金阳在一起的时候,她已经忘记装扮自己了,而网络通缉后,她再次想到收拾自己,女人一打扮,自然显得光鲜。

海归追问苏菲和金阳的情况，苏菲笑了笑，岔开了话题，让海归说说国外的情况，海归滔滔不绝："未婚妈妈其实在国外很普遍，我不知道，国内为什么会掀起这样大的波澜，可能是国情不同吧！"或许是看苏菲打扮时尚，海归的话题又转到时尚方面来，从皮尔卡丹说到鳄鱼，再到麦当娜和小甜甜，他知道的还真不少，苏菲对他的好感又增加了几分。聊了一个多小时，苏菲告辞，海归礼貌地送她走。

这个世界好像已经没有任何的隐私，网络上开始风传，苏菲结识了个海归，准备停止网络通缉，安心嫁人了。苏菲无奈地笑笑，这个社会究竟是怎么啦，她要嫁给海归吗，那为什么她自己都不知道。

"你就是那种没有男人无法过的女人！口口声声通缉男人，想不到却把另外的男人通缉到床上去了！"这个跟帖让苏菲哭笑不得，她继续看这个帖子，这个帖子竟然说苏菲中学时就恋爱流产，还说金阳不知道是苏菲的第几任男友。"那孩子，怎么看都不像金阳，谁知道是从哪里来的野种！据说那海归年纪有点大，能不能满足这个骚女人，我看难说！"

这是个非常陌生的 ID，但苏菲看来看去，脑袋里就浮现了一个男人的影子，不错，那影子就是金阳。他们在一起的时候，金阳有时候会这么气急败坏，他还是个大男孩，天生有些神经质，况且，她和金阳两个人的隐私，他似乎都有些了解。

苏菲的心顿时如刀割一般疼痛起来，不说他们曾经恩爱过，哪怕念在他们曾经同床共枕的日子，也不该穿马甲如此歹毒地发帖啊！难道金阳真的有难言之隐，他被什么人控制了？但不管怎么说，只要不是刀架在脖子上，面对这么多的风风雨雨，总该正大光明地出来说句话吧，那个心高气傲的金阳，哪里去了，怎么如此的猥琐不堪。怒气渐渐地填满了苏菲的心胸，她飞快地打了一行字："那个薄情男人哪里能和海归比，他已经阳痿了！"这话也够恶毒，是男人最忌讳的，但苏菲顾不了那么多了。但那个 ID 并没放松对苏菲的攻击，苏菲忍不住给他留言："穿着马甲，有什么意思呢，金阳，难道你对我就没有一点点情意吗？"

电脑那端沉默了半天，然后回了一条消息："你想男人想疯了，实话告诉你，金阳已经和另外一个女人好上了，她比你有钱，比你漂亮，你根本无法和她比！我要是你，干脆就选择放弃，须知道，有时候放爱一条生路，那就是最好的选择！"这个

留言比较有条理,并不像金阳那般冲动,苏菲忍不住疑惑起来,这个人可能不是金阳,她苏菲可能是太想念金阳了! 又有一条留言,还是那个ID:"世界上男人多的是,何必抱住一个男人的大腿呢,你觉得这样有意义吗? 我也是个女人,如果我遇见这样的男人,绝对不会像你这样!"

苏菲感觉到,这留言和网络跟帖,应该是两个人,难道是一对情侣一道上网吗? 苏菲的脑袋乱乱的。

第十二章:别搞得跟大腕一样,谁人理解女人的难

又有家电视台找苏菲做节目,苏菲欣然地同意了,或许曝光多,就能挣到一些钱,那个不要亲生女儿的女人说得对:"女人什么时候都不能亏待自己!"可在节目现场,苏菲却和节目主持人发生了争执,主要是这个节目从开始就说苏菲准备停止网络通缉,和海归要进入围城。

"不谈这个问题,没有影子的事情我不想谈,我一贯的立场就是通缉不到他,我绝对不停止! 这样的话题,我觉得不舒服,不录了!"苏菲站起来,准备离开,但她的步履,怎么看都觉得矫情,那一刻,她的心中也是惴惴的,她不敢想象,如果媒体就此联合起来,不说封杀她,就是冷落她,她也会非常失落的。可让她想不到的是,电视台的工作人员竟然拉住她劝说。以前在她心目中,高高在上的媒体,忽然在她心中变得如此的不堪,记得她初次参加一个媒体的活动,那时候的她,把媒体看到天上去了。

苏菲缓缓地回到节目现场,接下来也不说她结婚了,话题又转到网络通缉上,苏菲不知道,这样的老生常谈,究竟会有多少人有兴趣! 但她知道一点,电视台为了收视率,对她非常迁就,而她,必须要抓住这样的机会。

从节目现场出来,苏菲就接到了海归的电话,海归激动地说:"苏菲,你太棒了,我永远支持你网络通缉!"苏菲觉得奇怪,她网络通缉,海归有啥可高兴的。

金贝的亲妈像空气一样失踪了,苏菲忍不住也想"人肉搜索"一番,可个人的力量毕竟有限,可以想象,那个女人本来就不要孩子的,自然是用了假名字。哎,

除非她坐牢的男友能认出孩子,但这犹如天方夜谭了。

米莉来找苏菲,一见面,她就羡慕地对苏菲说:"你现在好了,找了个海归,钓了个金龟婿!"

她来得正好,苏菲正要找她询问照片的事情,但米莉赌咒发誓说不知道。

"我能出卖你吗,老同学!"

苏菲不好再说什么了,但她的心中却老大一个疙瘩,于是,她谢绝了米莉的约请。米莉有些不高兴,嘟囔着:"不会找个海归就不认人了吧!"米莉逗了逗金贝,叹气说:"那个金阳真不是男人,是个乌龟,好在,你有海外的乌龟了!怎么样,带你那位出来见见面!"

苏菲推辞了,这倒不是她不愿意,而是那个海归不喜欢他们一道在大庭广众之下露面,甚至连苏菲的好友宁宁,他也不愿意见。"我觉得我要低调地生活,当然,我不反对你高调!"

平心而论,海归还是不错的,但他在众人的眼里,就像一个谜一样,除了苏菲,没有人知道他究竟是谁。有次,他朋友聚会,苏菲想跟去,但是他拒绝了。其实,他们也不像是情侣,隔天见次面,晚上从来不在一起,海归的意思是,他的父母都很传统,他需要一段缓冲时间来说服他父母,毕竟,他们在他身上花了许多心血。

真是挺让人泄气的,苏菲这样的漂亮女人,从来享受的都是男人的追求,什么时候享受过这样的待遇,如果她没和金阳有过这档子事情,如果她没有孩子的拖累,她可能对海归看也不看一眼。她不知道自己究竟是增值还是掉价了,找她的网站又多了几个,都邀请她去开专栏,苏菲其实对文字的兴趣并不是很大,但看在钱的面子上,她都答应了。可另一个方面,她要寻找的男人,似乎又复杂起来,同年龄没资历的,她或许看不上,一个网友说得精辟:"你搞得这么大,普通男人,谁敢要你啊!"

那家服装公司开的广告费并不多,可就是迟迟不兑现,苏菲找到他们公司,公司广告部的人对她挺客气,说要请示下老总,然后对苏菲说,他们老总让她去一下。

老总腆着肚子,不耐烦地看着苏菲:"看你蛮文静的一个女人,怎么搞出那么

大动静！我要是那男人，我也不敢出来的！"

因为是来商量广告费的，苏菲就没理他那个碴，而是直奔主题，老总拿出200块钱，说："他们做了那个广告，没通过我，我已经狠狠地批评了他们，都什么事啊，这不是影响我们的销量吗，你也辛苦了，200块钱拿去，给孩子买点奶粉吧！"

苏菲简直不敢相信，作为一个老总，竟然说出这样的话，她狠狠地看了老总一眼，说："你们不会说话不算数吧！""我们说过什么了，你有什么凭证！"

苏菲蒙了，因为信任，她没有和服装公司签订任何的协议，这就像她的感情，没有领结婚证，她就献出了身体，继而到了难以收拾的地步。跌跌撞撞从老总办公室出来，她听到老总在背后说："什么玩意儿啊，把自己搞得跟大腕一样！"

"你奶奶个头！"苏菲猛地回过头来，恶狠狠地指着那个老总的鼻子骂道："我是贱，可你比我还贱，你看你这猪样，猪都比你好一些，猪最少不会说话不算话！"老总被苏菲骂得怔住了，旁边立即有人劝，可苏菲的情绪不能没有出口，她本来是个文静的女人，但被逼到这一步，也就豁出去了。

在人们的劝说下，苏菲悻悻地离开了，走在路上，她打了个电话给海归，请他帮忙想想办法，可海归却说他很忙，没时间过来。苏菲有些郁闷，倒是米莉知道了她的遭遇之后，准备找几个小杆子来修理下那个老总，但被苏菲拒绝了，她可不想用这样的方法。而这在网络上，自然又成了苏菲的一条罪名："搞什么搞，现在是法制社会，你还想搞黑社会啊！"

宁宁不知内情，打电话狠狠地骂了她一顿："你再乱来，我们就不是朋友了！"苏菲也解释不清，只能苦笑。

"苏菲，金阳来电话啦，让你别折腾，好商量！"张鸿来找苏菲。

苏菲从来没怀疑过张鸿的真诚，可金阳仅仅凭一句话，人躲着不露面，那也太便宜了吧。苏菲疑惑地看着张鸿，张鸿就告诉她，据说金阳遇到一些麻烦，等把问题解决了，就回来。

"那么，他具体遇到什么麻烦了呢？"

第十三章：男人不在于帅与不帅，而是有没有经济基础

张鸿回答不上来，因为金阳在电话里说得很简单，他翻出手机上的号码，让苏菲自己问，可苏菲打过去，却是一个公用电话。张鸿看着苏菲发呆，苏菲也觉得奇怪，据说人肉搜索的威力无穷，但为什么就搜索不到金阳呢，难道金阳就如空气般消失了吗？

"以后别在我面前提那男人，烦！"苏菲翻了张鸿一眼，张鸿顿时不自在起来，金阳在电话里是好言求他劝解苏菲的，张鸿脑袋一热，哥们义气就上来了，可他想不到，金阳却虚假地连打电话都去公用电话亭，他忽然想起一个传言，金阳和南方的一个女老板好上了，这就是他不要苏菲的直接理由。

张鸿像做错事的孩子一样，他无法理解女人，或许女人在网络上肆无忌惮地发泄，那是情绪最好的出口吧。张鸿请苏菲吃饭，但苏菲拒绝了，因为海归约了她。在苏菲的心里，像张鸿这样的男人，或许只能供她使唤使唤而已，她苏菲就是要嫁人，那也要嫁给海龟那样的。

张鸿前脚刚走，米莉就跟来了，这个女人也不嫌烦，听说苏菲要去和海归见面，她就缠着要跟去。苏菲扭不过她，就带着她一道赶到海归指定的地点。果然，对于苏菲身边出现另外一个女人，海归显得很不高兴。苏菲简单地给他们做了介绍，海归冷冷地点点头，一句话都不说，气氛尴尬起来。

"给你们来几张合影吧！"米莉是个活跃分子，还没等苏菲和海归回过神来，她已经拿出随身带来的相机，咔咔咔拍摄了七八张，然后，邀功似的递给苏菲。苏菲随手翻看了一下，平心而论，从外表上看，海归是无法和自己匹配的，这可能就是命吧。可海归却急忙从苏菲那里抢过相机，想也没想，就把照片全部删除了。"还是不要拍摄，要传到网络上，不知道会掀起什么样的风波！"海归呵呵地笑着。米莉莫名其妙，而苏菲却有点知晓海归的心理，他是怕别人知道他是谁。

"你长这么大，就没谈过女友，我们苏菲，那可是个好女人，你要珍惜她！"米莉可不管这些，她印象中的男人，那对待美女，总是谦卑的。可海归竟然冷着脸背过

头不理睬她。

米莉忍不住把苏菲拉到一边,悄悄地说:"我看这个男人不靠谱,只能炒作炒作而已,千万不能当真!"苏菲也有这样的想法,她根本不知道海归究竟是怎样的一个想法,是发自内心的真诚,还是垂涎她的美色,一切都是个谜。

海归转来转去,米莉看情况不对,就再也坐不住,匆忙地告辞了。海归沉默了下,说:"和你在一起,需要勇气!我现在真的没什么勇气!你不能带着朋友来逼迫我就范,那就没意思了!"

苏菲心里不知道是什么滋味,既然如此看轻她,那为什么又要来招惹她呢!她苏菲确实不是顶级女人,但也不会下贱到供人娱乐的地步吧!苏菲冷冷地看了他一眼,从牙缝里蹦出几个字:"那就等你有足够的勇气再说吧!"说完,苏菲扭头就走。

"你怎么这样啊,我其实表达的不是那意思,你理解错了!"海归想拦阻她,但苏菲双眼一瞪,他就害怕地闪开了,眼前这个男人,纯粹是个懦夫,网络上说得没错,他或许就是个阳痿男人,和苏菲在一起这么久,不说在公众之下躲避,就是他和苏菲两个人待在一起,他也没有做出任何亲昵的举动。男人和女人,有碰撞才会有激情,走在路上,苏菲忽然觉得,海归真的不如那个薄情男人,不管怎么说,金阳曾经为了她和别的男人打架,但海归呢?苏菲摇摇头,好在她苏菲并没有像以往那样陷入。

这几天网络好像渐渐平静了,找她的媒体也少了,苏菲忍不住茫然起来。"苏菲,我看你别折腾了,找个男人嫁了算了,那个海归那脾气,够呛,男人重要的不是年纪大小、漂亮与否,而是有没有经济基础!我帮你介绍一个吧,是个 50 岁的老板!"米莉打来电话。苏菲忍不住心中悲痛起来,难道她苏菲已经惨到得嫁那样的老男人的地步了吗?

媒体渐渐撤退,网络也稍稍平静,苏菲忽然很虚脱。网站的策划团不甘心这样,他们认为,在如此情形下,苏菲必须有出格的举动,才能吸引人们的眼球。而苏菲能吸引人的,无非是她漂亮的外表及她的感情生活。

"苏菲,你干脆来段闪婚!"网站负责人对苏菲说。

苏菲疑惑地看着他，恋爱婚姻，那不是街头买菜，哪里会那么容易，网站负责人笑笑："真真假假嘛，像征婚那样，不是气氛很好！"苏菲不知道是想笑还是想哭了，她忽然感觉到，她已经沦落为网站赚取点击率的一个工具。工具就工具吧，反正都是相互利用。

"可就是我想这样，那，哪个男人肯跟我做这样的戏！他又没吃饱了撑着！"苏菲没好气地说。

这还真是个问题。苏菲显得闷闷不乐，网络通缉一场，她不知道得到了什么，那个负心人一定躲在某个角落里偷偷地笑吧。

屋漏偏逢连夜雨，偏偏在这时候，金贝晚上又发起了高烧。苏菲忍不住悲凉起来，这段时间，围着她的人非常多，可真正帮助她的人却很少。金贝的哭声越来越大，苏菲也越来越烦躁，对这个孩子，她爱恨交加，有时候恨不得把她摔死，有时候又心疼得恨不得含在嘴里。

"砰、砰、砰！"有人敲门，接着就传来张鸿的声音："苏菲，开门，金贝哭成这样，究竟怎么啦！"

原来张鸿回家，路过这里，听到金贝的哭声，不放心。张鸿进来后，摸了摸金贝的额头，转身对苏菲说："孩子发高烧，准备去医院！"不等苏菲说话，他就抱起金贝出了门，苏菲只得跟着。出门，打车，坐在车上，苏菲不由得想起她生产的那天，只不过那天，她几乎是躺在张鸿的怀里。

到了医院，张鸿又忙着挂号，接着又把孩子背到注射室挂水，在金贝挂点滴的时候，张鸿又外出买来夜宵，这一忙，就忙到夜里3点半。在回去的路上，张鸿看着困倦消瘦的苏菲，轻声说："还是找个男人吧！"

苏菲幽幽地看了他一眼，她不知道该如何回答张鸿。她不是不想有个家，可感情不是菜市场买菜，不可以想来就来的，她苏菲经历了这么多，那些好男人哪里还敢来求爱！海归的表现，让她对金阳以外的男人都寒心了，男人喜欢漂亮女人，但漂亮女人如果总是制造事端的话，那就没有几个男人能接受的。苏菲又看了看张鸿，她的眼睛很有风情，如一泓秋水，眼前这个男人，也曾经追求过她，而经历了这么多的风风雨雨，他又会是个什么样的想法呢？

"金贝,那个男人薄情,但我不会!"张鸿一把抓住她的手,苏菲一怔,事情太突然,苏菲就觉得张鸿的话,犹如儿戏一般。

第十四章:她在感恩中释放,他们是"爱无能"吗

苏菲的目光紧紧地盯着张鸿,她能感觉到他的真诚,可如今这样的情况,合适吗?苏菲挣脱了张鸿,摇着头说:"你对我很好,我很感激,但我不需要同情,真的!"

这话如果以前说,那人们一定以为苏菲做作,她曾经是个貌美的校花,追她的人至少有一个排。可这时候说出来,却显得楚楚可怜!张鸿的眼神突然坚定起来,他再次抓住苏菲的手,定定地看着她:"你知道我一直对你好的,不存在同情不同情,只有真心。你可以把我们的事情放在网络上,我不在乎,照片也行!"

苏菲没抽出自己的手,但她依旧沉默。经历了这么多风雨,她变得成熟了许多。眼下,张鸿内心正有一股激情,但如果他的父母反对,那又怎么办?如果他的同事及熟悉的人,用异样的目光看他,甚至嘲讽他为了出名什么事情都肯做,那他又会是怎样的行动呢?再说,她对张鸿,除了心底的那份感激之外,就没存在过其他的感情。苏菲抽出一只手,理了理头发,她已经不是情窦初开的小女孩,有些事她必须想清楚,而张鸿,也不是随便的男人,她不想因为这个连朋友都反目。

"张鸿,我非常感谢你,但请你不要这样,好吗?"

"难道不相信我,难道你认为我也是炒作,可我炒作有什么意思呢?苏菲,自从见到你的第一眼,我就喜欢上你了,得知你有了男友,我的内心充满了绝望,我选择在远处观望祝福你!但如今,障碍没有了,难道你还是看不上我吗?"张鸿的声音里充满了痛苦。苏菲低下了头,她现在还没想到婚姻,只想把这件事情炒得更火一点,可她万万不想拿张鸿来垫背!

张鸿充满绝望地离开了,苏菲思绪混乱,心里很不好受,男女情感,不是物质,如果可以的话,她真想把一切都给他,继而来抚平张鸿心口的伤痛。

苏菲一夜都没睡着,从医院回来后,她就打开电脑,但她的目光却没怎么看屏

幕。天要亮的时候，张鸿瞪着通红的双眼来了，他从怀里掏出身份证和户口本，激动地对苏菲说："不要犹豫了，我们去领结婚证吧！"苏菲看了看他，内心忍不住叹气，男人有时候像孩子一样，比如金阳，如果那时候，他们把证件领了下来，那现在又是怎样的情形呢！

"你的父母知道吗？"苏菲忍不住问了一句："听话，别闹了，好吗！"苏菲的头疼得很，她真想对张鸿说，如果需要她，她真的会给他，但求他别介入进来，这里面的水太浑，她不想张鸿也在里面淹没。

张鸿的头低下了，随即，他抬起头高声说："顾不了那么多了，领了再说！"

对比那个海归，苏菲无法不激动，张鸿确实算得上是个好男人，可如果那样做了，他们的未来却不可预知。见苏菲不言语，张鸿急了："难道你不相信我吗？你要怎么才能相信我呢？"

刚好网络上有个人骂苏菲，张鸿咔咔咔打了一行字："你们不要再说她了，她就要结婚了！""是吗，她那样的女人，谁要，不会是你和她结婚吧！"网络上的人反唇相讥，张鸿要继续反击，但被苏菲阻止了："随他们去吧，张鸿，你要想好，和我在一起，那会有很多麻烦！"张鸿再次抓住她的手："我们去领证吧！什么也别说了！"

苏菲已经没有了退路，在张鸿燃烧的目光里，她一点一点被融化，她不想再逆张鸿的意，于是，她柔柔地看了一眼他，目光里显现出小女人的柔情："既然这样，那等我做个告别！"苏菲的意思是，通过媒体发布她准备进入围城，以后就不通缉那个男人了。张鸿同意她的想法，可等苏菲联系一个报社记者，那个人半天没做声，也真是奇怪了，前段时间，也就数他联系苏菲最勤快。苏菲以为他没听清楚，于是，又加重语气说了一遍，那个记者这回回答了："对不起，你找别的报社吧，我们领导认为这个题材已经过时了，他没有什么兴趣，我也没办法！"

记者的回答，让苏菲瞠目结舌，张鸿不耐烦了："我们就在网络上公布下就行了，何必去找那些人！"就在苏菲迟疑的时候，另外一家报社的记者找来了："苏菲小姐，听说你要结婚，是不是真的！"原来他从网络上察觉到蛛丝马迹以后，感觉到有新闻点，就立即找来了，他的意思是，他们报社想全程跟踪报道她的领证过程。

苏菲比较赞同，可张鸿却觉得麻烦，于是苏菲说："我这样做，大家都知道，就

不会再有人胡说八道了,这符合我和过去告别的主题啊!"拗不过苏菲,张鸿只得同意。而报社的记者却要求,无论如何要把男友带着,千万不能一个人。苏菲笑笑,这个记者真是多虑了,一个人能领到结婚证吗?

"闪婚成功了,想不到这么顺利!"炒作团队的头儿非常兴奋,苏菲严肃地告诉他们,她可是认真的。"是啊,是啊,不认真,那怎么会有吸引力! 做得越认真越好!"苏菲忍不住苦笑,网络推手们似乎已经没有了人类感情,在他们的眼里,仿佛只有绯闻和艳遇。苏菲忍不住会乱想,这些推手们会不会恋爱结婚呢? 他们的内心还有没有真情实感,他们还能爱起来吗? 都市里的"爱无能",可能就是说的他们吧。

"我们会集合一些网友过去见证!"那个人还在嘀咕,可苏菲推辞了,张鸿可能不愿意,她不想让新婚一开始就不愉快!

和报社记者约好了时间,苏菲让张鸿回去休息,可张鸿却毫无睡意,苏菲不由得想到金阳,他们去领证的那一次,他们也激动得通宵未眠。看着甜甜睡着的金贝,望着张鸿那张轮廓分明的脸,苏菲忽然有了一种要释放的冲动,眼前这个男人对她太好了,她要回报他,她软软的身子缓缓地靠向张鸿。张鸿立即感觉到那份柔软,那曲线毕露的身体,是他渴望已久的,可这一刻,他仿佛如触电一般弹了起来,因为他觉得,这时候如果那样,那会有乘人之危的嫌疑。他看了一眼苏菲,笑了笑:"我先回去,你也注意休息!"

第十五章:薄情郎向她举起砍刀,有这样的新婚之夜吗

张鸿不想受到没必要的阻力,所以,他隐瞒着一直没有做声,而苏菲却心情复杂,或许和张鸿结婚后,她就要过另外一种生活。不知道这个事情出来以后,人们会有什么样的反应,会有人怜悯她吗,会有人想念她吗? 苏菲随即苦笑地摇摇头,觉得没有那种可能! 不是有人期盼她早点消失吗?

"你这个女人,整天浪费网络资源,难道你就没愧疚过!"这句话已经深深地刻在苏菲的脑海里。"唉,想不到这样折腾,还是老样子,甚至都不如从前了!"苏菲

的心里忍不住一阵失落,她曾经做过许许多多次新娘子梦,但没有一个是这样的情形。

那个早晨,苏菲抱着孩子和张鸿悄悄地溜出这个小区,直奔民政局,那家报社的文字记者和摄影记者都等在那里了,发结婚证的人一看见苏菲就乐:"名人来了,我们开绿灯!"

人们嬉皮笑脸,苏菲已经习惯这样的场合,但张鸿却很不自在,结婚程序还有个新人宣誓,搞得跟入团宣誓差不多,报社记者让张鸿和苏菲共同拿着结婚证,不断地催促两人靠近点,然后咔咔地拍照,苏菲忍不住想笑,这样的照片,拍摄出来一定像80年代的结婚照。其实,苏菲已经和金阳拍摄过结婚照了,那是在他们同居的时候,有天他们心血来潮,就去了照相馆,苏菲穿着白色婚纱、金阳白色西装,他们都笑得特灿烂,以至于拍摄的人都感叹:"真是一对金童玉女,祝福你们啊!"想不到搞成如今这样的情形,让人忍不住悲叹,男女情爱的脆弱。

报社记者变着法子拍摄了一番,文字记者又多方询问了男女双方认识的过程,及现在的感受,然后又聊了一会儿,就走了。而张鸿和苏菲却尴尬起来,他们已经是法律上的夫妻,可他们并没有举行婚礼,甚至连新房都没有。一路上,他们都没说话,到小区门口,张鸿看了苏菲一眼:"我先回去!"苏菲点点头。

那一天,张鸿都没出现。金贝已经睡着了,苏菲也很累,可躺着就是睡不着。就这么结婚了,今天应该是她的新婚之夜,没有婚礼祝福不说,新郎还不在身边,这样的事情,也只有她苏菲能遇见了!其实,自从金阳失踪以后,她就想把孩子改名叫苏贝,如今和张鸿结婚了,那孩子得姓张了。"孩子,我给你找了个爸爸!"苏菲对着金贝喃喃自语。

一夜没睡好,苏菲干脆不睡了,可一个早晨,都没见到张鸿,苏菲想,他可能去上班了。苏菲打开电脑,到了自己的版,好嘛,里面已经炸开了锅,原来那家报纸的头条竟然是苏菲闪婚,标题为:"苏菲停止网络通缉,一心从良和男人闪婚!"

报纸不知道被谁扫描后上传到网上,短短的时间里,已经有100多个跟帖了。说什么的都有,有的说:"没这个女人,网络终于可以安静了!"而认识张鸿的人却无论如何不相信,继而猜想,他们可能早就有瓜葛,他们不是正好住在一个小区

吗！

"其实，他们早搞上了，我亲眼看见那男人早晨从苏菲的房间里出来，那么早，能有好事吗？据说，这个女人生孩子的时候，是这男人送到医院，并一直护理她，没有关系，他能这样吗？"这个帖子咄咄逼人，引起不少附和。当然，也有一些人祝福他们，认为这是一个比较圆满的结局："不管怎么样，我觉得这样的结局不错，就算他们以前有关系，但经历了波折之后，我还是深深地祝福他们！"

"我们不是一直闹着要安静吗？现在总算安静了，我们为什么还要苛求她呢，她也是个苦命的女人，被男人抛弃，总不能一辈子单身吧！"这样的观点得到许多女性的支持，他们跟帖的观点就是："世界上没有无缘无故的爱，更没有无缘无故的恨，没有因，就没有果！"

看着网络上的闹腾，苏菲的心里却是五味杂陈，这就结婚了吗？以后就要和张鸿这样的男人度过一辈子吗？人生有时候确实很奇怪，曾经山盟海誓要在一起的人，却慢慢演化成了怨偶，而一觉醒来，却忽然发现身边躺着的人，竟然是陌生的他或者她，这或许正应了张爱玲的那句名言："原来你也在这里！"人生，那或许就是个缘分。

"你去死吧，你这个烂货！"一个跟帖反复地骂："打扮得像农村妇女，却比妓女还骚！还自比芙蓉姐姐，丢尽了女人的脸！"尽管是一个陌生的 ID，但那语气，还是让苏菲隐约地猜想到，这个人可能就是金阳，因为他还说了只有苏菲和金阳两个人知道的一些细节，比如身体的某个部位，再比如，只有他们两人知道的隐私。

一些男人或许就是这样，总是有强烈的占有欲，或许已经适应了苏菲的通缉，冷不丁，苏菲结婚了，他可能从心底失意吧！苏菲忍不住冷笑，她已经懒得回击了，让他去嫉妒吧，最好嫉妒死掉才好！她也懒得和网络上的人争辩，趴在电脑桌上，她竟然昏昏地睡着了。

朦胧中，她感觉张鸿穿着黑色西装，红色领结，而她自己却是白色的婚纱，两个人在童男童女的陪伴下，竟然走进了教堂。"你愿意嫁给张鸿吗？"牧师问。

"我愿意！"苏菲甜甜地笑着，张鸿从口袋里掏出一个结婚戒指，准备给苏菲戴上。可就在这时候，苏菲听到一声大喊："你这个贱人，看我不杀了你们！"

竟然是金阳,他手里竟然拿着他们同居时候的菜刀。苏菲迷惑了,他不是一直躲着不见面,她才网络通缉的吗!难道他心生悔意,想要和她重新开始吗?就在她疑惑的时候,金阳已经拿着菜刀奔到她的面前。

就在金阳快步奔到她面前的时候,苏菲耳边忽然嘈杂起来,苏菲一身冷汗,从电脑桌前摔了下来,原来她做了个梦。她看了看手表,已经是下午4点多了。

"通通通"有人敲门,可能是张鸿下班了,苏菲起身开门,却发现一位60岁模样的妇女站在门外,妇女看了一眼苏菲,问:"你就是苏菲吧?"苏菲点点头,刚想问你是哪位,妇女已经发飙:"我们家张鸿可是个老实人,禁不住你这样的狐狸精勾引!"

第十六章:女人要善于取舍,性格决定命运吗

从女人的言语中,苏菲知道她一定是张鸿的妈妈。"阿姨,你坐!"明白过来的苏菲赔着笑脸说。可妇女还是一脸怒气:"我知道你有手段,但你也不能害我们家张鸿啊!他30岁了,找个正经女人结婚过日子,不是很好吗,难怪给他介绍对象他不要,原来有这档子事啊,你是不是骚得难过啊!"门外已经围了一群人,像看把戏一样。

张鸿妈妈的话说得非常难听,苏菲的脸涨得通红,她知道她和张鸿结合,会有麻烦,可想不到,麻烦这么快就来了。她想到张鸿的好,就强忍着不说话。"你倒是说话啊,你哑巴了!"看来这女人真的很着急,可她苏菲能说什么呢,说是她儿子愿意的,她儿子求她的!但这样说,有意义吗?

就在这时候,张鸿来了,他把门关上,他妈妈狠狠地瞪了他一眼:"你来得正好,当着妈的面,你亲口告诉她,你们不会再来往了!"

张鸿用手摸着头,他看了看窘迫的苏菲,然后又看了看发怒的妈妈,他忽然非常为难!可这时候,却是做选择的时候,他已经没有第二条路好走。他把妈妈扶到椅子上坐定:"妈妈,你别听人家乱说,苏菲是个好姑娘!"见妈妈依旧愤怒,张鸿只得硬起心肠:"妈妈,再说,现在已经迟了,我和苏菲已经领了结婚证了,她已经是你儿媳妇了!"

张鸿妈妈脸色变化了好几次,她有些不相信,她了解自己的儿子,他不可能这

么大胆的。别人说儿子和那女人结婚,而她以为,儿子顶多和这女人混在一起而已。但儿子亲口对她说,那情况就不同了。

见妈妈疑惑,张鸿就拿起放在苏菲这里的结婚证,递给她看。妈妈顿时无言了,她颤巍巍地站起来:"你狠,儿大不由娘,你就跟这女人混吧,你也别回家了!"说完,她开门走了。

"妈妈是刀子嘴豆腐心,她也只是说说而已,你别放在心上,过段时间就没事了!"张鸿赔着笑脸对苏菲说。苏菲摇摇头,说:"我不会怪她的!我理解老人家的心情!"张鸿坐了一会儿,还是决定回去和妈妈沟通沟通。可没一会儿,他就垂头丧气地回来了。

"怎么,你妈妈真的不让你进门吗?"

"有什么啊,那个破房子,我还不想待呢,他们总是说为我考虑,可他们想过我的感受吗!我是个成人了,我有自己的想法,他们管得着吗!"张鸿显得非常愤懑。

在苏菲的印象中,张鸿是很少动怒的,她顿时不知道说什么好了。

"答应我,以后别上网了,我们安静地过日子!"张鸿的眼睛通红,苏菲点点头。到吃晚饭的时间了,张鸿带着她去了一家小酒馆,张鸿点了几个菜,要了两瓶啤酒,喊苏菲喝点儿,苏菲推辞了。她本来是能喝两杯的,但她不想喝,张鸿可能是饿了,两瓶酒很快下肚,又要了一瓶,很快喝完,然后摇晃地跟着苏菲来到出租屋。

金贝没多久就睡着了,乘着酒力,张鸿一把搂过苏菲,和那次拒绝不同,那时候的苏菲心里系着金阳,所以,她一直是反抗的。而此刻,她却柔顺得像只羔羊,她勾住张鸿的脖子,慢慢地倒在了床上……

张鸿一身大汗,而后沉沉地睡了,但苏菲却毫无睡意,这就是自己法律上承认的新婚之夜吗?没有祝福,没有婚礼服,有的就是谩骂,她苏菲的命真的那么苦吗?她忽然想到网络上看看,那些人究竟怎么说,或许他们还不知道如何嘲笑她呢?可家里已经没有网线,主要是苏菲为了表示和过去决裂的决心。但此刻,苏菲的内心却像猫抓一样,于是,她起床开门出去。

苏菲记得小区外面有家网吧,于是,她缓步向那边走去。刚走出小区,她就看见一个熟悉的身影,原来是米莉,她和一个男人在一起。那个男人高大英俊,在米莉脸上亲了一下,然后麻麻地说:"亲,我有事先走了!"

"得,怎么无论如何都抓不住你的心啊!"米莉的声音里有些无奈:"不会去找其他狐狸精吧!"男人呵呵地笑着:"怎么会呢,有你这样的仙女,还找狐狸精做什么!"这一对男女,说话不避人,苏菲忍不住想笑,眼看着那个男人离开,米莉转身要走,苏菲叫住了她,她忽然想找个说话的人。

"你不是和张鸿结婚了吗,才结婚就这样乱跑啊!"米莉疑惑地看着她,然后他们一道来到附近的一个茶社。

"刚才那男人挺帅啊!"苏菲笑着看着米莉。米莉也笑笑:"帅哥没把握,不过,你也不能找那样的男人啊,呆头呆脑的,据说还没什么钱!"米莉的直接,让苏菲下不了台。"他心地善良!"

"心地善良有个屁用啊!能给你买高档时装,还是能给你买名贵跑车!"

"那刚才那个男人,他能做到吗?"

"他做不到,所以,他只能是个匆匆过客!"

停了一会儿,米莉笑了:"不小心中弹了!"苏菲狐疑地看着她,她笑笑说:"笨,怀孕了呗!"

"怎么,你想和那个帅哥结婚吗?"

"可能吗?不是我说你,女人,要懂得取舍,他确实能带给我快乐,但不能保证我一辈子,再说,他那游手好闲的样子,不能由我养他吧,放心,我不会像你那样,搞成个未婚妈妈!"

什么事啊,苏菲的新婚之夜,竟然听另一个女人教诲,苏菲顿时不愉快起来。而米莉却乘兴卖弄,她摸着脖子上的项链说:"一个37岁、事业有成的男人送的,要嫁,我也嫁这样的男人!真是性格决定命运啊!"

苏菲不想听她唠叨了,就起身告辞,米莉有些惋惜地在她身后唠叨:"可惜啊,你没有给我们同学争气!"苏菲不知道该说什么了,难道像米莉这样,就是给同学争气吗?或许还真的有人这样认为,在这笑贫不笑娼的年代。

回去以后,张鸿依旧沉沉地睡着,他是个粗人吗,他有时候会心细如发,这从他瞒着家里领结婚证可见一斑,那么,他是个冲动的男人吗?苏菲说不清楚……

Di 2 juan

第二卷

恶搞、PS、闪婚、闪离、测谎……

高科技加快了生活节奏,但生活快节奏真的把婚姻催化成"易拉罐"了吗?那"易拉罐"婚姻究竟又是啥样的呢?这情感,经得起测试吗!而网络,咋就成了一夜情的摇篮呢!暧昧地问一句:"美女,可以告诉我你的 QQ 号吗?"

第一章：PS 恶搞三人行，究竟是谁的脑袋进了水

第二天一早，苏菲醒来的时候，发现桌上放着早点，张鸿已经去上班了，他确实是个知道疼女人的男人！

"丁零零"手机响了，是宁宁打来的。"恭喜你啊！做良家妇女啦，他是个好男人，我从内心替你高兴！还有，我替你找了份工作！"宁宁的声音里透露出一股热情，她确实是她的真心朋友，苏菲无法不感激，可不知什么心理，她确实不想工作。

"等等再说吧！"边说她边跨出了门，几天没上网，她感觉到非常不适应。

网络上的人还是那样热闹，只是不知道这样的热闹还能维持多久，有人禁不住叹息："整天和这个女人吵架，都成了我必做的功课，她如果以后不通缉，我真不知道上网做什么！"他的帖子得到一些人的附和。

"如果那女人以后不上网，那我那个版还有开的必要吗！"说这话的人，苏菲非常熟悉，他开的版几乎是随着苏菲网络通缉而开的，里面聚集了众多苏黑，他们骂苏菲，不断地挖掘苏菲的桃色新闻。苏菲也不时地去那里看看，他们两个版好像是相辅相成的。

"那个猪头男人真是坏事，找谁不好，偏要找她，搞得大家没了娱乐话题！"

苏菲不断地翻阅着，也只有到了这里，她才能感觉到自己是个明星，尽管这个

明星不够正面,而且还有明日黄花的趋势。

忽然,她发现一张照片,竟然是张鸿、金阳和她三人的合影,她在中间,金阳和张鸿一左一右,他们三人都笑嘻嘻的。不用说,这又是哪个网友 PS 恶搞的。明星被恶搞的多了,对苏菲这样的所谓"名人",自然不能放过恶搞的机会。名人如宋祖德,不是被网友恶搞得和徐静蕾拍摄了结婚照了吗!

恶搞的帖子受到大家的追捧,很热,现代的人,可能并不怕恶搞,而是最怕被大众遗忘。

"你就想这样沉寂下去吗,有兴趣把你的网络通缉故事写成书吗!"一个人给她留言,苏菲的心里不由得一动,如果就此安静了,那不正让那个薄情男人高兴吗!再说,就是不再通缉,她也不想回到过去那样平凡的生活中。写书或许能发财,能改变命运!再说,做个美女作家,那是许多女孩子的梦想。苏菲急忙回应,表示可以商榷,那个人就又说:"可也不能这样平静下去啊,如果那样的话,书写出来,也没人看!你也知道,现在是炒作年代,名作家都炒作被女人包养、嫖娼,普通人如果没有桃色话题,那绝对是不行的。"

苏菲忍不住就想说,她虽然结婚了,但她依旧会网络通缉,可这样的话,她终究说不出口。她是想成为作家,可编辑可能要求她按他的思路去写,而她不一定能办到。张鸿应该是反对苏菲继续招摇的,可写书是文化工作,张鸿不至于反对吧。苏菲不想破坏新婚的气氛,于是,有些话就闷在了肚子里。

这是个星期天,张鸿带着苏菲到一家高档商场,准备给她买几套衣服,他们兴高采烈地挑选了几件,打包,张鸿背着,苏菲跟在后面,出了商场,经过一家车库的时候,苏菲忽然看见一个熟悉的身影,从一辆宝马车里走了出来,那不是金贝的亲妈吗!

苏菲有些不相信自己的眼睛,用力揉了揉,仔细观看,不错,正是那女人!和以前相比,她少了一分稚嫩,多了一分成熟,以前的短发变成了卷曲的长发,医院时候的焦虑慌张不见了,她的身上笼罩着一股华贵的气息。就在苏菲观察的时候,一个男人也从宝马车里走了出来,然后,他们俩有说有笑地往前走。

就在苏菲停下来观察的时候,张鸿已经走出去好远了,这个男人有时候会很

粗心。

内心复杂的苏菲就势悄悄地跟在那女人的后面,她太想了解这个女人了。

那两人有说有笑地走进一家珠宝店,苏菲也跟了进去,那男人大概三十六七岁吧,长得挺精神,他给她买了一个钻戒,并亲手给她戴上,女人则小鸟依人地靠着他,满脸幸福。然后,他们又去了服装店,女人又购买了几套高级时装。

苏菲一路跟着,张鸿竟然没有发现,他们走散了。眼看前面女人满身的富贵,苏菲的内心越来越无法平衡,好嘛,她风流快活后,不要孩子却嫁了个大款,难道她苏菲就是该死的吗?如果当初孩子跟着这个女人,她能嫁给这样的大款吗!苏菲在找寻机会,她想和女人好好谈谈。

机会很快就来了,女人上洗手间,苏菲就守在洗手间外,等那女人出来,苏菲挡在了她的面前:"又见面了,想不到吧!"

女人一怔,脸上闪现出一丝慌乱,但随即就平静了:"你不是那个网络通缉的女人吗?你找我有事吗?""你就不想去看看你的孩子吗?"苏菲的嘴角闪现出一丝嘲讽。

"我不明白你说什么,我老公在等我,没事我就走了!"女人说完就要离开。苏菲激动地拦在她面前:"我从来没见过你这样狠心的女人,为了自己享受,竟然抛弃亲生孩子,对不起,我不想再替你背包袱了!请把你的孩子领走!"

"你胡说什么,莫名其妙,你的意思是,你的女儿是我的孩子,哈哈哈,这不是天方夜谭吗!我看你脑子进水了吧,再说,你的逻辑也有问题,没有孩子,你就不网络通缉了吗!真是!"那女人停了下,继续说:"是不是被男人甩了没钱花,到我这里来讹诈!你知道你在做什么吗?你这是违法行为!"女人边说边已走出去好远。

苏菲怔怔地站在那里,她不好再拦她了,她觉得自己可能真的错了,医院里的那个女人,满嘴的义气,说话都不连贯,又怎么会如此地咄咄逼人,她真后悔没把张鸿喊来,一个人会认错,两个人就不至于了吧。可张鸿如果来了,或许会更混乱,因为他并不知道其中的因果。再说,相处时间那么短,又过了这么长时间,他不一定能记住。

苏菲摇了摇头,觉得如果不是她认错了人,那就是富贵的生活,提升了那女人的素质,如果当初没有孩子,当然孩子不是主要的,如果当初不想着那么去迎合金阳,那她就是和金阳分手,凭她苏菲的外貌,或许也能找到一个好老公!而绝对不是像现在这样,从心底来说,嫁给张鸿,她是不甘心的。这些想法,禁不住又让她对金阳产生了无限的恨。

"你在哪里啊,我已经到家了,刚才北京有家电视台请你去做节目,被我推掉了,真是烦死了!"张鸿打来电话。苏菲有些生气了,他怎么能这样啊,她准备写书,上电视正好做宣传!她的事情,他没询问她,就擅自做主,他有这个资格吗!

第二章:你就是我的父亲、哥哥,更是我亲爱的老公

苏菲决定再次去北京,因为那家电视台又再次联系她做节目。

"你还去做什么呢,难道还想网络通缉? 就是通缉到他,那又能得到什么,实话对你说,我支持你打官司,哪怕倾家荡产。退一万步讲,就是打官司,那又能得到什么呢,无非是孩子的生活费,如果你想让金贝健康成长的话,那就不要那样了,我会努力挣钱!"张鸿疑惑地看着她,而后激动地说。

"有件事情忘记对你说了,有家出版社联系我写书,你也知道,现在是炒作的年代,上电视,增加曝光率,会对新书有帮助!"苏菲小声地对张鸿说,米莉和那个疑似金贝亲妈的有钱女人,已经给她上了生动的一课,女人如果没钱、没嫁个好老公,再那么平庸的话,那就只能做人下人,她好歹曾是校园里一朵别致的玫瑰花,没有理由过得那样悲惨!

"我记得你学的不是这个专业,再说,写作也是件辛苦的事情,远远没有想象的那样容易,苏菲,你还是听我的,找个专业对口的工作,我们好好努力,一定会有好生活的!"

张鸿说得非常诚恳,苏菲禁不住犹豫起来,张鸿是个实在的男人,或许他本不该踏进来,但既然已经有了婚姻,苏菲也不想太违背他的心愿。

56 "我想再尝试一次,如果你不同意的话,那就算了!"苏菲依旧低着头,她似乎

没什么勇气去面对张鸿。张鸿抽出一支烟,点燃,没有回答。他想起这几天上班,同事们看他异样的目光,可能是他平时做人比较严谨,所以并没有多少人和他开玩笑。倒是他父亲给他打了个电话,他说:"既然到这一步了,你就和她好好过日子,你妈妈那里,我会做好工作,你现在不要急躁,一定要搞好工作!"

父亲的鼓励给了张鸿一些信心,此刻,他最大的心愿,就是人们尽快遗忘掉那些事情,给他和苏菲一个安静的生活空间。而如果苏菲再去电视台的话,那必然会再次掀起波澜。

张鸿正准备说,他绝对不同意苏菲再去电视台,可就在这时候,苏菲抬起头,他们的目光碰在了一起,张鸿顿时感觉到,苏菲的目光里有许多祈求。他无法理解眼前这个女人,她曾经委婉而又坚决地拒绝了他,在她生孩子的时候,又想到了他,她曾经悄然地去找那个男人,可后来又在网络上掀起了滔天巨浪。

"答应我,这是最后一次!"

"嗯!"苏菲的脸上终于有了笑容,她快步地走到张鸿面前,用力地在他脸上亲了一下,动情地说:"在我的感觉里,你就是我的父亲、我的哥哥,当然,更是我亲爱的老公!"为了方便写书,苏菲狠心把金贝送到妈妈那里去了。

张鸿送苏菲去机场,当年她送金阳离开,内心充满了不舍与期望。她不知道男人的心理,可她知道张鸿或许会有很多担心。她笑着对他挥挥手:"你回去吧,我不会乱说,很快就回来! 你放心,我这次去,就是宣布通缉结束!"

张鸿点点头:"记得照顾好自己!"苏菲的眼眶有些湿润,然而,一到北京,她就接到出版社的电话,那个编辑让她把声势搞大点。"你呀,最好在电视上说要继续网络通缉!"但这和她答应张鸿的相违背啊!

苏菲当时没答应他,但在节目现场,当主持人询问她,结婚后,是不是准备做个贤妻良母的时候,苏菲一下子不知道如何回答了。"闪婚后,你还会网络通缉吗?"主持人又问。

那个编辑的话忽然在她耳边响起,声势搞大点,或许以后上电视的机会就少了,不能放过这个机会,这些想法让苏菲脱口而出:"我想我不会停止通缉的,直到通缉到那个负心人为止!"

"那么，你通缉他做什么呢，你继续通缉，究竟有什么目的呢？难道没有其他的解决方法吗？"

苏菲一下子被这个主持人问住了，她确实不知道，如果知道，她还会那样网络通缉吗？……

从北京坐火车回来，已经是晚上9点，张鸿并没有来接苏菲。匆忙地回到出租屋，张鸿还是不在，打他手机又关机，苏菲只好决定到宁宁那里住一晚，电话接通后，宁宁要她去，说正好要跟她好好谈谈。

一见面，宁宁就对着苏菲一顿扫射："你究竟要闹腾到什么时候，你考虑过张鸿的感受吗？如果你把那个男人通缉回来，那张鸿怎么办？总不能让张鸿让位给他吧！"

"别再提那个男人，我要出书，需要炒作！懂吗？"

宁宁狠狠地看了她一眼："请问你是作家吗？"苏菲摇摇头。"那你是演员吗？"苏菲再次摇摇头，但她随即就反击宁宁："木子美是作家吗？她不是一样出书。芙蓉姐姐是演员吗，她还不是拍摄了那个'床前明月光'！"宁宁一下子给苏菲问住了，这个社会，有时候确实难以搞懂，或许示丑也是一种经济，比如，有些明星，就主动对媒体大爆特爆自己的所谓绯闻，商品社会，看来大家都要学会适应。

苏菲看了看宁宁："你那位呢？"宁宁笑了下："忙着他的事情呢，他说不想落后于我，苏菲，你说这男人，怎么就喜欢和女人较个劲呢！"苏菲笑笑说："所以女人自身要做好！"

苏菲虽然说得很好，但一觉睡醒，眼前却是一抹黑，张鸿到外地出差了，她除了和过去那样守在网上，似乎没有其他事情可干。乘着这机会，苏菲想练练笔，可网上发帖子和写书毕竟是两回事儿，"你别把自己搞得像多情的公主一样，想想你为什么通缉，网络通缉的心理，无奈、伤感等等。"那个编辑对她说。苏菲其实也想这样写，但写着写着，她就不自觉地美化自我。总是不合编辑的意，她渐渐地失去耐心了，总觉得，女人不是这样可以成功的。

因为她再次宣布通缉，网络上又热闹起来，无聊之极的时候，苏菲会在网络上发个帖子，然后，看网络上的人吵来吵去，有时候，她还穿着马甲混在里面吵。她

倒不一定非得吵胜利了,如果张鸿看见,一定又会说她够无聊的。

宁宁倒是做出了一些成绩,有单位请她去讲课,她叫上苏菲。其实,她们应该是两种性格的人,本不应该走到一起的,但她们却玩得很要好,这或许就是互补吧,比如男性和女性、外向与内敛。看着宁宁在讲台上神采飞扬,苏菲忽然觉得自己简直是胡闹人生,宁宁的学历是比她高一些,但她也不至于被甩下那么多吧。宁宁的男友来接宁宁,两人情意绵绵的,吸引了不少目光,当初苏菲和金阳也是郎才女貌,可造化弄人,她不小心却演变成一个"通缉女郎"。

出版社的那个编辑真搞笑,竟然自己帮苏菲写了一段,不过在他的笔下,苏菲变成了一个性格扭曲的私生女。"这样对比才强烈啊,你想想看,正常女人谁会那么不顾一切啊!"苏菲翻看着稿子,心里面把那编辑的祖宗八代都骂遍了。

第三章:测谎,现代人的爱情挽歌

这天晚上,苏菲斜躺着看着电视,显得百无聊赖,忽然,她被一个节目吸引住了,屏幕上竟然有米莉的身影。那是一个外地电视台的情感类节目,节目现场有台测谎机。米莉什么时候跑到外地去的,她上这个节目做什么?苏菲细心看了起来。

和米莉一道上节目的是个四十几岁的男人,他是外地人,经商的时候,认识了米莉。"她很漂亮,又有知识,我很高兴,她能成为我的女友!"那个男人说:"我是离过一次婚的男人,所以,我特怕受到欺骗,我对她可是付出了真心,可前段时间,我发现她和一个男人走得很近!"

男人侃侃而谈,但米莉却绷着脸一言不发,苏菲的心里忍不住悲哀起来,还没结婚就已经这样,她米莉还神气个什么!想起米莉那得意样,苏菲内心就忍不住有气,而这个节目却让她轻松了许多,看来每个人都有烦恼,她苏菲好歹没给男人逼迫到那一步。

主持人询问米莉,男人说的是不是真的。米莉眉头皱得更紧了:"怎么说呢,一方面,我很高兴,他这是在乎我的表现,另一方面,我也很生气,如果连最起码的

信任都没有,那还谈什么感情啊!但我想过了,与其让他无端怀疑,不如彻底消除他的误会,不瞒你说,是我要求来做测谎的!"

看到这里,苏菲不禁迷惑起来,她知道,米莉在两性关系上一直很混乱,她凭什么敢来测谎,她就不怕真相大白后,身败名裂吗!

"你爱你的男友吗?"测谎员在询问米莉,米莉点点头,连接她身体的显示屏上出现一些波纹,苏菲不懂,她想,不是专业人员,其他人也不会懂。

"你有另外的男人吗?"

米莉摇摇头,苏菲则看得眼睛一眨不眨。

"你和那个男人,发生过性关系吗?"测谎员继续询问,米莉摇摇头,苏菲忍不住笑出声来,米莉纯粹是闭着眼睛说瞎话,她都亲口告诉过她,她中弹了。一旦测谎结果出来,米莉不知道会多狼狈,哈哈,苏菲大笑起来。女人都是有嫉妒心的,甚至对身边的朋友,她们也不希望别人比自己过得好,何况米莉一直高高在上地歧视她呢!

就在这时候,苏菲的手机响了,是张鸿打来的,他已经出差回来。苏菲"哦"的一声,立即询问他在哪里,她要去接他,她觉得张鸿可能有些不高兴,她想用一些方法来弥补一下。苏菲本是个内秀的女人,她看过许多爱情书籍,许多书上说,一束花、一个吻,或许就能让爱情保持初恋般的温度。知道这个道理的人确实很多,但真正去做的却少之又少。

问清楚了张鸿的方位,苏菲立即出门,刚到地铁口,她的手机又响了,是宁宁打来的:"苏菲,你快来,我现在正和金阳在一起!"

这可是个稀罕事,难道那个负心男人回来了?可她再去见这个男人,还有什么意思呢?金阳就是愿意接受她,那也迟了!金阳这样的男人,还能指望他把孩子带走吗?就是他想带走,她还不愿意呢!再说她要去接张鸿,哪里还有时间再去理那个男人。可苏菲人不知道怎么想的,竟然忍不住用颤抖的声音问:"是真的还是假的啊?他究竟在哪里?"

女人,女人最刻骨的,往往不是幸福时光,而是带给她巨大伤害的男人。幸福

时光或许会转瞬如烟花消失,但伤害却可能会刻进骨髓,疼啊疼地,一不小心就疼

了一辈子。

宁宁告诉她,她正和金阳在一个茶社喝茶!

"好,你等我,我马上就来!"说完这句话,苏菲立即后悔了,她这样去找金阳,那又如何对张鸿说呢!已经顾不了那么多了,苏菲匆忙地赶到宁宁说的茶社,宁宁正在门外焦急地等她呢!见到苏菲,她连忙把她拉到一边,悄悄地说:"我已经跟他聊过了,他愿意出孩子的抚养费!"

就这么简单吗,这就是这么多天来网络通缉的最终结果吗?苏菲心头空空的,她也知道,只要金阳没死掉,他都有抚养金贝的义务,这么说,那她所谓的网络通缉,那不是多此一举吗?如果金阳当初就同意把金贝接走,那苏菲还会在网络上通缉吗?她觉得她还会通缉的,因为这里面关乎两个人的情,她不是路边的小姐,不是拿给男人玩耍的,没有当初全身心的投入,就不可能有那样轰动的通缉!

苏菲顾不上听宁宁絮叨,三步两步跨进茶社,可她随着宁宁转了一圈,哪里还有金阳的影子。宁宁疑惑地看着她,她也疑惑地看着宁宁,宁宁又拉着她在茶社里转了一圈,可情况依旧。

"是这样,他告诉我,他确实和另一个女人在一起,他不忍心看自己的孩子受苦,所以,他回来准备给苏菲10万块钱!"

"钱呢?"

宁宁急得说不出话来,金阳确实说,等苏菲一到,他就兑现,可她万万没想到,金阳竟然做了土行孙,从另一个门溜掉了。宁宁着急地拼命打他手机,可他关机。

"看到了吧,他就是这样的男人,难道这样的男人,不应该让他受点苦吗?可为什么会有这么多人反对我呢!"苏菲苦涩地看着宁宁。

"他是世界上最无聊的男人,苏菲,今天是我错,不应该叫你,你还是赶快回去吧,免得张鸿怀疑!"

宁宁的提醒,让苏菲一下子想起张鸿,他在车站一定等得非常焦急吧!这个男人,怎么就不再打个电话呢?

"我想再找找,他可能没有走远!"苏菲拉住宁宁,对金阳这个男人,她有着复杂的心情,那倒不是仅仅让他赔点钱,她确实非常想看看,他会如何面对她,又会

有怎样的理由,来为自己开脱!哪怕他们见面就吵,那也比一辈子躲闪不见面强吧!

金阳没找到,宁宁的男友倒找来了,三人到了地铁站,准备各自坐地铁回去,就在他们在站台候车的时候,苏菲忽然隐约听到一个男人说:"你怎么能这样啊,我真恨不得把你推到下面去!让地铁把你撞死算了!"苏菲顺着声音望过去,一个男人正在相反的车道,这样恶狠狠地对一个女人说,那女人弯曲的头发,修长的身材,只是脸色有些苍白。苏菲忍不住惊讶,这女人竟然是那天从宝马车上走下的女人,也就是那个疑似金贝亲妈的女人。而男人却和她相当的年纪,他双眼通红地看着那女人。苏菲怔怔地看着他们,后来想走过去弄明白,但那两人已经上了地铁,地铁启动了……

第四章:我不是情感当事人,苏菲孤注一掷的前行

张鸿并没有询问苏菲为什么没去接他,只是又和她谈起了找工作,毕竟,他一个人要养活两个人,不容易。但苏菲最怕听这些,气氛有些闷,张鸿吃完饭就上床休息,而苏菲却坐在那里发呆,她忽然想到那个卷发女人和那个青年男人,他们究竟是什么关系呢?不会是那人的情人吧,想着那女人的嚣张,苏菲心里就生气,有什么了不起?就算是苏菲认错了人,那也不至于那么盛气凌人吧。

"那个男人为什么不把她推到地铁铁轨上,那样就有好戏看了!"苏菲恶毒地想。那女人究竟是不是金贝的亲妈呢?世界上有这么相像的两个人吗?难道她和金贝亲妈是双胞胎,苏菲越想越觉得是。

第二天早晨,又有电话来找苏菲,但被张鸿挂了,但刚挂不久,又有电话来,张鸿干脆把苏菲的手机关了:"我看你还是换个手机号码吧!"苏菲老大不高兴:"你怎么这样啊,如果是出版社的呢,像你这样,能有出息吗?我就搞不懂了,人家老公都支持妻子,不要你抛头露面地支持,但最起码也不能拖后腿啊!"

"我有拖你后腿吗?你想过没有,结婚后,你再这样,人家会怎么说我!"张鸿
火冒冒地看着她:"就说昨天,说好你去接我,可我的同事老婆去了,你呢?害得那

个同事笑话我,说你又去通缉那个男人了?你让我怎么回答!"说到最后,张鸿几乎咆哮了。苏菲低着头没有回答,她觉得张鸿可能够委屈的,可她苏菲已经折腾到现在,如果再回到过去那种普通的生活中,那不是对不起自己吗!苏菲抬起头对张鸿笑笑,她觉得张鸿慢慢会理解她的。可张鸿却有了另外的想法:"你写书就写书吧,大不了我养你,但我们还是把金贝接回来吧,你妈妈岁数大了,照顾不过来!"

苏菲确实挺想金贝的,张鸿的话正勾起她的心思,可她现在正是要紧的时候,孩子来了,会拖累她的。张鸿见她不做声,就商量起接金贝的准确日期来了,苏菲嗯哈地应付着,心里却乱糟糟的。

"苏菲,你来一下,我替你找了一份工作!"张鸿打来电话,苏菲的眉头紧皱,她已经对张鸿表示过,她暂时不想工作,可张鸿毕竟是她老公,他也是关心她。

"这份财务工作,挺适合你的!我在这家公司门口等你啊!"张鸿并没有察觉到苏菲的不快,他的声音里透露出兴奋,他详细地说了公司所在位置及公司的名字。苏菲决定去试一下,大不了去了就回来,那样的话,张鸿就没话说了。可她刚走出门,就接到出版社的电话,编辑约她商谈写书的问题,问她有没有时间?"有有,你在什么地方?"苏菲赶紧回答,弄清楚那编辑的方位,苏菲急忙赶了过去。

"是这样,如果你真正写作有困难,我们会找人帮助你,真正不行,我们可以找个人来执笔,你口述就行了!"那个男编辑,翘着兰花指,不紧不慢地说着。苏菲断然地拒绝了他的方案,他这样做,依旧是把她放在一个情感当事人的位置,而她已经做够了情感当事人,不说成为一名作家,就是成为一个著名的写手,那也比情感当事人强很多。

"苏菲,你到什么地方了?"张鸿打来电话,声音里透露出焦虑,苏菲非常不耐烦,她和编辑正闹得不愉快,哪里有心思理睬张鸿,她说:"我有事,你就别烦了!"说完就挂了机,而后就再也不接张鸿的电话。她心中其实很窝火,张鸿这个男人,为什么就不理解她呢,难道她苏菲就是一辈子打工的命吗?张鸿这个人,也太实在了,他如果有那些网络推手十分之一或者百分之一的灵活,那他也不会混到现在这个样子。

63

苏菲摇了摇头,感觉志趣不同,走到了一起,其实很别扭。或许他们本来就没有那种感情,在她心中,或许只有一份感激而已。

出版社编辑让她摆正心态:"你不做情感当事人,那你做什么?"苏菲恶狠狠地看了他一眼,她都不知道怎么回答了,于是,她起身告辞,悻悻地回去。

张鸿还没回来,苏菲随便泡了一盒快餐面将就,和张鸿结婚后,他们根本就没开过火,不是外面吃就是简单地泡面,除了两人睡一张床外,几乎和单身生活没什么两样。没一会,张鸿就火冒冒地回来了,他对着苏菲吼叫:"你究竟想做什么啊?"因为和出版社编辑搞得不愉快,苏菲的心情也不好,她就没好气地说:"什么什么啊,你整天就知道出卖苦力,做死活,拜托,你能不能高雅点!我们现在吃不好、住不好,再不努力的话,那就只能露宿街头了,你说,就你那工作,能改变现状吗!"

张鸿激动得嘴直动,但一句话也没说出来,他们的状况确实很不好,就他那点工资,又要吃饭穿衣,又要付房租,经济上的窘迫,逼迫他把香烟都戒了。没钱就没有发言权,苏菲是女人,他不能要求她那么高。"好吧,随你吧,可我觉得还是该把金贝接回来,哪怕我再打份工,我愿意!"

苏菲看了看眼前这个男人,内心顿时汹涌,她能感觉到他的全心全意,可那有什么用呢?要想实现理想,就不能按部就班,就需要用非常手段。网络通缉,无意之间让她声名鹊起,她已经品尝到一些甜头,现在唯一能看到的前景,就是出本书,继而名利双收。苏菲让出版社先出部分定金,可出版社的意思是,出版发行,卖得火,一切都好说。不但这样,出本书还准备派个作者过来,他们的意思是作者挂苏菲的名,出版后,利润代她分成。

苏菲觉得这样不错,可张鸿却认为,这样弄虚作假,毫无意思,很无聊。"苏菲,我看你真的不要再陷入进去了,我看你也不是写作的料,再混下去,会一无所有!"张鸿挺真诚地对她说。可苏菲的眉头却紧皱,她开始不耐烦了:"你不要这么僵化好不好,现在不都是这样,名作家还找枪手呢!他们趁我现在有名气,我和他们合作,把名气搞大,继而赚钱,那有什么不好!"

　张鸿被苏菲呛得说不出话来,为了迎接金贝的到来,他又打了一份工。他拼

命积攒了一些钱,准备给金贝购买一些礼物,可这天回来,却发现那些钱不见了。而苏菲却不经意地说,她参加出版社的活动,购买了几件衣服。张鸿无话可说了,女人消费点儿,那天经地义,可苏菲把下半个月的生活费都花完了,他们下半个月,那还怎么过啊!但看苏菲那么兴致勃勃,张鸿到嘴边的怨气又咽了回去。

第五章:恶搞无边,夫妻也闹出了开房事件

由于苏菲参与了出版社的活动,出版社支付了 500 块钱给她,有感于张鸿的心情不好,苏菲拉着他出门,准备好好地消费一场。虽然张鸿表现得不积极,但至少没拖她后腿!

他们一道来到一个小酒店,苏菲特意为张鸿点了几个菜,要了一瓶白酒。苏菲亲自给张鸿满上一杯,然后,她又端着杯敬他:"张鸿,你要相信我,这钱就是出版社给我的,如果我的书出了,卖得火的话,那会挣更大的钱!"张鸿猛地喝了一口酒,他心里清楚,苏菲已经完全沉迷进去,什么人都不能把她拉回头的。

"写作也不错,但需要恒心,据说写作非常辛苦,你一定要努力!不要半途而废!你就安心写作,家务事我全包了!"到了这一步,张鸿决定鼓励她,无论是成功还是失败,她努力过,或许也就能死心了。苏菲微微地笑着:"你真好,我都不知道说什么,才能表达我内心的感激了!"

张鸿笑笑,他的心里其实很闷,和苏菲亲密接触之后,他就感觉到这个女人和自己的想象是有差距的,网络通缉高潮的时候,她梨花带雨,惹人怜惜,而和他在一起,她似乎对他一切都不设防,可她什么事情往往是先斩后奏,让他哭笑不得。张鸿曾经想改变苏菲,可他很快就觉得这样的行为是徒劳的,此刻,他忽然想通了,决定从此以后,不再给苏菲设计什么路线了,随她怎么折腾吧,累了,她自然也就消停了。

张鸿大口地喝酒,张鸿的酒量是可以的,和金阳在一起喝酒的那次,他硬是把金阳给喝趴下了。难得苏菲这么高兴陪他喝酒,张鸿就喝得更爽,一瓶酒很快喝完,他一人就喝了大半瓶,醉得连话都说不清楚。苏菲的思维还算清晰,她搀扶着

65

张鸿,准备回去,可出了酒馆,被冷风一吹,张鸿就更加迷糊,身体软得连路都走不动了。

苏菲咬牙坚持搀扶着走了几步,已经是满身大汗,刚好路边有个宾馆,苏菲就决定开个房间,在宾馆里住一夜。张鸿心情不好,外面的时光或许会消除他内心的块垒。

苏菲把张鸿服侍上床,一会儿,张鸿就发出了鼾声。苏菲的头也晕晕的,酒劲直冲头脑,她靠在张鸿的身边,用胳膊支住头,双眼紧盯着眼前这个男人,那是一张普通得不能再普通的脸,在她以往的思维里,她从来就没想过,会和这样的男人在一起生活。

她的手轻柔地抚摸着张鸿的脸,她缓缓地除去了他的外套,然后,又把自己搞成了裸体,她要这样抱着他睡,这样的夜晚,她把他们俩幻想成一对俊男靓女般的有情人,酒力催生了如梦幻一般的幻象,她仿佛在云里雾里飘,渐渐地,苏菲也睡熟了……

不知道过了多少时间,房间的门忽然被打开了,房间的灯光随即被开亮,苏菲顿时被惊醒了,睁眼就发现房间里多了几个大盖帽,尴尬的是,她和张鸿裸体地靠在一起。究竟发生了什么?苏菲赶紧找了一条毯子盖住了身体。领头的警察很严肃地对她说:"有人举报你们卖淫嫖娼,对不起,请跟我们走一趟!"

苏菲非常迷惑,谁这么缺德啊,苏菲看了看身边的张鸿,他依旧沉沉地睡着。到了这一步,苏菲也想不出什么好办法,她一边穿衣服,一边猛推张鸿,可张鸿睁开眼睛看了看,竟然又睡着了。

"你们帮我照看他,我回去拿结婚证,我们是夫妻,夫妻同床,有罪吗!"可警察却拒绝了她的要求,一个警察还恶声恶气地说:"夫妻?我一看你就不像是什么好女人,你不要做梦了,放了你,我们还到哪里去找你啊!"

"你怎么这么说话,你有什么证据证明我们不是夫妻!"苏菲强硬地回应,但她看了一眼熟睡的张鸿,就不想把事情闹大,因为张鸿心里本来就有疙瘩。她按下自己的情绪,稍稍委婉地说:"网络通缉,你总听说过吧,我就是网络通缉的苏菲!"

苏菲的话让那个警察斜着眼睛看着她:"还真有点像,我说你,什么人不好冒充,偏偏冒充那女人,你无聊不!"苏菲气得说不出话来,最后,经过协商,一个人陪苏菲去拿,其余的人在原地等……

这个误会最终消除了,而清醒过来的张鸿得知情况之后,蹦起老高,他指着一个警察的鼻子骂:"你们吃什么长大的,有你们这样处理事务的吗,我要告你们!"那个警察等张鸿发泄一番之后,把他带到110报警记录中心,指着记录,苦着脸对他说:"我们也是没办法,我们确实接到举报,如果不出警,那就是不尽责,张先生,如果换做你,你会怎么做呢!"那个警察停了一下,又和颜悦色地对张鸿说:"张先生,您放心,我们一定要查出那个打假报警电话的人,一定会给你个交代!"

张鸿还想说什么,但被苏菲拉住了,她心里忽然明亮起来,或许是哪个网友发现了苏菲开房,继而恶搞他们!可这样的虚假报警电话,是违法的,难道他就不知道吗,这不是网络上的评论,这是恶意制造事件。

本来苏菲他们出来是散心的,但出了这档子事情,心情就可想而知了。

果然,网络上出现了苏菲和男人开房被警察抓的帖子。这个帖子又炸了锅,许多网友认为,这是苏菲不甘心就此沉寂下去的炒作。"真是垃圾,就是要炒作,也该炒作新鲜一点的话题,不要总围绕着身体的某个部位!"有个网友激愤地说。

真是冤枉到家了,苏菲气得说不出话来,可让她想不到的是,出版社编辑随即就打电话过来,刚好张鸿就在身边,她不想隐瞒他,就按了免提键。出版编辑的声音清晰地在室内回响:"苏菲,真有你的,你这次炒作得真棒,连我们都没想到利用警察,你却想到了,想不到你天生就是个炒作的料子,继续炒吧,这对你的书有很大的帮助!"

"你奶奶的。"张鸿低声骂了一句:"什么玩意啊!"他的脸已经气得变了颜色,苏菲赶忙挂了电话,张鸿看了看她,说:"我看你也别搞这玩意了,这哪里是写作,写作的人有这么下作吗!"

苏菲皱着眉头看着他,这个男人真的很倔强,自从看见网友爆所谓的开房事件,他就报了警,警察也答应顺着IP,找到发帖人,然后去严惩报假警的人。苏菲虽然也气愤那个人,可他没想到张鸿会这么认真。对于新书炒作来说,假假真真,真真假假,那才能吸引人,张鸿这么一认真,以后谁还敢轻易在网络上爆料啊!不爆料,谁还能记住苏菲啊!

"你说,我现在还有退路吗,张鸿,请你理解支持我,我现在正是努力向前冲的时候,你不是特愤恨那些恶搞的人吗,像你那样报警,那是一种方法,可如果我们活出风采,活出自我,那不是更好吗!"

在苏菲的柔声细语里,张鸿的气消了不少。让他有些兴奋的是,那个报假警恶搞的人,被警察逮住了,他被罚款了 1000 元。"这就是报应,不要以为网络是虚拟的,就可以为所欲为!"张鸿有些得意地看着苏菲,这个女人,好像从来就没有对他抱有过强烈的希望,可他把恶搞的人揪出来惩治,这也算大大地出了一口气吧。

"请问,这是苏菲的家吗?"一个戴眼镜的男人敲门进来,然后对苏菲和张鸿做了自我介绍:"是出版社派我来的!"

第六章:离婚时的怅然,情长路更长

"写作需要灵感!"出版社派来的作者对苏菲说,他是个 30 岁的男性,长得细皮嫩肉的,他几乎每个晚上都泡吧,在酒吧里,他才有灵气。苏菲听说过一些作家的癖好,所以,她很快就理解,并配合那个男人。或许会跟他学到一些写作知识,苏菲的内心一直有着美好的希望。

"我平生就喜欢葡萄酒和美女!"作者的话很直接,苏菲忍不住想笑,那些作家的风流韵事,她听说了很多,而如今,她那么近地去感受一个作者,她就觉得很有趣。其实,每个人都会在内心,或多或少地保留着一份童心,更有许多人,在少年时代,就做过作家梦,而如果成年后,忽然能触及到童年时代的冀望,那确实是件非常美妙的事情。

作者虽然说得疯狂,可他还是和苏菲保持着一定的距离,或许,他也知道,像苏菲这样的女人,那就是火药桶,碰了会爆炸的。可网络上却没有作者那么冷静,他们在酒吧的照片被上传到网络上,自然又引得吐沫四起,但这些照片又是谁上传的呢?

"哎,这可能是出版社搞的,他们想炒作,这世道,怎么会这样啊! 有时候我觉得写文章出书,就和卖淫没什么区别,既要有内功,更要会吆喝、会勾引!"作者叹着气说。苏菲也摇头,这些天,她和作者日夜颠倒在一起,张鸿不知道有什么想法,他可是个新婚的丈夫啊!苏菲决定陪陪他,那天,他们躺在床上看电视,苏菲的手缠绕着张鸿的脖子,她的唇在他身体上游走,他是她的男人,可她却实实在在没给他安稳的享受。内心的思绪幻化成一缕缕激情,苏菲的皮肤非常白皙,她的双眼如秋水,很少有男人能抵挡她那深情的双眸,而那两座山峰,那是她最骄傲的地方。张鸿也反手抱住了她,可就在这时候,电话响了。

张鸿和苏菲都没接,可电话铃却固执地响着,苏菲不耐烦地拿起电话,语气很冲:"吵什么吵,你家是不是死人了!""苏菲,你说什么?"话筒里传来作者的声音,苏菲不好发火了,作者告诉她,他在老地方等她。

苏菲犹豫起来,她瞄了一眼张鸿,他脸色通红,显然处于亢奋中。苏菲不忍心离开,于是再次靠紧了张鸿,但却被他烦躁地推开了。"你还是先去吧,这样也没多大意思!"

苏菲的思绪一转,觉得还是先把事情做好,以后再好好地补偿张鸿,日子长着呢,不在于一朝一夕,他们不是露水夫妻,他们是领了证的,这样的想法,让她飞快地穿好衣服,直奔那个酒吧……

其实,苏菲在不在酒吧,都无所谓,那个作者也只是想找个人陪。

"写作太寂寞,有时候会很孤独!可我老婆总说,她比我还寂寞,不过,她喜欢在麻将桌上消遣。"

作者说的,苏菲倒能理解,世界上哪行饭都不好吃。那个作者询问了苏菲一番,就奋笔疾书,而苏菲优哉游哉地竟然睡着了,一觉醒来,天已经大亮,苏菲匆忙回家,张鸿不在,他今天不上班,哪里去了,苏菲有些疑惑。

一直到下午1点多钟,张鸿才摇摇晃晃地回来,见到苏菲,他就从牙缝里蹦出几个字:"我们离婚吧!"然后衣服没脱,就倒在了床上。

可能喝多了酒,张鸿睡得很沉,而苏菲却怎么也睡不着,张鸿是个比较直接的男人,既然他这么说了,那一定是下了决心的,可他们结婚也只有一个多月啊,如果这样离婚,那也太快了吧。但苏菲随即又想,他们注定是长不了的,或许早分,彼此还轻松一些,其实,如果他们离婚,那也很方便,至少没有财产方面的纠纷。

迷迷糊糊地睡着,一觉醒来,张鸿正坐在床边发呆呢。那一夜,他们相对无语,睡不着,也不说话,第二天早晨,张鸿看着苏菲洗漱完毕,就淡淡地对她说:"走吧!"苏菲点点头,张鸿什么都放在肚子里,或许这一个多月,已经到了他承受的极限。苏菲边忙着整理证件,边偷偷地观察张鸿,他苍老了许多,苏菲心里不太好受,觉得自己不应该让他陷进来,可如果当初拒绝他,他同样也会受到伤害,有些事情,那真是两难。

"你想好了吗,真的到那一步了吗?"苏菲忍不住问了一句。可张鸿却一句话都没说,抬腿就往外走。

苏菲只得拿着证件跟在张鸿的后面,沿途他们都没说话。

或许能做好朋友,但不一定能做好情人,好夫妻!可就这样离了,她如何跟母亲交代,张鸿又如何跟他父母交代,人们又会怎么说他们呢!苏菲的头禁不住又痛了起来,她把张鸿拉到附近的一个茶社,幽幽地对他说:"我知道我有些地方做得不够好,但你给我时间,我会改正的!"苏菲有时候就是这样矛盾,她既想风光地生活,可实在又不想很快又回到风雨飘摇之中。"张鸿,你记得那个哲人说过的话吗,婚姻是个磨合的过程,彼此磨合好了,婚姻就幸福了。请给我一点时间!"

张鸿深深地看了她一眼:"苏菲,你其实是个心地善良的女人,只是这个社会,这些遭遇让你变成这样。说句心里话,我一见到你,就深深地爱上了你!可等我们真正在一起的时候,我忽然发现,我们之间的差异竟然那么大!虽然我们结婚时间这么短,但我的思考却是从新婚之夜就开始了!"说着说着,张鸿竟然哭了。他或许真的爱她,所以才会那么要求她。苏菲幽幽地看了他一眼,说:"那我们回去吧!"

"过去我拒绝你,那是因为那个豺狼,但你从中也可以看出,我并不是随便的女人!和你结婚后,我也没任何出轨!张鸿,我不是为自己辩解,我只是想让我们的生活好点儿,让那些嘲笑我们的人闭嘴,这难道也错了吗!"

张鸿给她问住了,太阳已经升起很高,已近中午,不长的路,走走停停,竟然花费了那么长的时间。一家商店里传来苏芮的歌曲:《情长路更长》。旋律委婉而忧

伤,苏菲和张鸿的脸上都闪动着点点的泪花。

第七章:最后的告别,她仿佛失去一件心爱的玩具

婚没有离成,回去之后,夫妻俩做了一次交心。

"苏菲,我不要求你如何如何,我只是需要一个妻子!"

苏菲点点头,她的内心在挣扎,在她处于崩溃边缘的时候,这个男人出手拉住了她。从身体到内心,她是希望自己完完全全,彻底交给他的。可那丝丝缕缕的诱惑,又让她看见生活之外的曙光,她已经不是原来那个,只要有个好男人,就拥有了全世界的苏菲。

"出书和做个好妻子,应该没矛盾吧!"苏菲忍不住说:"我会要求作者尽量在白天,行吗?"

张鸿没有回答,因为他也不清楚,他和苏菲的明天究竟是怎么样的!

作者很通情达理,得知苏菲的遭遇之后,他也不怎么要求苏菲了。但关于苏菲即将离婚的谣言又四起。一个网络通缉女,闪婚闪离,自然非常吸引眼球,苏菲竟然再次成为媒体追逐的热点。网络、电视台、报刊,都以苏菲这个案例来探讨人们与网络的关系及现代社会的两性婚姻。

苏菲开始还不断辟谣,但媒体的追逐,似乎让她又回到通缉顶峰时刻的状态,她喜欢、留恋这样的状态。那个作者似乎知道其中的缘故,他要苏菲不要辟谣,因为这都是出版社故意在网络上放风的,"领导让你和你男人商量,把戏做足点! 你们最好分居,他妈的,确实无聊,你自己看着办吧!"作者似乎也反感这样的把戏。

想了又想之后,苏菲决定加把火,她温柔地对张鸿说:"你爱不爱我,你希望不希望我成功!"张鸿被她说得一头雾水。苏菲看了看他,皱了皱眉,他是那种实在的男人,她必须对他说清楚。

"张鸿,我并不是想怎么样,你也有过理想吧! 这是唯一翻身的机会,请你支持我,度过这段时间以后,我永远做你的好妻子!"

虽然苏菲和张鸿商量,可她根本是不大在意他的态度的,她甚至让张鸿先住

在别的地方,以造成他们离婚的假象,继而增加曝光率。看着苏菲渴望的眼神,张鸿鼻子一捏,一切照办了。

苏菲其实有时候也感觉到内疚,但那些内疚,很快就被她想象的那些美好未来淹没了。那天,她正和一个老板聊得火热,张鸿来了,她顾不上理睬他。

那老板打情骂俏地说,出书,他可以资助什么的,言语很暧昧。能够得到资助,就会增加发行量,这再好不过,于是,苏菲的语言也暧昧起来。听声音,那老板大约靠近60岁了吧,也只有这么老的男人敢和她这样调笑,因为许多男人已经把她当成了炸药桶。和老板聊了半个多小时,苏菲已经忘记了张鸿的存在,只是老板约她见面的时候,她才想起张鸿。

她抱歉地对张鸿看了看,说:"你在这里待会儿,我有事出去下!"但张鸿却拦住了她,他的脸色铁青。"张鸿,你可别想歪了,我可不会做那样的事!"苏菲急忙解释。

"什么都别说了,就是到今天,我也相信你,不会做那些龌龊事情!但我想来想去,越来越觉得我们在一起不适合!"张鸿颓废地坐下,苏菲摆着手说:"等我回来再沟通,好吗!"那老板的电话又到,看着张鸿难受的样子,想着老板也只是口头支票,苏菲莫名其妙地发作了:"催,你催魂啊!"老板也生气了:"你这个女人,怎么这么不识抬举,你以为自己是金镶玉啊!我呸!"

"如果我不翻身,人家就会这么看我,拜托,你怎么就不能理解我呢!"

张鸿摇摇头,说:"我不是来和你吵架的,也不是来听你的理想的!我觉得你已经不是从前的苏菲,我们再没有维持下去的必要!你看,这些日子的生活,我们像是夫妻吗!"说着说着,张鸿忍不住失声痛哭。苏菲的内心忽然有了许多的不忍,她是不是太自私了,把一个正常的好男人搞得有家不能回,且在公司里、在网络上受尽了嘲讽。

可苏菲如果就此退缩,那他们就永远没有反击的机会,这样的道理,张鸿为什么就不明白呢!

"张鸿,一切是我的错,我不该把你拉进这塘浑水,为了我,你受了许多苦!"苏菲的眼眶有些湿润,张鸿一幕一幕的关怀忽然历历在目。

"你别内疚,我不怪你,拖下去,或许我会更痛苦! 或许开始我们就错了。"张鸿抬起头,倔强地看着她。

没什么好说的了,或许只有这样,对于两个人来说,才是最好的解脱。分了吧,迟早会有那么一天,他们本来就不是一路人。

结婚一个月就离婚,苏菲感觉到有些不好意思,倒是工作人员见怪不怪,他似乎并不知道苏菲,询问了相关情况之后,很快为他们办了离婚手续。苏菲忍不住有些惊讶,以前听说离婚有多难,据说两个人会以命相搏,一方如果不满意,那他会把另一方生生拖死。

可现在怎么就这么容易呢! 难道离婚也为她苏菲开绿灯吗?

想起结婚时候的宣誓,苏菲忽然觉得很无聊,那个仪式看上去很神圣,但还不是很快就离了,看来什么白头偕老、海枯石烂的所谓誓言,那都是欺骗小孩子的。苏菲忽然奇怪地想,离婚也应该搞个仪式,纪念一下在一起的日子,不管时间长短,两个人总有一起走过的日子吧,开心也好,伤心也罢,就这么过去了!

拿着离婚证,苏菲并不觉得有多伤心,只是她的内心很空,仿佛丢了一件常常使用的物品那样。

"我帮你另外找了个住处,那里安静点!"张鸿轻声地说。苏菲斜了他一眼,他这是在关心她吗? 这个男人,两个星期就老了一层,如果没有她,他还是个小伙,那找对象还容易些。她终究是个女人,她的心中不可能没有那些柔柔的块垒。

想起结婚一个多月里,苏菲几乎没有顺过他的意,有时候甚至还当他不存在。一丝愧疚爬上了苏菲的心头,她幽幽地回答:"不啦,还是这里好,离你近点,有什么事情也方便些!"说着,她紧盯着张鸿:"你后悔和我这样吗?"张鸿没有回答,到了小区门口后,他准备离开,但被苏菲拉住了:"今天我请你吃个饭,就当是告别吧!"

第八章:做你今夜最后的新娘,一个神秘的黑衣女人

张鸿扭不过苏菲,就留了下来。苏菲忙活开了,去超市购买了一些熟菜,又买

了一瓶白酒。对这个男人，她除了使唤之外，一直没有好好地待过他，这个男人，她到现在也没完全了解，他给了她无私的帮助，一度成了她最亲近的人，可如今，他们就要成为熟悉的陌生人了！

人或许就是这样，当就要失去的时候，或者已经失去的时候，才会感觉到它的珍贵。"来，我敬你一杯！"说着，苏菲一饮而尽，张鸿也闷着头干了。"从此以后，我们就是陌路人了！"苏菲絮叨着，她确实挺八卦的，可她就从来没想过，究竟是谁造成了这样的局面。

"你以后还会帮助我吗？"苏菲柔声地问。张鸿却自顾自地喝酒，很快半瓶酒下肚，他的话也多了起来："想不到会是这样，我对你一片真心真意，可你呢，你忘记了自己是个女人，忘记女人应该承担的责任，我迁就你，我承受着别人的笑话，难道就该是这样一个结果吗！你知道，这些夜晚，孤单的我，又是如何度过的呢？"说着，张鸿竟然忍不住哭了起来。

"我又没做什么，我还不是想让咱们生活更好吗？是你不理解、不支持而已！"苏菲想不到张鸿会这样，就顶了一句。有些人一辈子或许都不能搞清楚事情的轻重缓急，苏菲或许就是那样的女人，或许她认为离婚证并不能阻隔她和张鸿的交往。

"够了，你想过我没有，我究竟是什么，你究竟又是什么，难道我不是人，不应该得到你的尊重！"张鸿说得断断续续，苏菲恶狠狠地看着他，也是奇怪了，在一起一个多月，他们并没有吵架，反而分手后，张鸿爆发了！

"我走了，你好好照顾自己吧！"张鸿把酒杯一放，摇摇晃晃地准备离开。苏菲的思维忽然有些混乱，张鸿的表现，让她感觉到山雨欲来，风风雨雨，难道又要让她一人去面对吗？望着张鸿踉跄的步履，她忽然一把抱住他，脸紧贴住他的胸膛，手却像蛇行一般穿过他的背，落在他的腰间，她媚眼如斯，附在张鸿的耳边柔声地说："今天不走，好吗，让我好好伺候你一次！"……

苏菲闪婚闪离，但热度却比以往低得多，同一个人同一件事，翻来覆去都是这样，人们难免不嫌麻烦、不倒胃口。苏菲同样麻木，和张鸿分手后，她还是搬家了，这个小区，她看了就烦，那些人的嘴脸，太可恶了，她现在唯一的希望就是寄托在

高曝光率之后出书发财。

张鸿这个男人不错,尽心尽力地帮她搬家。苏菲本想像上次那样,好好地犒赏他一次,但张鸿生生拒绝了,理由是,那样会没完没了,对他们俩都不好!张鸿确实是个好男人,如果有合适的姐们,她一定会介绍给他,苏菲冲动地这样想。

有些事一个人容易面对,但她确实不知道如何对妈妈解释,妈妈含辛茹苦地把她抚养大,绝对不希望女儿是现在这个样子。

喜讯传来,宁宁要结婚了,她的男友也争气,硬是按揭购买了一套房子。他们都是独生子女,四个老人忙的就是一对儿女,一切都尽量地满足他们。"你给我做伴娘吧!"宁宁兴奋地对她说。这个世界往往就是这样,有心栽花花不开,无心插柳柳成荫,她苏菲这样那样通缉,到头来,依旧是孑然一身,而宁宁却在不经意之中,得到一段好姻缘。

宁宁的好日子就要到了,可苏菲却被通知,她不需要做伴娘了,宁宁男友的一个同事做。苏菲也没往心里去,谁做都一样,只要宁宁高兴就行,宁宁可是她很铁的姐们。她用心准备了一份礼物,给宁宁送去,宁宁热情地招呼她,她男友又去招呼别的同事了。苏菲一下子不知道从哪里说起,宁宁倒是很不客气:"你真的不是个好女人,张鸿,那是多么好的男人啊!可你却像扔稻草一样地放弃了!"

苏菲低着头任宁宁抱怨,她心里也懊恼得很,那个作者的稿子写了,出版社不满意,于是,出版社决定暂停对苏菲的操作。赌上了新婚蜜月时光,却是这样一个结局,苏菲的内心根本不能平静。有时候,她连杀人的冲动都有,但更多时候,她开始自怨自艾,一会觉得自己很下贱,一会又觉得自己只能过那种平庸的生活。如果现在有人问她,她究竟为什么搞网络通缉,她自己都会说不清楚的。

隔壁的几个男生声音很大。一个人说:"听说你们开始找苏菲做伴娘的,怎么又换了呢?"宁宁男友也是很大的声音:"结婚可是一辈子的事情,我怎么会要那个女人!会不吉利的。"

苏菲的脸顿时煞白,宁宁赶紧说:"你别听他们乱说,男人在一起,就会没正经!"苏菲摇摇头,并没辩解,说了几句话,她起身告辞,走在马路上,她忽然觉得心空得不能再空,她这是做什么啊?她难道连一个朋友都没有吗?如果她现在被车

子撞死，那最多报纸上出现这样一个报道："通缉女人车祸丧生！"她死了，不会有人纪念她的，她忽然感觉到做人真的很失败，男女情感一团糟，友谊也是一塌糊涂。尽管她和宁宁是好友，可她忽然不想去参加她的婚礼了。那里没有她的朋友，有的或许只是她的敌人。她忽然想到自己的女儿金贝，还是把她接回来吧，那样生活也充实点。

她确实不是写书的料，可她也不想去工作，她必须要生存下去，生存逼迫她转变，她在网络上开了个小店，利用自己的人气贩卖一些小饰品，生意还算不错，这主要归结于她在时尚方面的独特眼光。

就让过去的我死了吧，她自怨自艾地这样想，其实，世界上本没有绝路，关键是看你走路的态度，关键是你愿意不愿意去走！当然，这其中也有热心人，比如那家报社的青年记者，很热心地为苏菲找了间格子间，并为她预付了半年的房租。

或许以后她苏菲就会靠这些小买卖为生，尽管这不是她的本意。可她也逐渐明白，网络上这么那么炒来炒去，到头来，那终究还是一场空！她苏菲还是那个苏菲，不可能有质的改变。

这天，苏菲正在她的格子间忙，一个戴黑色眼镜的女人出现在她的面前，乘着没人的时候，那女人轻声地对她说："苏菲姐，我们能谈谈吗？"

第九章：未婚妈妈联盟，新人和旧人的交锋

苏菲和那女人谈了起来，原来她也是个未婚妈妈，只不过她比苏菲更曲折点，她是个已婚女人，但恋上了一个大学生，结果怀了那大学生的骨肉，把婚姻搞掉了，而大学生也随之失踪了。

"苏菲姐，男人怎么全是这样无情啊，现在的男人，难道都蜕化到不敢承担责任的地步了吗？"

"不是我说你，你有老公，搞什么婚外情啊，说实话，我和你不同！"苏菲看着那女人，撇撇嘴说："你有什么打算呢，也准备通缉吗！"女人点点头，她准备利用苏菲的版，来通缉那个大学生。"现在的未婚妈妈很多，苏菲姐，你干脆搞个未婚妈妈

联盟,为那些未婚妈妈维权!没有人疼我们,我们只能自己疼爱自己!"

女人的话,让苏菲眼前一亮,这或许是个不错的想法,至少能让她苏菲保持极高的关注度!和张鸿离婚后,苏菲准备放手大干一场,但却遭遇了滑铁卢。见苏菲点头,那女人又告诉苏菲,她和金阳在同一个公司工作过,金阳确实和一个女老板牵牵挂挂,"那个女人结过婚,金阳可能是贪图她的钱吧!"

苏菲忍不住捂住耳朵,不知从什么时候开始,所有关于金阳的消息,苏菲都觉得刺耳,她折腾来折腾去,心里只有一个目的,就是要比那个薄情男人过得更好。但想达到这一点,似乎并没那么容易,至少那负心人有稳定的工作,还有女老板的接济,而她,不光要解决自己的温饱,还要解决孩子的奶粉钱,更要面对许多流言飞语。可她又实在想知道,那薄情男人究竟是怎么样一个状况,但那女人也说不清楚,只是翻来覆去地说自己的故事,然后骂抛弃她的男人。

"我支持你,狠狠地通缉吧!"苏菲说得很疯狂,可她也不敢保证,这未婚妈妈的题材闹腾了这么久,媒体是不是还有兴趣。苏菲也是多虑了,相关帖子出来以后,那女人很快成了苏菲第二,找她的媒体多之又多,苏菲忍不住苦笑,这世道,媒体无聊,网络上的人也无聊,似乎太平静了,大家的日子都不能过。

"未婚妈妈联盟"也顺理成章地开张了,而苏菲也理所当然地成了联盟的领袖,让苏菲惊讶的是,当天就有好几个人申请加入,那前卫的语气,连苏菲都不能接受。她苏菲,是在无奈的情况下,变成未婚妈妈的,而网络上有些女人,成为未婚妈妈却是自找的。苏菲天生地对她们有种抗拒感,更反感人们把她们归结为一类人,她苏菲不是没心没肺,落到这一步,真的很无奈,但联盟开展后,又有媒体找苏菲了,这是苏菲所需要的,出版社也改变了态度,写本书一直是苏菲的梦想,如果她有钱的话,她可以找个枪手代替。现在人,有什么啊,笑贫不笑娼,有钱才是王道。

"这女人真能炒啊,去做经纪人倒不错!"网络上竟然有这样的声音,苏菲了解了一下,那种声音竟然是她的炒作团队发出的,他们不断地炒作苏菲事件,不知道有没有经济报酬,但他们热情不减,那就应该会有的。他们不但在网络上兴风作浪,还不断地帮苏菲联系媒体,正是在他们的安排下,苏菲被邀请到电视台录制节

目,对着主持人,她侃侃而谈,内容主要是现在有多少未婚妈妈,她是如何为未婚妈妈争取权利的。"你认为未婚妈妈是一种职业吗?你整天不工作,凭什么挣孩子的奶粉钱呢?"一个观众率先发难。对于这样的问题,苏菲已经回答了无数遍,她已经懒得理睬了,所以,她微笑地没有回答。可主持人却又给她出了一个难题,她请出一位什么嘉宾,那是个女人,戴着帽子,一副大大的眼镜几乎覆盖了半个脸。主持人介绍说,这个女人也是个未婚妈妈。

"你也想通缉吗?你要通缉谁呢?"

女人面对着她,目光冷冷地,从牙缝里蹦出两个字:"金阳!"

原来那女人竟然是金阳南方的情人,她激动地对苏菲说:"我给他好的职位,好的待遇,可他一声不响地就回来了,而且我还联系不上他,世界上有这样的事情吗?"

苏菲忍不住大笑起来:"报应,知道什么是报应了吗!"

"不是因为你,能这样吗?你通缉来,通缉去,什么样的男人不给你逼疯啊!你难道不觉得无聊、无耻吗?"

苏菲给那女人气得说不出话来,而那女人却步步紧逼:"你们之间已经没有感情了,你应该知道,放爱一条生路,那才是明智的选择!我就迷惑了,他金阳一回来,你就离婚,世界上有这么巧合的事情吗!你们不会是约好的破镜重圆吧!"

苏菲给那女人气糊涂了,想不到现在的第三者竟然如此的猖狂。可那个金阳,真的有那么大的魅力吗,能让两个女人为他发疯。

"我觉得你说得不对,好歹你是抢人家男友,你不知道错误,还这么厚颜无耻地闹事,难道这个世界上,就没有公理了吗?"一个男观众站起来质问那女人,苏菲用感激的目光看了他一眼,他身材比较壮实,戴副眼镜,他继续说:"你可以无耻,但请你偷偷地无耻,千万别把大家当成弱智,继而挑战社会公德,你说你也怀孕了,那男人也不见了,那是你自作自受!"

女人给他说得脸色青紫,她恶狠狠地看着男人:"你是当事人吗,你理解当事人的心情吗?你这么猴急,不会是她的情夫吧!"女人把污水泼向男人。男人倒很冷静:"正因为处身事外,我才看得比较清楚,相信不,这个世界是有报应的!不是

不报,是时候未到!"

女人被驳得哑口无言,苏菲心里别提多舒坦了,这样的结局再好不过,但那个薄情人,究竟搞什么名堂呢?苏菲扫了那女人一眼,大大的眼镜虽然盖住了大半个脸,但不能掩饰她内心的那份憔悴无助,金阳又是怎么和她搞上的,苏菲很想知道,如果那女人不拒绝的话,她真想和她好好谈一谈……

第十章:.难道你想泡我吗? 谁敢说我有外遇

"苏菲,我一直支持你,只是你不知道而已!"节目结束后,那个帮她说话的男人追着苏菲说,苏菲漫不经心地点点头,她扫了一下现场,那女人已经消失了。

"能聊聊吗?"男人看着她说,苏菲不好意思拒绝,他们就一道来到附近的一家茶社。一坐定,那男人就开始絮叨:"想不到苏菲小姐,比照片上漂亮多了!"苏菲感觉到他目光里的热度,在网络通缉前,不少男人打她的主意,但网络通缉后,苏菲好像变成了一个中性人。不少对她有非分想法的男人都却步了。"她太疯狂,这样的女人,就像炸弹一样,搞不好哪天会爆炸,不怕粉身碎骨的话,就去沾染她!"苏菲就亲耳听到这样的议论。

"怎么,没和老婆一道来!"苏菲故意这样问,发生了这么多的事情以后,她对男人的任何举动,都会划上一个大大的问号。虽然这个男人帮她说话,可无缘无故地献殷勤,或许就是一个美丽的陷阱。男人摸了一下鼻子,说他不但没有老婆,连女友都没有,接着他又表示,找女友,那就找苏菲这样外表的女人。

"哈哈,是吗? 这么大还没老婆,真有你的!"苏菲忍不住揶揄一句。

"去我那里玩玩吧! 离这里不远。"男人胆子确实够大的,他没理会苏菲的嘲讽,而是对她发出了邀请。苏菲忍不住想笑,她已经中性很久,竟然冷不丁冒出一个不怕死的。

"去你那里做什么呢,我们又不认识,难道你想和我发生情况!"苏菲瞟了一眼男人,她这样放荡的样子,如果给她以前的朋友看见,不知道会有多惊讶呢!"是害怕我,不敢去吗?"男人有些轻佻,苏菲忍不住皱眉,难道他真的有那样的心思,

难道他以为苏菲是个可以随便欺负、随便上的女人吗！

"有什么不敢，你又不会吃人！"苏菲的眉毛上挑，她的心中已经有了一丝怒意，她就不相信，朗朗乾坤下，男人敢对她怎么样。

男人叫李斌，一人住一个三室套，屋子里的家具不多，李斌笑着解释，他一个人就无所谓那些程式了，等他找个女人，他会好好地把里面搞一下。

房子比较宽敞，李斌说，他也只有这样一个小成果。李斌又说，这个房间可以做婚房，那个房间可以做书房，小房间可以做宝宝房，这男人，也真够啰唆八婆的。"你请我来就是为展示你的房子吗！"苏菲板着脸，这个男人真够无聊的，她是经历了两个男人，但还不至于那么随便地去满足男人吧！

"对了，听说你要写书，我最崇拜文化人！"

"哈哈！"苏菲禁不住笑了，她可以算是文化人吗？这个男人在电视上那么义正词严，可私底下，却为何如此嬉皮地讨好女人呢，看来人真的有两面性，一面是天使，一面是魔鬼。可李斌的话还是让苏菲禁不住有些陶醉，谁都喜欢听恭维的话，她苏菲也不例外。

"我会大力支持你，你干脆到我这里来写书吧！"

苏菲忍不住又想笑，这男人，也太猴急了吧。苏菲未置可否，转身告辞，她觉得这里确实适合写作，环境幽雅，但有这样一个男人在身边，她能安心写作吗？当然，如果这男人肯搬出去，把房子留给苏菲一个人，那自然是另一种说法，但这可能吗？

"哈哈，你别说了，我搬到你这里来，做你情人，是吧，你是这样想的吧！"这话从苏菲嘴里出来，连苏菲也吓了一跳，这口气，怎么越来越像米莉啊，米莉是游戏人生，难道她苏菲也是这样吗？苏菲忍不住心情不好起来："很感激你今天帮助了我，但只是感激而已，请你不要有其他的想法，我有事先走了！"

乘着李斌一愣神的工夫，苏菲已经迈步走出门外，她现在确实面临着困境，也真给张鸿说到了，媒体正在逐渐撤退，虽然未婚妈妈联盟在网络上热热闹闹，可除了一些无聊女人之外，一般的人却鲜于关心了，至于和金阳在一起厮混的女人，那也不知道跑到哪里去了！既然是来问她要男人，那大胆地来啊，真是活见鬼了。

"喂,苏菲!"有人喊她,她回头一看,竟然是米莉,她竟然开起了跑车,她对目瞪口呆的苏菲说:"漂亮外表,那是女人最大的资本,谁像你那么傻啊,不停地把自己贱卖!"苏菲摇摇头,论外表,她应该在米莉之上,只不过米莉比她狐媚,更讨男人喜欢而已。要说,这人比人,那真是气死人,苏菲用心守着一个男人,却被狠狠地抛弃,而米莉却游离于男人之间,却过得分外的潇洒。

"又换了雇主了?"苏菲不禁想起电视上的测谎,那男人一定受不了离开了吧。

"说什么呢? 你以为大树容易找啊!"米莉滔滔不绝地说了和男人认识的过程,这个女人,有时候就像大炮,但在男女情事上,她却精明得像狐狸一样。

"我看见你和他去电视上测谎了。"苏菲说得很委婉。

"哈哈,是啊,你也看了?"米莉得意地笑了起来:"我是乱,可没有人证明我乱,我就不相信,那些所谓的狗屁专家,他们敢说我有外遇?"停了一下,米莉又得意地挥了挥手:"你还别说,测谎以后,男人对我好很多,几乎尽量满足我的要求,这辆跑车就是他送我的,怎么样?"

苏菲不知道是该笑还是该哭了,她觉得自己远远比不上米莉,米莉心狠、胆子大,而她却懦弱、优柔寡断。为了不让米莉比下去,苏菲就昂起头说:"我最近在写书,已经和出版社联系好了!"

米莉对她看了看,说:"你又要找男人,又要上电视,还时常接受采访,有时间写书吗!"她似乎疯不够,说着,她就拉苏菲去 K 歌。那是家比较豪华的练歌房,里面陈设好,环境幽雅,当然,那里的消费也不低。米莉点了一些高档饮料,说句心里话,她除了和男人厮混,也就有为数不多的几个女友,而苏菲是个可以说心里话的闺中密友。

米莉唧唧歪歪说着她的新房子,女人或许就是这样,不显摆就难受。苏菲唱歌唱得其实是很好的,在公司的时候,她经常在一些活动上表演。但她一直不喜欢 KTV 这样的玩意儿,唱歌就要唱给众人听,最好能有个舞台,像这样在包间里唱歌,那有啥意思呢? 苏菲喝着酒,斜着眼睛听米莉干嚎。

天气有些热了,算来通缉已经过去大半年了,网络上她的版在不死不活地支撑着,除了出版社还想分一杯残羹冷炙之外,找苏菲的人少之又少了,但她并不后

悔,因为如果没有那场通缉,有些地方,她是一辈子去不了的,人生,那不就是个感受的过程吗?

在练歌房干嚎了一番,米莉不耐烦了,苏菲也觉得无趣,于是,她们走了出来。这个 KTV 还真是九曲通幽,外面有草坪,还有喷泉池,红男绿女来来往往,在这里发泄剩余的热情! 就在这时候,苏菲忽然听到咚的一声,苏菲循声望去,就看见一个男人掉进喷泉池里了。

"快去看热闹!"米莉拽着她快步跑向那里。

第十一章:无情何必再相见,那个阔绰的女人

老远,苏菲就闻到一股浓烈的酒味,这男人一定是喝醉酒掉进去的吧。世界上真的什么事情都可能发生,喷泉池离道路有段距离,他又是怎么掉进去的呢! 男人在池子里向上爬,而四周的人就像看猴一样围观着,并没有人出手帮他,这冷漠的世界,真的让人寒心。苏菲摇摇头,她不也是个旁观客吗? 有时候,好人好事是不能做的,比如一个小伙搀扶老太,结果却被索要了一大笔医药费。

男人终于爬了上来,可他湿淋淋的身体竟然躺在地上,随即,他嚎啕大哭起来。苏菲感觉到声音有些熟悉,定睛一看,她的脑袋顿时嗡了一下,人整个傻了,这个男人竟然是金阳! 他一脸憔悴,酒精可能已经烧得他不认识人了! 他怎么会在这里,他究竟遭遇了什么? 苏菲的脑袋飞快地转动着。

"一个傻帽,不是男人,竟然这么不顾身份的乱嚎!"苏菲撇着嘴说,她真的害怕米莉再次笑话她,竟然为这样一个男人,掀起那么大的滔天巨浪,可米莉惊叫一声:"这个男人,我怎么看了这么眼熟,走,我们过去看看!"

"不要过去!"苏菲再次拽住了米莉,女人的虚荣心让她做出决定,现在绝不是和薄情男人见面的时刻。其实,这时候的她,完全可以站出来,指着金阳的鼻子骂,或者张开嘴巴嘲笑他。

可不知道怎么回事,她现在并不想这么做,她说不出自己的心情,之前她一直寻找这个男人,天天渴望这个男人的出现,最终失望后,她开始天天诅咒这个男

人,希望他出门就给汽车撞死。可眼前的场景,那也太戏剧化了吧。这要传出去,那不被网络上的人笑死吗!如果那样,那还不如让那负心人活得自在一些,至少,人们不会说她是疯子。

米莉还想往前挤,但被矛盾的苏菲再次一把拽住,苏菲冷冷地说:"我们是有身份的人,不要和这样的男人有瓜葛!"

这句话似乎很对米莉的口味,但两人走出很远,苏菲却忍不住回头,毕竟,这是她的第一个男人,她实在是无法那么平静从容。

那个醉汉确实是金阳,那这么长一段时间,他又在做什么呢?原来他到南方后,开始并不顺利,他找到自己的同学。可他同学介绍的工作,离他想象的有很大的差距。可开弓没有回头箭,他只能在南方坚持,为了给苏菲母子一个好的生活,他调换了好几次工作。

那年春节,他把节省下来的 2000 块钱汇给苏菲后,一个朋友约他去唱歌,在那里,他打了个电话给苏菲,祝贺他们母子春节快乐。刚刚打完电话,他就听到有人叫他,他回头一看,是个漂亮女人。女人看上去和他的年龄差不多,身材修长,一双大眼睛,扑闪扑闪的,女人微笑地看着她,两个酒窝,特讨喜。金阳疑惑起来,她是谁啊!女人见金阳疑惑,就笑着做了介绍,原来他们竟然是一个镇子的,他们还是同届校友,只不过在不同的班级,只不过金阳后来读大学,而女人高中毕业后,就开始打工。

女人叫赵颖,金阳的印象中,好像有这么一个人,这也难怪他,他们那届有十几个班,六百多人,金阳不可能认识所有的人,再说,那时候的金阳是个特用功的学生。"呵呵,是你啊,你也在这里打工?"金阳故作热情,不管怎样,在春节这样的日子,遇见个美女老乡,心情总是好的。赵颖笑着点点头。"你几个人来玩的,你老公来这里了吗?"金阳追问了一句,赵颖还是笑而不答,只是告诉他,她和几个朋友一道来唱歌的,他们已经唱了好几个小时,刚才他们走了,她也准备离开,刚好就遇见金阳。

"金阳哥哥,你好像没什么变化,还是那么帅!"赵颖嗲嗲地说:"在学校的时候,我经常看你打篮球!"金阳笑笑,他也不知道,他和赵颖究竟谁大,但他是个男

人,那就应该硬实一点,他把赵颖领到他们的包间,大家玩得挺愉快,临别的时候,他们还交换了手机号码,金阳拍着赵颖的肩膀说:"你不要害羞,有什么困难,来找哥哥我!"赵颖依旧嗲声嗲气地说:"哥哥一定要帮我哦!"金阳爽快地笑笑,并没往心里去,像赵颖这样的打工妹,他们老家真的很多,有的女孩甚至为了钱而出卖了人格,当然,也有一些女孩坚守着最后的底线,而那些老板根本就不把打工妹当人看,冷不丁遇见个老乡,她自然激动万分了。

第二天下午,金阳迷糊地醒来,正不知到哪里去消遣,赵颖就打电话来了,她约他吃饭。闲着也是闲着,和老乡小妞聊聊天,时间会过得快些,可他摸了摸口袋,忍不住有些犹豫,因为他身上的钱并不多。"她一个打工妹,不会那么讲究吧!好歹是老乡遇老乡,讲究的是个心情!"如此想法让金阳赶到赵颖约定的地方。

可没想到那地方挺高档的,赵颖已经预定了一桌,菜肴挺丰富,花费自然不少了。金阳忍不住疑惑起来,赵颖一个打工妹,有这个消费能力吗?

"赵颖,你用不着这么客气,要不,这顿饭算我的!"金阳挺豪爽,而赵颖却打开了话匣子,原来她有自己的美容店,还有个小型超市,有两套住房。金阳更加疑惑了,她做什么事情,挣了这么多钱。赵颖叹息一声,然后幽幽地说:"我在这里,打工挣了钱,都汇给家里了,后来,我认识了我丈夫,他是个比较有钱的男人,可惜的是,他生病死了,我跟着他五年,临死的时候,还是我照顾他,可他一死,他的父母兄弟就跟我争财产,我就分到这么点了,还有辆车,但给我卖了,我是路盲,开了不好,把自己开丢了,那就麻烦了!"

赵颖的话,让金阳沉思起来,看来女人确实是干得好不如嫁得好,她赵颖如果一直打工,哪里会有这样的排场,他不禁想起远方的苏菲,她连工作都丢了,还谈什么生活享受啊!这时候,他忍不住想给苏菲打个电话,问候一下他们母子平安。

"金阳哥哥,你呢?结婚了没?"赵颖的话打断了金阳的思绪,想起他和苏菲两人在一起的狼狈,想着一个男人,无法给自己的女人应有的享受,再对比赵颖,活得挺潇洒的赵颖,金阳一下子不知道如何回答了,只是嘴里"哼哼哈哈"的,而此刻,赵颖那秋水一汪的眼睛,却深深地望着他。

第十二章：在诱惑面前，他如烈酒一般爆发啦

那天吃完饭之后，赵颖热情地邀请金阳来到她的香闺，她孤身一人，没有孩子，而室内的豪华装饰，却再次刺激了金阳。好歹他金阳是校园里的优等生，竟然混得远远不如眼前这个女人。赵颖播放了一支曲子，让金阳陪她跳支舞，金阳没有拒绝。

"嫂子还好吧，怎么没有一起来？"赵颖笑嘻嘻地问。

"我还没有结婚！"金阳低着头回答。

"那，你对象好吧？"

金阳沉默起来，不知道为什么，他竟然没有回答。

"人啊，就是这样，我刚来这里的时候，整天渴望着改变命运，但到了现在这一步，我却想安安静静地生活了！"说着，赵颖的身子若有若无地在他的胸脯上碰了一下，充满了挑逗气息，气氛忽然变得暧昧起来。金阳看了看她，大家都是成年人，怎么会心里没有数，一个寡居的富婆在寻找安慰呢？而他金阳，正是一个在外拼搏的孤单男人，如果能和这女人有点什么，那至多是相互安慰，不能算是罪大恶极吧。

金阳的内心忍不住一动，搂抱她的左手就增加了一分力道。他抬起头，就又碰见赵颖火热的目光，他的手禁不住有些颤抖。"那时候，你是我们学习的榜样，老师经常表扬你，你成绩好，又考取好学校，说实话，你一直是我的偶像！"赵颖虔诚地说，但金阳却脸上发烧，什么偶像啊，偶像会这样四处漂泊，居无定所吗……

遭遇赵颖，给金阳的信仰造成一定的冲击，这个世界，并不一定有能力就有好的收获，如此想法让金阳上班都无精打采。其实，一个人在异地他乡，除了工作累，生活也寂寞。那几天，他总想联系赵颖，但最后还是被他自己拦住了，他一个打工仔，能交往上那样的富婆吗？赵颖或许只是想显摆她现在优裕的生活而已，而金阳的自尊心，以及一直以来对赵颖这样女孩的优越感，让他放不下面子去主动联系赵颖。

这天,金阳又挨了主管训,金阳憋着气,没有和主管争吵,因为这时候他已经没有退路,总不能这样灰溜溜地回去吧,那样就是苏菲不怪他,他也会觉得很没面子。就在这时候,电话来了,是赵颖找他。他们又去了一个高档的酒店,金阳的心里忽然怪怪的,刚才他还是公司里一个受气包,一转眼,又变成了一个充分享受生活的大爷!而这一切,似乎是眼前这个女人带来的。

赵颖询问了一番他打工的待遇,金阳红着脸,不好意思回答。他大口地喝酒,半瓶红酒进了他的肚子。"其实,那样的工作,做了也没意思!"

"我和你不同,我没你那么有钱,只能受气受苦了!"金阳红着眼睛说。

"我一个女人,能用得了多少,能有多高的追求!"赵颖的话似乎已经戳破了那层窗户纸,金阳的头低下了。

"金阳哥哥,说了你别笑话,那时候,我都不敢看你,你太骄傲了!"赵颖的手忽然放在他的胸脯上,金阳一怔,但没有动弹。

"出去走走吧!"

金阳点点头,他跟着赵颖在街上闲逛了半小时后,赵颖忽然依偎在他身上:"去我那里坐坐吧!"

眼看赵颖就像一堆烂泥一样,金阳不忍心丢下她不管,于是,他搀扶着她上楼。

进了房间,赵颖用脚勾着关上门,然后一头扑进金阳的怀里。她搂着他的脖子狂吻,她的手就像春天的刚发的柳枝条,执拗地从金阳的纽扣间穿过,贴在金阳的胸脯上,而后,缓缓地下移。她的眼睛更是如回春的古井,忽然就波光盈盈。

金阳忍不住有些迷糊,他的唇已经贴到了她的唇,可就在他们双双跌到地板上的时候,金阳的眼前出现苏菲幽怨的表情。他顿时一惊,从臆想中迅速跌落到现实,空调开得很足,他已被汗水淋透,于是,他奋力地推开赵颖,然后不再顾她,随即落荒而逃。

冲到门外,他的心依旧怦怦乱跳,赵颖那性感的身材,发热的眼光,犹如一张网,牵住他前移的脚步,让他忍不住想回头。"只是逢场做戏而已,她是自愿的,甚至是主动的,我没强迫她!"金阳为自己找了许多理由,可冲动地跑下楼之后,他就

再也没有回去的勇气。

　　回到寝室,金阳的内心开始自责,他这是做什么啊,远方的苏菲正带着孩子在苦苦挣扎,难道他可以这样玩弄女性吗? 难道他可以这样逍遥快活吗? 那夜,金阳翻来覆去睡不着,眼前交替晃动着苏菲和赵颖的影子,到黎明的时候,女儿和苏菲终究占了上风,他想,他不能,也不会丢下她们的。

　　有了这样的的想法,金阳开始躲避赵颖。可赵颖却不管这些,她痛苦地问他:"难道你不明白我的心吗? 难道你是嫌弃我结过婚吗?"

　　金阳本可以正大光明地回绝,因为他毕竟有着同居女友。但不知道怎么回事,他就这么一直糅着,而他不明的态度,却又让赵颖更加疯狂地追求。在异地他乡,被这样一个可人儿温存着,确实是一种绝妙的享受。

　　那天,金阳和赵颖一道去看电影,那是个爱情片,有些缠绵。从影院出来后,赵颖似乎还沉醉在剧情里。她双目含情地邀请金阳去她那里玩。少妇自然比少女胆大开放许多,赵颖是个有经历的女人,举手投足,都有着别样的风情,而她家的宽敞与豪华,又让金阳仿佛处于梦幻之中,赵颖给他倒了杯洋酒,眼睛热辣辣地看着他。而后,她又邀请他跳舞,之前的赵颖是不会舞蹈的,但和那个男人在一起五年,她就像一个笼子里的金丝鸟一样。那个男人很能折腾,她就像一朵初开的蓓蕾一样,男人给了她盛开的机会,但也带给她寒风与冰雪。男人离开后,束缚没了,她忽然什么都想学,但从她的内心来说,她还是想找一个男人,一个帅气让她有面子的男人。

　　赵颖身上的气息不断地传到金阳的鼻端,赵颖确实是个漂亮女人,如果苏菲是一朵莲花的话,那赵颖就是一朵鲜艳的牡丹花。赵颖柔软的胸脯忽然贴在金阳的身上,金阳有些迷醉,这是双重的诱惑,富裕的生活,性感的美女,他金阳来南方做什么,不就是寻找这样的生活吗? 和上次不同,金阳非但没有躲避,而是迎合地抱紧了赵颖。

　　"哥哥,我一直喜欢你的,很久很久以前就是!"赵颖喃喃自语,生活的历练或许已经改变了她,可金阳似乎唤醒了她心中的那份纯真。她的唇慢慢地贴住了金阳的唇,而金阳犹如刚才喝的烈酒一般,忽然地爆发了……

第十三章:蜕变只在瞬间,沉沦却不是一朝一夕

和赵颖好了之后,金阳对工作更不热情,那点工资,还不够赵颖请他吃几顿饭呢。可金阳又觉得靠女人不好,于是,他又换了一个工作,但只要赵颖一黏糊他,他就没心思上班。按说,金阳也不是那样的小混混,为了不让风声传到苏菲那里,他特意找赵颖谈了一次心,他说:"男人如果没有事业,那就像鸟断了翅膀,赵颖,你一黏糊我,我就没心思上班,我一有时间就去找你吧!"金阳的话让赵颖感觉到他的不同,其实,她也结识过男人,但他们都围着她转悠,很快就让她失去了兴趣,而金阳,那是她少女时代的梦想,是她心海里点水的蜻蜓,如今,那只蜻蜓就停留在她的心尖上,那份迷醉,是任何语言都不能描述的。

宽敞的房子、豪华的家什,外出消费都是高档的场所,金阳渐渐地有些乐不思蜀起来,他甚至想,如果自己是单身,那该多好,或许他和赵颖能成为法律保护的一对,那就永远可以享受这样的生活。想到苏菲,他忍不住胆颤心跳,这要给她知道,她不知道会有多伤心呢? 就是面对赵颖,他也是心虚的,他很害怕她知道他和苏菲的情况,继而责怪他,甚至离开他。

和赵颖好了一个多月之后,赵颖提出要回老家一趟。金阳非常犹豫,可赵颖却兴致很高,他不想让她太过扫兴,于是,他就同意了,因为他们老家的人,除了他父母之外,并没有几个人知道苏菲的存在。

赵颖回家特讲究排场,红包礼品准备了不少,金阳不禁想起项羽那句名言:"富贵不还乡,如锦衣夜行!"他读了那么多年的书,可每次回去都会近乡情怯,在事业方面,男人的欲望似乎比女人更甚,有些惭愧的金阳,拿出自己仅有的一点私房钱,给父母购买了一些礼品。那倒不是他特孝敬父母,他一直想富贵还乡,这是一个男人内心的挣扎,男人不是女人,外出奋斗绝不只是为了那份安定。

"过去我不敢回去,因为我的前夫岁数大了,现在有了你,我就没什么好犹豫的了!"赵颖贴在金阳的身上说,金阳笑笑,原来她也把他当成一件摆设啊! 不知什么时候起,男人成了消费品,成了装饰品,像金阳这样成为摆设的男人,或许就

有很多，根本不奇怪。

回到老家之后，金阳面子上有些抹不开，他并没到赵颖家去，他的父母问起苏菲，他就撒谎说，苏菲工作忙，他一人回来看看父母，过段时间他会去看苏菲。但赵颖却不管这些，她买了许多礼品来看望金阳的父母，她伯父、伯母长，伯父伯母短的，还我和金阳在一起，金阳常常念叨二老之类的话。这也不能怪赵颖，她并不知道金阳和苏菲，她或许一心想做金家的媳妇。

明眼人一听，就知道他们关系不寻常，金阳父母打着哈哈，并不热心，而且还让赵颖把那些礼品带回去。不但这样，金阳的妈妈把赵颖拉到一边，她似乎想告诉她金阳的感情状况。这样的情形可把金阳急坏了，他急忙把赵颖拉过来，附在她耳边说："你先回去，我父母这里有些麻烦，他们不太接受我找个结过婚的女人。"

金阳的话说得合乎情理，一心要和金阳结连理的赵颖，不想把事情闹僵，就带着礼品离开了。她前脚刚走，金阳的妈妈就和金阳谈心，她语重心长地对金阳说："父母供养你读书，就希望你清清白白地做人，苏菲带着孩子生活，那容易吗！你可千万别辜负她！那样，我绝对不会饶你！"金阳冷汗直流，不知道如何回答，而他的父亲，说得更绝："我们家是清白人家，有些女娃虽然有些钱，但来路不正，我们家不稀罕！"

父母的一番言语，让金阳的内心禁不住犹豫起来。在老家，他也听说了赵颖的一些事情，说她和男人乱混，甚至有人说她卖淫。乡里女孩子出去打工，或者闯世界的，那很多，可像赵颖这样，能挣出一份家业出来的，那却很少。

"姓金的，你的良心不会给狗吃了吧，我难道对你还不够好吗，你却拆我的台！现在，亲戚朋友，都知道我和你在一起，你让我怎么对他们说！"赵颖气急败坏地对他说。金阳开始左右为难，想想赵颖确实对他不错，就是从他内心来说，他也不想抛弃刚刚品尝到的富裕生活。

金阳一横心，就陪着赵颖走亲访友。

金阳和赵颖，他们俩有些共同的朋友，得知他们在一起，许多人都表现出艳羡的神情。而赵颖的那些亲戚，更是对赵颖好得不能再好。

89

这天,他和赵颖去赵颖舅舅家,路上,赵颖忽然冷冷地对金阳说:"我总算明白,你为什么躲避我了,原来你已经有了女人!还有孩子,我真的好傻啊!"说着,她的眼泪掉了下来,她除了把他当衣服架子之外,心中或许对他有一份情,而金阳对他却是赤裸裸的欺骗。

"我、我、我"金阳不知道该做如何解释了,该来的总会来,没想到会来得这么快。

金阳不知道怎么回答,就闷着头准备离开,可却被赵颖一把拉住了,她瞪着他说:"你真是没有心肝!"金阳恨不得钻进地下,他掉头准备再次离开,但赵颖苦笑了一下,再次拉着他的手,向她舅舅家走去,一路上,金阳心里是七上八下,他不知道赵颖现在在想什么,更不知道赵颖会如何对待他。

在赵颖舅舅家,他们俩得到热情的招待,席间,赵颖的表妹要求继续读书,她舅舅双眼一瞪:"女娃娃读书有什么用,你要好好跟你赵颖姐姐学学,挣到钱才是真功夫!"

他的话让金阳顿时感觉到羞惭,他好歹是个高材生,如今却依附一个女子,于是,他就闷着头不说话。

"舅舅,你又乱说了,没有知识,能挣到钱吗?"赵颖可能察觉到气氛不对,就打起了哈哈。

"我是放屁,呵呵,但外甥女,你一定要带你表妹出去混混!"赵颖舅舅一副谦卑的样子,金阳忍不住叹息,看来金钱的作用确实很大,既可以提供舒适的享受,更可以风光地回乡,甚至连自己的舅舅也会对自己谄媚。想起和赵颖在一起一个月的富裕生活,金阳有种做梦的感觉,他的心不由得飘了起来。

第十四章:谁在掀起网络风暴,只希望是他最后的女人

从赵颖舅舅家分手之后,赵颖一整天没联系金阳,金阳发短信给她,她也不回。

"虚名有什么用,能给你高楼大厦,还是轿车什么的?!什么都不能给你,我倒

觉得,你和赵颖搞好关系,那会前途无量!只是有钱女人都花心,如果你搞不清楚她真实的想法,那可能到头来,那还是一场空!"金阳的一个表兄这样对金阳说。金阳觉得他说得很对,那么,赵颖究竟是把他当成一时的玩具,还是真心爱他呢!

"你去看看苏菲和孩子吧!"金阳妈妈对金阳说,他无法反驳,苏菲带着孩子在城市里生存不易,金阳的心顿时柔软了,他决定去看看他们。这个早晨,金阳吃完早饭,去了小镇的车站,准备乘车到县城,然后再赶往苏菲那里。可在他刚刚到车站的时候,他被赵颖拦住了,她恶狠狠地看着他:"我就觉得你会这样,还真给我猜到了!"

金阳低下了头,就在这时候,苏菲的电话到了。

"我在南方呢,现在过得很好!"金阳竟然这样说。赵颖则似笑非笑地看着他:"你真会骗,难道你想一妻一妾!"金阳没回答她,而是跟着她身后走。

"赵颖,你对我究竟是什么想法呢?"金阳冷不丁这样问。赵颖回过头来,板着脸地反问他:"你说呢?"金阳不是赵颖肚子里的蛔虫,他又怎么能知道她内心的想法。赵颖看他傻在那儿,就点着他的鼻子笑了笑:"傻瓜,如果我对你不是真心,我会把风声搞得那么大吗?可你又是怎么对我的呢,实话告诉你,我真的很伤心绝望!"赵颖随即幽怨地说:"你必须做出抉择,否则,我们就不要再来往!"

这个要求其实很合理,确实,没有一个女人能容忍自己所爱的男人还有另外一个女人。可这对于金阳来说,却是件很难的事情,不说他对苏菲母子心中的那份情,就说他父母这关,那也不容易过的,金阳婉转地说了他父母的意见:"我不把她接回来,我就回不了家呢!""那就住在我家,你不出门,他们就不知道,然后,再慢慢做他们的思想工作,一定会行的!"

在赵颖的安排下,金阳那样度过了几天。赵颖的妈妈确实很喜欢金阳,金阳是镇子上出名的高材生,女儿和老男人在一起的时候,虽然他们家得到不少金钱的补偿,可她也感觉到女儿的内心其实并不快乐,她不但不把老男人带回来,而且自己也不回来,如今,金阳这个高材生做了自己的女婿,她能不感觉到心满意足吗!最起码,她在亲戚面前长脸了,她的女儿不是和一个老男人厮混,而是和一个青年才俊在一起。她一个劲地在赵颖面前夸奖金阳不错,长相好,又有学问,但她

又怎么能理解现代年轻人，她又怎么知晓这其中的奥秘呢！

在家乡过了几天以后，带着犹豫的心理，金阳跟着赵颖一道来到南方。可到了南方之后，赵颖忽然对他冷淡起来，随后一个多星期，她根本不联系他。更糟糕的是，他所在的公司，因为他擅自离岗，已经把他开除了。金阳顿时慌张起来，或许他能找到新工作，但却不能马上就找到，离开赵颖，不说富裕的生活了，连生存下去都会困难。无奈之下，金阳只得去找赵颖。可赵颖却冷着脸对他："你还来做什么？你是我什么人，我又是你什么人？"

金阳被她问住了，是啊，他们究竟算什么关系呢？想来想去，也只能算奸夫淫妇。难怪赵颖要这样对他，换做任何一个女人，那也会发飙的。"没事的话，我要出门了，请你离开！"赵颖依旧板着脸。

"你究竟让我怎么做，你才能满意？"金阳的脸涨得通红，赵颖没说话，拿起桌子上的电话，递到金阳的手上："给她打电话，把一切说明！"

金阳接过电话，拨打了苏菲的号码，然后，他硬着头皮对苏菲提出分手。可苏菲绝望伤心的声音，让他心里顿时很不好受，他根本无法面对她，他的心一阵绞痛，他根本没有勇气对苏菲详细地解释，苏菲不知道会有多难过！会有多伤心呢！他匆忙地挂了电话，颓废地坐在椅子上，"你这是做什么，难道说两句话，比死还难受吗？"说着，她按了重拨键，可金阳却猛地把电话线拔了下来，然后，他恶狠狠地对赵颖说："你就别添乱了！"

"什么话，你还没说清楚，你这是什么了断！你这是什么态度啊，如果你觉得后悔，那我绝不强求！"赵颖禁不住嚷叫起来，因为她同样没有退路，她虽然不是十几岁的少女，可她全身心地投入，让她已经站在悬崖边上。而此刻的金阳就像风箱里的老鼠，他真的害怕赵颖忽然丢下他，但也没有勇气去面对苏菲。于是，他耐心地对赵颖解释，分手需要时间，苏菲反正已经知道他要和她分手了，不妨先来个冷处理，等苏菲失去耐心，事情就会好办得多。

赵颖眼睛一眨不眨地看着他，忽然，她从他身上翻出手机，打开后盖，取出手机卡。她拿着手机卡进了洗手间，把卡扔进抽水马桶。

"你说得有些道理，就按你说的做！"赵颖对目瞪口呆的金阳说，没有人比她更

爱他,但也没有人比她更痛苦,如果只是肉体关系,那么,她也不可能带他回乡,如果只是露水姻缘,她就不可能把他隆重地推荐给所有的亲朋好友。男人或许会介意自己的女人,她之前会不会有另外的男人?而女人,却不管他之前多么乱,只希望是他最后的女人。

那之后,金阳和苏菲失去了联系,他的心尽管一直惴惴的,但他又觉得,这是最好的办法,男人要想获得好的前程,有时候就必须心狠手辣。至于苏菲母子,往后的日子,他或许会给他们一定的经济补偿,赵颖似乎也很赞成这一点!但让金阳万万没想到的是,后来这件事情,竟然演化成一场网络风暴……

那么,金阳为什么会醉得这样烂醉如泥,他和那个女人赵颖,究竟又发生了什么,这里暂时略过,以后再表。而苏菲,那么辛苦地网络通缉,冷不丁地发现金阳之后,那又会有怎样的举动呢?请接着往下看。

第十五章:如果他不是小男生,她会狠狠地宰他

冷不丁地遭遇到金阳之后,苏菲的心里是五味杂陈,第二天,她又单身去了那个 KTV,希望能再次遇见金阳,哪怕只是简单的交谈,那也会让她彻底死了那份心。可她的愿望并没有实现,她显得很郁闷,刚好一个女人版块举行版聚,特意隆重地邀请她这个"名人"参加。

苏菲好好地把自己装扮一番,自从通缉后,她开始注重自己的仪容,化妆品购买了不少,经过精心修饰的她,似乎比以前更漂亮了。郁闷的是,那个作者写的稿子总是被一拖再拖,作者很无奈地告诉她,可能出版社认为她不够正面。这是人话吗,这样的话为什么不早说呢,苏菲可是赔上了新婚蜜月时光啊,可她除了憋气,也只能等待。

版聚总是唧唧喳喳,"你是小白菜?""嗯,你是洋葱头?"哈哈,网友们对着网名,谈得兴高采烈,自从有了版聚,人们似乎都把朋友搬到网络上去了,当年"痞子蔡"邂逅"轻舞飞扬",演绎了一段浪漫无比的爱情,让世人忍不住产生"网中自有颜如玉"的无限憧憬。

那是一个自助茶社,版聚的人很多,年龄在 19 岁至 30 岁之间,苏菲静静地坐在那里,和金阳在一起的时候,她参加过几次版聚,无非是年轻人在一起吃吃喝喝、聊聊天,然后唱唱歌,年轻人精力旺盛,不发泄发泄,可能会憋得慌,当然,如果看对了眼,或许会有一段感情发生。她和金阳,不也是在聚会上认识的吗?

有人在咔嚓咔嚓照相,"那不是苏菲吗?"终于有人认出了她,有几个女人围了过来,七嘴八舌地问苏菲一些八卦的问题。而男人却离得远远的,或许他们认为苏菲是炸弹,或许他们鄙视苏菲,不屑和她交谈,试想,一个把男人逼得四处躲藏的女人,能是好女人吗!

"苏菲姐,你好,你比网上的照片漂亮多了!"一个帅气阳光的男孩走了过来,他大概 20 岁吧,苏菲一贯不喜欢和小男孩交往,因为许多时候,他们空白得让人难受。苏菲礼貌地点了点头,而男孩却挨着她坐下了,不但这样,他还时不时地问一些问题。他的行为引起人们目光的聚焦,可他并没有收敛的意思,他望着苏菲说:"苏菲姐,你比章子怡还漂亮,真的,我绝对不是恭维你!"

苏菲皱了皱眉头,她现在的日子都不知道如何过,哪里有心思像米莉那样和男孩子调情呢。为了耳根清净,苏菲准备吓唬男孩一下,她看着他说:"真的吗?你这么恭维我,难道是看上了我了吗,你知道,我可是个定时炸弹,别闹了,小弟弟,还是和你女朋友去玩吧!"

男孩的脸顿时涨得通红,可随即,他抬起头说:"我有什么好怕的,我不是政客,没有包二奶,我没有家庭,不会起家庭风波,我没有女友,不怕有人跟我吵闹,我是光棍一个,更不怕网络上砸砖!"

男孩一堆排比句,还真有些道理,像他们这个年龄,或许是最阳光灿烂的时候吧。不经历风雨,怎么见彩虹。可如果总是彩霞满天,为什么要强制性地阴云密布呢!苏菲看男孩的眼神温和了许多,男孩不说话了,而是挨着她坐下。

吃了晚饭,一行人去了 KTV,沿途男孩都很照顾他,苏菲对他的好感又增加了一分。在 KTV 里,苏菲唱了一首歌,她的歌唱得本来就好,再加上人们都知道了她的身份,所以,她一下子成为了焦点。

人们议论纷纷,苏菲有些不自在,以前的版聚,她能感觉到陌生而又相对熟悉

的版友的热情,那时候的她像只小鸟一般无拘无束的。

不少男人的目光聚焦在她的脸上,米莉可能说对了,女人最大的资本或许就是漂亮的容颜。女人拉皮、去皱,割眼皮、做酒窝,那为的是什么啊,尽管许多女人放言说是为了自身,可潜意识里,难道不是为了得到男人的欣赏吗?

那么多男人的目光聚焦于她,可只有身边的男孩敢和她套近乎,苏菲苦笑了一下,男人或许都是有贼心,无贼胆,她这个网络通缉女,如果她到网络上通缉一下他们,那他们就死定了。

苏菲准备离开,毕竟这里能说上心里话的人很少,甚至几乎没有。苏菲刚走出 KTV,就听见有人喊她:"苏菲姐,等等我!"她回过头来看,原来是那男孩追来了。

苏菲开始烦了,这男孩想做什么啊。她没理睬他,可那男孩却三步两步走到她面前:"苏菲姐,能请你喝一杯吗?"

男孩约她去酒吧,苏菲此刻确实想找个人聊聊,可眼前的人不对,男孩比她小六七岁,他这样的毛孩子,知道个什么啊!苏菲淡淡地拒绝了,没啥意思。可那男孩却纠缠地说:"苏菲姐,我觉得你和网上不同啊,网络上,你那么有个性!"

苏菲不知道男孩指的个性是什么,难道是她敢于和男人未婚生子吗!苏菲忍不住想大笑,在通缉他之后,她确实遇见过几个男人,他们或明或暗地表示,只要苏菲肯付出点儿,那他们会把苏菲捧成一个比芙蓉姐姐还红的女人。但那些男人胆子都比较小,从来没有人敢这么直接,而她苏菲,连身边的人、身边的事都看不透,又怎么能相信那些虚无缥缈的东西呢!

苏菲看了看眼前人小鬼大的男孩,忽然笑了起来,她的笑容很媚,男孩一下子看呆了。"那你准备怎么做呢?"苏菲的声音充满诱惑,她已经决定,要调戏一下这个小男生。男孩张了张嘴巴,然后鼓起勇气说:"附近有个酒吧!"

苏菲让他带路,男孩就兴颠颠地在前面走。到了酒吧之后,男孩围着苏菲献殷勤,苏菲没说话,只是用眼神勾住了他,有时候,她还故意扭动下身体,让男孩感觉到她的三点一线,男孩的目光越来越炙热,忽然,他急巴巴地对苏菲说:"苏、苏菲姐,附近有个宾馆!"

"嗯,到宾馆做什么呢?"苏菲明知故问。"嗯,苏菲姐,我想……"男孩的声音越来越急巴巴,苏菲对他抛了个媚眼,说:"是不是想要姐姐啊!是不是想和姐姐睡觉啊,可你难道不觉得,这不是太便宜了吗,你总归要有什么表示吧!"苏菲继续逗着男孩,她无语了,自从她的照片上网之后,她确实受到一些骚扰,可像这么大的男孩,却还是第一次。

在苏菲目光的注视下,男孩忽然从口袋里掏出2000块钱,对着苏菲说:"这是我一个月的工资!"男孩飞快地把钱放到苏菲的手上,在手与手接触的一瞬间,苏菲能感觉到男孩的慌乱。苏菲本想把钱狠狠地扔在地上,因为她的自尊心突然受到最严重的伤害,男孩把她看成了怎样的女人!她苏菲是那样的女人吗?如果苏菲轻易出卖,那会像现在这样窘迫吗?可她转念一想,他还是个男孩子,有这样的想法,那也不能说他就是个坏人,现在网友见面上床的人,多之又多。内心的善良终于压制了她的愤怒,她把钱放到男孩的手上,温柔地说:"别这样,好吗,等你再长大一些,如果确实需要的话,姐姐会无偿地给你!"

男孩顿时窘迫无比,苏菲笑笑:"你走吧,姐姐不是那样的人!"苏菲确实不是自己装门面,如果那样的话,她也不会那样拼命地网络通缉她的男人了。她本来可以把钱砸在男孩的脸上,或者像米莉那样,把钱装进口袋,然后让男孩什么都得不到,可她骨子里总是潜藏着善良,这样的善良或许带给她无限伤害,但个性却是天生的。

望着男孩离去的背影,苏菲的眼泪瞬间流了下来,或许男孩是真的羡慕她、或许男孩就是想玩弄她,她苏菲在人们的心目中,难道已经成了这个样子吗?她愤愤地想,如果遇见的不是小男生,而是大男人,如果有可能的话,她一定会把他宰得一无所有!

第十六章:别指望我会以身相许,没出卖人格吧

再次遭遇金阳及和小男生的遭遇,让苏菲不得不思考一个问题,她继续这样下去,那还有意义吗?金阳不可能会再是她的港湾,而她如果一直这么飘着,难免

会让一些男人产生非分之想,就说那个李斌,那是三天两头电话来,这样那样,实在烦得很。不仅仅是感情,她的格子间生意也不死不活,这些都是摆在她面前,急需解决的问题。

这天,李斌又来纠缠,苏菲忍不住对他说:"你如果是真心,那你愿意搬出去,把房子给我一人住吗?"

苏菲也是随口说说,没有人会傻成那样,特别是像李斌这样的男人,可能会不见兔子不撒鹰的。可让她没想到的是,李斌竟然一口答应下来,不但这样,他还很快搬家,把房子钥匙放在苏菲的手上。苏菲忍不住疑惑起来,这个男人不会是傻帽吧,这个世界还有这样的男人吗!可能他会别有用心,但苏菲孑然一身,而且已经到了这个地步,那还有什么好怕的呢!

"你可以换把锁,如果你不放心的话!"李斌对她说。苏菲点点头,这个男人既然这么傻帽,那她苏菲也不需要那么客气,她已经不是从前的苏菲,她的心有时候渐渐硬得像一块钢铁。这里住得宽敞不说,还能节省房租,这样的好事,她岂能放过呢。当着李斌的面,苏菲请人换了把锁,苏菲察觉到李斌脸色有些异样,于是,等锁换好以后,就冷冷地说:"我不知道你这样做,究竟有何目的,但如果以此来让我以身相许,那是不可能的! 如果你现在反悔,那也不迟!"

李斌的举动有些出乎常理,而苏菲也被折腾得不按常规出牌了。"说什么呢,我是欣赏你,当然,我也爱慕你,但我不会勉强你!"李斌挺真诚:"虽然我有一定的成绩,但我几乎没遇见过你这样漂亮温存的女人,请相信我,如果能得到你的爱,我愿意把房子转给你!"

苏菲几乎想笑出声来,李斌把她当成容易欺骗的青春少女啦,但这是他的事情,和她苏菲没有任何关系。如果他想找事,那正好,苏菲的情绪正没有出口呢!媒体的撤退,让她感觉到冷落,而如此冷落,又让她无法适应,这一连串的遭遇,让苏菲有时候恨不得地球瞬间毁灭。

躺在宽大的床上,苏菲思绪万千,奶奶的,结婚、同居,同居、结婚,她和男人都是挤在一张小床上,虽然条件艰苦,但不管什么时候,她都没放弃对爱情的憧憬,可每次她都被撞得鲜血淋漓。现在,竟然有个傻男人,愿意这样对待她。

苏菲还是有些担心,李斌不会晚上摸进房间里来吧,苏菲摸了摸床头的一把小刀,这是她特意买的,生活太乏味了,搞出点事情或许好玩点。高尔基不是说过,让暴风雨来得更猛烈些吧!

可那夜却非常平静,门都没有响一下,李斌究竟是君子,还是想曲折迂回地得到她? 其实,她对他并不了解,只是知道他在经商,还不知道他经营什么,这主要是她不怎么关注他的缘故,她爱的男人已经把她伤得伤痕累累,她哪里还有心情去在意一个陌生男人呢!

"住得还习惯吧?"第二天,李斌打来电话,苏菲忍不住好奇起来:"还行,你把房子让给我,你住在哪里?"

"感兴趣的话,你就来看看吧!"苏菲"嗯"了一声。没一会,李斌就来了,他把她带到一个单室间,面积不大,但里面却收拾得很清爽。"你就住这儿啊?"苏菲忍不住问。李斌点点头,看着她说:"你也许会奇怪我的行为,但怎么说呢,我以前谈了个女友,但跟一个男人跑了,那几乎成了我心底最大的痛! 后来我找到她,对她说,要她永远不要回来,你的遭遇和我类似,所以,我忍不住就想这么做!"

李斌看了她一眼,接着说:"可能绝大多数人都会觉得你网络缠绵是作秀,可他们为什么就没想到你的惶恐、你的悲伤呢? 而这方面,我却有着深切的体会。"

苏菲的心禁不住一动,她觉得眼前这个男人简直说得太好了,他和张鸿不一样,张鸿可能是爱她的,但张鸿却不能理解她。苏菲瞄了李斌一眼,想说话,却不知道从何说起。无可否认,张鸿是爱她的,但他却连一个小窝都不能给她,而且,她和张鸿在一起的时候,总是想着感激他。而眼前这个男人,却宁愿自己受苦,也想让她过得安逸。

她实在已经飘摇了很久,冷不丁有这样一个关心她的男人,苏菲的眼角禁不住有些湿润。那之后,李斌不但经常送早饭来,还常给苏菲购买些礼品,和张鸿相比,他从来没要求过苏菲按照他的思路去做事。"我就上网,上网有什么不好啊,可以看新闻、查资料!"不但这样,李斌的电脑还随苏菲任意使用。

有个晚上,苏菲和李斌通电话,说她想吃猕猴桃,十几分钟以后,李斌竟然买来了。不但这样,他们俩只要碰在一起,李斌总是对她关怀备至,询问她的口味,

然后一切按苏菲的兴趣来。

像这样被男人捧着哄着,在苏菲的印象里,就根本没有出现过,金阳是个大男孩,他什么事情都需要女人照顾,而且脾气还很大。张鸿确实是迁就她的,但那种迁就是有前提的,她苏菲必须怎么样怎么样,不然,他会不高兴。李斌的表现,渐渐打动了苏菲,可能真像他所说的那样,这个男人经历过情感挫折后,格外地疼爱女人吧。可苏菲还是对他怀有戒心,天上不会掉馅饼,就是掉,那也不会那么巧,刚好就砸到她苏菲头上。

有这么个大房子,苏菲决定宴请宁宁一次,不是出于对她的感激,而是告诉宁宁,她现在的生活还凑合!苏菲买了一些菜,宁宁一个人来了,没有尾巴跟着,苏菲忍不住有些新鲜了。可宁宁却更惊讶,她看着苏菲说:"你怎么回事啊,没做出卖人格的事情吧!"苏菲笑着摇头,简单地说了李斌,宁宁的头摇得跟拨浪鼓似的:"你还是搬走吧,别跟着受到伤害了,世界上没有免费的午餐,相信我,没错!"

苏菲的心里其实也是矛盾的,李斌对她这么好,如果自己实在没那个意思的话,那又何必和他牵牵挂挂呢,那样,除了给别人留下谈资之外,或许会让陷入其中的李斌痛苦。苏菲点点头说:"其实我也就是想结婚,想安定下来,这不是你们一直希望的吗!"

第十七章:性格转变,一颗永远找寻真爱的心

"来客人啦!"李斌来了,苏菲立即给他们做了介绍,两人握了下手,稍稍地寒暄了几句。其实,苏菲一直在观察,她忽然想起那个海归,他是如此地害怕陌生人,而李斌似乎很高兴,难道这个男人是不仅仅贪恋她的美色,是真正意义上地喜欢她、想和她在一起吗?苏菲有时候觉得自己真可怜,她的要求有时候低得不能再低,只要一个男人正常地爱她,给她一个宁静的港湾就行。虽然"网络风暴"一度改变了她的个性,可她那寻找真爱的想法,却一直隐藏在她的心灵深处。

迷糊中,有人拉了她一下,原来宁宁要告辞,她急忙站起身送她。

到了楼下,远离了李斌的视线之后,宁宁轻声地对苏菲说:"苏菲,虽然金阳给

你那么大伤害,但你也不能着急,要记得张鸿带给你的教训,我就觉得这个男人有些看不透!当然,这是我的第六感,我建议你还是趁早离开他!"宁宁是她的好友,许多许多次地帮助了她,她的有些意见,过后证明是对的。苏菲有些犹豫起来,回到室内,她忍不住对李斌说:"你还是搬回来住吧!"

"那你呢?"

"忘了告诉你,我的出租屋并没有退!"苏菲不是十七、八岁的女孩,经历了那么多事之后,她不可能那么冲动地不给自己留条后路,如果再次搞场网络通缉,不说没人会理睬她,就是她自己,那也会郁闷得跳楼的。

李斌疑惑地看着苏菲,忽然,他激动起来:"你怎么才能相信我呢?这样吧,我把房子过户给你,这样可以了吧!这样,你还会怀疑我的出发点吗!"而苏菲更是定定地看着他,这男人不会大脑错乱,说胡话吧。苏菲又想,或许他在表演,金阳比他说得还动听呢,但还不是说失踪就失踪吗?苏菲忽然心里有气,她感觉这个男人实在是太做作了,想要她,可以明确提出,不需要附加那么多条件,把自己打扮成一个情圣模样。

苏菲也准备表演一下,她媚眼看着李斌说:"不知道你是否舍得?"随即她调侃地说:"不会有什么条件吧?鳄鱼吃人前总是要掉眼泪的。"不知从什么时候开始,苏菲变得这么尖锐,之前的之前,她一直是委婉的,在她的思维里,男人就是蔚蓝的天空,她只想做那只被男人放飞的风筝。而网络通缉把她的天空撕开一条裂缝,于是,她只能一个人面对暴风骤雨、面对雷电交加。习惯了,她就尖锐了!

李斌忽然生气了:"你可以不相信我,但你不能怀疑我的人格!"说完,他就怒气冲冲地站起身离开。苏菲冷冷地笑笑,她忽然觉得这个男人是她见过最做作的,她苏菲不是情窦初开的少女,是那么容易被欺骗的吗?金阳告诉她,什么是负心的男人!张鸿告诉她,男人有男人的底线!那么,李斌又会带给她什么呢?

算了,李斌只是别有用心,带着虚伪的面具装高尚而已,他不是她的仇人,她没必要和他斗法。她之所以要搬到这个男人这里来,也是神经错乱需要发泄,她也逐渐明白,这样发泄并不能解决问题,或许还会把她拖进另外一个旋涡。如果总是在旋涡里漂来荡去,那总有粉身碎骨的一天。

第二天,苏菲准备搬回出租屋,可就在她准备离开的时候,忽然发现自己的身份证不见了,她翻找了一番,没找到,就打电话给李斌,李斌很爽快地说在他那里,让她去拿。等苏菲赶到李斌约定的地点,李斌却说身份证在另外一个地方,然后带着她七转八转,竟然把她带到房地产交易所。

苏菲跟他走进交易所,她倒想看看这个男人,究竟能耍出什么样的花招。当着苏菲的面,李斌办理了买卖申请,他是想通过这样的手段,继而把户主转移到苏菲的头上。

苏菲看得一头雾水,仿佛置身于梦里,她确实是个漂亮的令人心动的女人,可她已经沦落到如此地步,还有男人会这样在意宝贝她吗?她觉得不可能,但申请已经清楚地递了进去。李斌对她看看,小声说:"过段时间,拿到房产证,房子就是你的了!"

苏菲无法不怀疑,这个男人也大方过头了吧,她拿着房产证左看右看,确实是李斌的,既然交易所已经受理,那房产证不可能是假的。一丝疑惑伴随着温暖,悄悄地爬上了苏菲的心头,虽然她觉得眼前这个男人行事乖张,虽然这个男人并不是特别富有,但他能做到这样,那就表明他对她的情确实是真的。金阳会这样吗?不可能!如果他有这样的心,那他就不会失踪了!张鸿会这样吗?那也不可能,他可以迁就她,但他有自己的原则,否则,他们也不会那么快就离婚了。

苏菲内心有些温暖,同时也有些得意,记得有个情感专家说过,女人可以失去一切,但千万不能失去美丽容颜,世界上的黄脸婆或许有个共同的特点,就是青春已逝,容颜已改,李斌如此宝贝她,那不是证明她还是一个很漂亮的女人吗!这个男人是陷入了吗?苏菲暗自这样想,当初张鸿也是这么不顾一切,虽然那场婚姻是失败的,但无可否认,张鸿确实是爱她的。

走了一段路,李斌要回他那个出租屋,苏菲幽幽地说:"你还是搬回来住吧!"

"那么,你呢?"

苏菲没有回答,而是幽幽地看着他,她的目光里包含了许多,她觉得自己还是很幸运的,走了那么多弯路,最终能找到这么一个疼爱自己的男人,她还有什么理由去怨天尤人呢?她的生意做得不好,但她可以去找工作,当然,出书是她的梦想,她会利用业余时间加油！但同时,她内心也觉得挺悲哀的,男人的一个举动,就让她的防御彻底瓦解,她一直认为感情是超然的,可她最终还是在物质里瓦解了自我。

Di 3 juan

第三卷

　　水样女人,嗯,是红玫瑰还是红辣椒,那要看盛水的容器!如果那男人是漏斗,那么,女人就注定了漂泊的命运。

　　两性,一直是网络最热的话题,不是东风压倒西风,就是西风压倒东风,谁也不能确定,今天究竟刮着什么风!但有一点可以肯定,无论是男人还是女人,走过的路、做过的事,谁也别想风过无痕……

第一章：另类才有爱，那个用网捆男人的女人

拿到房产证，是半个月以后的事情，房产证红得耀眼，她亲眼看见李斌申请的，自然不会有假，握住房产证，仿佛就握住了一份幸福，谁也不能保证情感的天长地久，既然这样，那为什么要去强求呢！女人离开男人也能过，这是宁宁的经典语录，苏菲正努力向这方面靠拢。她还特意配了一副眼镜，主要是让人们感觉到她是个知识女性，而知识，却是永不过时的。

和李斌在一起，除了宁宁，并没有人知道，关注苏菲的人少了，她也懒得上网，她想，她要尽快适应没有人关注的日子，她毕竟不是明星，真的没理由占用那么多的媒体资源。

李斌这个人，除了知道呵护人之外，在那方面，还有一些癖好。他这样对苏菲说："自从在网上看了你的照片之后，我一下子就迷住了，我下载了你的照片，你正是我梦寐以求的女人啊，于是，我开始借各种机会接触你，我报名参加电视节目，刚好那女人发飙，这又给了我机会，上天有眼，满足了我的愿望！"

苏菲有些理解李斌，男人千方百计追求一个女人，应该不是错误，其实，这追与被追，本身就是绮丽的让人充分享受的过程，如果双方没有这样的前奏，那爱情或许会很苍白的。苏菲也理解李斌的嗜好，那样或许会增加感情，可开始的时候，

苏菲还是忍不住恶心得想吐,无论是金阳还是张鸿,他们都没有刻意地去营造激情,而他们年轻的身体,那就是激情的永动机,而李斌和他们却是两类人,她感觉得到他宝贝自己,他爱惜她的每寸肌肤,可能是岁数大了一些,也可能是别的原因,他仿佛要把她融进血液里。苏菲有些不能适应,但她想,这可能是另一种生活的开始,她不想让刚刚起步的感情再起波折,而李斌的眼神又不断地消融了她的顾虑。

别再起波澜吧,她苏菲确实不是一个惹事的女人,如果爱,那还有什么不能克服的呢! 所以,每次她都是皱着眉头按着李斌的要求来。有一天,她忍不住笑着对李斌说:"干脆找个做那事的女人,技术也好些!"

"说什么啊,别亵渎我们的情感啊,难道我是那样的人吗?"李斌的反问,让苏菲唐突起来,她温柔地靠在他身上:"人家说着玩,不行吗?"苏菲禁不住被自己嗲嗲的语气吓了一跳,怎么听了像米莉啊,难道她苏菲要变成第二个米莉吗? 不,那绝对是不可能的,她的内心还是憧憬着像宁宁那样的生活。

宁宁终于结婚了,他们小两口不错,在一起有个彼此促进,宁宁升职加薪,她男友也不含糊,婚礼办得热闹,新房也漂亮。虽然苏菲终究没去参加宁宁的婚礼,但她忽然感觉到,一对青年人,如果正正当当、勤奋努力,那也会有好的收获。如果当初金阳能够和她在一起坚守,虽然不能取得像宁宁夫妇那样的成就,但可能会拥有一份充实。

想到金阳,苏菲的内心不知道什么感觉,当初真是瞎了眼,竟然为这样一个男人闹得死去活来,但感情确实是太平洋的海水,谁也不能确定什么时候会掀起滔天巨浪,谁也不能知晓,什么时候才适合万里行舟,爱情是没理由的,这就像一首歌唱的那样:爱了就爱了。

宁宁确实关心苏菲,得知了这些情况以后,就劝她干脆和李斌结婚算了。"拜托,别再成了未婚妈妈,别再一次搞网络通缉了,试想一下,如果你紧紧抓住幸福,那幸福又怎么会从你身边溜走呢!"宁宁说得很诚恳,但苏菲还是摇摇头,她有自己的想法,男女情感,不是一张纸就能保证的,她和张鸿,那不是闪婚闪离吗? 她现在握有一份房产,那就握有一份主动权,她也想通了,女人只有占据主动,那才

能立于不败之地。

新生活并不是一条坦途，苏菲的生意做不下去，于是，她决定去找份工作，可找工作却非常让人泄气，这段时间的闹腾，让她的专业知识搁下不少，去一家单位应聘，她竟然没通过测试。苏菲忍不住有些沮丧，除了生孩子那段日子，她的专业知识应该说得过去的，更不存在考试通不过的现象。

李斌倒没觉得什么："生意做不下去，找不到工作，那就在家休息，我又不是养不活你！"苏菲对他翻翻眼睛，他似乎想让她感觉到那种长者的爱，可以躲在他的羽翼下，只要不由着性子飞，就是飞，那只要不飞出他的天空就行。他有生活的小圈子，他也带着她在圈子里逛逛，可苏菲不喜欢那些人，她有自己的生活圈，宁宁、米莉，都是她的密友。

苏菲还是上了学习班，每天白天上学，晚上和李斌在一起，到了这一步，她不得不调整她人生的方向。

"苏菲，苏菲。"有人叫她，她正从学习班往家赶。苏菲停下脚步，回头一看，禁不住诧异了，竟然是金阳的妈妈，那个装疯卖痴说她会用网捆她儿子的女人。她来找她做什么，她已经和他们家没有任何关系，想起这个女人那冷淡骄横的态度，苏菲恨不得上前抽她两个耳光。但她还是忍住了，她倒想看看这女人，究竟会搞什么名堂。

金阳妈妈看上去苍老了许多，当年她曾经来看过她，说了许多好话，还抢着做家务，那时候的她腿脚很利便，可现在走路却颤巍巍的，看来金阳的事情确实让她费心。感情确实是两个人的事情，但却牵涉到方方面面，她的妈妈，不也跟着她一道伤心欲绝吗？真正超然的爱情，那只能是在琼瑶的小说里。

"苏菲啊，你们闹也闹过了，还是好好在一起过日子吧，我觉得你们可能是误会了！"那女人说着，要上前拉苏菲的手，但被苏菲狠狠地摔开了。她有些弄不明白，她在网络上这么风风雨雨，难道她会不知道，难道她不知道她和另外一个男人结过婚了吗。一头雾水的苏菲随即哈哈大笑起来，笑声里有一股凄凉，金阳一家把她当成了什么，可以这样呼之即来、挥之则去吗？他们也太高看自己了！苏菲紧盯着女人的眼睛，问："是金阳让你来的吗？那个女人不要他了，对吗？"

女人的目光躲闪着，而后低着头说："金阳还在南方，一直没回来过。你别听人家乱说，他根本就是一个人，不见你，主要是觉得你对他误会太深！他现在工作还行，我也不相信网上说的那些，你是个好姑娘，你和金阳在一起，日子一定会过得好！"

女人一口气说完，苏菲则笑出了眼泪："你真是个好妈妈，儿子讨饭，你依旧会说他做官，实话告诉你吧，我亲眼看见过他，别提多狼狈了，他那样的人，连农村妇女都不肯要，哈哈哈！"

"我们家金阳是对不起你，我已经骂他了！可你用不着那样说他吧！"

"儿大不由娘，这可是您说过的话，说过的话，泼出去的水，能收回吗？哈哈哈！"

女人回答不上来，她在苏菲的笑声里落荒而逃。

能这样羞辱金阳家的人，苏菲的心里别提多舒坦了，她对着女人的背影高声说："你儿子实在没地方去，我求求我们家老公，给他安排一个扫厕所的行当！哈哈哈……"

第二章：女人是水，成形要看盛水的容器

苏菲一直没搞清楚，金阳妈妈是自己找来的，还是受了金阳的指派。其实，那天那样对金阳的妈妈，她也有许多不忍，她曾经爱护过她，但为了自己的儿子，她又视她为草芥，甚至是祸害，那天她在她家哭得那么厉害，可她就是无动于衷。

"能谈谈吗？"张鸿在网络上给苏菲留言。苏菲几乎每天都会在网上逛逛，但她从不说话。开始那些闹腾的人还不习惯，有些人干脆造谣，说苏菲已经怀孕，躲起来生孩子了。但渐渐地，人们也想不起来提苏菲这个人了。

苏菲把金贝放在妈妈那里，迟迟不接回来，就是有这样的想法，或许孩子在陌生的环境里，那对她的成长有帮助，她或许不是个称职的妈妈，但她的心里，金贝还是占有着很重要的位置。

"好的，你说时间和地点吧！"苏菲立即给张鸿回复。虽然她和张鸿分手了，但

她依旧觉得他是她的一个亲人,那种感觉完全不同于对待金阳,如果说对金阳的爱恨是发自肺腑,那对张鸿,那就是超越兄长般的友谊。可张鸿究竟找她做什么呢?难道他回心转意,想找她重新开始吗?

张鸿好像瘦了一点,苏菲为他倒了一杯茶,说:"最近过得还好吧!"

"嗯,以前喝酒,现在把酒戒了!"张鸿笑笑:"我从那个公司出来了,那里的人有些无聊!"苏菲点点头,这可能是她连累了他,他对她一直不错的,可她却让他把工作都搞丢了,可这能怪她!她和张鸿在一起,那也是真心真意,日月可鉴的。

"不要可怜我,我的新工作还不错,待遇比以前高!"张鸿摆摆手:"我这是进步了!"

苏菲看着张鸿笑了,她喜欢看张鸿这个样子,有信心的男人,那才有魅力。张鸿虽然一直在追求她,可他从来就没放低过自身,这个男人有着自己的原则,当然,有时候貌似强硬,内心却很脆弱。

这个茶社很幽静,音乐很柔情,可能是时间不对,茶社里竟然只有他们俩。

"你最近和一个男人在一起吗?"张鸿忽然问他。苏菲抬起头,看了他一眼,说:"你听谁说的?"

"没有人告诉我,是我自己看见的,你们领证了吗?我觉得那男人不怎么靠谱!"

"这怎么说!"苏菲的声音提高了八度:"结婚证真的那么重要吗?那么,我们领了结婚证,那还不是说离就离吗!"张鸿给苏菲冲得怔住了,他搞不清楚自己为什么要来找苏菲,是真的关心她,还是心里放不下她,或许这两种情绪都有。

"你对那个男人了解多少?你对这个男人,又有几分把握?"张鸿的声音也忍不住提高了。

苏菲奇怪地看着张鸿,这个男人究竟怎么啦?"我对你应该很了解吧,可我们为什么会有那样的结果呢?究竟是你不真诚还是我虚伪呢?"苏菲紧紧盯着张鸿,他拒绝了离婚后的夜晚,由此可见,他不是那种醍醍好色的男人,那么,他是嫉妒吗?如果一个男人嫉妒女人和别的男人在一起,那就证明他心中对她残留着那份爱。

　　苏菲忽然想和张鸿吵架,既然那么在意她,那为什么会那样轻易离开她呢!如果他再婉转一点,或许她可能会改变自己,试着去适应他的,难道他不知道,女人都是水做的,女人成形,关键要看盛水的容器吗!可张鸿低着头没有应承。

　　气氛挺沉闷的,"出去走走吧!"苏菲的提议得到张鸿的赞成,于是,他们一道从茶社里出来,在大街上闲逛。

　　"小菲,不是一个女孩子约你的吗?"走了没一会儿,竟然遇见李斌,苏菲禁不住有些疑惑,李斌更是狐疑地看着和苏菲并排走的张鸿,苏菲赶紧解释:"和女友分手后,遇见了过去的一个同事!"她其实并不想哄骗李斌,可一个男人再大度,那也不会大度到放心自己的女人去和前夫约会的地步!苏菲忍不住想笑了,她和张鸿在一起时间很短,但张鸿却是她法律上的前夫!而和金阳那样闹腾,在法律上,他们却什么都不是。

　　张鸿笑笑告辞了。望着他的背影,李斌歪着嘴说:"这个獐头鼠目的男人,谁啊!"苏菲回头对他看看,他怎么能这样形容啊,可为了少惹事端,苏菲没有做声,她跟着李斌一道往家走。忽然,李斌拍着她肩膀说:"我想起来了,那不是网上那个男人吗,就是和你闪婚的那个男人,怎么,你们还有来往!"李斌的目光像探照灯一样审视着苏菲,苏菲的汗毛孔直竖,她一直以为李斌是个豁达大度的男人,他不反对她上网,因为他觉得网络是虚拟的,是无聊的人在发泄情绪而已,而他拥有苏菲,那却是真实的。

　　苏菲又听见李斌说:"小菲,我对你可是真心的,我对你付出一切,你可不能对不起我啊!"

　　李斌如此形容张鸿,已经让苏菲不满,他再把恩情挂在嘴上,苏菲忍不住就想发作。他怎么啦?之前的他好像不是这样啊,和张鸿相比较,李斌对她的迁就似乎失去了原则,可他为什么如此反对她和男人交往呢。

　　苏菲最终还是忍住了,她忽然想起妈妈的话:"这人看你怎么过,低着头默不做声,那是种过法,平静的人生,不能说不是一种幸福!而张扬地让全世界都知道,那也是一种过法!可有时候轰轰烈烈,内心却会非常的空!"苏菲的父亲去世早,她妈妈就那么平静地过来了,她是在感叹自己吗?而她苏菲,经过"网络通缉"

这一闹,已经成为一个不大不小的名人,可她也真实地感觉到,她其实什么也没得到,或许妈妈说得对,低调的人生,那才真实。

苏菲没有和李斌争执,可她总觉得有件事情未了,她的眼前不断晃动张鸿清瘦的脸,哎,这个男人,依旧让她牵挂着。

苏菲的表妹从老家来看她,表妹二十一岁了,模样和身材都好,她还没有男友。望着脸色通红的表妹,苏菲心里忽然一动,她忽然想到张鸿,她曾经说过要给张鸿介绍一个女友,清纯的表妹不正适合做张鸿的妻子吗? 张鸿可能对她颇多抱怨,如果把表妹介绍给他,他心里或许能平衡点吧,而表妹来省城打工,如果有张鸿这样的男人照应,那应该是个不错的选择。

苏菲带着表妹到外面吃饭,两人边吃边聊,表妹是个实心眼的女孩,对网络通缉什么的,并不多了解,只是有记者到老家找苏菲妈妈采访的时候,她才知道,表姐已经成了个不大不小的名人。苏菲问了表妹的工作之后,就转了话题:"表妹,表姐给你介绍个朋友吧!"表妹似乎很想在省城里安家,她羞涩地低下了头,算是默认了。

第三章:我不要你的男人,我不是你的工具

赶在表妹的休息日,苏菲约了张鸿,给张鸿做媒,她心中总有一种怪怪的感觉,毕竟他们有过肌肤之亲、男女之爱。张鸿似乎有些不愿意和苏菲见面,他说:"还是不见了吧,省得那男人不高兴!"

"你来,我有事找你!"在苏菲的催促下,张鸿赶到苏菲约定的地点。

"这是我表妹! 这是张鸿,生产主管!"苏菲替两人做了介绍,表妹害羞地低着头,眼前的男人,外表很普通,但看上去是个过日子的人。而张鸿却搞得莫名其妙,他把苏菲拉到一边,悄悄地问:"你搞什么名堂啊?"苏菲笑笑,说:"你猜呢,我表妹长得如何? 漂亮吗?"

"还可以吧,怎么?"

见张鸿越来越疑惑,苏菲只得说了自己的想法。可张鸿却把头摇得像拨浪鼓　111

一样:"不行,绝对不行,如果我是那样的人,那我会死缠着你,不和你离婚的,苏菲,难道你不理解我吗!"

"那么,你理解我吗?你遭受了那么多的风雨,不都是因为我吗?在我最困难的时候,哪次不是你的帮助,在离婚的那天,我就发誓,一定要给你介绍个好女人!"苏菲激动起来,她的声音逐渐在提高,张鸿急得用手捂住了她的嘴巴,因为苏菲的表妹就在不远处,如果给她听见,那她会有多难堪啊。

"苏菲,你听我说!"张鸿几乎在哀求了:"那是两码事,何况,你不能代表你表妹,你也没权利那样做,我不伟大,但绝对没有龌龊到那种地步,苏菲,你不要再提这件事情,不然我就要发火了。你这是可怜我,我不需要人可怜!我不是情感的乞丐!"

苏菲看了张鸿一眼,这个男人的性子有些倔强,他决定的事情,往往是很难更改的,可给他介绍个女友,那有错吗?苏菲还想再和张鸿说说,可张鸿已经大步离开了,这个男人,心里究竟在想什么呢,竟然对表妹这样的美女视而不见,可当初,他又为何那么执著地追求她呢!苏菲决定不管他,她极想促成这段姻缘,于是,她回过头来对表妹说:"他有事先走了,你觉得他怎么样!满意不?"

表妹的头依旧低着,能在城市里安家,那是许多打工妹的梦想,她绯红的脸色已经表明了她的态度,苏菲就揪了她耳朵一下,笑嘻嘻地说:"成了后,别忘记请我喝喜酒!"

"快来看,苏菲和前夫再续前缘!"网络上忽然出现了这样一个帖子,这个帖子里还有一张张鸿捂住苏菲嘴巴的照片,不用说,这可能是刚好被哪个网友发现行踪,继而遭到了偷拍。这个帖子这样写道:"苏菲这个女人,不知道发什么神经,竟然又和前夫勾搭在一起,奇怪的是,这女人还带着另外一个女人,不知道她搞什么名堂,难道她想做个拉皮条的,为前夫输送解渴的靶子吗!"

这个帖子太恶毒了,苏菲气得想骂人,可她转念一想,又觉得需要保持冷静,因为她实在不想引起李斌的猜忌。于是,她不声不响地删除了帖子,可她刚删除帖子不久,又有相同的帖子出现,那个发帖人疯狂地说:"做了丑事,还怕别人说吗?你可以删帖,但我会继续贴,你能删得尽吗?难道你不睡觉、不吃饭?再说,网

络上又不止你这样一个版!"

这个发帖人这样做,苏菲不知道究竟违法不违法,但如果网友一哄而上,本着法不责众的原则,又似乎成了一个很小很小的罪行,苏菲低着头,她实在不知道怎么办了,他那样贴下去,李斌不可能不知道的,尽管她苏菲没有任何出轨的事,可有些事情是很难说清楚的。无奈的苏菲禁不住硬起心肠,是祸躲不过,她已经经历了那么多的波折与磨难,心里也就不特别惧怕那山雨欲来了。

然而,让她想不到的事情又来了,表妹竟然哭哭啼啼地来找她。"人家都说你把我介绍给了你的前夫,表姐,你怎么能这样啊!你可是我的表姐啊!"表妹的到来让苏菲更加烦躁,她忍不住就说:"他确实是我的前夫,可这妨碍你们交往吗!难道他以后就不能处对象吗!"

"可人家说,你把我当成你们相好的工具!"表妹梨花带雨,可她的话让苏菲气得说不出话来,苍天可鉴,她苏菲虽然带着一点感恩的私心,可她绝对没有那种龌龊的想法,她忍不住就想发作,可她看见表妹那楚楚可怜的样子,她的心又软了,她叹了一口气说:"你终究会明白我是真心的!等你长大一些吧,我现在说多了也没用,张鸿确实是个好男人,表妹,请你相信我!"

"表姐,可能你是好意,但原谅我不能那么做,那样的话,我会不好意思和你见面,老家的人还会说闲话!"

苏菲无语,或许那真是一种怪怪的感觉,心灵永远不可能离开肉体独自存在的,如果张鸿真的成了她表妹夫,不要说表妹,苏菲或许也会觉得挺尴尬的。

可这不是还没实行吗,看来张鸿真的很明智。

"表妹,你相信表姐没坏心就行,我也不多说了!"苏菲忍不住又不耐烦了,她自己都不知道如何跟李斌解释呢!

这天,张鸿打电话给苏菲,他内心倒有些歉意:"对不起,没想到会是这样!"苏菲笑笑:"没什么啊,网络时代,几乎人人都可以做间谍,没有这次,那还有下次!我说你什么意思啊,那样走了,我都不知道如何向我表妹解释!难道我表妹配不上你吗!"苏菲忽然对张鸿卖起了乖,对这个男人,她无以为报,她或许就是想让他感觉到,她的心是向着他的,她是真诚的,至于成不成,那就不是她所能决定的了!

"那男人没有怎么对你吧！"张鸿岔开话题，关心地问了一句，这倒让苏菲不知道如何回答了，网上发帖已经一天多了，但李斌并没有任何反映，难道是他没有看到相关帖子吗？

这是苏菲唯一能解释得通的理由，可她的心还是悬着的，这倒不是她特在意李斌，而是她真的倦了，不想又回到那种风雨飘摇中，她只是个女人，不是那种男性化的女强人，何况就是女强人，那也有支撑不住的时候。

男人的肩膀，是依靠的港湾，就在苏菲内心惴惴不安的时候，李斌冷不丁对她说："我看了网上一个帖子！"

第四章：既然是已成陌路人，那何必又来纠缠

该来的总会来，苏菲把心一横，冷着脸问李斌："你怎么看待这个问题？"李斌搓了搓手，他不吸烟，心情激动的时候，他会搓手摸鼻尖。

"我觉得那可能是些无聊的人翻出你们以前的照片，网络上的东西，我不是太相信的！和你在一起这么长时间，我是相信你的！"他竟然是这样的想法，可他为什么又会那样形容张鸿呢，男人，难道现在的男人都到了令人费解的地步了吗！

"怎么说呢，我觉得网络对这件事情烦，所以，会有这样的事情发生，苏菲，你能答应我，以后不再和他往来吗！"这可能才是他的真心话，他憋达了半天，可能就是为了这个主题吧，他和张鸿不同的是，张鸿信任她，但却不能容忍她的生活方式，而李斌，好像对她有着一种怀疑。

苏菲的心里挺闷的，但李斌既然没闹事，苏菲就不想太刺激他，于是，她告诉他，她把自己的表妹介绍给张鸿了。

"啥，你说啥，就是来我们家玩的那小女孩，我说你真是没事找事，那个男人配得上你表妹吗，他除了在网络上乱折腾之外，还能做什么啊！看他那獐头鼠目的样子！"李斌青筋毕露，苏菲又好气又好笑，他为何那么反感张鸿呢。

"得，你别说了，我还不是让你放心吗！"苏菲努力笑着说："这样你不是没有后顾之忧了！"

"我有什么不放心的,我不放心,敢在电视上那样吗,我敢追你吗!"

苏菲无言了,这男人,不知道是自大还是太在意她,但有一点,他和张鸿是相同的,他们都认为网络上的人和事,除了无聊还是无聊。

"拜托,你自己折腾也就算了,别害人家小姑娘了!你把她带进狼窝,以后看你还怎么回去!"李斌再次重申了一遍。

苏菲认真地点了点头,她不想在这个问题上和他纠缠不清,她决定闷着头做,真正介绍成功了,李斌不会杀了她吧。哎,通缉了这一圈,她的生活已经是面目皆非,就连性格,也有了大的转变,如果她告诉人家,她是在替张鸿做媒,那人们一定会惊讶得连下巴都掉了吧。

这天,苏菲正对着窗户发呆,最近,她时常会做白日梦,人恍惚得很。电话响了,是她妈妈打来的:"菲啊,你和金阳和好了吗?"

妈妈的话没头没脑,怎么回事?难道金阳去妈妈那里忏悔了吗?"金阳说,你们又在一起了,他还把金贝接走了!"

苏菲的头禁不住"嗡"了一声,傻了,她搞不清楚,金阳究竟搞什么名堂,那样轰轰烈烈的网络通缉,他一点声响都没有,可网络通缉眼看就要偃旗息鼓的时候,他竟然冒了出来,而且把金贝接走了。难道他是想通过孩子来要挟她吗?可她苏菲,也没有什么好要挟的啊。苏菲的头针刺一样的疼,金贝虽然不是她亲生孩子,但风风雨雨过后,她已经把她当成了自己的骨肉。如果没有金贝,她真想不出,她的人生,那还有什么快乐与希望。

"你怎么轻易把孩子让他带走!"苏菲着急地埋怨妈妈。"怎么了,出了什么事情?"妈妈开始着急:"我本来要打电话给你的,他说不用,我想你们既然和好了,我就别出差错!"

再埋怨妈妈已经没有用,那只会给她增添思想负担,当初她逆了妈妈的意,硬要和金阳在一起,那已经让妈妈够烦恼、够伤心的了!该怎么办?苏菲急得在房子里转圈,她觉得不能和李斌商议,因为他正烦着呢,她和张鸿见次面,他都那样不高兴,如果再遇见这么乱七八糟的事情,他不知道会有多毛躁。其实,在她答应李斌之前,曾经谈过孩子的问题,当时李斌表现得很高调,他不但要把金贝接来,

而且他还会亲自去接。可苏菲跟了他以后,他就再也没提过这样的话题。有次,苏菲婉转地说到孩子,李斌立即岔开了话题。

李斌这个男人,有时候就像一口深井,怎么看都看不到底!有时候,他还会翻翻她的相册,看看苏菲和男人的合影。虽然不说什么,但神情却怪怪的。苏菲虽然和他同床共枕了,可她一直觉得,她的心却离他很远,一直就没真正地靠近过,真正的心与心的交融,不知道要等到猴年马月了。

"张鸿,能帮帮我吗?"奇怪,每次遇见困难,苏菲第一个想到的人竟然都是张鸿。苏菲对张鸿说了事情的经过,她带着哭腔说:"我们干脆报警吧!"

"别急,别急,你想想,孩子的父亲抱走孩子,那并不违法,报警好像没什么用,我这里有个电话号码,是金阳打电话来骂我的,那时候,我刚刚和你结婚!"苏菲忍不住又气愤,金阳这个男人,真是无耻到家了,他不要她,难道她苏菲只能一辈子单身吗?张鸿试探地和金阳联系,苏菲只能耐心等待。过了好一会,张鸿打来电话,告诉苏菲,金阳确实抱走了金贝。金阳说:"我抱走自己的孩子,不算犯法吧,那个女人害得我名声扫地,我为什么还要把孩子放在她那里,她倒好,不断地换男人,连孩子也帮人家生好了!而我,因为那个网络通缉,我成了过街老鼠,什么都没有了,你说世界上有这样的好事吗?我能让她平静吗?"不知道金阳是什么逻辑,苏菲让张鸿把金阳的电话给她,她要亲自和他交谈。

电话通了,话筒里传来的声音,既熟悉又陌生,他们曾是熟悉彼此的,苏菲虽然经历了几个男人,但金阳却最刻骨,他是她第一个男人,也是和她待在一起时间最长的男人,他们熟悉彼此的身体、声音。而苏菲却唯独没看清金阳张扬个性里的狼性。

话筒里静悄悄的,苏菲一下子不知道从何说起。

"听说你和一个岁数大的男人在一起,他能满足你吗?"金阳邪邪地说,苏菲顿时痉挛,忍不住想呕吐。金阳接着说:"你一定以为我是个神经病,对,我就是神经病,我抱走了孩子,你继续去网络通缉啊,这样声势不是可以更大!但我倒要看看,究竟还有谁会理睬你,我反正就这样了,不怕再多一条罪名!"苏菲不知道该说什么了,再去通缉金阳,只怕真的没有媒体感兴趣了。还是张鸿说得对,媒体就是

一阵风,往往吹过之后,什么都不会留下。

"金阳,我们是不是爱过! 不说爱了,看在我们在一起处过,看在我曾经照顾过你的面子上! 你就把孩子还过来吧! 金阳,既然你放弃了,何必又回来纠缠呢!"无奈之下,苏菲只能低声地哀求金阳,此时此刻,如果金阳把孩子送回来,就是他让苏菲对他磕头,她可能也会照办!

"我会纠缠你,你错到你大姨妈那里去了,你以为你是章子怡啊,我呸! 一个被我玩腻的烂货,本人正准备考研,本人前程似锦,会要你这样的烂货! 实话告诉你,我就是要让你尝尝母子分离的滋味,你去网上叫屈啊,看看究竟还有哪个傻蛋帮助你,父亲接走孩子,那是天经地义!"

金阳的声音阴冷而陌生。苏菲无奈的情绪顿时又转化成一腔愤怒,她咬牙切齿恶狠狠地对金阳说:"你可以抱走你的女儿,但问题是金贝不是你的女儿,金贝是我和别的男人私通生下的! 你要养别人的孩子,那你去养吧! 哈哈哈!"苏菲的声音里透露出玩世不恭。

沉默了一会,金阳忽然歇斯底里地在话筒里叫:"你胡说,不可能!"。

"你不相信的话,可以去做亲子鉴定,你以为你是谁啊,绿帽子都戴了,还神气个啥啊,哈哈哈!"苏菲笑出了眼泪,让金阳这个男人去疯狂吧,当他知道女儿不是他的,他不会绝望得跳楼吧! 如果她这样的女人是多余的话,那金阳这样的男人,更是活着多余! 苏菲恶毒地想,可她心里也迷惑,金阳这么着急地抱走金贝,究竟是为什么呢? 他既然和一个女人在一起,那孩子不是累赘吧,没有孩子,他不是更轻松吗!

第五章:风雨飘摇中的小三,网络通缉中的男人

苏菲不知道,金阳确实已经走到了山穷水尽的地步。当初他铁了心要和苏菲分手,但没想到遭遇了网络通缉,而网络通缉的直接后果,就是让熟悉他们的人,都对他们侧目。那天,赵颖去她的美容院,她要开除一个工作不努力的男孩,那个男孩就恶狠狠地对她说:"神气什么啊,一个可耻的第三者! 卖×的!"

赵颖气得说不出话来，回来就和金阳吵，金阳很无奈："我并没有让苏菲那样，我也没办法阻止她啊！"赵颖对他翻了半天眼白，然后把他领到电脑前，说："你骂她，越恶毒越好！"在赵颖的逼迫下，金阳只能就范。可他们的生活已经无法安定了，同学、朋友，许多人打电话来询问，网络上的事情是不是真的。开始，金阳和赵颖双双矢口否认，但随着网络风暴的升级，他们干脆换了手机号，听不到，也就心不烦了！

金阳天天窝在赵颖的家里，赵颖一有什么不如意，就对他发作。

到了这一步，金阳才深切地感受到，一个男人，只会靠女人的话，那就会像他这样凄惨。这天，赵颖又发作了："和你在一起，本来是想风光的，没想到会这样累，而且还背负这么大的恶名，我供你吃喝、供你享受，难道你就这样报答我吗！"

金阳气得眼睛直翻，他狠狠地看着赵颖："那你说怎么办，我回去把她杀了，行吗，你同意的话，我就这么做！"

"我有要求过你这样吗？你别转移视线，你给我狠狠地骂，骂那个婊子、骂那个妓女！"赵颖逼迫着他，金阳万般无奈，只能在网络上污言秽语地攻击苏菲。可他的心却是不平静的，他和苏菲毕竟恩爱过，他没有给她一个好的交代不说，相反，自己却被一个女人控制，终日无聊地攻击老情人。

渐渐地，金阳麻木了。这天，他和赵颖在小区的门口闲逛，一个男人忽然蹦了出来，对着他就是几拳。金阳被打得莫名其妙，那个男人却恶狠狠地说："我让你狼心狗肺，你这样的男人，会不得好死，抛弃相濡以沫的女友，你猪狗不如！"原来是网络上的战争演变到现实中了。

血从金阳的嘴巴里流了出来，可他并没有还手，也不想和那男人纠缠，因为纠缠下去的话，一定又会成为人们的谈资，他甚至觉得，这个男人打得好，这样至少能相对减轻他心中的内疚。那个男人还在骂骂咧咧，而金阳一直低着头，过了几分钟，他抬起头，对那男人说："你要不解气，就再打我几拳吧！"确实，他处于一种麻木的迷惘中，不知道自己究竟是走对了路，还是陷入了死亡陷阱。他瞟了一眼赵颖，发现她正冷冷地看着，显得无动于衷，这要是换成苏菲，她一定会勇敢地挡在他面前的。

"你不用装可怜,我没带照相机,你那熊样,上传到网上,会让全世界的人笑翻的,打你,我还怕脏了自己的手!"男人的话非常刻薄,就像冬日的寒风,冷冷地刺激着金阳的心脏。而让他想不到的是,赵颖竟然拍着手说:"打得好,对负心男人,就应该这样对待!你再打啊,不要停止!"金阳气坏了,他金阳走到这一步,她赵颖难道一点责任都没有吗?

男人一般都不了解女人,赵颖辛苦地得到金阳,绝对不希望是这样的场景,这个男人确实和自己在一起,但他经常是心不在焉,尽管她对他很好很好,但她似乎并不能占领他的全部,在他心的某个角落,或许就隐藏着另外一个女人,那个女人抢了先,还时不时地在他们生活中出现,犹如一个魔鬼,让他们的生活永不平静。

就在当天晚上,金阳和赵颖发生了争吵,赵颖把鞋子砸在他的头上,让他滚。发这么大的脾气,赵颖并没有过,可最近一段时间的遭遇,让她越来越看不清楚自己和金阳的未来!金阳气得在大街上待了一夜,他好歹也是个高材生,他抛妻别子,难道就是这样一个结果吗?那刻,他连寻死的心都有了。就在他颓废无比的时候,赵颖又找到他,他们俩在大街上相拥而泣。

"对不起,我并不想这样,我只是心里堵得难受!"赵颖看着金阳说。"我也有错误!"金阳做了道歉,可他究竟是什么错误呢,他也说不清楚,难道是错在他不该和赵颖相处吗!

"你是真爱我,还是假爱我,真的话,你打电话骂她!"赵颖把电话递给金阳。金阳看了看她,他不想再刺激她,于是,他就陪着笑脸说:"我觉得给苏菲一些补偿,她就不会再那样了,这个方案是经过你同意的!"

"是啊,我不反对,你去补偿她啊!"赵颖斜着眼睛看着他,忽然笑了:"你不会让我出钱去补偿她吧,哈哈!"赵颖笑出了眼泪,出点钱,她不在乎,可她绝对不愿意,把这些钱交到情敌手中。再说,这次给你钱,下次保准又会有别的借口,那就是无底洞。"一个男人,既要风流,又要靠女人来为风流买单,世界上有这样的好事吗?你,还是个男人吗?"赵颖的话里充满了嘲讽。

"够了,你觉得还闹得不够吗?你想让她闹到这里来吗?姓赵的,你有什么了不起,不就是有俩臭钱吗,你放心,我就是要饭,也不会到你这里来了!"金阳忍不

住发作了,他是一个男人,可他男人的自尊却一次又一次地被眼前这个女人摧毁。是这个女人勾引了他,但现在,却让他独自承受一切恶果,凭什么啊,他虽然出生在一个普通家庭,但他从小就被家里当成一个少爷,又哪里受过这样的指责与漫骂!

"行啊,翅膀长硬了,那你滚,一辈子也不要来了!"赵颖冲着他大喊,她的心绝对是不平衡的,她给金阳很多很多,好的生活享受、她的身体,甚至她的名声,但这个男人竟然如此对待她,他不是一只白眼狼吗?

看着金阳离开的背影,她一屁股坐在地上,忍不住大声哭了起来,她有些理解那个通缉的女人了,原来男女情感中,有着这样让人痛的东西。高中的时候,她朦胧地就喜欢金阳,在她心目中,他是那样的高大完美,她卑微到竟然不敢和他说话,不敢看他一眼,而当上帝把这个男人推到她面前的时候,却有着如此的艰辛和曲折。不,她是不甘心的,每个女人都不愿意轻易失去自己男人的。如果得不到,那一起毁灭也是个不错的选择。

第六章:谁都可以在电视里骂我,我的心口好疼

金阳一怒之下,回到苏菲所在的城市。但他已经不能再去找苏菲,因为她已经和张鸿结婚了。

想起张鸿和他在一起的豪爽,又想到张鸿送苏菲去医院生产,金阳不禁心疑,是张鸿太有爱心,还是他们本来就有一腿。金阳忽然感觉到,他可能被苏菲和张鸿这一对男女愚弄了,他的心顿时不能平静,于是,他打电话恶狠狠地骂了张鸿一顿。

然而,对张鸿的漫骂并没有让金阳心情好转。他离开赵颖后,赵颖好像并不着急,甚至电话也没打一个,这要是换成苏菲,那早已经满世界地找他了。到此时,金阳才感觉到苏菲的好。赵颖这个女人,或许她本身就把他当成了一个玩具,可怜金阳搞得两头空,连个落脚的地方都没有了。后来,金阳又遇见宁宁,他实在抹不开面子,就胡编了补偿的故事,结果当然是落荒而逃。

　　金阳气恼地把赵颖买给他的那张手机卡扔了,既然她不在意他,他留着还有什么用呢!临走的时候,他从赵颖那里偷偷地拿了15000块钱,赵颖既然那样对待他,他觉得没有必要再对她客气,可15000元,除了能消费一段时间外,是不能做任何事情的。金阳也想开了,做一天和尚撞一天钟,除了吃饭睡觉,他就待在网上,玩玩游戏,穿着马甲骂骂人,得知苏菲又要上电视,他觉得新鲜,于是,他就蹲在一家超市门口观看,没曾想,赵颖也上电视了,她和苏菲在电视上唇枪舌剑。

　　赵颖是为了他吗?好像是,又好像不是,他心里堵得慌,因为赵颖竟然也说,是他做了负心人,好像他金阳天生就是没人性的薄情汉一样。看着看着,金阳不禁恼怒起来,他或许无颜再见苏菲,但他没必要害怕赵颖,这个女人不也是满世界地找他吗?那么,他来了,他站在她面前了,她又会怎么对待他呢?

　　躲在一个角落里,金阳偷偷地给赵颖打电话,富裕的生活已经改变了他,从他内心来说,他还是希望赵颖能够重新接纳他。"你怎么上电视了?你怎么也像她那样无聊啊!"电话那头却沉默着,金阳的调侃似乎并没起到作用。

　　"你还没死啊!"赵颖忽然怒气冲冲地说,赵颖的怒骂,激发了金阳内心的怒火:"我死不死关你什么事情!你就当我死了好了!"说完,他就挂了机,本来,他是想请求赵颖原谅的,但他实在放不下面子,但一分钟后,赵颖的电话就打了过来,铃声响了好几遍,他都没接,可铃声却固执地响着。"你究竟想怎么样?想打架的话,你找个地方!"金阳很不耐烦地按了接听键,而听筒里赵颖的声音婉转了许多:"你还有良心不,你为什么就不能理解我呢!你难道也想让我搞一次网络通缉吗!"

　　金阳默默不语,他确实不知道这个女人说的是不是真的,如果是真的,那为什么把鞋子砸向他,既然让他滚,难道她不知道,男人有自尊心吗?可如果是假的,她为什么又说得如此深情,而这么远跑过来做节目,不会仅仅是玩吧。

　　思来想去,金阳决定和赵颖见面,这也是他唯一的选择,男子汉,为了达到目的,应该能屈能伸,金阳这样劝慰自己。见面后,他就忙着表态,他之所以回来,是想和苏菲来个彻底了断的。说着说着,他忍不住鄙视起自己来了,这样讨好一个女人,他还是男人吗!可一段时间的流浪生活,让他不由得怀念起和赵颖在一起

衣食无忧的富裕生活，他忽然看开了，人嘛，不就那么回事情吗！又何必把自己打扮得那么高尚呢！此时的他，已经深深地感受到，他和赵颖，就是拴在一根绳子上的蚂蚱。

"是吗，怎么个彻底法？不会她做大，我做小吧！"赵颖揶揄道。其实，金阳失踪后，赵颖也想了很多，既然大家都知道她和金阳在一起，如果忽然又分开了，她真不知道如何向大家解释。何况，她一直以占有这个高材生为荣呢！

她曾经试探地拨打过金阳的手机，可怎么也打不通，通过网络，她了解到苏菲正在搞什么"未婚妈妈联盟"。赵颖的内心有许多不甘心，于是，她也报名上了电视，或许金阳能看到电视上的她。她深深地叹了一口气，真切地感受到做女人的悲哀，金阳几乎是她养着的男人，可这个男人，却让她操尽了心。

过了这关，或许就有好日子吧，既然已经跨出那几步，赵颖同样无路可退！她不能让别人看笑话，感情是女人最重要的事业，女人修修补补，一辈子经营着，可这样的经营往往没有好的结果。赵颖也知道，金阳这样的男人，或许并不能寄托终身。

"我不会给他一点财权的！没有钱的男人，想作怪，都没资本！"赵颖只能这样自我安慰。

赵颖带着金阳又回到南方。和苏菲面对面地交锋之后，她觉得苏菲并没有网络上那么张扬，同为女人，赵颖有些理解苏菲为什么在网络上那么通缉了！要怪，那只能怪男人的无情，可这样的无情男人，竟然就在自己的身边，而且还是自己那么辛苦得来的，她忍不住苦笑起来，人生真他妈的滑稽！

来南方之后，她遇见了许多困难，包括嫁给比她大很多岁的男人，继而不好意思回家。可那样的困难，可以躲避，可以不去触摸，它不会像现在这样，伴随着网络风暴而铺天盖地，时刻来敲击她的心，甚至连个躲避的地方都没有。或许等网络通缉结束，一切都会平静的。可让赵颖没想到的是，她的美容院的生意遭受到冲击，有几个网友，不断地在美容院门外，向客人宣传她做第三者的恶行。

美容院的生意一落千丈，赵颖冲着躲在店里发呆的金阳怒吼："你要是男人的话，你出去揍他们一顿！"可金阳对她翻翻眼白："打架能解决问题吗！那是粗人做

的,再说,我一个人能打过那么多人吗!"赵颖摇摇头,早先,她特欣赏金阳那种文质彬彬的书生气质,但事到临头,金阳总是做缩头乌龟,这让她非常不齿。男人是什么?男人是关键时刻能支撑女人的那个人,是能给女人无限依靠的那堵墙。

赵颖有些筋疲力尽,在她做打工妹的时候,她如果疲倦了,就会回老家。尽管她的父母不能为她解决任何问题,但只要一踏上故乡的土地,她的心里就会重新焕发出一种力量。她的妈妈打电话来,她不知道说什么,妈妈说得倒实在,家乡所有的人都知道,她的男人来得不正当。"娃啊,你现在这么有钱,什么样的男人找不到,为什么要抢别人的男人呢!"

赵颖一时语塞,只是喃喃地说:"妈妈,我的心口痛,好痛!"她的心口曾经疼过,那是她准备嫁给那个老男人的时候,她说不上对他有爱,但她的家庭却实在需要他的帮助,她家人支持并逼迫她那样做。在她嫁人的前几天,她心口疼得在床上翻滚,可家里人除了带她上医院,并没有其他的方法,就是在那时候,她产生了往后找个帅男人,和他度过一生一世的想法。

一直以为这是对她人生最好的补偿,可当她实施这个行动的时候,它又是如此的沉重。妈妈或许说得对,这个世界多的是男人,她又何必下贱到去抢别人的男人呢?可此刻的她,已经深深陷入,根本没有回头路。

心口痛,那就回家住几天吧,妈妈这样对她说。赵颖抹了抹眼泪,家乡在她富裕后,似乎接纳了她的行为,可再一次回去,人们又会如何对待她呢!

第七章:要孩子的话,你就来 S 城吧

赵颖孤身回到老家,与上次和金阳一道风光回乡不同,这次,赵颖几乎是静悄悄地回去的,可就是这样,她还是感觉到,她所遇见的人都对她侧目,甚至有些人还在背后指指点点。赵颖只能待在家里和父母唠嗑,心里别提多闷了。

赵颖的表姐来看她,她比赵颖大一岁,一直玩得很好。表姐说:"你的心思我了解,喜欢漂亮的后生!可我们女人嫁人,那究竟为了什么啊,还不是为了有个好的依靠,可那个男人能给你依靠吗?我看只会带给你麻烦。"表姐停了下,接着说:

123

"别说表姐说话直接,漂亮的后生多的是,凭你这样的外表,找个后生玩玩,那还不一句话,何必在一棵树上吊死,把自己搞得七上八下呢!"

真不敢相信,这些话会从表姐的嘴里出来,那么,她和表姐夫那样寻常的生活,她又是怎样生活下来的呢?但赵颖想来想去,又觉得表姐的话有些道理,金阳和那女人已经生了个女儿,但到现在,他和那女人的关系,也是不清不楚,她赵颖究竟图他什么呢?难道仅仅是帅气的外表吗?可世界上多的是帅气的男人啊,何必为自己找这么大的麻烦呢?赵颖的心禁不住有些动摇。此时此刻,她越发地理解苏菲了,女人不容易,带着孩子生活的女人,那更不容易!可对已经变心的男人,那样铺天盖地的网络通缉,能有用吗!

在老家待了几天,赵颖又回到南方,可金阳并没有按她想象的那样,来车站接他。赵颖有些不快,回到家之后,依旧不见金阳的影子。赵颖拨打金阳的手机,金阳半天才接,话筒里传来音乐声,他好像是在 KTV。赵颖更加不快,而话筒里金阳的声音很模糊,显然他是喝多了。这么拼命喝酒做什么,难道他和她赵颖在一起,他的内心郁闷不愉快吗!一股火苗直冲赵颖的脑门,这个男人,凭什么当甩手掌柜,他就不能为她分担点吗?

赵颖恼火地挂断电话,随即,她又打电话通知小区保安:"以后别再让那男人进来!"

且不说金阳是否能进赵颖的家门,我们再回过头来说,苏菲对着金阳怒吼,孩子不是他的。刚开始,金阳暴跳如雷,没一会,他冷静下来,然后冷酷地说:"你说孩子不是我的,那孩子就不是我的啦,哈哈,如果你告诉我,你已经变性成男人,我也相信吗!"金阳边说边哈哈大笑,随即,他的声音一冷:"如果你想抱回孩子的话,那你来 S 城,如果你不来,我把孩子卖掉!"

苏菲忍不住惊讶了,金阳不会歹毒到这样的地步吧!好歹他是一个高材生,难道不知道买卖孩子犯法!苏菲本来想说,你爱怎么折腾就怎么折腾去吧,但这样的话,她终究没说出口!她不知道金阳为什么还要找她,难道是想和她和好吗?可苏菲想想,又觉得没有这个可能,当初金阳为了抛弃她,用尽手段,而如今,苏菲经历了两个男人的坎坷,他反而会爱情重生吗!苏菲想不通,可她确实担心金贝,

金贝和金阳在一起的时间极短,他对孩子可能没感情,但她苏菲,那是抱着、背着、扛着孩子,一路走过来的。

苏菲决定去一趟S市,一方面,她要夺回孩子,另一方面,她也想知道,金阳如此煞费苦心地抱走孩子,逼她到外地见面,究竟有何目的?

"你到S市后,我会去找你!"金阳说完这句话,就挂了电话。苏菲的头绪有点乱,S市离省城有八十公里,她一个女人,独自去面对一个心智可能不正常的男人,可能还会羊入虎口,不但要不回孩子,而且还要受到想不到的羞辱。就在苏菲胡思乱想的时候,张鸿的电话到了,苏菲详细地告诉了他这一切。

"不要害怕,我陪你一起去!"张鸿坚定地说。苏菲的心里顿时涌现一股温暖!她感觉到,这个时候,张鸿成了她唯一可以依靠的肩膀!李斌已经够烦躁的了,如果再摊上这样的事情,他不知道会怎样絮叨呢!鉴于李斌是个爱清静的男人,苏菲不打算告诉他这一切。

那个早晨,苏菲告诉李斌,她要回老家一趟。李斌没有什么表示,苏菲就乘车来到张鸿约定的地点,然后,他们一道去长途车站,上了去S市的车。

到了S市,已经到了吃午饭的时间,可他们俩都没有食欲。苏菲着急地联系金阳。"哦,到了,请问你是几个人来的?"金阳问得很随意,但苏菲的心思却转了几转,他为什么要这样问呢,难道他真的想对她不利吗?"我是和张鸿一道来的!"苏菲高声地说,有个男人陪伴着,他金阳或许就不可能那样肆无忌惮。

"呵呵,他是我老朋友,我要请他喝酒,我现在不在S市,晚上才能到,你们先找个旅馆住下!"金阳说。苏菲和张鸿也没有太多的办法,只能按金阳说的做。开了两个房间,可苏菲却心里毛躁,李斌一个电话也没打给她,不知道什么原因,他们刚刚在一起的时候,李斌不知道有多腻她呢,电话短信不断,难道男人都是这样,得到了,就不再珍惜吗?

张鸿从外面买了两盒盒饭回来,他的脸上有些倦意,可能是没有睡好的缘故。苏菲的心不由得一动,她禁不住想起她生产的时候、禁不住想起他们短暂的婚期。对这个男人,她好像更多的是利用吧,她对他真心过吗?苏菲禁不住在心里这样问自己!抛开一切不说,就说那短短的婚期里,她是从来就没听取过他的意见,她

仿佛把他当成了一个供使唤的伙计一样,甚至在新婚蜜月,让他搬到别的地方住。可这个"伙计"到如今,依然对她如此地好!苏菲的眼角有些湿润。

晚饭吃过以后,依旧不见金阳的身影,室内手机信号不好,苏菲着急地去室外打电话。金阳冷冷地说:"明天早晨一定赶到,你们先住下吧!"停了一下,他嘲讽地说:"这样不正合你们的意,前夫前妻在异地他乡欢度蜜月!"

苏菲心里就像吃了毛毛虫一样,恶心得想吐,金阳怎么变得如此不知廉耻,这还是那个为了她和别的男人打架的男人吗!"你少玩花样!"苏菲恶狠狠地挂了电话。金阳又打电话来:"你们究竟住哪个宾馆,我好来找你们!"

苏菲说了宾馆的名字,就从室外回到室内,她惊讶地发现,张鸿竟然趴在桌子上睡着了。苏菲再一次被感动了,他们或许没有爱情,但有着胜过亲情的友情。苏菲从后面抱住了张鸿,她的脸贴在他的背上……

第八章:前夫和现任男友的较量

张鸿忽然醒了,苏菲就更加抱紧了他,她的脸贴在他的脸上,他们彼此是熟悉的,因为他们有过婚姻,尽管苏菲认为婚姻生活很平淡,可在那种平淡里,她总能体验到那种关心,丝丝缕缕的,就像晨风一般。她忽然想起他们的初夜,张鸿满身大汗,可她却有种麻木的感觉。该死的金阳,让她深刻体会到做女人的愉悦,可也让她体会到做女人的刻骨伤痛!苏菲不是一个随便的女人,但每次和张鸿单独在一起,都会有一种想要释放的冲动。或许并不那么美妙,但其中却充满了感激与感恩。

苏菲的唇靠近了张鸿的唇,那秋水一潭盈盈地看着张鸿,做姑娘的时候,多少男人沉醉于她漂亮的眼眸,继而狂热地追求她,可她却选择了帅哥金阳,那时的她,痴心于一种夫唱妇随的生活,可万万没想到,金阳竟然是个荡子。

思绪和轻愁写在苏菲的脸上,陌生城市里的风,让她显得特别有风情。张鸿忍不住痴了,对这个女人,他曾经不顾一切,可结合后,他却并没有体会到她曼妙的柔情,他有些恨她,但更多的却是想把她糅进心窝里,永远溶解到血液里的柔

126

情。

苏菲的手轻轻地划过张鸿的胸，有些战栗，一如她的目光。张鸿忽然打了个寒战，已经几个月没接触到这个女人的身体，他感觉有些陌生的渴望，他的手反圈住她，呼吸急促起来，可最终，他还是轻柔地推开了她。

"你知道，我不是个随便的女人！"苏菲喃喃自语，她是向张鸿发信号，她就是要想通过这样的方式来表达她的心理，她是感激他才如此的。张鸿的目光绕过苏菲，而后慢慢地说："如果那样的话，好像我是专门为这个而来的！苏菲，难道你还不理解我吗！"

张鸿一直要苏菲理解他，难道她真的不理解他吗？苏菲一直不相信，这个世界会有蓝颜或者红颜这样的知己，或许那只是人们偷欢的一件装饰物而已！可张鸿又是为什么呢？身体和感情是两码事，苏菲似乎已经开始接受这样的观点，可她在张鸿这里却碰了壁。

"我们出去走走，看看网上有什么样的情况！"张鸿如此提议，苏菲点点头，或许那个薄情男人会挟孩子的威风，在网络上胡言乱语呢！

苏菲的版已经很荒芜，她的心里禁不住有些堵得慌，没有金阳的一点消息，此时此刻，哪怕有人来浇点冷水，那也是好的啊！苏菲只看了几眼网页，就不耐烦地从网吧里跑出来，网络不但让她伤心，更让她绝望，她不想在这个伤心地长久地逗留。往事如风都如风，或许不久，就会风轻云淡、雁去无痕。

张鸿追了出来，他们一道回宾馆，可他们刚刚在房间里坐定，就有人敲门，难道是金阳来了？

苏菲猛地打开门，门外确实站着一个男人，但不是金阳，而是李斌……

"你不是回老家了吗？"李斌翻着眼睛看着苏菲，苏菲一时语塞，这时候，刚好张鸿进来，李斌指着张鸿问："你回老家，怎么和他来 S 城开房间了！"张鸿被他说到青筋暴露，他凶狠地看着李斌，可面对此情此景，他也不知道该如何解释。

"好马不吃回头草，你一个大男人，和前妻勾勾搭搭，你还是男人吗？这么留恋，当初为什么要离婚啊！"李斌的手已经指到张鸿的鼻子，张鸿忍不住发作了："我离婚不离婚，关你鸟事，你是她什么人？你们有结婚证吗，我是睡了苏菲，你能

怎么着！你不会也像姓金的那样,到网上去宣扬吧!"李斌想拉他,但被他一把甩开了。

苏菲知道说不清了,和前夫待在一起,还开房间,鬼才能相信他们没有事情。望着李斌通红的眼睛,苏菲狠了狠心,抬起头望了望他:"就是这样了,你准备怎么办?"苏菲之所以这样有恃无恐,那是因为她已经掌握了李斌的一套房产,她已经不是从前的苏菲,她也要当回主人,她不是天生的贱命,不是生来就被人家无端抛弃的。

"我知道你不是那样的女人! 你告诉我,是不是那个獐头鼠目的家伙胁迫你,难道你有什么把柄抓在他手上吗?"李斌忽然变得温和起来,苏菲却更加地疑惑,她在判断他的话是否发自真心。这是个让女人看不穿的男人,很多时候,他不会按常理出牌。

"我说我是请他来帮助我找孩子的,你相信吗?"苏菲淡淡地说,她已经预想到后面的狂风暴雨了,可这人一豁出去,反而变得轻松了。

"你之前的女友和别的男人跑了,你找到她,让她永远不要回来,是吗?"苏菲低着头说,这是李斌对她说过的话,他应该是最不能容忍女人的背叛的,尽管苏菲什么也没做,但眼前的景象却是赤裸裸的。苏菲觉得,李斌可能也会这样对待她吧。果然,他的脸色变成青紫色,眼睛里闪现出一股怒火,她本不应该触动他的,这可能是他最不愿意揭开的伤疤。可此刻的苏菲正处于绝望中,大有和世界一同毁灭的冲动,她在等待那场狂风暴雨。

然而,李斌的脸色转了几转,竟然变得温和了:"我怎么会不相信你,可你有问题,有难处,为什么不找我呢? 难道,你还有比我更亲密的人吗?"李斌拍了拍她的肩膀,苏菲回头看看他,她真的不知道,他是在说反话还是发自内心。她决定搏一次,于是,她简单地说了事情的经过。

对了,只要金阳来,一切都会明了。为了证明自己,她飞快地拨打金阳的手机,但金阳一直关机。

"别打了,我不相信你,我会这样对待你吗?"李斌激动起来:"跟我回去,我就当什么事情都没发生过!"李斌的话,不由得让苏菲想起她小时候在外婆家,总听

到一些妇女抛弃家庭失踪,而李斌的话像极了那些被抛弃的丈夫,苏菲忍不住心生怜悯,可如果她这就跟他回去,那金贝怎么办?

或许李斌并不相信她所说的一切,他只是找这样一个台阶,下了台阶后,他准备和苏菲依旧。那么,他为什么要这样做呢,难道他是真心对苏菲好,好得不忍分离,继而可以原谅她的一切过错,还是他迷恋她的身体无法自拔呢? 更或许是另外一种,跟他回去后,他想方设法折磨她!

苏菲管不了那么多了,此时此刻,她并不想节外生枝,可她却是为难,凭感觉,金阳真的有些失心疯了,孩子跟了他,卖掉可能是恐吓,可受苦却是一定的。

就在苏菲迟疑犹豫的时候,张鸿走了进来,他其实一直没走远,他对苏菲说:"你先跟他回去,这里有我,一有消息,我就告诉你!"

看来只能这样了,苏菲对张鸿投去感激的目光,人生真的有许多无奈,她苏菲,一个美貌女子,寻找自己的孩子,竟然也要看别人的脸色。哎,她终究没有自由起来,或许中国大多数女性都是这样吧!

走到旅馆外,苏菲忍不住问了一句:"你是怎么来的!"李斌看了看她,说:"我能放心你一个人走吗? 我是跟踪你来的!"

第九章:究竟是车祸还是谋杀

张鸿在S城等了两天,但并没有等到金阳。苏菲心里一直惴惴不安,李斌倒信守了自己的诺言,就当什么事情都没发生一样,只是和她谈了一次心,他说:"我们到这一步也不容易,千万别给人家笑话!"苏菲点点头,感觉他既不像金阳那样,遇见事情搞失踪,也不像张鸿那样,不合拍就分手,他似乎在努力地维系着这段感情,就算只有一点点曙光,他也不想放弃! 总之,他和苏菲前两个男人,那么截然地不同。可金贝没有消息,苏菲又怎么能安心呢?

这天早晨起来,苏菲百无聊赖地对着镜子梳理着头发,她的手机响了,是妈妈打来的:"金阳又把金贝送来了,他还给孩子买了许多东西,菲儿,你们究竟怎么回事啊! 要和好,就别乱折腾! 没那意思,就别再来往!"苏菲的心头忍不住一颤,父子天性,中山狼金阳也不例外吧!她的心头更有许多疑惑,不知道金阳究竟搞什么情况,那么费心地把金贝接走,仅仅就是为了戏弄她一下吗?或许他实在是烦了,男人都说爱孩子,可究竟有几个男人能尽心尽力地带孩子呢?苏菲心里的一块石头放下了,她无法对妈妈说清楚,只是关照妈妈,以后别让金阳进门。"贝贝呢?"苏菲忍不住问了一下,听筒里传来妈妈喊金贝的声音,没一会儿,金贝在电话里喊她:"妈妈,我想你,妈妈!"苏菲的眼泪忍不住直往下掉,这个苦命的孩子,出生后就缺少父爱,母亲又那么地不称职。苏菲忍不住一阵内疚,她含着眼泪说:"贝贝乖,听话,妈妈很快就回去看你!"

挂了电话,苏菲发了一会呆,就在这时候,米莉的电话来了,约她出去玩。

"生活真空虚!"米莉叹息地说,从她断断续续的叙述中,苏菲知道了大概,米莉的男人有些闷,米莉和她在一起,感觉到生活特苍白。"我不是特喜欢男人,可帅哥看了养眼!"米莉对苏菲说。苏菲摇摇头,禁不住想起古代的那个"吃在东家,睡在西家"的故事,东家有个俊俏郎君,西家有黄金珠玉,两者结合,那才是女人心目中的如意郎君。可现实中,哪里会有这样的鱼与熊掌兼得啊。

得知苏菲为孩子烦,米莉禁不住笑了:"孩子自有天命,你是烦不了的,你不至于像网上描述的那样,为奶粉钱担忧吧,不是我说你,你就会贱卖自己,像你这身段,找个有钱男人,那不是很容易,网络那么大风暴,你又得到什么,竟然这样收场,真是没劲!"

米莉好像也是矛盾的,她一度羡慕苏菲上电视等媒体的风光,等一切落幕之后,她又高高在上地嘲讽可怜苏菲,这可能就是女人吧!女人有时候是看不得女人好的,就是好朋友也不例外。

"最近,我和一个帅哥在一起,女人不能亏待自己!"米莉总喜欢和苏菲说这些,大学的时候,她就是帅哥拥护派,为了帅哥,她经常和一些女生闹得不愉快,可她单单和苏菲玩得很好,那大概是苏菲单一、不好出风头吧。

这么说,米莉是拿老男人的钱补贴帅哥,她缓缓地说:"女人都有个寄托,有时候我就觉得,这钱并不能解决所有问题,如果那老家伙的钱转到我头上,那该多好!"苏菲忍不住发窘,四十几岁的男人,都是老家伙了吗?现在女人不知道怎么

想的。

苏菲和米莉边走边聊,城市的马路在拓宽,车子速度也越来越快,当然,车祸也越来越多。

前面是个开阔地带,行人很少,米莉约苏菲到这一带来玩,可能她的心境也不是多好吧。苏菲漫不经心地看着四周,前面有个女人在东张西望,苏菲看不清楚她的脸,但从她肢体语言来看,她好像是在等人,因为她焦急地在晃来晃去。就在这时候,一辆小车快速地从苏菲的身边驶过,忽然,这辆车岔进了行车道,笔直地往那女人的身上撞了过去,女人顿时被撞飞,这辆车停了一下,也只有一两秒的时间,随即,车子飞快地逃离了现场。

苏菲和米莉,她们俩不禁被这样的场景惊呆了,这是车祸还是谋杀啊!米莉捂住眼睛,立即想掉头离开,眼前的景象太吓人了,但被苏菲拉住了,那个女人或许还有救!苏菲本来是个好心肠的女人,网络通缉,一度让她的心肠变硬,但网络通缉又让她不断反思自己。

"救那女人!别让大家都说你是坏女人!"苏菲冲动地想。

"不,我见到血就头晕!"米莉脚步往后退,但她被苏菲拽着,只好被动地跟了过去。

"啊!"苏菲走到那倒地女人的面前,禁不住叫了一声,因为她发现,那女人竟然是那个疑是金贝亲妈的女人,车子是从她后背撞过去的,那女人平躺在地上,她的身体倒很完整,眼睛还睁着,但已经不能动弹。

米莉往后退了几步说:"我去打报警电话!"说着,她不再顾苏菲,掉头就跑得远远的。苏菲再向那女人靠一步,那女人定定地看着她,很努力地从嘴里吐出几个字:"怎么会是你,我、我……"她喘息着,已经说不出话来。

"孩子是不是你的?"这个疑问一直缠绕在苏菲心头,于是,她脱口而出。那女人脸上显现出一丝慌乱的表情,她没有说话。

"你倒是说话啊,难道你想把秘密带到棺材里去!"苏菲的言语尖锐起来。

"我、我,我不是个好女人!"女人喘息着说,但还是离主题很远,苏菲忍不住毛躁起来:"是还是不是,你快说啊。"这倒不是苏菲想把孩子归还给她,而是她实在想搞清楚事情的真相,她一度曾想找到金贝的亲生妈妈,从而甩掉身上的负担,可她把孩子丢弃的时候,这才感觉到,她原来是那样喜欢宝贝金贝!于是,她又费心地把她找了回来。随后的日子里,金贝亲生妈妈的影子正逐渐淡化,而她自己,却越来越向一个母亲靠拢,可她的境遇不好,如果有一天,她实在过不下去,她倒希望金贝的亲妈能带走孩子,她实在不想因为她而影响金贝的前程!

苏菲努力让自己平静,她用力掐了一下身体,不是在做梦,她再次看了看地上躺着的女人,她到这一步依旧不肯承认,那她可能真的不是金贝的亲生妈妈。可世界上有这么相像的两个人吗?她不禁又想起那个地铁站,有个男人曾恶狠狠地要把这个女人推下铁轨,难道这其中有什么关联吗?

"我想知道事情的真相,放心,我对谁都不会说,更不会把孩子还给你!"苏菲还想最后试探一下女人,可那女人已经陷入了昏迷之中。站在马路边,苏菲有些不知所措,她着急地呼喊米莉,米莉在远处回答她,她已经打了报警电话。

二十分钟过去,警车和救护车相继而来,四周拉起了警戒线,而后,救人的救人,测量现场的测量现场,苏菲和米莉呆呆地看着,大约又过了一小时,那女人的老公来了,但他一到出事地点,就晕了过去,看来他真是个多情男人!富有的多情男人,这个世界并不多见。目睹这一切,苏菲忍不住感慨,那女人真是好福气,摊上了这么一个有情又多金的男人,只可惜,她命中注定无法消受,看那样子,她是活不成了。

米莉的手一直在颤抖,她不断地拉苏菲,眼看人群渐渐散去,她们两个人也静悄悄地离开了。

当天晚上,苏菲无论如何也不能平静心情,于是,她在网络上发帖子,许久没在网上写东西了,她竟然有些生疏,可她的思维却逼迫她一口气写了出来,帖子的标题是:"一个如花生命的消失!通缉那辆肇事的汽车。"内容自然是看见车祸的所见所闻,当然,她隐藏了和那女人之间的恩怨。她在帖子中这样写道:"一个如花生命可能就这样消失了,可我总觉得,这不是普通的车祸,而是一场谋杀!"

第十章：人肉搜索的威力，跑车只有使用权

上传了帖子，她静静地待在电脑前，她忽然想起在车祸现场离开后，她和米莉的交流，米莉认为这是一场谋杀，苏菲点点头，但究竟为什么要谋杀，米莉不知道。"或许是情杀吧，情这个东西，太会折磨人！"苏菲忍不住说。米莉的脸色有些苍白，她或许联想到她自己吧，她或许感觉到，在两性中走钢丝，搞不好也会这样粉身碎骨吧！米莉立即和苏菲告辞，看着她的背影，苏菲再次摇头，她一定去找老男人去了吧，苏菲想，这样的心境，她不会再去找帅哥开心吧。

有人跟帖，其实，苏菲发这个帖子，并不希望有多少人看，她对网络已经彻底失望，因为网络并没有带给她质的转变，回过头来想想，她感觉到有时候就像猴子一样被人耍着，时而激动、时而落泪、时而疯狂。

苏菲刷新了页面，竟然有八个人跟帖评论，苏菲有些惊讶，因为她以为她的版已经寸草不生了呢！她细看那些回帖，竟然众口一词，都是说她不甘心就此沉寂，而故意编造吸引别人眼球的故事。一个帖子说得非常直接："拜托，不要把自己当作家，连编个故事都编不圆！还神气个球啊。""你以为你真很强大啊！你以为你能左右网络啊，我呸！"

苏菲很无奈，"网络通缉"忽然变成声讨她的事件之后，她说什么，都会受到质疑！她做什么，都会有人反对！到现在，已经很少有人相信她了。不知道从什么时候开始，苏菲已经成为了一个说谎话的代名词。

"你的版里怎么还有人？"李斌不知道什么时候站在她的背后，苏菲回过头对他看看，这个男人，有时候就像幽灵一样，她向他翻了翻眼白，说："你什么意思啊，难道我的版里寸草不生，你才高兴啊！"李斌没回应，准备离开。苏菲叫住了他："我想把孩子接来，可以吗？"

"孩子不是给那人抱走了吗？"李斌看上去有些疑惑，苏菲一下子又不知道如何解释了，她只好双眼紧盯着他。

"我只是说说，你把她接来吧，只要你能安心就行！"李斌的话让苏菲再次想到

小时候,她所看见的那些无奈的丈夫,李斌或许就是那种只求女人能够在身边就行的男人,可他在电视上,为什么又表现得那么尖锐呢?再说,现在这社会,还有那样的男人吗?苏菲有些想不通,但能够接回金贝,她显得很高兴,于是,她主动地抱住了李斌,她的脸贴在他的脸上,而他更是急吼吼地抱着她,惯有的动作又来,苏菲闭上了眼睛,既然心里踏实,又何必拒绝男人的疯狂呢⋯⋯

第二天醒来,苏菲有些无聊,于是,她再次上网,可她到自己的版一看,顿时惊讶得叫了起来,因为那里已经汇聚了许多人,重点的议题就是那次车祸。网络确实是无边无际,先是有人跟帖说明,确实有这样的车祸。接着又有人发帖,说了遭遇车祸的女人,苏菲这才知道,那女人原来叫白琳,一个仅仅 26 岁的女孩子,她的老公是一家五星级酒店的老总。苏菲不知道白琳究竟是不是那个遭遇车祸的女人,可她随即就释然了,因为已经有网友张贴了女人的照片。

看来真的是那么回事,那这个白琳究竟怎么了呢?已经有网友做了回答,白琳到医院后,一直昏迷,估计就是抢救过来,那也会变成植物人的。有人忍不住扼腕:"如花生命,如火生活,却无法消受!上帝真的很无情,人生真的很脆弱!"

那这个白琳究竟是什么样的情况呢,也有网友做了描述,白琳和她的老公相识于一场派对,那时候,白琳的心情并不好,显得有些忧郁,而她老公就被她那份天真与淡淡的忧愁感染了,于是,他开始追求她。"她老公是个正派的男人!"那个发帖的人这样说。苏菲看了也起劲,她开始理解为什么人们这样乐于"人肉搜索"了,但她发帖还有个主题,就是通缉那个肇事汽车啊,这方面的事情,怎么就没有人感兴趣呢。

"哎!"苏菲叹了一口气,发这样帖子的人,那一定是熟悉了解白琳的朋友,他们如此大爆白琳的隐私,难道仅仅是为了心底的那份怀念吗?

苏菲关了电脑,她想安静会儿,网络这么一闹腾,不知道会闹腾到怎样的天翻地覆?或许会像当初她通缉薄情郎一样!就在她胡思乱想的时候,米莉打电话来了,她的声音是颤抖的:"我一夜都没睡好,太吓人了,我越来越觉得这是一场谋杀!今天我在网上看了那些,你说会不会是她老公谋害啊,我刚刚才感觉到,不仅仅是帅哥没把握,有钱男人可能更让人害怕!"

苏菲无语了,一心要嫁个富男人的米莉,为什么会有这样的感悟呢!难道她对送她跑车的男人,没有把握吗?米莉再次约苏菲,但苏菲提不起兴趣,米莉忍不住对她说:"我想结婚了,有些事情要看开,不然会鸡飞蛋打!"苏菲忍不住笑出声来,这还是那个米莉吗?挂了电话,苏菲的思维却没停止,想着米莉的担心,她就开始思考,究竟做怎样的女人,才是幸福的女人呢!

"苏菲,你出来下,我好烦!"米莉晚上打电话给她,她犹豫地看着李斌,李斌就说,你把她约到我们小区的茶社来吧。苏菲点点头,她觉得自己正在了解这个男人,或许只要不离开他的视线,他就可以接受。

半个小时后,米莉匆忙赶到,一见苏菲,她就激动地说:"还有天理吗,我说要结婚,他竟然推辞!"苏菲笑着回应:"他不是连跑车都送你吗?""哪里啊,我只是有使用权,这个男人,内心似乎并没有完全消除对我的怀疑!"

米莉说漏了嘴,可这时候,她也管不了那么多了,"帮我想想办法,我该怎么办?"

苏菲低下了头,米莉这样的狐狸精都没有办法,苏菲又能有什么计谋呢?两性是本深奥的书,米莉自以为充分掌握,继而在里面随性地游泳,可搞不好哪天,她就会在深海里淹死。当然,苏菲是不可能对米莉说这些的,再怎么说,她都应该比她多一些内涵的。

"我和他拼了!"米莉拍着桌子说。苏菲摁下了她,让她说说事情的经过,了解了大概之后,就说:"他只是等等再说,又没完全拒绝,你着哪门子急啊!"

"不急行吗,这世道多么凶险,那个车祸真让人害怕,搞不好,他哪天也会把我害了,还是抓紧,省得夜长梦多!"

苏菲忍不住笑了,这还是米莉吗?那个把男人玩弄于股掌之间的女人,也有担心的时刻吗!但她又觉得,米莉烦心得过了,有钱男人,不到那么刻骨的地步,是不会去杀一个女人的,至多,他们会把女人像稻草一样抛弃而已……

第十一章:难道网络通缉有罪? 人肉搜索引来刑警

"苏菲,版里的那个女人,我好像在哪里见过!可我一时也想不起!"张鸿在网

上对苏菲说。张鸿也有这样的印象，那就证明这不仅仅是苏菲一人的感觉。可那个叫白琳的女人，抵死都没承认，那就可能是她真的冤枉她了，哎，看来金贝的亲妈，这辈子也别想见到了。

"你就别瞎想了，你不会和网上那些人一样无聊吧！"苏菲对张鸿说，说完，她自己也觉得奇怪，因为这正是和张鸿探讨金贝亲妈的最佳时刻！哎，可能苏菲真的倦了，再怎么轰轰烈烈，都要归于平静，她的生活并没有质的改变，反而更加窘迫了！

"真的，我真的在哪里见过！网上有照片，你看了没？"张鸿还在絮叨，这个男人，一贯是冷静的，什么时候，有了这么强烈的好奇心。苏菲摇摇头，难道婚姻失败，让他的性格也转变了吗！她不由得想到表妹，如果她和张鸿成了，张鸿会在女人的温柔里，重新回到原来的生活轨迹吗！

苏菲再次摇了摇头，感觉有些事情，不是自己所能决定的，没必要去烦那个心。她下线，匆忙地去商场，她给金贝购买一些衣服及食品，她准备把金贝接来，很长时间没看到她，她真的想她。而后，她又去了劳务市场，她想找份称心的工作，那个白琳的遭遇刺激了她，米莉的行为提醒了她，女人如果太依赖男人，或许真的会没有好下场。

有两个单位让她留下联系电话，苏菲有些兴奋，看来，她还没成为社会的拖累，可她和宁宁相比较，却相差很远了，宁宁自从结婚后，就没来找过她，整天忙忙碌碌，不知道忙什么！难道家庭真的是女人最后的归属吗！

苏菲觉得两家的态度并不保险，于是，她又去了另外一家。可这家的管理招聘的人却很快认出了她。"你不是苏菲吗？怎么，你不通缉了吗？你男人回来了没？"

苏菲看了看他，不知道如何回答，她的事情很多人知道，但多数人只知道个皮毛，对她风风雨雨的经历，却了解得并不全面。"我说啊，总是通缉也没什么意思，我觉得你应该打官司！"招聘男人说的并不新鲜，不知道是多少人谈过的话题。

"那个男人出来了没？你们究竟怎么样了？"男人还在絮叨，苏菲已经很不耐烦，她没好气地回答："这好像和招聘没什么关系吧！如果你实在有兴趣，可以找

个时间,我们单独谈谈!"男人被她一冲,顿时不好意思起来,就拿了一个本子让她登记,而后,让她回家等消息。就在苏菲转身离开的时候,她听见招聘的几个人在嘀咕:"看她那横样,找工作都这样,那对待男人,不知道会怎样了!难怪他男人不要她,这是有道理的!"

这样的言论,苏菲也懒得理睬了,走自己的路,让别人去说吧,到了家之后,李斌已经回来了,他翻来覆去地看着苏菲,然后说:"你不会再那样惊天动地吧!"苏菲笑了:"怎么会呢,那是别人的事情,对吧!我又没吃饱了撑着!"

"网络上又热闹了,现在人为什么这么无聊呢!"苏菲又说:"我确实是想帮助下那女人,这没违法吧,可我没想到没找到肇事者,却把当事人的老底给翻出来了!"李斌也笑了:"可能吧,但我要感谢网络,不然我还真认识不了你,我第一眼看见你的照片,就在心里骂那男人不珍惜,放着天仙一样的女友不要,去搞什么富婆!同时,我也下定决心,一定要把你这个女人搞到手!最后,我成功了!"李斌得意地哈哈大笑,苏菲也跟着笑,这个男人,在她面前,总小心地包裹着,有时候,她真不知道他在想什么,像今天这样的情形并不多见。

或许他特别在意天仙一样的老婆,这才如此的吧,或许他就是垂涎苏菲的美色,这不是空穴来风,因为他有那么多的嗜好,他不厌其烦地折腾她,仿佛天天都是世界末日一般!但无论李斌是想占有她或者对她充满爱情,他的行动有时候真是超乎常人般地让女人心动……

吃过晚饭,苏菲还是忍不住心底的好奇,她打开电脑,好嘛!白琳在哪里出生,读了什么小学,在哪所大学读书,网络上都清清楚楚了。

白琳的父母竟然都是高级知识分子,这有点出乎苏菲的意料,如果她确实是金贝的亲妈,那她在医院里生产时那副小太妹的样子,怎么能和那样的家庭对上号啊!"这么说,她真不是金贝的亲妈!我可能真的看走眼了!"苏菲自言自语地嘀咕,可她随即又想,可能那时候的她处于极度崩溃中吧,极度崩溃的人,那是常理难以衡量的。苏菲继续浏览着帖子,它不但说了一些白琳的生平,甚至连她谈过几次恋爱,网络上都有了。

"其实,白琳和一个男人同居过,据说还怀了孩子,不知道最后怎么处理的!"

苏菲忽然看到这个帖子,那上面的描述,也正是白琳在医院里的描述,可这个帖子很快被人声讨了,人们觉得人已经那样了,何必又揭开伤疤!

这个年代,还有隐私吗?苏菲紧紧皱住眉头,一个网友说,白琳已经成了植物人,和死亡差不多了。唉,如果她有意识的话,那不知道会有多紧张,她嫁给了一个多金男,这个男人还很帅气,更重要的是,这个男人特宝贝她。这样的机会,对女人来说,那是可遇不可求的!联想到那次她的匆忙慌张,同为女人的苏菲开始理解她,找到一个好男人不容易,而找一个多金的好男人,那就更不容易啦!她努力地维系着婚姻,事事小心,那应该是没错的,苏菲忍不住在心里替她开脱。

那么,她的老公看到这些之后,又会有怎样的想法呢,他还会出钱帮她治疗吗!有哪个男人,能容忍老婆乱七八糟呢!

"苏菲,我想起来了,她就是在医院里和你一道生孩子的那个女人!真的,一点没错!"张鸿打电话给苏菲,他像发现了新大陆,很兴奋的声音:"可她的孩子呢,那孩子应该不是她现在老公的,这女人!这女人,这女人好像还挺复杂的啊!"这是什么啊,连张鸿这样的男人,都对世间的风月事充满好奇,这也难怪人们都纷纷热衷于"人肉搜索"了。

"你别那么八卦好不好,这不是你的性格啊!"苏菲没好气地回答,她不想这件事情越搞越大,更不想把自己卷进去,因为如果那样的话,她又得对李斌解释半天了!能不能解释清楚,那更是个未知数。张鸿在电话那头尴尬地笑着,苏菲又说:"现在不少人无聊,但我们不能跟着无聊,这是你说过的话!你不是最恨这些无聊事吗!"

挂了张鸿的电话,苏菲继续浏览网页,"我看这不像是普通车祸,倒像是谋杀!"有人提出这样的观点。很多人也积极响应,并开始推理谁是凶手,有人说到白琳的老公,但这种声音很快被压制了。"他都悲伤得晕过去了,你就别胡说了!"

网络上如此吵吵嚷嚷,会不会引起媒体的注意,继而再次掀起一阵旋风呢!有可能吧,现在的媒体,比狗仔好不了多少!

苏菲准备到母亲那里,把金贝接回来,网络上的风风雨雨,苏菲也看开了,就

是有媒体介入,那又怎么样呢,至多只是闹腾下而已,何况这件事情和她并没有太

大的关系。她已经决定,一辈子不丢下金贝了!无论这女人是不是金贝的亲妈!

有些郁闷的是,苏菲的工作并不顺利,一家回绝,一家干脆没来电话,不过这样也好,正好把金贝接过来,先享受下天伦之乐再说。这天早晨,苏菲早早地起来了,她要去母亲那里。李斌给了她一些钱,她没要,她的小生意自己糊自己是可以的。可遇见这么多事,她真不知道如何对母亲说,她老人家一定又要着急得乱数落了。

打车到长途车站,她带着给金贝的礼物,这么多年,她回家看母亲,就很少带礼物,这倒不是她不孝,而是母亲的坚持,让她养成了这样的习惯。可她刚登上回老家的车,就被两个男人拦住了,苏菲顺着两个男人看过去,就发现李斌跟在后面。苏菲有些疑惑,李斌急忙说:"你究竟做了什么,这两位是刑警队的,你好好配合他们!"

苏菲更加诧异了,心里很忐忑,她除了进行了网络通缉之外,并没有做其他事情啊,难道网络通缉有罪吗!两个男人笑笑,说:"不要紧张,我们也是了解一些情况!"说着,他们把苏菲带到候车室,在那里,她才知道,原来她在网络上发的事故帖,没引来媒体,却引来了公安。看来如今的中国,确实到了网络的时代!苏菲忍不住苦笑。

第十二章:本来就没有风过无痕,男人也有青春损失费吗

"你就在事故第一现场,亲眼目睹了事故,是吗?"一个刑警问,苏菲点点头,接着忙问:"那是谋杀吗,我越来越觉得像!"没有人回答她。

"那个女人究竟怎么啦?"

"她还在昏迷中,正在全力抢救!"一个民警淡淡地说。

"你能把那天的情况,详细说说吗?"

苏菲点点头,她的脑海里顿时浮现出那可怕的一幕,白色衣服上,如梅花般点点的血迹,飞速奔驰的小车,如一把利剑……

两位民警问了一些情况之后,就离开了,而苏菲却误了回老家的车,只能跟着 139

李斌回去，一路上，李斌都在说她："你就不能安定点啊，公安找来，总不是好事！我不求你挣多少钱，可你也不能总惹事啊！"苏菲不住地点头，不住地说："好的好的，以后我再也不管那些事情了！"李斌似乎有些怕事，可他在电视上，为什么又那么生猛呢！难道每个人都有两面性吗！

由于公安的介入，苏菲耽误了接金贝。可就因为这一滞留，她竟然找到了工作，另一家打电话来让她去面试，她去了，当时就通过。从那家单位走出来，苏菲浑身轻松，因为她感觉到自己的生活正逐步走向正常。挥挥手，和过去说再见，折腾终究不是生活的主题。

由于是财务出身，苏菲在新单位依旧搞财务，这家单位看上去效益还行，她对财务室里的人都打了个招呼，他们对她也很客气。可苏菲平静了没几天，事情就来了。这天中午，苏菲正在吃午饭，有家杂志的记者找来了。苏菲倒觉得新鲜了，因为她觉得自己已经被媒体遗忘了，至少她是这么认为的。哦，一定是为那个白琳的事情来的，总算把媒体惊动了。于是苏菲说："你多在网络上看看，那女人的事情，我真的不是很清楚！"

"什么女人，她也是未婚妈妈吗？"记者很疑惑，苏菲就简单地说了一下，但记者显得兴趣不高，他说："我们准备做个未婚妈妈的专题，请你配合下，行吗！"苏菲几乎没什么犹豫就同意了，她其实很矛盾的，既想从此安静下来，但又不想让人们忘记她。毕竟，那段网络通缉，那是她的人生里难以想象的遭遇，她一辈子想也不敢想的地方，都争相邀请她做嘉宾。无论人们如何议论、如何看待她，在这件事情上，她都是确确实实的主角。

记者的采访主题是，苏菲是不是就此改弦易辙。很无聊的话题，但可能会引发一些议论，继而让苏菲重新回到人们的面前。苏菲回答得有些模糊，不知从什么时候开始，她已经习惯了和媒体打交道。

"你现在的男人，你感觉还行吧！"

"嗯、嗯。"依旧是模糊的回答，让人们去猜想吧，呵呵，苏菲的内心在笑，从话题大王回归到普通生活，她一下子真的难以适应，好在李斌似乎并不反感这些，他好像只要求她在他身边就行了。

"你就甘心这样平静下去吗,会有什么样的计划呢?"记者又问,苏菲倒不知道如何回答了,她隐约觉得,现在的生活不是她所需要的,但究竟什么生活,是她急需要的,她也说不清楚,像那个白琳一样轰轰烈烈吗?可她就要死了!或者说,她已经死了。

由于采访,苏菲耽误了工作,领导倒很开通,让她配合采访,把问题说清楚。苏菲感激地看了看他。可让她想不到的是,第二天,就有人知道,她就是那个"网络通缉"的新锐女人,于是,人们看她的目光异样起来,苏菲也明显感觉到,经常有人在她背后指指点点。这让苏菲倒有些后悔接受采访了。"以后再也不接受什么劳什子采访了!没意思,无聊!"她暗暗地对自己说。

"我就要领结婚证,没有几天好玩了,你一定要陪陪我!"米莉约苏菲。

苏菲很疑惑,那男人不是不同意吗?米莉的那些破事,既无聊又烦人,可苏菲和米莉毕竟比较要好,不太好推辞,再说,这女人到了一定的岁数,或许也蹦跶不了几天了。

米莉喜欢泡吧,这是她大学时代养成的习惯。苏菲赶到米莉约定的地方,她已经等在那里了。见面寒暄了几句,米莉就谈到了那次车祸:"我觉得一定是谋杀,我做了几天噩梦以后,忽然想开了,女人,没必要那么疯,搞笑的是,我还想带个帅哥的种和那人结婚呢,幸亏没那样!"

苏菲用力地看了看米莉,她应该是那种不甘于平静的女人,通缉高峰时,苏菲也有这样的状况,恨不得全世界的人都围绕着自己转。可米莉怎么说转变就转变呢!

"看什么啊,婚姻是女人的归属!"米莉点了一支烟,女人抽烟的姿势很优雅,男人喜欢,可没有一个男人能忍受自己老婆腾云驾雾,烟雾中,米莉的脸模糊起来,苏菲忽然想起宁宁对她说的话:"怎么说呢,天天吃肉,是一种生活,天天蔬菜,那也是生活的一种,大鱼大肉多了,会得富贵病,还是朴素点好!"

难道米莉也产生了这样的感悟吗?

"哎,就要领,但还没领,这颗心真悬着!"米莉叹气说,随即,她站了起来,按灭烟头,用手敲了敲自己的脑袋,然后,又点上一支:"老男人不知道什么想法,难道

我还不好吗,拜托,我比他小了近二十岁!"

"你在哪里?"李斌打电话给苏菲,"我很快就回去!"苏菲急忙说。

李斌这个男人,他从来不反对苏菲上网。"网络那玩意,都是虚拟的,没啥!"可他不喜欢苏菲在外面抛头露面,这是他和张鸿最大的不同之处,张鸿信任她,但烦她那样的生活方式,而李斌,却恨不得把她扣在自己的裤带上!还好,他根本管不住她。

"还记得我们在学校时候的理想吗?"米莉可能真的受到什么刺激,絮絮叨叨,她不会又说男人的类型及如何品尝男人吧。苏菲眉头皱了皱,米莉感觉到了,于是她说:"不说那些了,我现在就想快些领结婚证,趁那个男人松口的时候,你呢,有什么打算!"

"哦!"苏菲茫然地答应了一声,因为她并不知道,她和李斌以后究竟会怎样!"不是我说你,看准目标,那就要快速下手!"米莉总喜欢把她的观点强加给苏菲,可每个人的条件不同,想法也不同,又怎么会有一样的要求呢!苏菲抬起头,刚想回答,就在这时候,一个男人拍了拍米莉的肩膀。

"恭喜你,要结婚了!"男人似笑非笑,他又说:"能借一步说话吗?"男人确实是个帅哥,可就是表情有些冷。米莉的眉头皱了皱,说:"就在这里说,有什么事,她不是外人!"

"呵呵,那我就直说了,你有了新人,那也不能忘了旧人啊!"

原来是米莉的情人,苏菲感觉到有些不便,站起身想离开,但被米莉一把拉住了,她狠狠地看了看眼前的男人:"你想怎么样?"

"怎么样,哥们陪你,没有功劳,那也有苦劳,再说,我的大好青春,被你消耗,你总得给点青春损失费吧!"

男人也要青春损失费,真是闻所未闻,看来这个世界真的翻天覆地了,苏菲并不喜欢花样美男,可她钟情的男人金阳,确实是个帅哥,且性子还有些野,浑身更充塞着男人味。苏菲目不转睛地看着米莉,她很想知道,米莉又会如何应付!这个世界本来就没有风过无痕,走过的路,做过的事,都会有或深或浅的迹印,想把过去全部抹去,那可能吗?

了：'不可能，我不可能让孩子有个罪犯父亲！'盛国忽然跪倒在白琳的面前：'我求你了，就是流了孩子，那你也要等我，我对你的心，日月可鉴！'"

看到这里，苏菲的心里酸酸的，她不由得想到那天的医院，这个白琳和那女人有着那么多的切合，如果她真是金贝的亲妈，那她为什么如此狠心呢，既然经历了那么多的曲折，父母已经回心转意，眼看黎明就要来到，可为什么就不再坚持了呢！苏菲的心里有着许多的不解，难道女人决绝起来，会比凶猛的狮子更无情吗。但盛国的行为，还是让她忍不住悠然神往，爱情是大海行舟，波涛汹涌虽然凶险无比，但在爱的光辉下，那又是怎样的心悸摇荡。

"盛国在监狱里表现好，提前一年出狱，据说来找过白琳，两人闹了一些不愉快，主要是白琳结婚了，有了老公！"看到这里，苏菲的心里不由得一动，她的心里忽然蹦出一个想法，该不会是这个盛国，为了心中的那份情，继而制造了那起车祸？苏菲越来越觉得是，这个世界，不仅仅女人会钻牛角尖，有些男人或许更执拗。

这个帖子就像平地里的一个炸弹，很多人跟帖发表意见，"我说，就是那个盛国不出事，那他们还是不可能在一起，如果是真爱，女人不可能为这点小事而改变决定的。可能是女人感觉到生活不像想象的那样，可能女人跟着男人吃了苦了，于是，她就后悔了，而男人坐牢，那不过是女人找的借口而已，这女人，一变起心来，那是九头牛都拉不回来的。"一个跟帖如此分析，好像也很有道理。

有人质疑，发帖人为什么知道这么多。苏菲忍不住笑了，不要说，发这个帖子的人和白琳的关系不一般，可她为什么如此大爆白琳的隐私呢？她现在的老公看了会有什么样的感想呢？苏菲再次苦笑，她忽然觉得这个白琳真的很自私，因为她根本就没想到过自己的孩子，更没替她身边的人考虑过！现在她整天眼睛闭着，和死亡没什么两样，那更是什么都不管了，唉，她把疑难和羞辱交给了正常健康的人。

"网上怎么全是这些东西！"李斌不知道什么时候站在了她的身后，苏菲吓了一跳，但李斌却没有停止说话："我看，这个世界还是女人无聊！全是男人和女人的事情，就不能有点别的吗！"

还有什么比男人和女人的隐私更吸引人呢，苏菲忍不住摇头，她自己就看得津津有味，看来两性真的是本永恒的书，永远没有过时落伍的时刻！她认真看了看李斌，对比白琳的故事，她的内心竟然生出一种伤感，这是一个多么平淡平凡的男人啊，她好歹是大学里的校花，没有轰轰烈烈的爱，那也罢了，难道真的要和这样的男人携手到白头吗！苏菲的心头顿时有一股失落，那种惆怅无法言表，就像笼着轻纱的梦，怎么理也是理不匀。

　　苏菲的新工作，她还没着手。"有人找你。"门卫的电话进来，苏菲出去，却是个陌生的女人。"你是苏菲姐吧！"那女人看着苏菲说，苏菲点点头，那女人就哭哭啼啼地说了自己的遭遇，原来她同居的男友跑了。

　　"你去找他啊，找我干什么呀！"苏菲莫名其妙。

　　"你不是搞了未婚妈妈联盟吗？难道你不想帮助我吗！"那女人盯着苏菲说。原来是这样，可她能有什么办法，连自己的男人都摆不平。女人看苏菲疑惑，就告诉她，她的男人已经被她找到了。"你帮我去说说！"女人恳求苏菲。想起网络联盟上的风风雨雨，苏菲没理由拒绝，可她正在上班啊。看着女人渴望的眼神，苏菲决定帮她，她找主管请假，但主管不在，苏菲管不了那么多了，她和女人一道去了她男人那里。

　　男人是个厨师，忙着炒菜看着苏菲和那女人。那女人神情严肃地对他说："你究竟怎么说！"男人把围裙脱了下来，他闷着头走到外面，苏菲和那女人跟了出来。男人看了看女人说："苏红千真，我不是对你说了吗，和你在一起没激情了，你还要我怎么说！"女人可怜巴巴地看着男人："这是最终答案吗？"

　　"怎么了，我发现信真土，难道你没听说过'放爱一条生路'吗！"男人已经很不耐烦。苏菲实在看不下去就指着男人的鼻子说："你是男人吗？为什么以前有激情，现在就没有了呢，男人要承担起相应的责任！"

　　苏菲说得大义凛然，可她的内心却是悲哀的，因为，她就没搞定自己的男人。"你是哪根葱啊，有什么事，大姐！"男人拨开苏菲的手指。

　　"她是苏菲，网络联盟的那个苏菲。"女人抢着回答。

　　"哈哈哈，就那女人啊，自己的屁股都没擦干净，还替别人操哪门子心啊！"　145

男人笑停之后，就恶狠狠地对苏菲说："你别没事起□，当心□揍你！"

"你敢！"苏菲也愤怒了，随即两人开始推搡，女□的力□自然比不上男人，苏菲被推倒在地，男人在地上吐了一口吐沫："贱人，我不是□上那缩头乌龟，你有什么招，尽管使出来，老子奉陪到底！"说着，他准备□□□苏菲，就在这时候，一个青年挡在了苏菲的面前，青年说："欺负女人，你不觉得可耻吗！"

女人的男人对青年看看，可能发现他很结实□□，男人□对苏菲说："今天我不和你啰唆，八婆，你最好别多事，不要以为找来帮手，我就怕！"边说，那男人边快速地离开。苏菲对青年表示感谢，并仔细地观察白□，□身材□中，长相英挺，是个帅小伙，短袖衬衫显现出他结实的胸和肌肉发达的手臂。

青年摆摆手，没说什么就离开了。"这个人怎么这么面熟，在哪里见过呢！"苏菲拍着头想。

第十四章：你是妇女干部吗？你能如此多情吗

苏菲这个未婚妈妈联盟长出面，没有起到任何作用，□□说，反而被那女人怪罪一番，女人说："我是请你来劝说他的，不是让你来和他少架。你这样做，不是把我的路都堵死了吗！他还会和我和好吗！"苏菲的□□□□就不好，她没好气地对女人说："这样的男人，你还能指望他回头吗！不是我要你，长点脑子不好！"说着说着，苏菲忍不住想笑，因为她忽然觉得，她说话的语气简直就是米司教育她的口吻。她又说："我劝你还是另外找个男人嫁了算了，再折腾，也折腾不出什么名堂，闹下去，受伤害的还不是我们女人！对了，刚才那青年是你熟人吧！"

女人的头摇得像拨浪鼓一样，她看着苏菲说："我还以为你请来的保镖呢！"说着说着，女人的目光里闪现出许多失望，苏菲给她看得□自在起来，网络或许把她神话了，她如果有保镖，还会受罪上班吗？

苏菲一瘸一拐地回去，得知事情的原委之后，李□□说："你是妇女主任，还是妇联干部？这些事情，是你管的吗！用做生意的观点来看量，有利才会去做，请问，有人发钱给你吗！"

"有点爱心好不好,你不是对背叛深恶痛绝吗!这不是钱不钱的问题。"苏菲看了一眼李斌,继续说:"拜托,别让我感觉到有代沟,好不好!"

李斌低下了头,他应该没什么恶行,可他是那种普通得在人海里就会失踪的男人。苏菲拍了一下自己的头,觉得自己话说得过了点,她不是一直在寻找安静的氛围吗!如此毛毛躁躁,那不是表明她不想过这样的生活吗!

第二天,苏菲强忍着酸痛去上班,可她刚坐下,主管来通知她,人事部门的人找她。苏菲赶到人事部,那里的人苦笑地对她说:"我们这里不是新闻单位,庙小容不下你这大菩萨,你去别的地方高就吧!"

"我没怎么啊,我工作很认真啊!"苏菲急忙辩白。

"你还认真,没请假就离岗,这样下去,公司还能正常运转吗!"那人冷冷地看着她。苏菲急忙说了那女人的事,意思是,她是替别人排忧解难。那人已经很不耐烦:"我们这里不是妇联,我觉得你应该去妇联上班!那里适合你!"那人把一个信封递给苏菲,那是她上班两个星期的报酬。

苏菲知道无法挽回了,她恶狠狠地看了一眼那人,气呼呼地离开,走在马路上,她不由得苦笑起来,她都是一个需要妇联帮助的人,怎么能成为妇联干部呢!

得知这个消息,李斌又开始不满:"我倒不是指望你挣多少钱,我就是希望你上班后能收收心!"苏菲觉得责任在自己,就闷着头任李斌数落。可李斌嘀咕个没完,苏菲忍不住火了:"我不是自己养不活自己,大不了,我再去做小生意,对吧!你有什么好絮叨的啊!"随即,她又说:"李斌,我不是废人,你就等着我出彩吧,我要写书,这是你一直支持的!"苏菲用话拿住了李斌,她的情绪非常不好,除了金阳之外,她确实很少对男人献媚,何况她似乎并不怎么把李斌放在眼里。

"不是我不想安静,而是遭遇不让我安静!"苏菲这样对自己说。既然无法平静,那干脆就去搏一搏吧。说做就做,苏菲第二天就给出版社编辑打电话,可那个编辑在电话里却不耐烦地"嗯哈"。可能是这个题材过时了,更可能是她苏菲过时了,苏菲禁不住茫然起来,大脑一片空白。

"苏菲姐,版里出事情了!"一个女孩打电话给苏菲,她是苏菲版里的版副,一个在网络上对苏菲比较忠诚的女孩。版里能有什么事情呢?无非是攻击她,或者是相互吵架,这样的事情经常发生,已经不叫"出事"了。可能是那女人没达到目的,继而在网络上攻击她吧。苏菲对版里的事情,不再像以前那么热心,她要攻击,就让她攻击去吧,苏菲的遭遇乱糟糟的,她已经看不清未来的路。

"苏菲姐,你快来看,版里的许多帖子忽然不见了!"那女孩的话勾起了苏菲好奇心,按说,删帖之类的版务,只有版主和版副有权利啊,难道是站方删除的吗?挂了电话,苏菲立即上网,进了自己的版,她却并没有感觉到什么。她仔细观察,这一观察,还给她看出一点眉目,原来是关于白琳的所有帖子包括跟帖,都删除了。这是谁干的呢?应该不是站方,因为他们曾经一度把这样的帖子放到了最显眼的地方,没有其他目的,也就是为了吸引眼球而已。那是被黑客黑了吗,可黑客为什么单单黑这样的帖子呢。

苏菲的疑惑第二天就得到答案,报纸上报道说,白琳的老公以侵犯名誉权,把网站给告了,他声称,他不止一次地给网站去电发文,要求网站删除相关帖子,可网站根本不予理睬,一怒之下,他把网站推上了法庭,要求网站立即删除相关帖子、赔礼道歉,并赔偿侵犯名誉权及精神损失费共 5 万元,而网站却辩解说,帖子是网友自发发的,和网站无关,网友每天都会发许多帖子,管理员不可能每个帖子都浏览。

放下报纸,苏菲的思绪飞转起来,是白琳的男人多情,还是他想维护自己的面子呢!他应该是个聪明人,网络上说的事情,可能有些捕风捉影,但也有些根据,他不可能完全不相信。但他老婆之前那么不堪,他究竟会有什么样的想法呢!对了,这个官司究竟会有什么样的结果,苏菲忍不住又拿起报纸,那个报道的下方有对白琳老公的专访,他这样说:"白琳已经离开了,她是个好女人,我根本不相信网络上说的那些,我非常爱她!网络上的那些,不是激起我对她的恨,而是撕开了我怀念她的伤口!我一直等她走了之后,才想起要替她维权,以安抚她的在天之灵!"

热泪盈满了苏菲的眼眶,她用手擦了擦,忽然觉得,一个女人,如果能遇见这样的男人,那就是死了,那也值了。

"在看什么呢?有什么新闻?"李斌回来了,苏菲对他看看,把报纸推到他面

前,然后悠悠地说:"你,你能做到这些吗!"

第十五章:留人先留胃,你要他房子做什么

　　对着报纸,李斌并没有说出个所以然。看着低头的李斌,苏菲的思绪又转开了,这个男人,也曾经感动过她,在他把房产证放在她手心的时候,她确实被感动得流泪了。可随着时间的流失,那些感动也如浮云般渐渐地散去了。苏菲忽然决定把金贝和自己的妈妈一道接来,暗淡无光的日子,她急需亲人的陪伴。

　　苏菲给妈妈买了一件衣服,那是她工作两个星期的工资,妈妈抚养了她一场,她尽回孝心吧。在车站,苏菲才想起打电话告诉李斌,可这却遭到李斌的反对:"她来住几天可以,但不能永远住在这里,我不习惯生人!"

　　她的妈妈是生人吗?这有点出乎苏菲的意料,李斌究竟是怎样的一个男人,他甚至愿意把房产过户给她,难道就不能忍受她的妈妈吗?苏菲没有和李斌争执,和张鸿的婚姻失败以后,她也反思过,特别是这几天一连串的失败,让她觉得自己不能那样任性了,她不是成功女人,不可能让男人对自己那样俯首帖耳的。

　　可能是李斌责怪她没和他商量吧,也可能是不满意这段时间她的行为,苏菲笑了笑,她自我感觉,她妈妈并不讨嫌,经过一段时间的接触,李斌一定会接受她的,如果李斌固执拒绝妈妈和金贝,那他对她的爱,一定是假的。

　　车子一路颠簸,沿途妈妈的电话不断,是啊,母女俩已经许久没见面了。

　　妈妈一见到她,眼泪就往下掉,由于好几个月没见面,金贝对她生疏了许多,拿着她带回来的食品,一个人躲进房间里玩玩具了。

　　苏菲准备在老家住几天,可一场大规模的禽流感却铺天盖地而来。

　　苏菲因为和母亲在一起,没怎么上网,对外面的情形不是很了解。她妈妈本不想跟她一道来,但禁不住苏菲一再劝说。可这天下午,他们到了车站,却要求量体温,许多检查人员,街上许多人戴着口罩,苏菲这才知道,已经爆发了大规模的禽流感。对禽流感,苏菲了解不多,倒也并不恐惧。

　　坐在车子上,苏菲的思维活动开来,家里三房一厅,应该够住了,只是李斌脾

气古怪，他好像并不欢迎她妈妈去，但事情也不能绝对，或许在苏菲柔情里，李斌的态度会有所转变。就在她胡思乱想的时候，李斌的电话到了，他很大声地说："苏菲，你在你妈妈那里住几天，现在禽流感，传染得很厉害！"如果这个电话早一些到，苏菲或许不会启程，可如今他们已经走了一半的路程，不能再回去吧！看着打瞌睡的母亲以及在自己怀里睡得正香的金贝，苏菲摇摇头，她挂了电话，这么说也说不清楚，见面后再解释吧。

到苏菲所在的城市，已经是晚上6点，苏菲打了个车回去，到了家已经靠近7点。苏菲按了下门铃，很快有人开门，是李斌，他看着苏菲三人，脸色一冷，把他们三人让进屋子，他自己却走出去了。苏菲也没在意，他或许是买菜去吧，可左等右等，不见李斌的影子，苏菲有些急了，拨打李斌的手机，打了三次没接，后来接了，但李斌却是火冒冒的："我让你别回来，你为什么不听，难道你想让我得禽流感吗？你心里还有我吗，我说的话是放屁吗？"

这是哪儿对哪儿啊，难道李斌待在外面，那就没有禽流感吗？李斌很少像这样发火，究竟触动了他哪根神经呢？因为母亲在，苏菲不好跟他吵，但李斌总不回来，妈妈就问她："小李到什么地方去了！"

"妈妈，他有事，重要的事，我们先去吃饭！"家里没有吃的东西，苏菲本来是个勤快的女人，但无论是和张鸿，还是和李斌在一起，他们从来就不开伙。苏菲带着妈妈和金阳来到小区里的小吃部，这里的人少了许多，可能都是害怕禽流感吧。"菲啊，你这日子不能这样过啊，要留住男人，必须先留住他的胃！"苏菲对妈妈看看，是吗，好像不对，她对金阳，那可是伺候到好得无以复加的地步，可她什么也没留住。

李斌一夜没有回来，妈妈忍不住嘀咕："菲儿，我怎么觉得这个男人不靠谱！"苏菲看了看妈妈，然后，她拿出房产证，一五一十地对妈妈说了。她本来不想说这些的，因为她觉得这是她和李斌两人之间的事情，但她看着妈妈担心的样子，就豁出去了。可妈妈拿着房产证，依旧是满脸疑惑，停了一会儿，妈妈说："你要人家房子做什么，结婚后，房子还不是你们俩住！"

在两性交往中，要占据主动才行，这是苏菲一连串遭遇后得出的结论，可这样的观点,妈妈是不可能懂的。那时候的她们,嫁个男人,就等于卖给男人一辈子了。妈妈看了看她,又说:"小李很忙,你要多照顾他,我去买菜!"妈妈有退休金,并不缺钱,苏菲只得抱着金贝,带妈妈去菜场。他们在菜市场转了一圈,买了不少菜回来,李斌还没回来,妈妈让苏菲歇着,她亲自下厨房忙了起来,忙活了好大一会儿,李斌才回来。可他并没有和苏菲妈妈打招呼,而是拿着一个喷桶乱喷,妈妈很疑惑,而苏菲却有点清楚,他可能是消毒。果然,李斌嘀咕说:"现在禽流感这么厉害,禽流感,那可是传染病啊!"

苏菲急忙把他拉到一边,低声地求他:"妈妈刚来,不说这些,好吗? 我不反对你处事小心,但什么都应该有个度,你这样做,妈妈会怎么想!"

"我有说错吗?"李斌的声音没减下来,反而提高了。"别给你点颜色就上脸,你究竟想怎样,划个道出来,本人奉陪,是不是看我不舒服了,你只管说,看不得我,我走就是了!"苏菲忍无可忍地发作了。

妈妈忍不住站起来,拉住苏菲说:"想不到会有这么大的麻烦,我真的不应该来!"可这样劝说的话,更激怒了苏菲,她对着李斌咆哮:"我也是刚刚回来,也是传染源,要走,我们一道走好了!"说完,她再也不看李斌。李斌怔了一下,随即说:"我不是那意思,提防一些,总没错吧!"见苏菲那样,妈妈又赶紧来劝说:"你就是吃了脾气的亏,过日子,大家都要谦让点,小李,你说是吗!"妈妈看了看李斌,李斌则低着头、绷着脸,一句话都不说。

第十六章:请你别碰我,我有禽流感

苏菲母子三人住下了,妈妈也觉得苏菲不能闲在家里面,她说:"你经历了这么多的事情,应该知道,靠男人不如靠自己,妈妈还不是这样过来了吗?"苏菲觉得妈妈说得对,可她现在找工作,不但有难度,而且还可能会引起媒体的追踪。"那么多报纸采访你,你就不能请他们帮帮忙!"妈妈又说,苏菲抓了抓头,媒体或许会帮她找工作,但他们能为她找什么工作呢,找个诸如清洁工这样的体力活,她也去吗! 妈妈对媒体还是了解不多,他们只对"网络通缉"感兴趣,谁有耐心管苏菲的

死活啊。

自从发生了禽流感，人们已经逐步淡忘了这个曾经翻江倒海的未婚妈妈了。而只要是关于白琳的帖子，网站就再也上传不上去，官司还没最终的结果，但网站倒开始慎重了。

这样也好，苏菲可以静一下，好好地思考一下未来。她翻出一些书，这些书像床头的那些洋娃娃一样，已经陪伴她许多年，单身的时候，她总喜欢抱个洋娃娃睡觉，那样，她才能睡个踏实，有时候，她会翻着书睡着，而网络通缉后，她几乎就没心思看书了。连续遭遇了两个男人，那些洋娃娃更是被束之高阁。

家里似乎并不太平，李斌总是对苏菲妈妈摆脸色，一直声称爱孩子的他，连抱下金贝都难。这样的情形，苏菲看了揪心，她尽量温和地对李斌说："妈妈来一趟也不容易，你能不能高兴点啊！"说着说着，苏菲忽然来了气："你别把家里搞得像死了人一样好不好，拜托了！"

李斌给苏菲说得一声不吭，第二天，李斌的态度忽然转变了，他不住地给苏菲妈妈夹菜："阿姨，你多吃点！"尽管他的样子让人看了觉得生硬、别扭，但他毕竟是改进了。饭后，他们两人在一起的时候，李斌笑嘻嘻地说："我怎么会对你妈不好呢！你不要乱想！"苏菲点点头，奖励地在他脸上亲了一下。

苏菲妈妈对这个城市不熟，苏菲带着妈妈出门玩，把金贝放在家里，可她们回来的时候，却发现金贝一人躺在地上哭，而李斌管也不管她。妈妈心疼地立即抱起孩子，苏菲却怒气冲冲地把李斌拉进房间，厉声质问他："你怎么这样啊，你不是答应过，要对孩子好的吗！难道就是这样一个好法！你难道是冷血动物吗！你理解一个妈妈的心情吗！"

"我理解你，但请你也要理解我，那个男人风流过后，还来捣乱，我再来宝贝他的孩子，那不是傻帽吗？"李斌愤愤不平。"如果按你的逻辑，那么，离婚有孩子的女人，那就不要再结婚了。"苏菲忍不住反驳。"可孩子是离婚的产物吗？我不是那种男人，可看到孩子，我就会想到那个男人，他那么无情，对吧！按说，孩子有他一份，可他负责了吗！你在网络上那么通缉他，是什么样的结果呢！我说，你应该把孩子还给他！你不是说他来抱过孩子吗，那正好，让孩子拖死他！"李斌声音颤

抖,手也不住地颤抖。

苏菲无言了,可能这就是男人吧!这可能就是绝大部分男人的心理,想起金阳的无情与无赖,她不断地试着理解李斌,这个男人和她在一起,总体上还是很迁就她的!此刻,他表现得这样激动,那可能是他有嫉妒心吧,男人有嫉妒,那就证明女人在他心目中有份量。感情需要时间的磨合,何况李斌还曾经遭受过女人的抛弃呢!这些想法促使苏菲没继续和李斌顶撞。可这次争吵之后,家里的气氛又开始沉默,自从妈妈来了之后,李斌就像老爷一样,什么事情都不做,不但这样,他对谁都不正眼看。

妈妈越来越不自在,她对苏菲说:"小两口在一起,我在这里不自在,我看,我把金贝也带回去,她在那里,还有小朋友一道玩,而在这里,她就像坐牢一样!"苏菲觉得妈妈说得有些道理,这里确实不适合金贝成长,等她稍大一些的时候,风言风语会紧紧跟着她。

苏菲劝说妈妈多住几天,但妈妈执意要走,李斌倒是买了一堆礼物送给苏菲妈妈。妈妈没要,但他硬是塞到她的包里。"菲啊,小李就是脾气怪点,其他还好,做事情还算踏实,我觉得,你还是安心和他过日子吧,我警告你,如果再闹出什么事情来,我可不饶你!"苏菲咧嘴苦笑,李斌或许愿意花钱让苏菲妈妈离开,妈妈却替他说好话,真是难以理解。

"给我一段时间,我会把金贝当成自己的亲生孩子的!"那天他们吵架之后,李斌这样说,可他不愿意和金贝在一起,感情又如何增进呢!还是走一步看一步吧,如今这社会,这人的感情,谁人能一眼看穿呢!

送走了妈妈和金贝,李斌倒是自在了,可苏菲的心里却空荡荡的,她的亲人在这里小住几天,都是这样的场景,如果母亲老了做不动,需要她照顾的时候,那又会怎么样呢?妈妈一走,李斌就来黏她,她很不耐烦,她是女人,不是雌性动物,他怎能不顾他的感受。和金阳在一起的时候,她非但没拒绝过,而且,很多时候,她还是主动的,可那时候她心情高涨,犹如春天刚发芽的嫩枝,迫切地需要雨露的滋润,而经历过严寒之后,她的心已经麻木了,而偏偏李斌似乎有些强迫症。

苏菲推开了李斌,没好气地说:"你不要碰我,我有禽流感!"尽管苏菲在心里不想和李斌计较，可她的形体语言却不自觉地流露出她的感受。苏菲的抗拒，让李斌的态度软了许多，两个人的时候，他总是谦让她的，他似乎特迷恋她的身体，按说，像他这样的年龄，40岁还不到，不应该到如此地步啊！

为什么别人的男人都那么多情潇洒，而她遭遇的男人，不是薄情寡意，就是现实得让人难以忍受呢？苏菲无法不郁闷，上帝给了她漂亮的外表，那为什么就不顺带给她灿烂的爱情呢！

"苏菲，我快要死了，能见面聊聊吗！"米莉打来电话。苏菲看了看墙上的时钟，已经是晚上9点。这会儿出去，李斌一定会盘查的，可她的内心也有些郁闷，也想和米莉聊聊。

"好吧，就在我们小区的那个茶社！"

放下电话，苏菲准备出门，李斌果真询问了，她没好气地回答："我去见我女同学，你要去吗！"

Di 4 juan

第四卷

　　"有事网上说!"OK,21世纪最不能少的是什么:网络。当战火连绵,他搞她,还是她搞他,都不再重要! 重要的是战胜对手! 那么,情爱呢,情爱又被安放在哪个角落呢!

　　我们在网络上为一段情欷歔不已,我们更学会了网络凭吊! 可网络通缉者,咋就成为风暴里的一员呢! 那个感人肺腑的情感博客,究竟又会是谁人的杰作呢!

第一章：他准备网络上搞我，我真想杀了他

"还有天理没有，我把美好的身体无偿给他，可他竟然三天两头到我这里来要钱，我不是银行的取款机，再说，这要给老男人发现，那还得了！"一见面，米莉就喋喋不休，继而眉头紧锁。

"你帮我想个办法，这样下去不行，他时不时就像恶魔一样出现，我会给他搞垮的！"米莉苦着脸。苏菲再次摇头，米莉这样灵活的女人，都没有了办法，苏菲又能咋整呢？可米莉毕竟是自己的好友，她总得表示表示，于是，她就对她说："真正不行，那就报警吧，这可是个无底洞！"米莉的头顿时摇得像拨浪鼓一样："不行的，那样就坏事了，你不知道那家伙多嚣张吗？我稍稍不满他的意，他就恶言恶语地警告我，要把我们的事情搞到网上去，你想，这事一到网上，他不可能不知道，这年头，这样的事情还少了，那样，老家伙还会要我吗？"

迟疑了下，米莉又说："还有，你看看这个！"米莉拿出从包里拿出随身的笔记本，打开，点开一个文件夹，苏菲顿时瞠目结舌，因为那个文件夹里竟然全是米莉和那男人做爱的照片。

"我脑子真是坏了，本来是搞了玩，没想到那家伙，一再威胁要把这些上传到网络上去！如果那样，我还有活路吗！"米莉拍打着脑袋。

157

又是网络,如今确实到了网络时代,米莉的担心确实有道理,可再怎么担心,那也不能解决问题啊。

"不是我说你,你一直说帅哥是消费品,现在消费过头,透支了吧!"苏菲故作怜惜地看了一眼米莉,可她的心里却很畅快,这个女人不止一次地对她居高临下地教导,她究竟凭什么啊。可看着米莉愁眉苦脸,苏菲的同情心又起来了,她把那些照片都删除了,米莉看着她摇头,说:"没有用的,他拷贝了好几份!"

"那怎么办,我看你还是向他坦白,争取得到他的谅解!"

米莉恶狠狠地看了她一眼:"你还是不是我的朋友啊,你这不是把我往火坑里推吗,那样的话,我离死就不远了?"

"那你赶快和老男人结婚,生米煮成熟饭,应该不会多要紧了吧!"

米莉点点头,说:"可那家伙总是推啊,得想个办法才行!"

"干脆找几个人修理他一顿算了!"米莉忽然这样说:"奶奶的,是他对不起我,可别怪我无情!"米莉用力拍了下桌子,眉头紧锁。

苏菲沉默了,男人和女人相亲、相爱、两情相悦,为什么最后会落到这一步呢?可她想到她自己,在网络上不也那么疯狂吗? 在网络上,她还不是和那人抵死搏杀吗? 不同的是,米莉是想甩掉尾巴,而那时的她,却是急于寻找到自己的男人。

"如果你这么做,那帮你忙的男人,回过头来再要求你,那不是没完没了了吗?"苏菲说了自己的担心。

"那怎么办,怎么办呢?"米莉急得站起身转圈:"他这个人是很恶毒的,搞不好就会在网络上胡言乱语,还会上传那些破玩意,那样的话,我的努力就全白费了,我也算是彻底完了!"

"我就知道你在这里,你难道想躲避我一辈子吗!"米莉的情人竟然找来了,米莉看了看他,转身就向外走,男人跟了出去。苏菲怕他们闹出事情来,也跟了过去。米莉一口气来到一个建房工地,这里白天施工,晚上却看不见人影。米莉猛地回头,对她情人说:"你能不能别像虱子一样跟着我啊,我有对不起你吗? 我无偿地让你享受我的身体,我已经给你不少钱了,你究竟还想怎么样!"

男人冷冷地看着米莉,忽然,他激动起来:"你以为钱就能解决一切问题吗!

认识你的时候,你说你是单身!于是,我对你付出了我全部的身心!但不久,竟然又出现另外一个男人,你又说,那男人是你之前的男友,你正准备摆脱他,于是,我就一直等着你解决!可事实是这样吗,为什么到头来,你想解决的人却是我!"男人越说越气,捡起一块砖头,狠狠地砸在地上,可能刚好砸在一块钢材上,"当"的一声,这声音在寂静的夜里,显得非常恐怖。

"我有骗你吗!说话带点良心,你有什么损失,我不但给你享受我的身体,带给你无限快乐!还时不时给钱给你消费,我哪点对不起你了,你非得把我往绝路上逼!"米莉的话里火气十足。

"我无耻,行,那我就无耻到底,除了在网上说说我们的事情之外,我还会找那男人,让他来评评理!"

男人的拳头握紧了,米莉的脸色显现出焦虑的表情,她求救似的目光向苏菲这边扫来。苏菲顿了一下,只得硬着头皮走上前,她好言好语地对男人说:"你的事情,我听米莉说过了,我说,既然爱过,那为什么不能放爱一条生路呢!"这样的话,不知道有多少人对她说过,在她网络通缉的那会儿,她的耳朵里塞满了这样的声音,可她根本听不进去,这个世界就是这样,劝说别人容易,但事情一落到自己身上,随便怎么钻,就是钻不出。

"你问问她,她有没有爱过我,说白了,我就是她泄欲的工具!人们都知道有二奶,知道二奶的心酸,可我和二奶有什么区别呢!我和她的关系仿佛见不得光一样!妈的!"说着,男人一拳砸在一个平房的窗户玻璃上,玻璃碎了,而男人的手臂更是鲜血淋漓。苏菲和米莉都被吓傻了。苏菲一直以为这个男人是吃软饭的,内心对他有很多很多的鄙夷,可他的举动,又让人觉得他是个重情的男人。看来人的思维,都会出现或多或少的偏差。为什么就没有一个男人,对她苏菲这样要死要活呢!难道她比米莉的长相差,还有那个白琳,根本就没她这么有风情,可她老公如此痴迷珍爱她,还有个男人为她去坐牢,这一切究竟是为什么呢?妈的,苏菲恨不得也对玻璃砸下,情绪才有出口。

就在苏菲胡思乱想的时候,米莉已经脱下自己的衣服为男人包扎伤口了,那是件白色的外衣,鲜血在上面染成一些细小的梅花。

"你为什么这么傻,有话不能好好说啊!"米莉心疼地摸着男人的手臂,脸上显出关切的表情。

女人对"英雄",那都有着天然的崇拜,那年那月,金阳为了她,和别的男人打架的时候,她的头扬起多高,内心更是温暖无限。

米莉要男人跟她去医院,打破伤风针,望着他们离去的背影,苏菲心里说不出是什么滋味,看样子,他们是有得纠缠了。苏菲低着头回家,心里却越来越闷,不说像白琳那样,有两个对她刻骨爱恋的男人,就是像米莉这样,有个帅哥纠缠,有个帅哥为她打碎玻璃,那也不错,可她竟然什么都没有。做女人,我他妈的做得真失败,苏菲闷闷地想。

第二章:相逢在黑夜的海上,他竟然是离婚男人

米莉第二天就打电话来,她叹息了半天,说了和她情人的故事,她的情人不是本地人,她们认识是在一次聚会上,那时,她的情人刚大学毕业没多久。米莉给了他女性的温柔,她对他说:"有什么困难,可以找姐姐啊!"后来他们好了,男孩对她非常依恋,可男孩毕竟和米莉的理想有很大的距离,她不会放弃老男人,单单进入情人的怀抱,于是,他们经常争吵。

有一天,她的情人手抄了一首徐志摩的诗歌给米莉:"我是天空里的一片云/偶尔投影在你的波心/你不必讶异/更无须欢喜/在转瞬间消灭了踪影/你我相逢在黑夜的海上/你有你的/我有我的方向/你记得也好/最好你忘掉/在这交会时互放的光亮!"他想以此诗来表决要和米莉分手的决心,可分来分去,反而是越分越陷入了。

米莉的语气里依旧透露着炫耀,苏菲忍不住说:"这就是你的不对了,你不能骗人家啊,当初你和人家说好玩玩,不就没事了!"说完,苏菲立即觉得这话里有毛病,感情不是一张契约就能如何如何有方向的,不然,这个世界上就不存在离异、情杀之类的事件了。苏菲笑笑,米莉真是个疯狂的神经病,哪天,真的被她情人搞到网上,那就等着死翘翘吧。

苏菲觉得长期这样和外界隔绝不好,可找工作并不容易,跑了几家,都是铩羽而归。

"你不是说要写书吗?那就别找工作了,我又不是养不活你!"李斌这样对她说,苏菲妈妈走后,他努力地想修复和苏菲的关系。

"我的事情不要你管,我自己会想办法!"苏菲不知道为什么那么不耐烦,现在许多女人,年纪轻轻就做家庭妇女,可苏菲并不想这样。再说,李斌对妈妈和金贝的态度,真的有些动摇她继续和他走下去的决心。她的前两个男人,一个不声不响地抛弃了她,另一个又决绝地要和她分手。总之,在两性中,她似乎就没有占据过主动。

在家无事做,苏菲就待在网络上,网络上铺天盖地都是禽流感,她的版里也是这样,网络似乎成了现实生活中的风向标。整天对着电脑,苏菲越来越抑郁,脾气也越来越不好,晚上还经常失眠,对李斌,那更是没有个好态度。这天,苏菲在版里胡乱地翻看着,忽然,她看到一个帖子,竟然是说李斌的,那个帖子这样写道:"苏菲那个女人,现在跟一个男人在一起,她自以为捡到一个宝贝,可那个男人却是个离婚男人,而且是被女人抛弃的下脚料!"苏菲仔细地看着这个帖子,那个帖子比较详细地说了李斌,李斌和那女人竟然已经结婚了 5 年,后来那女人有了外遇,一脚把他给蹬了,"你们不知道,那个男人是多么的下贱,"那个帖子继续描述:"他跪在女人面前,竟然同意她有情夫,只要不和他离婚!"

这个帖子事无巨细地剖析了李斌,这个发帖人,那不用说,就是李斌身边的好友。现在的人不知道怎么了,难道发表好友的隐私,内心就无比愉快吗!苏菲继续看那帖子,那帖子话锋一转:"我不清楚李斌这样的男人,如何能挂上苏菲的,苏菲是那种非凡的女人,李斌一定用了不寻常的手段,可他究竟使用了什么手段,让苏菲这个女人跟着他无怨无悔,我就不清楚了!"

发帖人真的很了解李斌,可他怎么也想不到,李斌会把房产转让给她吧。网友们也纷纷猜测,有的说,李斌给了苏菲不少钱,有的说李斌在苏菲面前跪了几个晚上,甚至帮苏菲舔脚趾,苏菲这才答应他的。"或许他舔她大腿根部了!""瞎说,那女人,不见兔子能撒鹰吗?"网络上一片污言秽语。

"真是下脚料配下脚料,绝配!"这个 ID 的主人应该是个女人,苏菲就搞不懂,男人可能会厌恶她这样的女人,可女人为什么要跟着起哄呢,难道连女人也不能理解女人了吗?

流言很多,苏菲不想去澄清,可让她有些不快的是,李斌并没告诉她,他是个离婚男人,那么,他和那个女人有没有小孩呢,帖子上没说,苏菲就不能知道。

"在看什么呢?"李斌回来了,他回来得正好,苏菲倒想看看,他会做怎样的解释。于是,她翻开那个帖子,指着让李斌看。李斌疑惑地看了一眼,脸色顿时煞白,"这是造谣,我会那样吗!究竟是哪个王八蛋搞的!"李斌气得大骂,接着他又挤开苏菲,登陆上网,跟帖回击。印象中,李斌很少这样激动,可能,让这个帖子严重伤害了他的心吧。

李斌在网络上反击,可网络上的人并没有退缩,几乎是多人合力围剿李斌,李斌的脸色越来越苍白,他狠狠地敲下一行字:"谁无聊发的帖子,谁就要付出代价,我会告他!"这个帖子一出,网络上顿时安静了许多。

李斌的这句话,忽然让苏菲想到白琳和白琳的老公,白琳老公的官司不知道打得怎么样了,那样的男人,才是真正的多情男人!绝对不是像李斌这样,非要涉及到他自己,他才会有所行动。

这样的爆隐私,究竟违法不违法,没有几个人知道,但这样的字句,那还是挺瘆人的,普通人,谁想和法律较劲啊!李斌喘息了一下,精力似乎有些恢复,他回过头看着苏菲,苏菲也看着他,她的目光复杂,她轻轻地问了一句:"你结过婚,是吗?""是啊,怎么啦?"没想到李斌竟然蹦了起来,冲着苏菲吼叫:"你不也结过婚吗?你有什么资格指责我!"说着,他就扭过头,此刻,这个男人好像无比敏感!

"对,我确实隐瞒了你,可我不这样说,你会和我好吗?苏菲,你千万别相信网上那些玩意儿,那都是无中生有,你经历过网络通缉,应该了解!"李斌急切地辩解:"再说,我做的那些,你还不相信吗?我和你待在一起这么长时间,你还不了解我吗!我会同意老婆有情夫?世界上有这样的男人吗!"

苏菲努力地挤出一点笑容:"我不是那意思,我不会管他们怎么说,只要我们俩好,那就行!"苏菲也觉得这个帖子故意夸大了,顿了一下,她轻柔地说:"我不想

管你的过去,你们有孩子吗?"

"没,她一直不肯生!"

原来是这样,孩子是感情的纽带,是婚姻里的添加剂,难怪他们的婚姻这样脆弱。可反过来说,就是有了孩子,婚姻就能得到保证吗? 她不自觉地想到金阳,他们有了金贝,他还不是把她生生抛弃了吗!

第三章:金贝得了"禽流感",每个人都是一本小说

苏菲仔细地看了看李斌,他的样子特颓废,苏菲不禁起了怜悯之心,就是网络上说的一切都是真的,那又能表明什么呢! 是彰显李斌的懦弱和无能吗! 不,只能表明他是个受害者,他努力地维系家庭,证明他有一定的责任心。

苏菲关了电脑,对李斌说:"别想那些了,开心点! 你不看这些,也就不心烦意乱了!"

"他们根本就是胡说,我们是闹离婚了,可我压根就没求过她!"李斌气呼呼的。

"我知道,我知道!"苏菲说着,忽然她就想到金阳,她许多次跟金阳这样说过,因为金阳一直就是个大男孩,时刻需要她的抚慰,可李斌岁数比她大一些,此刻的他显得特无助,于是,一种母性在苏菲的内心复苏,她摸着李斌的头,让他安静点,李斌向她投来感激的目光,但随即,他就慌乱地离开了,看来,他的自信心再次受到打击,那个女人对他的伤害,可能太深刻了!

"抽个时间,把孩子接来吧!"李斌忽然说。

他这是对苏菲的补偿吗,他是想求得内心平衡吗? 可苏菲并不想这么做,他心情激动的时候说的话,那不能代表他的真心与本意,或许他过后反悔,就可能会指责她乘人之危,或者指责她在他思维混乱的时候故意做的。男人就是那种不能强求的动物,得让他心甘情愿才行。

"不了!"苏菲淡淡地说:"我们现在不安静,不利于孩子的成长,等等再说吧!"

在苏菲的劝解之下,李斌渐渐安静下来。为了让李斌彻底安心,苏菲把网线

163

拽了，眼不见，心不烦，鸵鸟的方法同样适用于人类。而李斌嚷了几句要打官司维权之后，就没了声响，人都是有惰性的，或许到了实在过不下去的时候，人类才可能想到反抗挣扎，做一天和尚撞一天钟，那绝对不是个别人的行为。

"不是男人，男人说到就应该做到，像白琳老公那样！"苏菲忍不住心里嘀咕，于是，想离开李斌的心思，又如迷雾般起来了。

经历了和张鸿的闪婚闪离，苏菲似乎成熟了许多，冲动地喊口号、表决心，那相对容易些，可如涓涓溪水那般坚持，就需要恒心了。这期间，苏菲也去过外面的网吧，她对网络上的言论还是放不下，同时，她也想多了解李斌一些，可人就是这么奇怪，没有人争吵，单方面地发表言论，似乎就没有什么兴致，那个发帖者也如空气般消失了，估计他也感觉到很无聊吧。苏菲想，可如果有媒体跟进，那可能会是另外一番景象吧。

稍稍平静了一些，苏菲再次想到找工作，毕竟生活下去，那才是第一位的，她毕竟不是那个芙蓉姐姐，那倒不是比她差，实在是没她脸皮厚。可找工作依旧不顺利，闲得无聊的她就闷在家里写书，她也懒得联系出版社了，事实上，她实在无法达到那样的要求，想写就写，写到哪儿就是哪儿，那确实是一种心灵的倾诉，有时候写着写着，她不自觉地流泪了，真的，每个人都是一本小说，只有自己，才理解得最为深刻。

这天晚上，李斌躺在床上看电视，苏菲躲在客厅里奋笔疾书，此刻，她完全沉浸在那种回忆里。忽然，电话响了，苏菲拿起话筒，是妈妈打来的，她非常着急地对苏菲说："金贝不知道怎么了，发了高烧，现在正禽流感，我很害怕！"苏菲的心禁不住一抖，妈妈到今天也不知道，金贝不是她的亲生骨肉，她替女儿照顾小孩，那么，她的肩头就有着沉沉的责任。

妈妈着急的语气让苏菲一下子没有了主张，铺天盖地都是禽流感的报道，一个做母亲的能不心慌吗？可现在已经是夜晚，她一个女人，又能做什么呢！她只得劝说母亲不要着急，她第二天就回去。

放下电话，苏菲顿时迷茫起来，金贝的亲妈反正是找不到了，那么，她苏菲就是金贝最亲近的人了，如果金贝再有个三长两短，这孩子，这孩子的命，怎么这么

苦啊!

"究竟怎么了,发生了什么事情?"李斌从床上坐起来,双眼紧紧盯着苏菲。"金贝,金贝她得了禽流感了!"说完,苏菲忍不住放声大哭,而后,她软软地瘫倒在地上。

"什么,你说什么?"李斌从床上跳了起来,紧盯着苏菲问,但他得知情况之后,就立即穿好衣服,对苏菲说:"事不宜迟,我们立即到你妈妈那儿!"苏菲内心忍不住疑惑,这是李斌吗,他一直是不怎么喜欢金贝的啊!

苏菲几乎是被李斌架着出门的,恍惚中,她竟然又想到张鸿,张鸿对她的帮助,事无巨细,从来不讲求报答,她一直把张鸿当成自己的一堵墙,尽管这堵墙只给了她暂时的依靠。她可能真的错了,李斌同样是一堵墙,而且近在眼前,可她愣是没有发现。想她瞒着他做了不少事,而且还差点出轨,她的内心顿时有一股歉疚。

李斌打了一辆车,带着苏菲直奔苏菲的老家,沿途他们都没说话,赶到苏菲家,已经是夜里12点半,可家里没人,他们又匆忙地赶到医院,在医院门口,苏菲说要去买个口罩,因为她记得,李斌非常怕被感染。可李斌却拦住了她:"先找到他们再说!"

两个人在医院,楼上楼下,边找边问,转了一圈,这才找到妈妈和金贝。金贝正在挂点滴,已经睡着了,妈妈看见他们来,顿时舒了一口气。"我老了,具体情况搞不清楚,你们去问问医生!"

苏菲又急忙去询问医生,得知金贝只是寻常的感冒发烧,她顿时松了一口气,人又软得倒在地上,没有人能体会到她的心情,她已经失去了一个孩子,在那种伤心绝望中,她得到了金贝,此后,无论风风雨雨,她都会把她紧紧地护在翼下。

"苏菲,坚持点,没事就好!"李斌搀扶住她,她默默地看着他,内心更加奇怪,他竟然没有怪她大惊小怪、小题大做,这是李斌吗?

李斌把苏菲搀扶到注射室,和苏菲妈妈在一起,然后去外面购买了夜宵。

苏菲勉强吃了点,精力有所恢复,她和李斌在医院的过道上,坐着聊了起来。李斌看了看她说:"你或许以为我是个神经病,可我也有无助的时刻,那年,我

满世界地寻找她,我就要疯掉了,可没有一个人对我伸出援助的双手,从那之后,我开始憎恨这个世界,特别是憎恨那些第三者,不瞒你说,你的遭遇,从开始就打动了我,但深深爱上你,却是另外的原因!"

此刻的李斌显得相当的坦诚,那么,他究竟爱她什么呢,他没有说,她也不想问了。此时此刻,她感触最深的就是,在风风雨雨面前,才能真正检阅一个人的内心世界。苏菲静静地靠在李斌的胸前,医院非常安静,那种宁静中淡淡地透露出生活的美好,物质确实必不可少,可幸福的真谛,或许就在那种平实的生活中。

"小李还不错,就是脾气古怪点儿,你这次千万不能错过了,不能任着自己的性子来了!"妈妈把苏菲拉到一边,悄悄地对她说。怎么说呢,她和金阳在一起的时候,她简直就甘心做一个女仆,对李斌,她也尽量地附和,可他们对她……她摇了摇头,她的内心最为愧疚的,就是对待张鸿,那个男人不小心踏了进来,从此生活不得安定,现在还不知道过得怎么样,和父母和解了没有,有没有女朋友了? 如果有合适的姐们,她还是会介绍给他的,苏菲再次这样想,她的心是肉长的,无论在什么时候,都成不了铁板一块,这可能是她和米莉最大的区别吧!

"妈妈,妈妈。"金贝醒了,睁着双眼看着她,她的眼泪顿时流了下来,她一把抱住她,在她脸上狠狠地亲,她的嘴里在喃喃自语:"贝贝,妈妈在,别害怕,妈妈陪着你!"

第四章:网络再起风暴,他们联手对付旧情人

苏菲并没有把金贝带回去,她还是不太甘心就此做个家庭妇女,她还想搏一下,或许就能找个好工作呢! 继而能有个好前程。妈妈倒很支持她的想法,因为她很长时间,就是一个人拖着女儿过来的。

苏菲回去以后,晚上,她和李斌经常大眼瞪小眼,显得没事可干。于是,他们又把网线接上了,事实上,他们是不可能离开网络的,李斌就需要在网络上联系生意伙伴。接上网线之后,苏菲立即奔向自己的版,人一旦养成了习惯,那是很难改掉的,苏菲已经失去了网络江湖,唯一只剩下这个版了。

网络很清静，但有一个 ID 却把一页刷满了，其中心议题就是李斌是个傻×。

"这个男人，甘心自己的老婆给前夫搞，简直就是个龟公！搞笑的是，他还去捉奸，可捉奸又怎么说，还不是拿着破鞋当宝贝！"

这是谁啊，这么无聊，这要在以往，那一定早吸引媒体的眼球，继而掀起狂风巨浪了。或许人们都倦了，竟然没有几个人搭腔。这个人好像有些了解苏菲的动向，可他又怎么知道李斌跟踪了她呢？心中的谜团，让苏菲继续看下去，可那人只是说了她和张鸿偷偷约会，而后李斌捉奸的事情，其他的他又没说，这真是奇怪了，难道李斌去 S 城，告诉了其他人了吗？

就在苏菲疑惑的时候，李斌已经站到了她的身后，苏菲的安慰虽然让他稍微平静，可他终究没有豁达到置身事外的地步。

"你这个王八蛋！"李斌推开苏菲，在网络上跟帖，可他写完这句之后，下面竟然不知道怎么写了，他愣愣地对着屏幕，脸色青紫。李斌的表情，让苏菲觉得，这里面肯定会有故事。

"究竟怎么回事儿啊？"苏菲追问了一句，李斌沉默了半天，说了事情的原委：那天苏菲离开之后，他确实有些不放心，晚上还做了噩梦。第二天，他一直是不安的，就在那种不安中，他接到一个男人的电话，他问那男人是谁，那男人拿腔拿调地说："你别管我是谁？你还要不要你的老婆，你老婆现在和一个男人在 S 城！"

"你说什么？你究竟是谁，这样说，有什么目的？"

"你老婆和一个男人在 S 城，听到没？奇怪，自己的老婆给男人玩，不去管，却管我是谁，你还是男人吗？"男人的声音冷冷的。

"怎么可能呢，她和一个女伴出去玩了！"

"哈哈哈，你就自我欺骗吧，和女伴玩会一夜不归吗？那女人有个前夫，你应该知道，她现在就和他在一个宾馆里，他们能做什么好事吗？哈哈哈！"

男人的笑声刺激了李斌，他本着宁信其有，不信其无的想法，直奔 S 城，找到男人说的宾馆，果真发现张鸿和苏菲在那里。

"说实话，那时候，我连杀人的心都有了，我已经遭遇过一次背叛，我根本受不了那样的场景！苏菲，你知道吗？"

原来是这样,那个男人不用说就是金阳,可他为什么要这样做呢,难道就是想让苏菲和李斌吵架,继而分手吗!可他们就是分手,那对他,又有什么好处呢!苏菲气得一把推开李斌,在网上大骂:"你真是世界上最卑鄙的男人,我老公现在就坐在我身边,我们好得很呢,我们快有孩子了,羡慕吧!垃圾!你这样无耻的人,随你怎么挑拨!我们都不会动摇的!"苏菲一口气打出这么多。她刚刚喘息了一下,李斌又抢着跟帖:"你说什么都没用,我相信你,还不如相信蛤蟆呢,我就是苏菲的男人,最恨你这样轻薄的男人!你最好去死!"李斌说得断断续续,可他们目光相接的时候,里面却包含着浅浅的笑意。

苏菲实在想不到,她会和这样一个男人结成网络上的联盟,而且回击的竟然是自己曾经爱得死去活来的男人。这个世界真是充满戏剧性,如戏人生,人生如戏,看来这句话有着深厚的基础。

观战的人不多,参与的人就更不多了,如果当初媒体不介入,那所谓的"网络通缉",就像邻里之间的吵架,或者是情侣之间的爱恨情仇,而像现在这样,那就犹如骂大街了。戴着面具骂骂人,已经成为互联网的一个重要组成,或许现实的沉重都全部发泄到网络上了吧。

"你知道那个男人是谁了吗?"苏菲瞟了一眼李斌,李斌点点头,但他随即疑虑地问:"你和他真的没发生什么吗?"苏菲用力地对他看看,这样的疑心确实是很难消除的,何况,李斌还是一个受过打击的男人呢。

"你是怎么想的?"苏菲没有正面回答,而是把问题推了回去。

"我还能怎么想,就算有,我也希望你跟我回去,毕竟,我也不知道怎么说,当时很混乱。"

这可能是这个男人真实的一面,在某些方面,他似乎会委曲求全,但他最终的目的就是和苏菲这样待在一起吗?苏菲搞不清楚,这个男人总像是戴着一层面具,夺妻之恨,几乎没有几个男人能忍受的,可他竟然那么平平静静地解决了。有时候,苏菲真怀疑他不是男人,可他在那方面的需求又是那么强烈,仿佛苏菲明天就会离开他一样。

苏菲理了理纷乱的思绪,笑了:"没有的事情,这是那家伙故意设的圈套,他抱

走了金贝,然后又如此安排!"

"可张鸿又怎么说呢?"

李斌的质疑,把苏菲问住了,她不知道如何解释,李斌才能相信,她就是遇见困难,那第一个想到的人,绝对不应该是张鸿,而是就在她身边的李斌。

"别说了,我明白,可能张鸿去,事情更好办一些,毕竟他比我知道的事情多!"

苏菲再次对李斌看了看,这个男人是自己在找台阶下吗?他或许自认为已经知道了事情的真相,他不想戳穿,他是给苏菲保留面子,可他为什么要这样做呢?难道仅仅是为了拥有苏菲,难道是不想和苏菲有间隙,可世界上,有这样的男人吗?苏菲的心头忍不住有了一个大大的问号。和金阳在一起的时候,她听到最多的就是抱怨,那时候的她,心里并没有这样弯弯的思考,看见金阳,她的心里就踏实。而张鸿,总想安排她的人生,但李斌又是为什么呢?难道仅仅是迷恋她青春的身体吗?

第五章:不如像秋天的落叶般独自凋零

和李斌讨论那样的话题,总也讨论不下去,他心中或许永远有个结,长久地不会解开了。还是让时间去平复一切吧,经历了那么多,苏菲已经不像初始那般慌张。可金阳总是在网络上这么闹,那总不是个事儿,可这似乎没有道理啊,有了新人的怀抱,何必再和旧人纠缠不清呢。

"你究竟想怎么样?"苏菲和金阳在网络上遭遇了,她忍无可忍地质问他。电脑那端半天沉默,忽然,苏菲的电话响了,竟然是金阳打来的,他咳嗽了两声,然后说:"我今天不和你吵,你在网络上也闹够了,我现在成孤家寡人了,你也应该满足了,是吧!"这是什么话啊,苏菲忍不住就想发火,但金阳没等她说话,就接着说:"我也不想说谁对谁错了,我现在就想带着我自己的孩子生活,那总可以吧!"

苏菲忍不住诧异了,这男人究竟搞什么啊,是不是神经错乱了。

"和谁在打电话呢?"李斌回来了,苏菲本来不想和他说什么,可电脑正开着,那上面的聊天记录清清楚楚,李斌狐疑地看了一眼苏菲,忽然说:"他要孩子,给他

169

就是了,他闹腾不安,真烦!"李斌的话刚刚落下,苏菲就忍不住咆哮了:"绝对不可能,除非我死了!""有什么不可能,他不是带走过孩子吗! 你喜欢孩子,我们可以生一个,他做父亲的,也应该负一点责吧!"李斌说着就自顾自地回房间了。

李斌的举动让苏菲非常失望,她呆呆地看着屏幕,思绪特混乱,金阳既然这样纠缠不清,那就让他做冤大头,去带别人的孩子,把别人的孩子当成心肝宝贝养着,那不是对他最好的报复吗! 从苏菲的内心来说,她从来就没原谅过金阳,心头的恨更是从来没消过,可这个想法,很快就被她否定了,她无论如何都舍不得金贝!

这里暂时放下苏菲不表,来说说金阳,金阳内心确实有许多苦楚。那天,赵颖吩咐保安不让金阳进来,结果喝了酒的金阳和保安打了一架,继而被请进了派出所。得知情况之后,赵颖心里就转开了,后来,她实在不忍心看到金阳被关起来,于是,她就去派出所保金阳,可一出派出所的门,两人就吵了起来,金阳大声对她吼叫:"谁让你来的,我情愿关在里面,别惺惺作态地假慈悲了,你真让人恶心!"

"我是恶心,但我不会脚踏两只船!"赵颖的理由有些牵强,但漫天的网络通缉,无时无刻不给她压力。

"那样,我走好了,我是男人,有血有肉的男人! 不是你呼来唤去的佣人!"说着,金阳就转身离开,他似乎下定了决心,要和赵颖做一个了断。可赵颖却一下子拦在他面前:"你不觉得这样太便宜了吗?"

"怎么,你想怎么样,难道你也想搞场网络通缉! 你去啊,我等着,反正我已经是万恶的陈世美!"金阳的嘴边挂着嘲讽,可他的话刚刚说完,赵颖的巴掌就打了过去。

赵颖似乎用尽了全身的力气,金阳的左脸颊顿时火辣辣的,他心中的怒火腾腾地往上冒,这么久,他一直迁就这个女人,可她又把他当什么呢? 泄欲的工具?还是随意指使的奴仆?

"你这个婊子,不要以为你在这里做了什么,我不知道,你以为我宝贝喜欢你啊,我只是把你当成一个玩物,现在我厌倦了,不行啊!"金阳瞪着冒火的眼睛看着赵颖,而赵颖却再次扑向他,抓住他的手臂,狠狠地咬了一口。金阳疼得叫了起

来,随手就给了赵颖一个耳光。

血从赵颖的嘴巴里流了出来,她的眼神忽然由幽怨转化成愤怒,她用手擦了擦嘴边的血,冷酷地说:"你竟然打我,你竟然打我,我会让你付出代价的!"而金阳则捂着受伤的手臂狂叫:"你来吧,我正等着呢,反正我也活腻了,快去啊,像那个女人那样,去网络通缉啊,反正我已经做过陈世美,也不怕再做一次了!"

"那是蠢×做的,有个鸟用,我绝对不会那样的,别以为你得了便宜就嚣张,姓金的,咱们走着瞧!"说完,赵颖不顾金阳,独自掩面而去。金阳傻傻地站在那里,他忽然觉得自己真的没地方去了,工作没有,深爱自己的女人跟别人结了婚,而自己的孩子却要叫别的男人"爸爸",和他待在一起的女人,又闹得人不得安宁。心中的郁闷,无处发泄,金阳对着天空狂喊一声。

那夜,金阳是在一个小酒店度过的,可他几乎一夜没睡,千头万绪,让他的神智处于一种崩溃中。第二天早晨,吃了点东西,他的思维才慢慢回复正常,他开始思考自己究竟该怎么做,过去的城市,是回不去了,就是连老家,他也无颜回去,活到这一步,他心里有说不出的窝囊。赵颖的态度也表明,他们之间似乎玩完了。

此时此刻,他的内心充满了懊悔,如果当初一直守着苏菲,两个人夫唱妇随,两个人或许已经购买了一个小房子,一家三口,充分享受那种天伦之乐。可刚刚升起的懊悔又转换成一种恨,苏菲和他在一起的时候,似乎是把他当做天的,他能理解她轰轰烈烈的网络通缉,但他难以原谅苏菲接二连三地和男人厮混。

这确实是一种歪理,没有他的抛弃,苏菲怎么会有后面两个男人呢!唉,说什么也是白说了,这样的日子,还不如死了好呢,就让自己像秋天的落叶那般静静地凋零吧,也许明年的今天,会有一个或者两个女人,来到他的墓前,轻洒一滴眼泪。

金阳忽然产生了这样一个可怕的念头,这种想法促使他上街购买了一把水果刀,坐在床上发了半天呆之后,他决定做个饱死鬼,于是,他去了一个小酒馆,喝得醉醺醺的,回到酒店,他关好门,然后拿出水果刀,闭着眼睛在自己的胳膊上划了下去。

金阳拿着刀划向自己的胳膊,可疼痛让他根本使不上劲,"咣"的一声,刀掉在地上,血流了出来。

金阳的酒一下子被吓醒了,他赶紧找了一张纸压在伤口上,但血还是往外流。金阳也不知道划了有多深,他害怕地大叫起来,可店里正好没人,他把自己的衣服压在伤口上,随即他就给赵颖打电话,电话接通后,他无限伤感地说:"我就要死了! 赵颖,我们来世再见!"

"喂喂喂,你在哪里?"赵颖或许也察觉到他的声音有异,等弄清楚金阳的确切地址之后,她就说:"你别乱来,我很快就到!"

第六章:你做什么都不专心,你掐死我算了

等赵颖赶来,金阳的血早已经被他自己止住了,其实划得并没有多深,他只是过分恐惧而已。

活着,需要勇气,死亡,那何尝不需要勇气呢!

赵颖黑着脸,冷冷地说:"请找个能站住脚的理由! 你还是男人吗?"金阳一声不吭地任赵颖教训,刚才的举动让他内心仅有的一点反叛力量都消失了。

"走吧,去医院打个破伤风针!"赵颖苦笑了一下,金阳的举动倒有些出乎她的意料之外,他这样做,难道是向她表决心吗! 金阳在医院里很少说话,看着他脸上落寞的表情,赵颖的内心又百转千回,她是不是对他过分了点,他应该也有压力的,因为人们都把他当成薄情寡义的陈世美。

其实,已经有人给她介绍男友,据说是一个离异的大学教师,可她一直拖着没有见面。男女情感,那是有缘分的,或许没有任何理由,它悄悄地来了,而后就贴身跟着你,带给你快乐的同时,也会带给你难以承受的伤害。

从医院出来,赵颖在前面走,金阳跟着。但赵颖半天不说话,金阳实在难以拉下脸,于是,他快步走到赵颖的前面,回过身来说:"感谢你今天帮忙,谢谢,我先走了!"说完,他转身就走。

"你给我回来,你去哪里,你能去哪里!"赵颖叫住了他,其实她下面有更恶毒的话,但她想到了男人的自尊,于是,她就咽了回去。

"跟我回去吧,吵架也别当回事儿,哪对夫妻不吵架呢!"

夫妻,她竟然用了这样的词汇,他们是夫妻吗?金阳又从中看到了一线希望,既然回去的路已经堵死,那只有在赵颖一棵树上吊着了。他抿了抿嘴,他从来不认为自己是个无情的男人,他说过要补偿苏菲的,只是后来闹出那么大的风波。

或许他一辈子都难以面对苏菲,但他也可以一辈子不回去。

回到赵颖的住所之后,赵颖说要和金阳好好谈谈,"你说这样究竟怪谁,谁让你名声扫地,谁让你不得安宁,又是谁让你无处藏身,不会是我吧!"赵颖直视着金阳:"你除了和我拼死之外,就没想到过别的吗?"

金阳倒给她问住了,觉得她说得有些道理,但细想又觉得不对,如果没有他狠心抛弃,那怎么会有后来轰轰烈烈的通缉。金阳低着头说:"我已经在网上骂她了呀,你还想让我怎样?""不是我想怎样,而是你自己想怎样,不是我说你,你有时候就没男人气概,当断又不断,这是男人的行为吗?"

"那你让我怎么做?"金阳已经没有了方寸。

"她不让我们安宁,我们也不让她安宁,你把小孩接来,父亲接小孩,天经地义,也让那女人难受难受!"赵颖狰狞地说,她不是个坏女人,至少本质不坏,但情感纠葛正在摧毁她的善念,让她时刻处于一种疯狂的状态中。

"现在不谈这个,好吗!"金阳开始不耐烦,无论怎么说,金贝都是他的孩子,他一天也没抚养过她,又有什么面目去面对她呢!赵颖也特烦躁,眼前的男人,似乎对旧情人有着一份情,无论她怎么用力去涂抹,但总有痕迹。这几天,她的情绪一直很压抑,而过分的压抑,忽然让她此刻情欲高涨,于是,她缓缓地靠向金阳,她的双手勾住了他的脖子,但被烦躁的金阳推开了,但赵颖再次像蛇一样缠住他,她带着他的身体往床上倒去……

"你能不能用心点,难道你和那女人也这样吗!"赵颖忽然开始不满,苏菲已经成为她心头永远的阴影,而此刻,这男人又一副魂不守舍的样子,赵颖再次被激怒,她把金阳推倒,而后,如狂风暴雨一般……女人,只有自己掌握主动,那才有幸福,才有高潮……

金阳被赵颖这样一折腾,内心更不是滋味,他点上一支香烟,看了看赵颖,说:"我这就把孩子接来,可你不能虐待孩子,这可是你的主意!"

"我是那样的人吗？你的孩子，难道不是我的孩子吗，我就是气那女人！"

烦躁郁闷的赵颖已经不按常理出牌，而迷茫的金阳这才有了抱走金贝的举动，可他是没勇气面对苏菲的，尽管他在电话里说得那么恶毒。在他得知苏菲又和一个男人在一起的时候，他的心里挺不是滋味，于是，他就设了那样的计，但效果似乎不明显。金贝吵闹着要妈妈、要外婆，那又让他心烦。

"真的不能带走金贝，这是苏菲唯一的安慰了！"金阳的内心忽然柔软起来，他是狼，但狼至少是动物，而不是没有思维的木头。想着苏菲妈妈的信任，他的内心也不好受，或许老人家真的希望他们能和好呢！如此想法，让他再次把金贝送了回去，可这却激怒了赵颖，"我让你去做什么的，不是让你去重续旧情的，你怎么这样啊，难道我的话就是放屁吗？"

"赵颖，我们也别闹了，好吗，她已经那样了，再闹下去也没什么意思，你要喜欢孩子，我们生一个！"金阳嬉皮笑脸，他想这样化解赵颖的怨气，然而，赵颖却坚持说他没有诚心。有时候，女人确实是难以理喻的，而金阳能做的，就是忍耐和坚持。

但他的忍耐却并没有换回他想要的结果，其实，迷茫的他也不知道自己究竟要什么，刚开始的时候，他确实准备和赵颖逢场作戏，而随着进一步深入下去，他难以自拔了，没有退路的他只是期望能太太平平地守着他和赵颖的富裕生活。

金阳找了份工作，先做着吧，免得被赵颖说吃软饭，可这天他下班回来的路上，却发现赵颖和一个男人勾肩搭背，有说有笑，金阳揉了揉眼睛，千真万确，金阳顿时受不了了，他抛弃了一切，已经一无所有，难道就是这样的结果吗？他猛地冲上前去，愤怒地瞪着赵颖。赵颖一愣，随即就冷冷地看着他。

"不是去开房间吧！"金阳的声音里火冒冒的。"是又怎样，你管得着吗，你看看你，还像不像男人，男人都养家糊口，你呢？"赵颖撇着嘴说，从当初的激情四溢，到现在她的烦躁，一切的一切都让她思考，从内心来说，她对金阳是有些失望的，他不但没带给她风光，而且更不能作为依靠，她被老男人养着的时候，就发誓有一天，一定要找帅哥补偿。而老男人离世之后，赵颖的生活确实有些混乱，可她那样混乱的时刻，倒少有人嚼舌，而真正守着一个男人的时候，却感觉到，原来感情会

让人这么痛。高中年代,当她少女情窦初开的时刻,她就懵懂地喜欢金阳,那是一种淡淡的爱,忧伤中带着期许,美丽而朦胧。

和她勾肩搭背的男人,确实是她的老相好,和金阳在一起之后,她和以往的男人断了,可金阳却似乎和那女人有着千丝万缕的联系。其实,这个男人确实不是她主动联系的,只是在路上遇见,男人有了一些亲热举动,她拉不下脸拒绝而已。可她没想到,正好给金阳给碰上了。那个男人似乎不想惹事,迅速地离开了,而金阳却瞪着眼睛望着赵颖说:"这么说,那些传言是真的了!"

"什么是真? 什么是假,你少和我来这一套! 我至少没像有些人那样,搞得网络上人人皆知! 那女人真傻啊,那么辛苦找你做什么,养小白脸吗!"

赵颖的话让金阳脸上一会青、一会白,不知道从什么时候开始,他们由当初的恩爱转换成针尖对麦芒的彼此伤害。金阳的心开始滴血,男人的自尊再次灼痛了他,如果自己的女人有了另外的男人,给他戴绿帽子,那他还有何脸面和她在一起呢!

金阳低下头,当初决心到南方大展宏图的信心已经不在,而初始的理想似乎也越来越远。男人是不同于女人的,女人或许找个好男人嫁了,那或许就一辈子无忧了,而男人呢,依靠女人的男人,不但被别人看不起,甚至有时候,自己都会痛恨自己。

两人一路吵着回到赵颖的住所,赵颖斜躺在沙发上,闭着眼睛不再理睬金阳。金阳点上一支烟,一切的一切就如一场梦一样,而如今的遭遇,是不是预示着已经到了该结束的时候。可他金阳是不甘心的,他的心情一如当初的赵颖,看着背对着他的赵颖,他心中的怒火腾腾地往上冒,他忍无可忍地扑向她,狠狠地掐住了她的脖子,赵颖挣脱出来,坐起身子,看了看金阳,而后又缓缓地躺下,幽幽地说:"你掐死我吧,这样的日子,我也过够了!"

第七章:给个帅哥给我吧,那个青年就是盛国

按下金阳和赵颖不表,再来说苏菲,她工作没有着落,无事可做的苏菲竟然一 175

心写书,写作其实也有瘾,进入状态,那自然会疯狂的,为了不让思绪受到干扰,她竟然睡在客厅的沙发上。李斌奇怪她的行为,但也没说什么,而自从金贝的"禽流感"事件之后,苏菲对李斌的态度也大有好转。

"苏菲,我们是不是应该结婚了?"李斌忽然提出这样的要求,他的手上还拿着一支玫瑰花,自从得到她之后,他就很少再有这样的举动了。苏菲拿着玫瑰花在鼻端闻了闻,笑着说:"我们这样,和结婚有什么区别吗?"确实,和张鸿的短命婚姻,让她对围城充满了恐惧。在心底来说,她确实不想再次快速地进入婚姻,如果再有个小孩,她的人生就注定要在平庸中度过了。

"我是网络里的一只虫/偶尔爬到你的硬盘/你不必讶异/更无须欢喜/转瞬间就黑屏/你我相逢在热闹的网上/你有你的,我有我的 CPU/你记得也好/最好你忘掉/在这交会时互放的光亮!"苏菲把徐志摩的诗歌修改了一下,挺得意地摇头晃脑地朗诵。

以前的那家出版社,不理睬苏菲了。苏菲夹着书稿又找到另一家出版社。那里的编辑翻了翻,说:"网络通缉,还是有看点的,关键是如何操作,这样,你把书稿放在这里,我看看再说。"

没几天,那个编辑电话要苏菲去,他指着书稿说:"不行,写得不行!"他侃侃而谈:"普通人的网络通缉有意思吗,最起码要漂亮的都市白领,对吧,这是一。其二:网络通缉方面的内容少了,这个书的看点是什么,就是网络通缉,要写透! 其三:要大爆隐私,你和男人的细节要多说!"

这个人的要求,几乎和原来出版社相反了,原来的人不断要求她降低身份,越苦越低贱越好,而现在这位,似乎想在她身上发掘艳情。"这么说吧,要有对比,你是个高级白领,你通缉的男人,曾经得到你无私的帮助,甚至,就是你一直养着他,可他却背叛了你! 这样才能引起读者的共鸣,这其中可以加一些,比如这个男人生病,没钱治疗,你去卖血之类的细节,当然,我只是举个例子,总之,情节要出人意料,细节一定要感人至深!"

苏菲对编辑的话,不是太懂,那个编辑已经不耐烦了,把书稿递给她:"你好好琢磨吧,我还有事情!"这等于是下了逐客令,苏菲悻悻地从出版社出来,暗自感

慨,自己真他妈的不是写作的料。

白琳的官司终于开庭,官司引起震动,媒体再次闻风而动,相关报道又出现在媒体的头条。

官司以网站的失败而告终,当天,网友发帖就不再像以往那样,而是出现了这样的字幕:"您的文章正在审核中,审核通过,将自动出现于相关页面!"但这样的规定,却让网友怨言四起,但不管如何,是再也见不到和白琳相关的帖子了。那个管理版面的女孩倒消息灵通,她告诉苏菲,白琳在死之前,竟然奇迹般地睁开双眼,可她说不出话来,只是流了不少眼泪。

是这样吗,她能够流泪,至少那一刻她是有思维的,那她难过什么呢,是对生命的不舍?还是对她曾经的作为忏悔呢!有时候想想,这人确实也没啥意思,整天名啊利的,搞不好,腿一蹬,什么都不存在了。

"上帝啊,掉下一个像白琳老公那样多金的帅哥吧!"那女孩忍不住这样说,她的目光里透露出悠悠的向往,一个多情又多金的男人,一个可遇而不可求的男人!

米莉和白琳,这两个女人,一个风流地追逐着物质,一个抛弃初恋情人,嫁给大款。可两人的结果似乎都不是很好,米莉被一个男人缠得快发疯了,而白琳,更是付出了如花生命。

苏菲叹息了很久,她忽然想通了,结婚吧,这是女人最后的港湾,李斌虽然不是外表出众的男人,而且还有过婚姻,但至少,他不会像金阳那样,如空气般消失得无影无踪。如此想法让她打了个电话给李斌。"我给你做了饭菜,你等着,我给你送来!"

苏菲如此热情,倒让李斌承受不住,他乐呵呵地说等她。苏菲本来做得一手的好菜,但陷入网络通缉后,就荒废了手艺,而李斌也乐意做家务,这样,倒把苏菲给惯坏了。她跑到小区外的超市购买了一只熟鸡,然后又炒了两个菜,打包好,慢悠悠地去李斌那里。她之前经常这样给金阳送饭,看着金阳吃得狼吞虎咽,她心里就有说不出的开心,觉得自己好有成就感,可她再也没想到,会是这样的一个结局。

李斌的工作场所,苏菲去过一次,但她并不清楚他究竟做什么?她对他的生

意也不感兴趣。

"你是苏菲吗,能谈谈吗?"在拐过一个小巷子的时候,有个年轻人忽然拦在了她的前面。这个年轻人好像在哪里见过,但苏菲一时想不起。于是,她就疑虑地问:"你是?"

青年笑了笑:"白琳,你应该知道吧,你那个版讨论了许多天!"

苏菲豁然开朗,这个青年原来是和白琳在一起的,那个要把白琳推到地铁上的男人,也是那天帮助她的青年。他发达的肌肉、壮实的身体,就如一张标签,让人过目不忘,对了,他曾经是个体能教练。苏菲忍不住有些惊慌,因为她不自觉地想到那次车祸,他不会就是那个肇事者吧。但另一个方面,苏菲的内心也充满了好奇,他和白琳,究竟是怎样一个结局呢? 他来找她,又有什么事情呢? 好奇心战胜了胆怯,苏菲定了定神,笑着说:"不用说,你就是盛国了!"

青年点点头,接着,他邀请她到路边的一个茶社。苏菲想也没想地就拒绝了:"有什么,就在这里谈!"盛国笑笑,说:"好吧,白琳告诉我,我们的孩子在你这里!"

"什么孩子?"苏菲一怔。盛国看了看她:"你的女儿是我和白琳的孩子,难道你不知道?"原来是这样啊,白琳果真是金贝的亲妈,可这女人也太狠心了,为了自己婚姻的安稳,临死都没吐露实情。这还是女人吗? 这样的女人,也太那个了吧! 按理说,当初她抛弃一切,跟了盛国,那应该是个性情中的女人,可她为什么会发生那么大的转变呢!

苏菲的头嗡嗡的,在她四面楚歌的时候,她曾经不止一次地要把孩子送走,而当这一切都没成功,随着时间的流逝,金贝,那已经成为她生命中最重要的组成,是她的心、她的肝、她的肺。

"你想怎么样,你有什么证据能证明孩子是你的!"这几乎是当初白琳反驳她的翻版,苏菲此刻用上,那主要是因为白琳已经不在人世,死无对证!

"你别慌,我知道你对孩子很好,能谈谈吗,我真的只是想谈谈!"盛国淡淡地说了一句。苏菲点点头,他们去了路边的一个茶社。

"没有人比我们更相爱,但也没有人比我们更痛苦!"想不到盛国竟然是这样的开场白,苏菲竖起了耳朵,在盛国的叙述中,她了解到,盛国和白琳确实爱得疯

狂,白琳抛弃职业、不认父母,为他流产过,最终还生下了他的孩子。

"可她为什么会转变呢,我到今天也不知道,其实,就是没有牢狱之灾,她同样会和我分手,因为那时候,她已经说,我们的结合是个错误,是她年少无知的冲动!可既然冲动了,那还有回头路吗!"

盛国用手理了一下头发,然后接着说:"我之所以打架,一方面是想帮助她弟弟,另一方面,也是想让情绪有个出口,那段时间,我真的是太压抑了!因为白琳闹着要去流产,我只得时时看着她,我知道这样没什么效果,但我还是想做最后的努力!唉,就是在我进去后,我都跪着求她,一切就像个梦一样!"盛国用手抹了抹眼眶里的泪水,这个男人其实很英俊的,棱角分明,而眼眶里的泪水,更增添了他身上的悲壮感。

男儿有泪不轻弹,只是未到伤心处。看来确实是这么回事,苏菲在内心感叹一声,最近她时常感叹人生,据说这是衰老的表现。或许是这样吧,可眼前的盛国,找她究竟是什么目的呢,不会仅仅是来倾诉一番吧。

第八章:我要那男人的手机号码,他就是孩子的亲生父亲吗

"我回来之后,遇见那样的情况,我崩溃地想要杀人!"盛国的眼睛血红,苏菲一怔,不由得想起那天,一辆车从白琳的背后撞过去,那点点梅花般的血迹,那真是非常恐怖的场景,会是眼前这个男人制造的吗!想着他可能是个杀人犯,苏菲禁不住有些慌乱。

"于是,我就缠着她,我不甘心啊,在我的纠缠下,她最终告诉我孩子的下落,那天,她就是准备带我来认孩子的,但想不到发生了那样的事情!"盛国像是在自言自语。

原来是这样,可他说的是真的吗?他这么说,不会是想洗脱自己的杀人罪名吧!想着眼前这个男人可能是杀人犯,苏菲的汗毛直竖,她忽然觉得世界上的男人都是恐怖的。

"能带我去见见孩子吗?"盛国的眼睛里燃烧着一团火焰。

　　"你见她有什么意义呢,你们从来就没管过她,实话告诉你,在我陷入困境的时候,那女人还推我下水,再说,孩子也不在我这里!"苏菲激动起来,这一对男女,他们乱七八糟的人生产物,却让别人去清理,她的胆气忽然壮了许多,朗朗乾坤下,男人不至于对她怎么样吧?

　　"孩子在哪里,我只是看一眼,没有别的意思!"

　　"你想过没有,冷不丁出来个父亲,她会是什么样的感觉,你想让她一辈子不得安宁吗!"苏菲的眼睛直视着盛国,盛国的头低下了。

　　"没什么事情的话,我先走了,我还要给老公送饭!"苏菲拎着装饭的罐子,在盛国面前晃了晃。

　　就在苏菲走到门口的时候,盛国叫住了她,双眼定定地看着她,然后从脖子上摘下一块玉佩,低声说:"把这个留给孩子,请理解一个父亲的心情,我这里还有1000块钱,你一定要收下!"盛国的眼睛里有泪光闪动。

　　苏菲不由得想到金阳,看来不是每个男人都无情,只是她苏菲命薄,遇见了一个中山狼而已,想想白琳那女人,竟然遭遇两个这样的男人,那她大可以死而无憾了……"结婚吧,结婚吧!"一个声音不住地在苏菲脑海里翻滚,是应该结婚了,女人不能飘荡一辈子。这几天的遭遇也显示出,荡来荡去,没啥意思。

　　这天李斌回来,苏菲抢着把他的公文包放好,又忙着端饭端菜,服侍李斌吃完饭,她伏在他的肩膀上说:"老公,我们结婚吧!"

　　李斌忍不住疑惑起来,从他占有她的那一刻起,他就提到了婚姻,可苏菲一直没有个明确的答复,此前,苏菲也从来没叫过他"老公"。此刻,她忽然提出这样的要求,真的出乎他的意料之外,难道太阳从西边出来了吗?她不会又受到什么打击吧,见李斌疑惑,苏菲就撅着嘴说:"不行吗,不行就算了,你不要我,我找其他人嫁了!"

　　"说什么呢,你不会真有这样的心思吧!"

　　苏菲忍不住晕了,世间的事情怎么是这样啊,在她通缉高潮的时候,三分之二多的人,希望她就此罢手,找个男人嫁了,安心过日子。可她真正实施这样计划的时候,李斌却满是疑虑,甚至怀疑她说反话。

"呵呵,我是开玩笑呢,我就等着这一天了!"李斌忽然笑容满面,可这反而让苏菲疑惑了,这男人的话,是发自内心吗!可说过这样的话之后,李斌就天天催苏菲领证,虽然苏菲确实有这样的意向,可因为天天在一起,有些事情倒显得不是那么紧迫,所以,她就一直拖着。"我们先举行个仪式,然后再领证,如何?"苏菲如是说,李斌也同意了。

"男人只能给你一个小憩的肩膀,绝对不可能会是你一辈子依靠的大树!"既然那般炒作都没能改变生活,那就踏实地过日子吧,苏菲再次去寻找工作,还是工作安定之后再说吧。

有家公司让她去面试,他们对她印象还不错,文文静静的,他们并没有联想到,她就是那个网络上高调的苏菲。她被录用了,那里让她一个星期后去上班。这消息让她的心情好了许多,世界上绝大多数人都这样过,平淡才是真。

"表姐,表姐。"在她跨出公司大门的时候,忽然有人叫她,竟然是她表妹。

苏菲疑惑地看着她,得知苏菲来这里上班之后,表妹笑了,原来她也在这个公司。苏菲认真看了看表妹,她们本应该走不同的轨迹,苏菲读了那么多年的书,其优异的成绩一度成为妈妈骄傲的资本,而表妹更是对她充满崇拜,可如今,她们竟然交汇了,虽然她坐办公室搞财务,表妹做体力活,可它还是让苏菲感叹,书其实读了没什么用。

苏菲点点头,可表妹却看着她欲言又止。"有什么事,说吧!"表妹低着头,犹豫地说:"表姐,你上次说的是不是真的啊!"

"我上次说什么了?"苏菲和表妹打了个招呼,准备离开,但却被表妹一把拽住了:"表姐,我想找你谈个事情!"苏菲一头雾水,表妹的脸顿时红了:"就是给我介绍朋友啊!"苏菲一愣,这才了解表妹的意图,可表妹不是怪她替自己的前夫找替身吗,看着表妹红红的脸,苏菲笑了,她感觉到表妹确实想在城市里安家,是啊,没几个城里人会想到找打工妹,也没有几个城里男人会看得起打工妹,可偏偏许多打工妹却一相情愿地希望永远留在城市里。

"你放心,现在还没适合的,一有适合的,我就给你介绍!"苏菲拍了拍表妹的肩膀。表妹盯着她看了半天,忽然说:"把手机借我一下,我打个电话!"苏菲把手

机递了过去。

"你 Out(落伍)了,怎么还用这样的手机。"表妹嘴里忽然蹦出一个洋文,把苏菲吓了一跳。表妹拿着手机并没有打电话,而是拿在手上翻看,苏菲不知道她在搞什么。

表妹弄了一番苏菲的手机,忽然问:"表姐,上次和我见面的男人叫什么名字来着!"

"张鸿?"苏菲随口答了一声。表妹没回答,却拿出自己的手机,看样子在记录号码。苏菲有些明白了,表妹可能还是想和张鸿发展。

见苏菲疑惑的样子,表妹笑笑:"我觉得那个人满好的,有房子,收入还行,现在的房价多贵啊!"

"你搞什么啊,你难道不怕老家人笑话了吗!"

"我想过了,谁不说谁啊,我管人家怎么说呢,走自己的路,让别人去说吧!"

苏菲揉了揉眼睛,这还是表妹吗? 看来她真的 out 了,可她随即也就想通了,张鸿的条件,在打工妹眼里,那是有巨大诱惑力的,谁不想有好的生活啊。前段时间,她一门心思要把表妹说给张鸿,但却遭到表妹的指责,而现在,这小妮子竟然再次萌动了春心。

表妹记下张鸿的手机号,蹦蹦跳跳地走了,而苏菲却发了好一阵子呆,这是什么事情嘛。但有一点,苏菲可以肯定,在这件事情上,她是真心的,那是一个女人对男人心底的感激! 可如果成了,前夫一下子变成自己的表妹夫了,那真有种怪怪的感觉。苏菲摇了摇头,表妹才出来不久,性格已经变化了很多,但她能预测到,表妹一定会在张鸿那里碰钉子的,因为张鸿是那种非常倔的男人。

第九章:陪我去流产,他就是孩子的父亲

苏菲决定步行回去,她想丈量一下家到这里的距离,另一方面,她也想梳理一下纷乱的思绪。不知不觉,她走到了医院附近,自从生产过后,她就没来过这家医院,可惜,她的亲生骨肉没了,如果她在,那会是一种怎么样的情况呢! 苏菲禁不

住有些恍惚,脑海里不由得浮现出金贝的影子,那可怜的孩子,亲生妈妈没了,又遭遇她这样一个话题妈妈,既然所有的人都不能为她负责,那为什么要把她搞出来呢!

到了医院门口,忽然有人叫她,苏菲回头一看,是宁宁,她一定是来做体检的吧,可怎么会是一个人呢!她和她不同,她有恩爱的老公,而那年的苏菲却孤苦伶仃,做体检都是一个人,别人有老公陪着、呵护着,而她只能自己腆着大肚子上下奔波,可那时候的她并没有怨言,那是因为她心中有着一份美好的爱恋与向往。

"苏菲,你来得正好,陪我去流产吧!"宁宁的话让苏菲吃了一惊,在她印象中,他们可是一对恩爱的小夫妻,究竟发生了什么事情啊!

"他知道吗,他同意吗,你和他商量过吗?"苏菲接连追问,可是想当初,她事事依着金阳,但还不是那样一个结局!宁宁摇摇头,说:"他今天让我吃这个,明天让我吃那个,还带我做 B 超,想知道肚子里的孩子性别,你说说看,他把我当成什么了?生孩子的机器,还是他们家传宗接代的工具?我想过了,现在真的不能生,我的事业正在要紧的时候!"

"你知道你这样,他会多伤心吗,我觉得你们还是先商量商量再说!"

劝别人的时候,苏菲是一套一套,可当初她义无反顾地生下孩子,又疯狂地网络通缉,那是谁的话都听不进去的。

"宁宁,宁宁!"宁宁的老公追着找来了。

"宁宁,什么都好商量,你可别任性!"宁宁的男友满脸焦虑,他回过头来,看了看苏菲,忽然说:"我就奇怪,宁宁为什么那么坚决呢,原来是你在背后搞鬼啊,我说这女人,自己不消停,非要把我们家宁宁也搞得像你那样吗!"

苏菲被他呛得脸色发青,忍不住想发作,可她转念一想,宁宁和男友正在气头上,她最好别火上浇油。于是,她尽量平静地说:"我刚好碰见宁宁,正在劝她呢!"

宁宁的男友向她翻翻眼白,他可能也不想节外生枝,于是,他又回过头来,和宁宁商量,这边,苏菲也劝说宁宁,宁宁有些犹豫,她看了看男友,正色说:"我真的不是和你斗气,我也不是不想生孩子,可现在竞争这么激烈,请你也理解我一点!我们就不能迟一些时候再说吗!"宁宁的男友却说,回去商量商量再说,宁宁好歹

同意了。

真是一家有一家的难，苏菲一直以为宁宁和夫君，那是你侬我侬，可想不到在生孩子的事情上，却有这么多的事端。唉，看来婚姻和恋爱确实是两码事儿，她也在婚姻里闯荡过，虽然看起来不很正规，可那也是婚姻啊，婚姻的甘苦似乎都包含在里面了……

苏菲准备把金贝接来住一段时间，毕竟她又要上班了，李斌没有反对。因为时间有限，一赶到妈妈那里，她没怎么和妈妈聊，抱着金贝就走。可她走出家门没多远，一个人就追了上来，苏菲回头一看，顿时傻眼了，竟然是金阳。

金阳一身名牌，但他的神情却很沮丧，头低着，从牙缝里蹦出一句话："我想带孩子玩几天，行吗！"苏菲就像一只要吃人的母狼，她恶狠狠地看着他，她的内心已经如一座火焰山，可嘴里出来的话却是冰冷的："你觉得你有这个资格吗？"

金阳依旧低着头，苏菲心头的疑虑就丝丝缕缕地散开了，他究竟遭遇了什么，现在回来又是做什么呢？她用手按住怦怦跳的心脏，难道他被那个女人抛弃了吗！这也是报应了，可她随即又觉得不是，那个女人那么远跑来找他，他们应该有很深的感情基础。苏菲擦了擦眼角，她忽然想哭，这是她第一个男人，也是她最刻骨的男人，网络上的风风雨雨一度让她迷失，但这个男人却像魔鬼一样，时不时地来撞击她的心扉。

"这样，你告诉我，究竟发生了什么，只要你不说假话，别说孩子了！什么都好说。你看行吗？"苏菲尽量平静地说，那时候，她就是这样对金阳，金阳在外面做了什么事情，或者有什么不开心，她总是这样对他说，那时候的她，有一股浓郁得化不开的母性，她会在心底时时刻刻地去安抚有些暴躁的金阳。

"不要说了，说什么呢，还有什么好说的呢！该说的，网上已经全部说完了！"金阳忽然暴躁起来："我回来不是求你，求你怎么样怎么样！我是看看我的孩子，这没有错吧，你对孩子的好，我一辈子记得，但你把我逼入绝境，我也永生难忘！我们谁也不欠谁，我们扯平了！难道不是吗！"

"那你还回来做什么，谁让你回来的，你不觉得无聊吗，这里好像和你没有什么事了！"苏菲忍不住也火了，可无论如何，金阳在她心中，那总有一定的位置，无

论她怎么涂抹,总残留着丝丝缕缕的痕迹!可薄情男人竟然如此说,他的话语依旧是如此的无情,在他的心目中,难道她连一根稻草都不如吗?孩子,他爱孩子吗!在最最困难的时候,他不是和另外的女人在一起风花雪月吗!如果他真的爱孩子,那上次抱走金贝,为什么又要送回来呢!真是个贱男人!

金贝在苏菲的怀里哭了,大人的争吵吓坏了她,苏菲心头的火越来越旺,她瞪着金阳说:"你可以走了,这里真没你什么事情,实话对你说,孩子不是你的,你就死了这份心吧!"苏菲心里的恨忽然转化成不耐烦,眼前这个男人,她懒得再看一眼!以前的金阳风风火火,就是不算男人,那也算是个真正的男孩,可眼前的男人,那和癞皮狗,又有何区别?

金阳一怔,他仔细地看了看苏菲,然后恶狠狠地说:"是不是张鸿的,我就说,那男人那么热心,甚至在你生孩子的时候,他就在身边,而且,你们还闪婚!"金阳恶狠狠地看着苏菲,随即,他就大笑起来:"哈哈哈,你的表情已经说明了,你内心是多么的无助,你恶言恶语对我,那就证明你还是恨我的,可我也是没有办法,我们的感情真的到了尽头,感情是会变幻的,难道不是吗!我是有些对不起你,可这也是环境造成的,你在网络上也报仇雪恨了,我们之间应该相互不欠了,但你为什么还说孩子不是我的呢,谁人能证明!还好,你还没说,你和美国总统结婚了!"金阳有些得意地看着她,苏菲恨不得上前抽他耳光,他已经伤害她很深,继续这样刺激她,究竟是为什么呢?

"我能证明,那孩子确实不是你的,因为我就是孩子的爸爸!"随着这个声音,盛国竟然出现在他们面前。

第十章:情人间刺刀见红,他被警察带走了

盛国从苏菲的怀里抱过孩子,然后紧紧贴住孩子的脸,对金阳说:"你看清楚了,这孩子的眉眼,和我像不像!"苏菲则从盛国的后面抱住他,然后她的脸贴在金贝脸的另一边,她对金阳说:"你就别自我陶醉了,这孩子是我和他生的,你不想想,你在外面那么久,谁有那个耐心啊,你以为你是刘德华还是金城武,你以为我185

会守着你一个人，哈哈，你继续做千秋大梦吧！哈哈！"

　　盛国有些疑惑，刚想开口解释，但苏菲从后面拉了他一下，然后又在他脸上亲了一下。而金阳却好像起疑了，他认真地观察了盛国和金贝，越看，他就越觉得他们真的很像，他的眼睛里渐渐地闪现出绝望的光芒，男人最忌讳什么，不用说，就是被戴了绿帽子，他虽然被她通缉得很烦，可他从来没有此刻这般愤怒与绝望。眼前这个女人，在网络上口口声声说爱他，难道就是这样一个爱法吗？这女人让他背负着那么大的罪名，那他不是世界上最大的冤大头吗！

　　金阳逼视着盛国，从牙缝里蹦出几个字："她说的是不是真的！"盛国把孩子交到苏菲的手里，边点头边说："是啊，难道有什么不对吗！"金阳又回过头来瞪着苏菲："你说的是不是真的，他是不是做了那样的事！"苏菲忍不住大笑起来："是啊，你想怎么样，你又能怎么样，懦夫、变态，别告诉我，你绝望得想杀人，是吧！我就在这里，你来杀啊！"

　　她的话刚说完，金阳的拳头就已经砸在盛国的脸上，还好，他没打女人，盛国的脸上顿时火辣辣的，他一怔之后，随即开始反击。金阳毕竟是个书生，而盛国在监狱里一直做体力活，而且还是个体能教练，所以，金阳很快被打倒在地，盛国在他身上踢了几脚："垃圾，少和我来这套，你这样的人，就不应该活在世界上，想报仇，可以，你随时来找我！"

　　盛国拉着苏菲，不再顾金阳，他们边走边聊，苏菲这才知道，盛国实在放心不下孩子，他就找来了，没曾想正好遇见这样的事情。

　　"你是不是非常恨他啊，我刚出来的时候，也是这样，好像全世界的人都辜负我一样，可看她小心翼翼维持婚姻的样子，我实在不忍心让她再起什么风波，毕竟当初她抛弃一切，跟了我，是我没给她一个好的前程！"盛国看着苏菲，他继续说："怪她也怪不完，当初如果不冲动地打架，或许也不会那样，后来，我想通了，只要她过得好，过得开心就行！这其实有些自怨自艾，可每次这样想，我的心里就会软软的，恋爱时候的甜蜜，就会慢慢地浮上心头，而那些恨就慢慢溶解！"

　　苏菲对他看了看，这可能就是一个真男人的爱，爱到骨髓里了，白琳虽然命薄，但她确实可以算得上是个幸福的女人了，竟然遇见两个这样重情义的男人。

"其实也没什么，他不应该这样的，我不是说他，既然辜负了人家，那还有什么好叫嚣的呢，我不知道你究竟怎么想的，那么大的网络通缉，其实也没什么意思，如果爱不在了，再怎么嚎叫，那也无济于事！"

苏菲点点头，两人边走边聊，盛国还是那意思，他不会带走孩子，说着说着，他忽然对苏菲跪下了："你的恩情，我永生难忘，以后有什么用得着我的地方，我会万死不辞！"他的话，不由得让苏菲想到那年的医院，白琳也是这么说的，看来他们性格上真的有不少共同点，可惜的是，他们终究成为了路人，而且还阴阳两隔。

"白琳的老公把网站告了，我就是看他对她好，所以，我就准备悄悄地撤退，我也说不清楚我的心情，有时候，我会偷偷地躲在一个地方，偷偷地观察他们，那会儿，我真觉得自己是个多余的人，其实，我也挺自卑的，自己究竟可以拿什么和她老公比呢！"盛国滔滔不绝，苏菲不住地点头，他的心，可能现在也没着落吧。但她的心，何尝又有着落呢！她不止一次地想象着和金阳重逢的情形，她想她会哀怨地看他一眼，轻柔地对他说一声，没有她的日子，他要好好保重自己！然后选择悄然地离开，她要让他记住她一辈子的温柔，让他一辈子内疚不安！难道不是吗？前世五百年回眸，才换来今生的擦肩而过，他们在一起那么长时间，这又是怎样的情呢？可再次见面，并不是这样，那就抱着他同归于尽，如梁祝化蝶，可两只没有心的蝴蝶，能舞出绝美的舞蹈吗！

苏菲忍不住叹息一声，金阳被盛国打倒在地，用脚踢，可他的惨相并没有让她感觉到特别的愉快，相反，却让她心乱如麻，这个男人，难道就是她苦苦网络通缉的男人吗！如果她的人生是场戏剧的话，那这样的重逢真的非常失败，甚至是整场剧里最大的败笔！既不凄美，更不激烈，如一杯平平淡淡的苦丁茶。

就在苏菲胡思乱想的时候，几个男人忽然挡在了他们面前，其中一个男人对盛国出示了证件，然后说："请你跟我们走一趟！"苏菲一怔，抬头看看盛国，盛国也是一副迷惑的样子，难道是金阳挨打后，报了警吗！可事情是由金阳惹起的啊。苏菲立即挡在盛国面前："不能怪他，是他先动手的！"

警察迷惑地看着苏菲，苏菲就详细地说了刚才的遭遇。警察笑笑："我们找他不是这个事情！"说着，他回过头来对盛国说："请跟我们走一趟吧！"说着，两个男人挟住了盛国。

望着他们离去的背影,苏菲抓了抓头,不是这个事情,那还有什么? 她猛然一惊,对了,不会真是盛国撞死了白琳吧,仔细想一下,也只有他有这样的动机了。这样的想法,不禁让苏菲浑身发冷,刚才自己竟然和一个杀人犯在一起,这人怎么能杀人呢! 恐怖,难道这就是感情的最终结局吗? 爱得越深,恨也就越深,看来一同毁灭,那不是苏菲一人的心理! 不知白琳老公怎么想的,他竟然娶了这样的女人,还一直把她当成手心里的宝,甚至为她告了网站。

"妈妈,妈妈!"金贝牵着她的衣服叫她。孩子的叫声把她从混乱的思维里拉了出来,她忽然感觉到浑身无力,他打了个电话给李斌,请他到车站来接他们母女,而李斌却让她自己打车回去,他老家来了亲戚。可这时候,金贝又不想跟她走了,闹着要外婆,她只得把孩子送回母亲那里⋯⋯

第十一章:网络惊现"情感日志",男人都想要孩子吗

这么来来回回,再一路颠簸,苏菲回到家,已经晚上8点。打开门,苏菲发现李斌正聚精会神地趴在电脑前,苏菲摇摇头,他可能实在难以忘怀网上他的事情吧。苏菲默默地站到了李斌的背后,果真,他正在看一个帖子。那是一个博文,点击率特高,标题是"我的情感路",好像还是连载,因为李斌正看到第四节。

"看什么呢?"苏菲捅了一下李斌,李斌这才回过神来,他看了看苏菲说:"这个博客现在非常火,浏览的人非常多,就是一个丈夫发现妻子有情人之后的内心感受,男人多可怜啊!"

是吗? 李斌这样的男人也被感动了,那究竟是什么样的文章呢?

"不是我说你,你就是写书,那也要这样写,要有真情实感,你看这个文,感动了多少人啊!"李斌又接着说,苏菲越来越疑惑,她挤开李斌,翻看起来,这一看,还真的看入迷了。

这个博主是个事业有成的男人,他娶了个娇妻,本来他感觉到生活非常甜蜜,但他偶然发现妻子竟然有个老情人,从此,他的内心就不再安宁,他难过绝望,甚

至产生了杀人的冲动。他开始监视妻子的一举一动,而当他发现妻子和老情人还有来往的时刻,他的心碎了。他这样写道:"我是一个男人,有哪个男人能容忍这样的事情,可我实在不想破坏表面的平静,更不想家庭破裂,犹豫再三,我决定和妻子好好谈一谈!妻子终于回来了,她看上去兴高采烈,对我又抱又亲,我推开了她,她就问我,怎么啦?我感觉到她的表情闪过一丝慌乱,但她随即就镇定下来了,我本来是想质问她的,但话到嘴边,却变成了'你回来了,我等你好久,吃饭吧'。那些质问,我终究没有勇气说出口,还是走一步看一步吧,或许她会和那男人断了呢!"写到这里,博文戛然而止,按前面的惯例,可能要到明天才继续了。这个博客确实引起巨大的反响,许多留言讨论,苏菲看了也心有戚戚。

这个男人的语言平实,可却是真情实感,不是亲身经历,他不可能写得那么透。苏菲回过头来看着李斌,然后开玩笑地说:"不会是你写的吧!"

"怎么可能呢,我有他那么可怜吗?如果女人这样对我,我早就不理睬她了,还搞这些!"

苏菲再次看了看李斌,觉得应该不是他,因为她从来就没见李斌写过文章。哎,一个可怜的男人,在网络上自我排解着情绪,他本来或许只是想自我发泄一下,不想却引得这么多人观看,这和她当年网络通缉,有着很多的相似之处,苏菲收藏了那个博客。同时,这个博文的故事激起了苏菲写书的决心,她觉得她也可以利用工作之余写,不管出版不出版,那是一种心情,一段往事的回忆,即使出版不行,那也可以就这样在网络上连载。

接下来的日子,苏菲真的边工作边写书,这一写,她还真进入了状态,在她的笔下,她成了娇柔、等爱的女人,事实上,从开始到现在,她从来就没放弃过对真爱的寻找,只是上帝一直被蒙住了眼睛,让她一而再再而三地徘徊在爱的边缘。

在家连续待了两个星期,实在好闷,到了休息天,苏菲就出门闲逛,准备放松一下精神。在一家商场,她遇见了宁宁。宁宁手上拿的东西,竟然是婴儿的衣服。苏菲微笑地对宁宁说:"恭喜你啊,宁宁,你一直是我学习的榜样,你终于有自己的孩子了!"

苏菲说得语无伦次,也难怪她,宁宁是她的好友,给她无私的帮助。可宁宁却

显得很平静,脸上甚至露出一丝无奈的表情。她看了看苏菲,说:"现在竞争这么激烈,女人怀孕生孩子,这一耽误,会被落下多少啊!"他们边走边聊,宁宁继续发着感慨:"我的工作刚刚有了一点起色,唉,生完孩子,不说进步了,可能连现在的位置都保不住,可不生吧,我们家那位又不高兴,这男人,不知道怎么想的,他们考虑过我们女人的感受吗!你也看见了,那天他那么执著,反正总要生,生就生吧,生完了,也就不再会有絮叨了!"

宁宁一口气说完,苏菲定定地看着她,感觉宁宁很无奈,也很不甘心,可男人要孩子,那也天经地义啊。

"不错了,宁宁,他那样宝贝你,你看看我,生了孩子都没人要!"苏菲拍了宁宁的肩膀一下:"他还是不错的,你看他那天着急的样子,如果不爱,会有那样的表情吗!孩子是爱的结晶,有了孩子,你们会更加恩爱的!"

"别说了,像教科书一样,你说说看,我们都忙,孩子生下来,不是他父母带,就是我父母带,那有什么意思!"宁宁继续发着牢骚,苏菲倒不知道该怎么说了,当年她是积极主动为金阳生孩子,可孩子没了,金阳也失踪了,她的命为什么就这么苦?

"好了,别光问我了,你呢,什么时候结婚,我说还是结了吧,你这样闹腾,那男人都忍了,证明他还是不错的,最少能说得过去!"

能说得过去吗,苏菲感觉到好像不是,她和李斌的状况,虽然和结婚没有两样,可她的内心总有一股说不出的滋味。在她的少女时代,她曾经梦想着爱情的轰轰烈烈,而遇见金阳,她忽然准备一辈子和他平淡地相守,可这一切的梦都破灭之后,她彻底失去了方向,只是一个人躺在床上的时候,她偶尔会想起那个年代做过的梦。这阵子,她确实想过快点和李斌结婚,李斌更是非常希望她能帮他生个孩子。男人都很喜欢孩子吗?可他们是真心喜欢,还是为了延续后代的需要呢,不然,为什么所有带孩子的事情,都由女人去做呢!

"宁宁,别发牢骚了,生吧,有了孩子的女人才是完整的女人!我这几天正想着结婚的事情,他也希望我给他生个孩子!"

"还生啊,真有你的,这么能生,干脆替我生算了!我也省事了!"宁宁哈哈大

笑,而苏菲却拉着宁宁回头,给她未出世的孩子买了好几套衣服,她确实无以表达内心,因为宁宁真的无私地帮助过她,在她最迷茫无助的时候,陪伴她最多时光的人就是宁宁。而就在这时,苏菲的眼前闪过一个熟悉的身影,竟然是米莉,而她的旁边,竟然是那个和她厮混的男人。她不是急于摆脱他吗,怎么还在一起,还到婴儿品专柜来,难道米莉是准备和这个男人结合吗?

第十二章:走进一个男人的心里,请你别再折腾了

"苏菲,苏菲!"米莉也看见了苏菲,她亲热地跑了过来,她向宁宁点点头,她们有些面熟,但没交往过。宁宁站一会,先离开了,而米莉却拽住苏菲,不让她走,她对那男人说:"你先回去吧,我们姐妹聊聊天!"那个男人顺从地离开了,这有点出乎苏菲的意料之外,不过这男人在身边,她会觉得怪怪的。

"我们去那里坐坐!"米莉把苏菲拽到商场的休息室。一坐稳,苏菲就忍不住问:"你这是干什么啊,怎么还跟那男人在一起,你是真的不要命了吗!"米莉赶紧捂住她的嘴,让她小声点,接着她叹了一口气说:"我也是没办法啊,他追着我、缠着我!先这么混着呗!"

"不仅仅是这些吧!"苏菲的眼里出现一丝嘲讽,处在风月里的男女,总会给自己寻找这样那样的理由。"呵呵,呵呵,当然,我也离不开他!"米莉尴尬地笑着,而苏菲却狠狠地看了她一眼,这个女人,不只一次地给她上课,说是给她洗脑,可她自己的脑袋里,有时候却全是糨糊,她如此行径,如果让老男人知道,那还会有好结果吗!

"拜托,别这样看我,好不好!我也想通了,我会带着他的种和老男人结婚,这样,他不会和我闹了,生出来的孩子也漂亮!"

苏菲不知道说什么了,米莉这是饮鸩止渴,可米莉的情人呢,他那天不是那么激动吗!他那天的举动不是表示,除了爱,他不会考虑其他吗!可他为什么又在这样的诱惑面前低头了呢!难道她们真的达成了什么龌龊的协议,看来他终究是个假男人,和盛国及白琳的老公相比,那自然是不可同日而语的。

米莉似乎也感觉到这一点,她不无担忧地问苏菲:"说实话,我现在也不知道这孩子究竟是谁的,本来我确实是想和这男人玩玩,可玩了就不能脱手,于是,我只能这样哄他了,按我的推断,这孩子是老男人的几率大些,上帝保佑,孩子是老男人的吧!"

一个物质女人、一个矛盾女人,这就是米莉,只是不知道,她究竟会有什么样的结果。米莉话锋一转:"最近没在网上搞什么新鲜玩意吧!听说有人把网站告了!"

"是啊,现在你可以放心了,不太可能随便出现个人隐私的东西了!"

网络上确实少了一些隐私,但自爆隐私,那总是可以的吧。苏菲除了写书之外,每天还会去那男人的博客转转。那男人天天写一段,接着那往下看,男人准备和女人交谈,可他不知道怎么说,如果直接摊牌的话,那所有掩盖的面纱就没有了,一切变得赤裸裸的。男人写道:"如果那样的话,我不知道会是什么样的一个局面,可我真的很爱她,我不想那么轻易地让家庭散了!可不和她摊牌,我心里就十分闷,于是,我就每天记日记!其实,她也是很爱我的,她处处伪装,她也想保卫家庭,如果把那层窗户纸戳破了,一切也就结束了!"

这是一个让人同情的男人,他事业有成,不存在没有女人爱,可人的感情是诡异的,多数时候是没有理由的,如果那女人只是一棵白菜,普通平凡,但男人爱定她之后,那白菜就比猪肉吃得香了。苏菲忍不住叹息,男人有时候也是难以理喻的,比如李斌,竟然能忍受前妻情人的存在,虽然那是网上说的,虽然没得到验证,可无风不起浪,再说李斌看得那么起劲,难道他是心有戚戚吗?不知道这个男人最后会怎么做,可他的文章却比连载小说还要精彩,许多人在这里驻足,甚至让苏菲也产生了写网络小说的冲动……

"你觉得这件婚纱怎样?"李斌挽着苏菲的胳膊,他们在逛婚纱店。他们决定先举行仪式,再领结婚证。从17岁起,苏菲就开始憧憬身披婚纱走进婚姻殿堂的情形,而经历了两个男人,不说婚纱了,就连个喜酒宴也没有。苏菲的脸上洋溢着笑容,她忽然想起,当初她曾经和金阳一道拍摄过婚纱照,但那是虚拟的自我安慰,而她的好日子就要来临了,她能不兴奋吗?

苏菲精心试穿着婚纱,不断地对镜子照着,镜子里的她依旧漂亮,她摸了摸头发,瞪了瞪眼睛,她的眼睛依旧如秋水般有风情。苏菲挑了一件婚纱:"就它吧。"李斌赶紧预定。而苏菲却看着婚纱发呆,她准备让金贝做自己的伴童,就要她一个人就够了,她是她的宝贝,她一定会给她带来无限幸福的。李斌带着兴高采烈的苏菲到珠宝店,又给她购买了一枚钻戒,但苏菲没接到手心里,她笑着说:"还是那天你给我亲自戴上吧!"就在这时候,苏菲的手机响了,是妈妈打来的。"菲啊,你来一下,我有事情找你!"

"妈妈,什么事,你说嘛!"苏菲急忙问,但妈妈没有回答,就是催她回去。究竟发生了什么,让妈妈如此着急,难道是金贝又生病了吗!苏菲不安起来,李斌知道了情况之后,就劝说她赶紧回去。

苏菲马不停蹄地赶到妈妈那里,妈妈一见她,就急呼呼地问:"金阳来过了,他说孩子不是他的,他骂我养了个什么女儿,他还要去告诉小李,这究竟是怎么回事啊?"苏菲的脸顿时煞白,她应该能想到这些,但她又有些想不到,毕竟金阳是要脸面的男人,孩子不是他的,他怎么好意思跟人家说呢。

"你让他去说,有什么啊?"苏菲满不在乎,可妈妈却急了:"这怎么行啊,现在小李都不喜欢金贝,如果再出这档子事情,那还不知道会有什么样的结果呢!你们就要结婚,不要节外生枝了吧!"不等苏菲开口,妈妈又说:"你赶紧把孩子给孩子的亲爸送去,这样就什么事情都没有了,算我求你了,闺女,你不要再折腾了,我还想多活几年呢!"

望着妈妈一头白发,苏菲的内心也不好受,妈妈辛苦了一辈子,把所有的希望都寄托在她身上,可她总让妈妈烦心。从妈妈的语气里,苏菲知道,妈妈一定以为她和其他男人做了那样的事情。她其实一直是不想让妈妈知道事情的真相的,但如今却包不住了。"你快拿个主意啊,我的心脏不好!那男人是谁?你不送我送!"妈妈一脸焦虑,可千言万语在心头,苏菲倒一下子不知道该如何说了。

第十三章:把孩子送人吧,你拨打的电话已停机

在妈妈的目光注视下,苏菲无奈地说了事情的经过,妈妈只怪她糊涂。

"如果没有这孩子,你怎么会受那么多的罪!"妈妈唠叨着。她随即又说:"菲啊,还是把孩子送人吧,你别说,我还真舍不得!可你想想,如果金阳跑去和李斌说,那不但你们没好日子过,金贝也跟着受苦受罪!"

妈妈说得似乎有些道理,可如果真的把金贝送人,她又如何舍得啊。

"不行,绝对不行!"苏菲坚定地看着妈妈,就在这时候,李斌的电话到了,他说,金阳打电话约他,不知道什么事情。

"闺女,你必须做选择了,不能再糊里糊涂,女人如果过了30岁,那就不行了,再说,孩子还是亲生的好,喜欢孩子,可以和小李生一个!"妈妈的表情严肃。想着刚刚租的婚纱、刚刚买的钻戒,苏菲忍不住犹豫起来,难道金贝真的会成为她幸福的绊脚石吗!

"早就有人来抱过孩子,他们是一对中年夫妻,很喜欢金贝呢!菲啊,还是放弃吧,干嘛养着别人的孩子活受罪呢!再说,金贝这样跟着你们,小李不喜欢的话,金贝就更受罪!"

妈妈的一番言语,让苏菲开始动摇,想起李斌对孩子的态度,她真的难以确定,金贝以后会有幸福的日子。但她又怎么忍心丢下金贝呢,妈妈急了:"如果你不听我的,我们就断绝母女关系!我就当没生你这个女儿!"妈妈看了看苏菲,继续说:"你以为我舍得啊。还不是没有办法!"

"妈妈。你看这样好不好,把孩子给她亲爸,可她亲爸被警察带走了,可能杀了人!等有她亲爸的消息再说。"苏菲说不下去。她已经难过得不行,甚至连看金贝一眼的勇气都没有了。

"妈妈,我走了!"说着,苏菲掩面而出,她觉得不能再待在这里了,再待下去,她会彻底崩溃的……

回去以后,苏菲一天都没精神,晚上又开始睡不着觉。第二天晚上,李斌看着她说:"你心里好像有什么事情,那个男人找我谈过了!"

"是吗,他一定说孩子不是他的,他没说错,是这样的,你想怎么样!"苏菲恶狠狠地看着李斌。李斌的眉头打了个结,他摸了摸鼻子,口气也很不好:"为什么会那么乱呢,我是坚决不会要那孩子的!"

苏菲的目光从李斌的脸上移到窗外,她冷冷地说:"这是你的决定吗?"李斌半天没有说话,苏菲终于爆发了:"你现在称心如意了,金贝就要送人了!"苏菲的话让李斌吃了一惊,他追问了一句:"你说什么?"也难怪他这么吃惊,因为在他的印象中,苏菲是那么地宝贝金贝。可他一想到苏菲那么乱,他的心头也忍不住有气,于是,他就随口说了一句:"这样好,大家清净!"

苏菲的目光再次移到他的脸上。那次,李斌在医院的表现,让她感觉到他善良温情的一面,她觉得假以时日,他一定会接纳金贝的,可没想到,他的内心依旧那么顽固。苏菲再次冷冷地说:"是清净了,我看我们也别举行什么婚礼了,一拍两散算了!"

不知道妈妈把金贝送走了吗?她的心焦虑起来,决定立即打电话,让妈妈把金贝留住。

"你一张嘴总是说别人,你有没有想过自己,请问,有哪个男人能接受这样的乱七八糟呢!"李斌也是火冒冒的。

苏菲认真看了看他,忽然觉得就是和这个男人分手,那也要把事情说清楚,让他知道,她苏菲绝对不是人们想象中的那种人。苏菲努力让自己平静,然后一五一十地说了事情的经过。李斌惊讶得张大了嘴,他有些不相信自己的耳朵,这简直是一个天方夜谭。

"你说的是不是真的?"李斌狐疑地看着苏菲,苏菲依旧冷漠:"随你相信不相信,反正能证明的人已经被警察带走了!没别的事情,那就别说了,以后,你我就不会有瓜葛了!"

"你为什么不早说呢,早说就不会发生那样的事情,我是对那些乱七八糟的事情反感,我并不是反对抚养个小孩!"李斌的样子很真诚。

"我敢说吗,你对孩子那态度,你恨不得吃掉孩子!"苏菲忍不住咆哮起来。

"什么也别说了,赶快给妈妈打电话,让她把孩子留住!"李斌急忙说,苏菲没动弹,她觉得他一定是惺惺作态,可李斌却急匆匆地去打电话了,苏菲狐疑地看着他。妈妈的电话就是打不通,妈妈的电话怎么了,真是急死人。"我们立即去你妈妈那里,路上再给她打电话!"李斌搂着她说,到了这一步,苏菲真的有些感动了,

她感激地对李斌点点头，她可能真的错看他了，他还是一个好男人，他只是不能接受她所谓的那些"乱七八糟"而已。

李斌带着苏菲，打了一辆车，直奔苏菲妈妈那里，沿途他们不断地拨打电话，但一直是"嘟嘟"的忙音，妈妈的电话可能没挂好！为什么这个时候不挂好电话呢！因为心情急，就感觉到车子特别慢，苏菲不住地催驾驶员快点儿。好不容易到了妈妈家，苏菲着急地"砰砰"敲门，妈妈开门看见一脸憔悴的苏菲及跟在她后面的李斌，脸色顿时就变了。她把她们让进屋子，劈头就对李斌说："情况不是你想象的那样，更不是那男人说的那样，不是我说，我闺女是有爱心的，就因为有爱心，她才吃了这么多的苦！"

妈妈的话让李斌和苏菲面面相觑，不等李斌说话，妈妈又接着说："你也别烦了，孩子已经让我给送走了！"

妈妈的话刚说完，苏菲就晕了过去，这也难怪，这几天她没睡好，又赶了这么远的路，又累又急，一旦遭遇到赤裸裸的现实，她自然是无法接受。

李斌急忙掐人中，妈妈在旁边急得直转悠，忙活了一阵子，苏菲悠悠醒来，她看着妈妈说："你赶紧把金贝追回来！"妈妈慌得连拿电话的手都在颤抖，她找出联系电话，但拨打了两次，都错了。李斌拿过联系电话，仔细地拨打，没一会儿，从话筒里传来一个声音："您拨打的电话已停机！"

第十四章：结婚后再找孩子吧，婚礼上的神秘男人

妈妈只有这样一个联系电话，看来抱走金贝的人，是有准备的。妈妈一个劲地说，都怪她，可怪她能有什么用呢？说什么也迟了，再说妈妈也是确实为她好。苏菲看了看妈妈，说："妈妈，你别自责了，不怪你！"不怪妈妈，那还能怪谁呢，苏菲的目光转向李斌，眼睛里充满了莫名的怒意，李斌赶忙说："这不能怪我，是吧，我可没让你们这样，对吧！"

"不是你经常发神经，妈妈会这样吗！"苏菲忍不住又发作了。妈妈赶紧打圆场："菲啊，千错万错，是妈妈的错，小李又没说什么，他还亲自赶来，已经很不错

了！你就别难为他了，有什么火，就冲妈妈发吧！"

"你回去吧，我们的路完了！"苏菲冷冷地看着李斌，她不好对妈妈发作，李斌就成了她情绪的出口。"菲啊，你说什么话，这能怪小李吗，金贝的亲生父母都不管她，凭什么你要管，如果你和小李分手，那妈妈就一头撞死！"说着，她就准备往墙上撞。苏菲和李斌赶紧拦住，苏菲嚎啕地说："我听你的，妈，我听你的，还不行吗！"

此刻，她的眼前闪动的全是妈妈的白发、妈妈老泪纵横的脸，苏菲再也不忍心让妈妈替自己担忧了，她觉得自己已经非常不孝顺了。在妈妈的一再要求下，她跟着李斌回到了城市。

回到家之后，苏菲几天没有力气，脑袋里总是浮现金贝可爱的样子，但说什么都迟了，她心里疯狂地想发泄，仿佛全世界的人都是她的敌人。

"李斌，我想在网上发个帖子，宣告我们结婚，从而气死那些别有用心的，再说，或许有人会祝福我们呢！"苏菲对李斌说，此刻的她就像只无头苍蝇，或许婚姻能填补她内心的空虚。见李斌同意，苏菲就闷着头写起来："我苏菲，曾经那么轰轰烈烈地网络通缉，可最终什么目的也没达到！感谢所有支持我的人，感谢所有希望我能安静的人，我现在真的要安静了，因为我就要结婚了！我老公虽然和我一样普通寻常，可他爱我，我爱他，这就够了！如果您能给我祝福，那我们深深感谢，如果你继续诅咒，那就诅咒我一个人吧！"写完之后，苏菲立即上传到网上，这个帖子的下面，还写着他们的婚期。

反响不是很大，主要是几个版主跟帖祝福。乘着性子，苏菲又上传了结婚照，一张又一张，苏菲一口气竟然上传了二十几张。这也难怪她，虽然经历过两个男人，可她从来就没感觉到结婚的气氛。上传完照片，苏菲又拿出钻戒，用数码相机拍摄了，一股脑上传到网上。此刻，她就是一个温柔的小女人，她双颊绯红，喘着粗气。李斌就在她身边，乐呵呵地看着她。

苏菲刷新了页面，跟帖的人不多，几乎都是祝福她的，她的内心禁不住有些温暖。大风大浪的日子已经过去，而后就守着那份宁静吧。刻在她内心的一个角落，依旧是金贝的身影，午夜梦回时分，她会落泪，当然也会祝福她的金贝。

　　忙忙碌碌地准备婚礼，苏菲开始淡忘金贝离开带给她的伤痛。她看中了一套家具，李斌没打折扣地买下了。而后，她又领着李斌去商场，为他选了一件得体的西装。接下来，苏菲开始拟定参加婚礼的名单，这一坐下，拿起笔，这才发现自己竟然没几个好友，宁宁、米莉、表妹，再加上网上几个版主，连一桌人都不够。她忽然想到张鸿，是不是要请他来呢？他给她不少的帮助，是她真正的朋友，可如果他来，李斌又会怎么想呢？李斌会生气吗？就是李斌不说什么，那张鸿能来吗？于是，她把张鸿的名字写上又勾掉了。

　　好日子到了，苏菲穿着婚纱和李斌站在酒店门口迎接客人。十月中旬的天气，晚上有些凉，可内心的温暖让苏菲并没感觉到冷。李斌请来个摄像，全程录制婚礼现场，面对摄像机，苏菲笑语盈盈。客人陆续进场之后，李斌和苏菲站在一个小舞台上发表恋爱感言，苏菲忽然有种眩晕感，17 岁那年，她就幻想披上婚纱，做个新娘子，但这样的梦想却一再被击碎，她的前两个男人，不是带给她伤痛，就是带给她苦涩。

　　"亲一下，亲一下！"现场爆发出一阵起哄声，苏菲羞涩地低下了头，她的目光向旁边瞄去，妈妈正坐在一个角落里，她面色平静，但眉梢间洋溢着喜气，苏菲叹息了声，妈妈总算可以放心了，她真是个不成器的女儿，让妈妈担了多少心啊！

　　"吃好、喝好！喝好、吃好！"苏菲说着，迎接她的是一阵哄堂大笑，今天是她的好日子，她是真正意义上的主角，今晚也是她最璀璨的时刻，如昙花，已经艳丽到极致。这是她迄今为止的第一次，也希望是最后一次。

　　司仪请苏菲妈妈发言，她颤颤巍巍地走上台，话说得结结巴巴，不知道什么意思。最后，她抓住苏菲的手，放在李斌的手上，说："我把菲儿交给你，你好好待她，她有什么不对的地方，你别和她计较，告诉我，我来整她！"妈妈的话很低，台下人根本听不见，苏菲斜着眼睛看着李斌，李斌顿时有些不自在，低声地说："妈妈，怎么会呢，我宝贝苏菲还来不及呢！"

　　就在说话的当口，门外忽然吵吵闹闹进来几个人，李斌赶忙迎了上去，那几人送了一束玫瑰及一些礼品，李斌赶忙安排她们坐下，但他们却拿出相机忙活开了，原来是网站派来的，说是要见证"通缉女郎"的婚礼。苏菲摇摇头，并没有阻止他

们，因为这样的时刻也不多了。接下来的节目，是男女双方讲述恋爱经过，就在苏菲讲述的时候，一个小男孩跑上来，他递给苏菲一封信，说是一个叔叔让他送的，苏菲问小男孩："那个叔叔呢？"小男孩回过头去看了半天，没有找到。

苏菲好奇地打开信封，上面就只有几句话："我祝你出门就给车子撞死，生孩子没屁眼，结婚第二天就离婚……"究竟是谁啊？这么无聊。李斌看苏菲发愣，就抢过信封，他更是气得脸色发青，如果不是婚礼现场，他真想破口大骂了。两人目光对视了一下，李斌把信装进口袋，他的脸上又露出了笑容，苏菲也配合地依偎在他身边，无论如何，他们不想让婚礼出现不和谐的气氛。

"祝贺你们，祝贺你们一辈子恩爱，永远幸福！"一个青年手持鲜花，从门外走进，直接奔上舞台。苏菲顿时一阵慌乱，因为这个人竟然是盛国，他不是给警察带走了吗？如果他没事，苏菲又如何向他交代呢！

第十五章：天涯海角的寻找，新婚里的危机

李斌感觉到苏菲脸色发白，急忙问她怎么啦？苏菲没顾上理睬他，而是把盛国安排在一个座位上坐下，婚礼继续进行。见盛国安静地喝酒，苏菲这才悄悄地对李斌说："他就是孩子的亲爸，我们把孩子送走了，这可怎么办啊！"李斌捏了捏她的手，低低地说："他现在还不知道，就是知道，那也不能怪你，要怪就怪那死去的女人！"

李斌的话虽然说得没错，可苏菲的内心一直很忐忑，好在酒宴还没结束，盛国就提出告辞，他对苏菲说："我去外地做体能教练，我会努力多挣钱！"后面的话他没说，苏菲猜想，他可能是想挣到一定的钱之后，把金贝接回去吧，他不是被当做杀人嫌疑犯，被警察带走了吗，究竟怎么回事儿啊，难道他是越狱出来的。苏菲努力镇定自己的情绪，因为盛国毕竟答应过她，他不会要回自己的孩子。

婚礼结束后，一进洞房，苏菲就对李斌说："我明天就去找金贝，我不是心地特善良的女人，但如果这个事情不解决，那总是个隐患！我们的日子也别想过得太平！"李斌同意她的观点，但他让她晚几天。"不行，那样的话，我会度日如年！再

说，正好利用七天的婚假！"苏菲坚定地说。

　　第二天一早，不顾李斌和妈妈的阻挡，苏菲登上了去 W 城的汽车。去 W 城有 120 公里的路程，W 是个地级市，城市虽然不大，人口虽然不是很多，但在数万人之中，寻找一个孩子，那无异于盲人摸象了。妈妈记得，那个抱养的人说过，他家就在河边。W 城就有一条河，到了 W 城后，苏菲顾不上劳累，租了一辆摩的，沿着河的一边走了一圈，但没有任何发现。找个旅社住下之后，苏菲觉得这样不行，于是，第二天，她决定沿着河一路寻访，走到下午 5 点钟，那是又累又渴，李斌和妈妈都打电话让她回去，苏菲也觉得这样不是个办法，可就在这时候，她忽然发现一对夫妇带着一个小孩上了出租车，那小孩非常像金贝，苏菲的精神立即起来了，她伸手拦了一辆的士，让驾驶员紧跟前面的车。

　　前面的车转悠了半个小时，停下了，苏菲的心立即提到了嗓子眼，她疯狂地冲了过去，边跑边叫："金贝、贝贝！"那对中年夫妇回过头来奇怪地看着苏菲，苏菲依旧疯狂地说："你们不能带走贝贝，我从来就没同意过！"可冲到眼前，苏菲顿时傻了，那孩子根本就不是金贝。那对中年夫妇看看苏菲，嘴里嘀咕一句："真是个神经病！"苏菲摸了摸头，非常尴尬，这时候，出租车司机也气喘吁吁地跑来了，苏菲看了看他，警惕地问："你想干什么？""我想干什么，你还没付车费呢！"……

　　这样真不是个办法，苏菲在旅社里休息了一晚，第二天一早就回去了。到家 10 点，妈妈正在做饭，李斌正在上网，李斌以前是不怎么上网的，苏菲好奇地站在他身后看起来。李斌还是看的那个男人的博客，由于忙着结婚，再加上找金贝，苏菲有阵子没看那个博客了，里面已经更新了不少。李斌见她回来，没急着问金贝，却叹息地说："可怜的男人！"

　　这男人究竟有多可怜，让李斌这样的男人都不住叹息？苏菲推开李斌，翻看起博文来。那个博文写道："我今天发现了一个日记，是好几年之前她写的，那时候，她和一个男人在一起，爱得死去活来！还有了孩子！看到这里，我的心灵受到极大的震撼，之前，她可从来没说过这些！拿着这本日记，我心里莫名的难受，我是很爱我的老婆的，没想到会有这样的事情发生！是拿着这个日记向她摊牌，那我们就算完了，可装着不知道，我的心里又难以承受，思考再三，我还是把那本日

记放到原来的地方去了,毕竟,那是她的过去……"

苏菲翻了一页,继续看下去,那男人写道:"我今天给她买了一只钻戒,她看上去非常高兴,可她和那人的孩子呢,一切是个谜,不过,只要她高兴就行,她看上去也是很在意我的,对我是百依百顺,为什么要破坏这样的气氛呢!为了这份宁静的美好,我决定就当什么事情都没发生过,我爱我的老婆,她是我的唯一!"

看到这里,苏菲忽然觉得这个男人特熟悉,不会是自己身边的人吧,她立即叫起来:"李斌,你过来!"等李斌走到面前,苏菲就指着电脑屏幕说:"你老实说,这是不是你搞的博客!"李斌连忙摇头。

"实话实说,有什么啊,如果是你写的,我会感觉到无比幸福的!"

"可实在不是我搞的啊,你什么时候见我在网上发过帖子啊!"

苏菲对李斌认真看了看,决定他的样子不像是在说假话,唉,李斌不可能有这样弯弯的情思的。忽然,她的脑袋里灵光一闪,为什么不通过网络寻找金贝呢。她可以在自己的版里发帖寻找,也可以像这个男人一样,做一个寻找孩子的博客。她兴奋地对李斌说了自己的想法,但李斌反应并不积极,他脸上的表情显示,如果那样的话,那平静的生活,又会再起波澜。

"你之前说过的话,还算不算数,不算数就算了,这次可不是折腾,而是寻找孩子!"苏菲气呼呼地说。李斌沉默了一会,说:"你只顾冲动了,你忽略了几点,第一:你现在的版已经不是从前的版,还有几人去!第二:如果按你说的,搞个寻找孩子的博客,但如果网站不推荐,那有几人能知道啊!那样的话,又能起到什么作用!第三:就算是大张旗鼓地开展起来,如果孩子没找到,孩子的亲生父亲知道了,那又该怎么办!"

李斌说得确实很有道理,毕竟是做生意的,可还有什么方法能比网络上的"人肉搜索"更快地达到目标呢!苏菲的脑袋又乱了起来,而那个盛国,究竟有什么样的遭遇,为什么警察又把他给放了呢!

第十六章：博客寻亲，又是一路风风雨雨

虽然李斌说得有些道理，可苏菲管不了那么多了，当天晚上，她就申请了一个博客，然后化名写帖子："我是一个妈妈，不经意之间，我的妈妈把我的孩子送给了别人。可那真不是我的本意，是我的妈妈把她送人的，这里面有段故事，我不想多说！孩子是妈妈的心头肉，哪个母亲舍得丢下自己的骨肉呢。这阵子，我寝食难安，我想念我的孩子，但我再也看不见我的孩子了，因为我联系不上那对抱养的中年夫妇！亲爱的大叔、大爷，亲爱的奶奶、婶婶，亲爱的朋友们，帮帮我吧！"写到这里，苏菲早已经泪流满面，金贝虽然不是她亲生的，但她们在一起这么久，是她的乳汁抚育了她，她背着她南下北上，那么艰苦、那么艰难的日子，都挺过来了，可在她结婚的时刻，孩子却被生生送走了。

苏菲擦了擦眼泪，又上传了金贝的照片，还留下了她的手机号码。有感于她的那场"网络通缉"风暴的汹涌，她觉得很快就会有人来提供金贝消息的。可连续三天，她的手机硬是没响一下，博客也只有稀稀拉拉的几个人点击。也真给李斌说到了，不在显著的位子，有几人能看到啊！苏菲顿时没辙了。不但这样，李斌还经常怪她霸占电脑，耽误他玩游戏。可苏菲霸占着，他也没什么办法，只得又去购买了台笔记本。李斌是不太喜欢玩游戏的，难道他真的被那个男人的博客迷住了吗？苏菲没心思管那些了，婚假已经完了，她得去上班。

可就在她上班的当天，竟然有人打她手机，区号正是 W 城的。那是个年轻女人的声音，她说，她无意中闯进那个博客，还真巧了，她家的房子就在河边，而且她的邻居，一对中年夫妇刚刚抱养了个女孩。"你说的是真的吗？"苏菲顿时激动万分。"可我不敢确定，那是不是你的孩子，你自己来看吧！"那女人还留了联系电话，真是个热心人，苏菲对她千恩万谢。这个消息让苏菲上班的心思都没了，她找主管请假，主管看了看她，说："你可是刚歇完婚假啊！"

"经理，我家里实在有点事情，请假两天，拜托了！"苏菲坚持请假，惹得主管不大高兴，但最后她还是同意了："毕竟是新婚，事情多，处理完之后，要把心思放在

工作上哦!"

苏菲点点头,但对再去W城,李斌表现得不是很积极,他狐疑地说:"这不会是个圈套吧!""是圈套,我也要去!"苏菲没好气地回答,那次寻找金贝,他责怪她有事不和他商量,可和他商量了,他竟然又是这样一个态度。如果换成是张鸿,那他会二话不说,和她一道去的。

"我做生意忙不开,但你还是要当心点,有什么事情就打电话回来。"

这句话还比较中听,李斌确实要忙生意,不强求他了。第二天一早,苏菲又踏上了去W城的汽车,那女人还真守信用,在车站等她,然后把苏菲领到她家,她老公也很好客,留苏菲吃了中饭,苏菲就给了她们家孩子200块钱,可那女人说什么也不要,她说:"我也是个妈妈,我理解做母亲的心情,只要你们母子能团聚,我也就算做了一件功德了!"

苏菲的眼眶禁不住有些湿润,世界上还是好人多啊。那女人告诉她,那对中年夫妇就住在她们家楼上,现在家里没人,大约下午会回来吧。苏菲点点头,乘这机会,去超市买了200块钱的食品,让那女人无论如何要收下。可那天,那对中年夫妇竟然没有回来,苏菲只得找了个旅社住下,那个女人很歉意地说:"你明天就在旅社里等,她们一回来,我就打电话给你!"

只能这样了,可苏菲的内心怎么都不踏实,几乎到了黎明时分才睡着,迷糊中,她的手机响了,她奋力地睁开眼睛,电话是那个女人打来的,她告诉苏菲,中年夫妇带着孩子回来了。苏菲立即从床上蹦了起来,直奔那女人的家,路上,她看了看手机上的时间,已经是下午3点钟了。到了那女人家,女人说了自己的想法,她准备去跟那对中年夫妇借50块钱,让苏菲冒充她亲戚跟着去。苏菲点点头,随女人上楼,心情顿时紧张起来,如果金贝确实在这里,而中年夫妇又不同意放人的话,那怎么办。

女人敲开了中年夫妇的门,带着苏菲走了进去,女人指着苏菲对中年夫妇说:"她是我亲戚,手头紧张,问我借50块钱,真是不巧了,我刚好把家里的钱全部存进了银行,你能借给我50块钱吗!"借着女人和中年夫妇说话的时机,苏菲的眼睛在屋子里扫来扫去,可是她没发现孩子的身影啊。女人也发现了这个问题,就装 203

着很随意地问了句:"你们家宝宝呢,她很可爱!"

中年夫妇笑着说:"她在厕所里呢!"说着说着,那孩子出来了,和金贝的身高差不多,外形有些像,但苏菲很块失望了,因为那孩子并不是金贝……

从女人家出来,苏菲必须立即赶回去,因为她第二天还要上班。虽然没找到金贝,但她还是很感谢那女人,她真是一个好人。

苏菲赶到家已经是晚上 11 点,李斌斜躺在沙发上,看着苏菲说:"怎么样,那孩子是金贝吗!"苏菲摇摇头,李斌再次看了看她,欲言又止。苏菲忍不住有些烦躁:"妈妈也是,送孩子也要问清楚啊!"

"如果你当时坚决不答应,你妈妈敢那样做吗!"李斌的语气不太好,也难怪他,这可是他的新婚蜜月。再说他确实也是说了实话,她并没有强烈地反对妈妈把金贝送人。"苏菲,我想和你谈谈,为了找孩子,你一个星期的时间,就花了 1000 多块,这还仅仅是开始,如果以后不断地有电话来,你还要不要工作,我们还要不要生活!"

苏菲对李斌翻了翻眼白,可她又实在找不出他话语里的毛病,他说的并没有错,结婚,那就是更好地过日子,并不是天天紧张焦虑,更不是让家庭经济亮红灯,可如果她就此放弃,不说她的心灵难安,如果有一天,盛国找上门来,她又如何向他交代呢!

第十七章:生命不能承受之重,谁人能证明你是清白的

怕什么就来什么,盛国竟然打电话来了。那天,苏菲为了感谢他帮助她抵挡金阳,把自己的手机号码告诉了盛国。

苏菲抖颤颤地接听电话,话筒里传来盛国爽朗的笑声,他告诉苏菲,他现在在南方很好,除了工作还是工作。

"怎么说呢,我要埋葬过去,过去已经彻底过去,我不会再想!我现在连网都不上,因为看了一些文,可能会引发我内心的伤感,有些事情还是不要触碰为好!但我还是非常感谢你,让你受累了!苏菲,你告诉我一个卡号,我每个月汇钱给

你!"盛国真诚地说。

"不行,你说过不介入的,男人说话要算数,现在我已经结婚,日子过得很平静,你不会忍心让我再回到那种风雨飘摇中吧!"苏菲冷冰冰地说,冰冷的语气总算掩盖了她内心的慌张,总算把盛国应付过去,但她头上已经全是汗水。见李斌直摇头,苏菲就对他说:"老公,算我求你了,把孩子找回来之后,我甘愿做牛做马来伺候你!"

李斌对她看了看,他不是小孩,他也知道,苏菲情急之下的话,根本不能相信。可如果不把那孩子找回来,他们家的生活还确实不能安定,再说,孩子找回来,那也是还给那个男人,只会让他们生活安定,而不会让他们生活受到什么影响。如此想法让他笑着对苏菲说:"我并不是反对你找孩子,而是要合理地找孩子,我帮你想过了,不是关注少吗,你可以去许多博客留言,说明情况,或许又一轮的'人肉搜索'就会开始,那会有很大的帮助!不过,我提醒你,如果下次有人提供线索,最好先让他提供一张孩子的照片,当然,这需要奖励,但这样的奖励,那要比车费、用费等等,那要少得多!"

苏菲定定地看着李斌,她觉得他的想法太好了,他可以算得上是个精明的男人。可这样精明的男人为什么会被女人抛弃呢?苏菲不再想这个问题,她激动地抱住李斌,在他的脸上亲了一下,兴奋地说:"老公,你真棒!"说完,她就开始按李斌说的那样实行……

这里暂时不说苏菲能不能找到金贝,来说说盛国,那天,他被几个便衣警察带到了刑警队。"知道我们为什么找你吗?"在刑警队,三个警察开始审讯盛国,盛国疑惑地摇了摇头。

"你和白琳什么关系?"

盛国看了看刑警,没有回答。"说话!"其中一个刑警敲着审讯台,双眼瞪着盛国。"说什么啊!她是我的初恋情人,犯法了吗!"盛国忽然火了起来。

一阵沉默,又一个刑警说:"白琳死了,你应该知道吧,网络上那么多帖子,我们也看了,你还怎么说!"

"什么怎么说啊,我知道了,你们怀疑我谋害了她,可她是被车子撞死的,是车

205

祸!"盛国的嘴角挂着苦笑。

"你认为是车祸吗,为什么会忽然拐进人行道,而且没有减速!"

"这和我有什么关系,如果是谋害,你们去找凶杀人啊,找我做什么!"盛国已经非常地不耐烦。

"请问你那天那个时段,在什么地方!"刑警严肃地问。

"我在家看电视!"

"谁人能证明呢?"刑警追问了一句。

"请问,您在家看电视,那有人证明吗?"盛国反问了一句。

刑警再次敲了下台子,说:"别油嘴滑舌,我们调查过你,你有前科,如果你找不到人证明行踪,你就有犯罪的嫌疑!"

"哈哈,你们说我谋害了白琳,那么,你们有证据吗?"盛国的反驳也有道理,刑警一下子被问住了。就在这时,一个刑警走了进来,他手上拿了一卷东西。然后,几个人嘀咕了一番。随即,一个刑警忽然对盛国说:"你去租赁公司租过汽车,而且就是在白琳出事的那一天,这又怎么解释呢!"说着,他把一分调查表递给盛国,那是个复印件,上面清晰地记录了盛国租汽车的时间。

"这又能说明什么,我租赁汽车犯法吗,法律上有规定,不允许我租赁汽车吗!"

"你不要狡辩,我们不会冤枉一个好人,也不会放过一个坏人! 是你做的,最好坦白交代,自首会减轻罪行! 你下去好好想想吧。"说着,一个刑警把他带了出去……

白琳是不是盛国谋害的? 盛国为何又能参加苏菲的婚礼,而且,他还待在南方? 这里暂且卖个关子。且说苏菲按照李斌说的方法,去一些博客留言,请求帮助寻找金贝,虽然引起一部分人的注意,也有人回访她的博客,可竟然没有一个人见过博客上的孩子。苏菲呆呆地看着博客,博客上的金贝楚楚可怜,耳机里循环反复地唱着张悬的那首《宝贝》:

我的宝贝宝贝,

给你一点甜甜，

让你今夜都好眠。

我的小鬼小鬼，

逗逗你的眉眼，

让你喜欢这世界。

哇啦啦啦啦啦，我的宝贝，

倦的时候有个人陪。

哎呀呀呀呀呀，我的宝贝，

要你知道你最美……

这是苏菲博客的主题曲，每听一次，她的心就会被触动一下，眼前就会不自觉地浮现出金贝的样子，那些日子更是不断地浮现在心头。连续几天没有音讯，此刻再听这个曲子，苏菲早已经泪流满面，她开始痛恨自我，如果当初不是刻意想着去迎合金阳，如果当初不把她抱回来，那她的亲妈或许会不忍，继而把她领回去。退一步说，就是白琳是铁石心肠，那医院可能会把她送到孤儿院，那至少不会让她那么小就不断地曝光。或许不这样，白琳也不会死，她或许也不会网络通缉。可现在说什么都迟了，苏菲擦了擦眼泪，向李斌那边瞄了瞄，他正趴在电脑前写着什么。他并不多关心金贝的消息，可他最近很迷恋网络。哦，他一定是在看那男人的博客。

苏菲忍不住点开了那个博客，博客已经更新了不少，苏菲点了一章，那男人写道："世人都说男人无情，可那是相对的，比如，理发、做饭这些，一般都是女人做的，可好的理发师、高级厨师，那都是男人。之所以打这个比方，我就是想说，痴情的男人更痛苦。那一天，我在不远处看见他们在一起，他们有说有笑，我的心碎了，我真想冲过去，可我实在没有那样的勇气……"

苏菲翻了翻跟帖，已经很多很多，现在的人，不一定去看名家的小说，但生活中真实的案例，往往却吸引着众多的眼球。忽然，苏菲看见一个熟悉的 ID，那是李斌常用的，他这样写道："你的故事触动了我，我有着和你类似的经历，相信你会勇敢地挺过去的！"苏菲认真地看了两遍，李斌说和这个男人有类似的经历，那是说他的前妻和别的男人有了孩子吗？李斌为什么对这个博客如此感兴趣？难道只是类似经历引起的共鸣吗？苏菲抓了下头，她忽然想起，她之前也会穿个马甲，给自己的文章增添点人气，难道李斌也是这样吗？难道这个博客真是李斌搞的吗？苏菲想了想，决定先不问李斌，但她会注意观察这个博客。

Di 5 juan

第五卷

　　画皮,那是形容小三的,但男人为什么会披着画皮呢?披着画皮的男人,咋也会在网络叫屈呢。一个一心想回归生活本真的女人,却为何总在网络上是非不断!究竟是网络太过无聊,还是女人生活太过杂乱!

　　都说孩子是婚姻的维系,但那个日子,孩子却彻底失去了踪影……

第一章：关于房产的前因后果，撕开那男人的画皮

金贝没有任何消息，而这天的报纸却刊登了这样一个消息，是关于白琳那次车祸的。原来那是一个富家子弟喝了很多很多的酒，继而酒后肇事，然后逃跑得无影无踪！网络上已经疯狂讨论，这富二代的车速究竟是每小时 70 公里还是 120 公里。

真的不关盛国的事儿，苏菲有些高兴，但这肇事的家伙，却破坏了一个幸福的家庭，这样的人应该枪毙！苏菲愤愤地想。而这样的消息，让她无法不想念金贝，盛国已经够可怜的了，如果他知道实情，他还不知道会有多难过呢！

下班后，苏菲带着那张报纸回去，她想让李斌看看，让他知道事情的迫切性！

家里的门竟然半开着，从门缝里看进去，李斌正和一个男人在喝酒，那男人，苏菲见过，是李斌的堂哥，也在这个城市做生意。两人谈得很投入，他们并没有发现苏菲进来。

"你和那女人在一起，安全吗？"男人竟然谈到了她。苏菲竖起了耳朵，李斌摇了下头说："不瞒你说，我是费了许多辛苦的，我甚至把房子都过户给她了！"

"啊！"男人惊讶得张大了嘴巴："你疯了吗，如果有什么差错，你找谁评理去啊！你忘记你前妻带给你的伤害了吗！"

看着男人惊诧的样子，苏菲忍不住有些得意，可她也察觉到，李斌的脸色青紫。这男人也是，明明知道那是李斌不愿触及的伤痛，可他偏偏要提起，而且言语间似乎对她苏菲很不屑！他可能也是网上的苏黑吧，他可能也在网络上攻击过她吧！让他不平、让他生气，苏菲恨恨地想，不管怎么说，李斌把房子转给他，那却是不争的事实。

"呵呵！"李斌尴尬地笑了笑："我怎么会傻到那种地步呢，她已经让我感觉到女人的可怕，我怎么能单单相信苏菲呢！实话对你说吧，那房产证是假的，是我花200块钱买的！"见男人满脸疑惑，李斌就得意起来："不瞒你说，我真的很喜欢苏菲，在网上看到她的照片之后，我就下决心要把她搞到手，可我自己思量，我并没有什么特别的地方，我想了很久，才想出这样的招数，出其不意地打动她，我成功了！"

李斌说着大笑起来，苏菲的头顿时"嗡"了一声，脑袋里一片空白！这么说，她又一次遭遇了男人的欺骗！而这样的欺骗是赤裸裸的，又如此充满心机，丝毫看不见温情！可笑她苏菲还把他当成乡下那些被妻子抛弃的丈夫一样呢！难怪他一次又一次地容忍她的行为，原来他可以在这里面找到平衡，他大可以豪迈地对自己说："没什么，我从一开始就欺骗了那女人，那女人，只是我精心骗来的一个玩具罢了！"

苏菲忍无可忍地冲了进去，屋子里的两个男人顿时呆住了，室内的气氛顿时凝固了。

"我刚才是说着玩，在他面前撑面子！"李斌赶紧说，而那男人站起身迅速离开了。苏菲则冷着脸，她觉得自己真够傻帽的，她竟然把假房产证收藏得那么好。她翻出房产证，扔到李斌的面前。

"你怎么就不理解我，我问你，如果没有房子过户，你能跟我吗？这只是一种手段，爱的手段，你明白吗！"李斌激动地说。不错，如果李斌没有这样出格的行为，苏菲是不可能轻易被感动的，可这是赤裸裸的欺骗啊，哪个女人能忍受得了呢！

"我其实不想骗你，如果我们结婚了，那房子还不是我们俩的吗！"李斌还在絮

叨。

"够了,我怎么就没看出你这阴险嘴脸!"苏菲气得一把将假房产证撕个粉碎,然后从窗户扔到了楼下。

"你别闹事,你自己想想,我们在一起,我对你怎么样?"李斌也有些火了。究竟怎么办?下一步究竟怎么走,苏菲心头是一片模糊。

"什么都别说了,我们从头到尾都是个错误,好得很,终于解脱了,大家都轻松了!"说完,她摔门而出,公司里有寝室,她决定在那里先住一阵子,好好想想再说。

她在公司里待着,李斌天天打她电话,但她就是不接,两天后,她妈妈就赶来了。妈妈一见到她就发火:"你究竟想闹腾到什么时候,你的情况我知道了!小李凭什么把房子给你,要是换成我,我也不会这么做的!再说,结婚后,房子还不是你们俩的!"

"妈妈,这个事情你别管了,这不是房子不房子的问题,而是一个人的品质问题!"

"你品质就好,你凭什么要人家房子!你的出发点本身就有问题!"妈妈寸步不让。

苏菲看了看妈妈,妈妈的头发花白了,她不该再违背她,可这样的事情,就像一只苍蝇一样,搅得她非常难受,她狠狠心说:"妈妈,你不懂,你以为还是你们那时代啊,感情能容得下欺骗吗,你知道这样的欺骗是多么的赤裸裸吗,我还高兴地告诉张三李四呢,我真蠢啊!"说着,苏菲流泪了。

"你别和我说道理,到了这一步,你还有退路吗?菲啊,你这时候闹事,不是给人家白睡了,名声会更差,你已经二婚了,你还想三婚、四婚啊!你这么胡闹,谁还敢要你!听妈妈的话,把结婚证领了吧!"

苏菲没说话,妈妈就押着她回去。李斌已经定了一桌子菜,可苏菲毫无食欲,妈妈又絮叨了半天,主要是批评和提醒李斌,一定要对自己的女儿好。李斌连连点头。

妈妈可能累了,睡得很早,可苏菲的思绪却非常乱,李斌没有烦她,但半夜李斌却从背后抱住了她。为了不惊动妈妈,苏菲选择了忍受……

妈妈第二天走了,临走前,她千叮咛万嘱咐,要苏菲一定把结婚证领了。

"如果你再胡来,我不会再认你这个女儿!"妈妈板着脸说。可妈妈前脚刚走,苏菲就对李斌说:"我们都是成年人,成年人不应该拿妈妈来压人吧!说实话,我心里确实抹不平,和你在一起,那也是行尸走肉,李斌,我希望你能理解,我们还是分手,平静分手的好!"

而李斌却看着她说:"小菲,你理解一个受过伤害的男人吗?我真的不是诚心想骗你,真的,我一直期盼你和我领证,然后把房子真正转给你!如果你真的因此离开我,那我不会说什么,尽管我的内心会非常痛苦,但我还是会深深祝福你!……"

又是苦肉计,又在做戏,苏菲冷冷地看了他一眼,心里五味杂陈,这个男人既然要了这样的心计,那他就不一定想和她走进婚姻,他们算什么呢,只能是未婚同居,是不受法律保护的,可他们又举行过婚礼,这究竟算什么呢?

如果她和他争斗,她不会占到任何便宜,经历过那么多的伤痛,苏菲以为自己已经很精明,却想不到又被蛇咬了一口。她理了理头发,她要让李斌感觉到,是她抛弃了他,是她不要他,她要在两性中,胜利一回,哪怕这样的胜利只是精神上的,哪怕这样的胜利是残缺的!

第二章:我觉得你在瞎说,告诉我那男人的电话号码

连续几天,苏菲都精神恍惚,一些事情就像电影一样,她忽然觉得自己的命真苦,一辈子就没遇见一个好男人。她非常倦怠,继而出现了强烈的逆反心理,她也不想再去找金贝了,妈妈说的也有道理,金贝的亲妈都忍心,她又有什么放不开的。心中的苦,没人倾诉,她除了上班就是下班,她绝望地把自己封锁起来。

"我觉得你是瞎说!"金阳竟然又像鬼魂一样出现了,他拦住她:"我觉得你是在编造故事,我想了又想,金贝不可能是别人的孩子,如果是张鸿的,那我还可能相信,但要说是那男人的,我绝对不相信,你把孩子藏到哪里去了,我要带他去做亲子鉴定!"

苏菲斜着眼睛看着他,这个男人怎么变成狗皮膏药了呢。她没力气跟他争,可金阳竟然向她讨要盛国的手机,说是要再次对质。苏菲忍无可忍地发作了:"你究竟想做什么,你划个道,我奉陪到底,你奶奶的!"

"苏菲,我们俩的恩怨,不该让孩子来承受吧,你已经结婚,你三番五次换男人,那是你的自由,可我带着自己的孩子一个人过日子,那总可以吧!"

纯粹是倒打一耙,可金阳的举动真的令人费解,他不是和那富婆你侬我侬吗!其实,金阳和赵颖已经彻底分手了,那天,赵颖躺下之后,金阳真的掐住了她的脖子,但他看见赵颖红肿的脸,还是吓得放手了,而后两人抱头痛哭。

通过这件事情,两人的感情似乎更进了一步,可他们毕竟有文化层次上的差异,金阳喜欢的,赵颖不一定喜欢,反之亦然。最重要的一点,是金阳没有财权,他们的收入不对称,这对男人来说,那是致命的。

和赵颖经历了这么多,金阳越来越觉得,只有控制这个女人的财权,生活才能稳定下来。但赵颖在这方面又做得滴水不漏,除了给他一些零花钱之外,连张信用卡都不给他办!

"我想出去找份工作。"金阳以退为进,他觉得赵颖如果能够让他去管理她属下的产业,那他就成功了一半,但赵颖却未置可否。

金阳和赵颖赌气,狠心找了份工作,可他对工作并不热心,上班时间经常去喝酒,那家公司经常打电话来找金阳,搞得赵颖不胜其烦,她没好气地对金阳说:"不想工作,就别出去丢人,又不少吃少喝,你再这样折腾,就别回来了,拜托,我是找个男人,不是找个孩子天天来和我闹!"

金阳没当回事情,这样的恐吓毕竟有许多次,因为没有方向感,他依旧那么海天胡地,可让他想不到的是,他真的再次进不了赵颖的家门。金阳心里越发郁闷,这是什么事啊,他还是男人吗?赵颖高兴时把他当宝贝,不高兴就把他拒之门外,他究竟是赵颖的什么呢?

郁闷的他去酒吧喝酒,可那天他不但喝多了,钱还没带够,面对酒吧的催要,他说了赵颖家的地址,酒吧就派一个服务生跟着他一道去拿钱,一路上,金阳吐了好几次,神志不清。

　　等小区的保安唤出赵颖，等赵颖看到这一幕，心头忽然充满了深深的失望，这难道就是她苦苦追寻的男人吗！金阳蹲在地上，就像一只狗一样，一种厌恶感忽然在她的心头升起，她没好气地对服务生说："我不认识这个人，你该怎么处理，就怎么处理吧！"说完，她掉头而去，此刻，她真的感觉到很恶心，她竟然曾让这样的男人，在自己的身体上任意驰骋。

　　那服务生看着神志不清的金阳，踢了他几脚，骂道："你这样的瘪三，我见得多了，没钱装什么大爷啊！"说完，他又拎着他回去，直到金阳第二天清醒，被人押着回到自己的出租屋，才还了酒债。他心里这个恨啊，立即打电话给赵颖，想狠狠地骂她一顿，因为他觉得这个女人实在太无情了。

　　可赵颖却冷漠地说："你以后别来烦我了，我就要结婚了，那个女人那样通缉你，那样稀罕你，你回去找她吧！"

　　赵颖为什么要这样说呢，她真的不想再和金阳发展了吗?！原来她的表姐来了，接着上次的话题，他们又说了两性，表姐说："男人是用来依靠的，你在这里，孤身一人，那个金阳除了给你惹麻烦，能给你什么！"这话一下子激起了赵颖的一些记忆，她的老男人死了之后，许多男人打她主意，但多数是求财，她的生活一直不能安定，本以为金阳是她最后的男人，但结果却离她想象的越来越遥远，再加上金阳越来越不顺从，而他醉酒后那种落魄的样子，让赵颖的耐心已经到了极限。

　　而就在这时候，有个离异男人走进她的生活，那是一种和金阳完全不同的感觉，他有主见，有经济实力，和他在一起，她忽然觉得自己像蔓藤，总想缠绕着他，犹如一只漂泊的船，忽然找到了停泊的港口一样。接下来，几件棘手的事情，男人都轻易地帮她解决了，她不再需要像从前那样冲到前台。人生真的很奇怪，当年她被老男人养着的时候，一心想着飞出鸟笼，但飞着飞着，她就疲倦了。

　　"你怎么能这样说，当初是谁寻死觅活地要跟我！"金阳忍不住发怒了。

　　"是又怎么样？现在我不高兴了。"她对金阳说这样的话，觉得挺理直气壮的，因为这男人是她一直养着的，就像她的一个宠物一样，当年，有个女人和她争这个宠物，她兴致勃勃，无论如何不肯放手！她在充分享受着掠夺的乐趣。但苏菲退出后，她越来越觉得这个宠物是个累赘，所以，她也不想要这个宠物了，这在她看来,再正常不过！可金阳却暴跳如雷,说了一连串的脏话之后,他的语气软了:"赵颖,为了你,我抛弃了一切,你忍心这样对我吗！你不会想逼死我吧！你真的忍心我死吗！"而这让赵颖更加看不起他。"你是男人吗？我要是你,就一头撞死,那么多年的书,你白读了吗,你不会无耻到想让我赔偿你吧！"说完,她就挂了电话。这女人,一旦变心,那是非常彻底的,有些女人为了情,可以什么都抛弃,赵颖虽然不是纯粹为情,但她对金阳厌倦感却越来越浓烈了。

那之后,赵颖再也不理睬金阳。失去了赵颖这颗大树,金阳就像一只丧家犬一样,他四处探听赵颖的消息,但情况对他越来越不利,和赵颖在一起的男人,有一定的背景,和他根本不在同一个级别,他的心越来越没有着落,就四处乱窜,他想去看看自己的孩子,可却被盛国踢了好几脚,受了那样的奇耻大辱！回到南方之后,却正赶上赵颖的婚礼。他疯狂了,他无法不疯狂,他悄悄地去参加赵颖的婚礼,准备大闹一场,因为他觉得,他落到现在这一步,完全是这女人害的。

当那男人把结婚戒指套在赵颖手指上的时候,金阳拿着酒瓶冲了上去,可非常不幸的是,他没砸到任何人,却被酒店的保安扭送到派出所。

赵颖没再来保他,她可能恨不得他死掉吧,他的心里又怨又恨。

被派出所关了七天之后,他的工作又丢了,他万念俱灰,恨不得把全世界的人都杀光。在床上躺了几天,他想了很多很多,想着想着,他忽然想开了,女人就那么回事情,不要也罢,赵颖爱他的时候,把他当成宝贝,但遗弃的时候,他连块破抹布都不是！至于苏菲,口口声声对自己那么好,不也背着他和别人生了孩子,还拿别人的孩子来通缉他,让他无处藏身,这难道就是爱他的女人吗！

想到苏菲,他不由得想到金贝,对孩子,他终究是有愧疚的,想来想去,他忽然觉得其中有很多疑点,他总觉得苏菲是在故意气他,苏菲不可能是那样的女人！"我要回去,带着我的孩子,父女俩一道生活,我会打份工！条件好以后,我会读研,重新开始。"这样的想法,让他的心里有些温暖,金贝似乎成了他最后的希望了,昨天的他已经死了。

"你想也是白想,金贝已经送人了,是你的孩子,那又怎么样,是你自己不要的,现在想要,迟了！"苏菲恶狠狠地说,她就快要崩溃了,还遭遇到这样的事情,她

的情绪能好吗,既然金阳说得那么动听,也让他品尝一下刺心割肉的滋味,女人,不是天生的受虐者。

"送到哪里了,你有什么权利这样做,你和我商量过了吗?"

"哈哈,和你商量,你是谁啊,你不服气,行,那告我去吧,或者去网络上骂我,我等着!"苏菲疯狂地大笑起来。

金阳恶狠狠地看着她,从牙缝里蹦出一句话:"不痛快,就一起不痛快,我不好过,也不会让你幸福!咱们走着瞧!"

第三章:婚姻能谈判吗,谁人能证明情感的真

金阳的话,忽然让苏菲觉得,如果就这样轻易和李斌分手,那是不是太便宜那男人了。米莉不知道从哪里知道了内情,她气得蹦了起来:"我这样的老江湖,都没遇见过这样的情况,这男人也太毒了吧,不行,不能放过他,苏菲,你干脆再来一次网络通缉,错!不应该是网络通缉,是网络控诉,让那家伙身败名裂!"

还没等苏菲开口,米莉又说:"可这样好像不行,这样,你可能会什么也得不到啊!苏菲,我不知道你究竟怎么想的,如果你认为他还可以,干脆和他领结婚证,结婚后,房子不就是你的吗!可这也不行,如果他婚后虐待你,怎么办,你要掌握主动!"

说了等于没说,苏菲并不是像她那样,她对感情始终有着一种期待,但她也说不清,她究竟在期待什么。米莉说得或许也有道理,感情毕竟是虚拟看不见的,而房子、车子、票子,那却是实实在在的存在。

"我看这样吧,他想领结婚证,那也行,让他先把房子转给你,再给你一些存款做保障!"米莉又说,她确实是个物质女人,但你不能说她说得没有道理。苏菲确实也没有太好的办法,她是个女人,总得为自己着想,或许这也是一条出路,见苏菲点头,米莉自告奋勇地做起她的谈判参谋。

"男人,你不能把他逼得没有任何退路!就像你搞网络通缉,哪个男人还敢回头啊!损失一点钱财,对男人或许没有什么!"米莉拍着苏菲的肩膀说。

苏菲点点头,这已经和她的感情初衷背离了十万八千里,可人是会转变的,每个人都不能永远活在童话世界里! 米莉或许是对的,这也是保障女人幸福的一种方法。

可和李斌谈判,却遇见了很大的困难,当米莉说了那些想法之后,李斌没有理睬她,而是望着苏菲说:"这是你的想法吗? 你不觉得这样的想法很无聊吗! 感情可以这样吗! 你这不是在买卖感情吗! 这和妓女有什么区别!"

苏菲还没来得及回答,米莉就接上了:"收起你这套吧,你以为你是刘德华,女人贴钱给你啊! 没有钱,你还结婚做什么,真是!"说着,她用眼光逼视着李斌,苏菲也在等待李斌的回答。但李斌却低下头,一句话也不说。这倒让人费解了,他究竟什么意思啊,难道他是不想和苏菲继续发展了吗!

绝对是这样,别看他说得那么动听,其实他也是一条狼,无偿地玩弄了苏菲这么多天,他的内心一定非常得意吧。

"既然这样,那我们走吧!"苏菲拉了拉米莉,这不是她真实的想法,如果这样离开,她确实是不甘心的,这已经不是感情的纠葛,而是她要消除心头堵着的一口恶气! 之所以要拉米莉走,她也只是想试探下李斌的最终态度! 可他还是低着头不说话,米莉甩开了苏菲,说:"你就是急性子,你应该知道,好事不在忙中取,我说你这男人,究竟什么想法,你倒是说话啊!"

李斌憋了半天,才说了他的想法:"我是个平凡人,我不会花花肠子,领了结婚证,我的,不也就是你苏菲的吗!"。

"你想得倒好,你说,我们会轻易上当吗? 你这也不行,那也不行,我看你根本就是没诚心。"米莉也有些上火,她对他直翻眼白,但他又死活不开口了。对这样的男人,连米莉这样的女人,也没辙了。她把苏菲拉到一边,附在她耳边低低地说:"我看还是算了,这个亏,你是吃定了,反正你吃亏已经不只一次!"

就在米莉对苏菲嘀咕的时候,李斌忽然说:"我可以写个书面东西给你,只要结婚两年,没有什么差错,我财产就有你一半!"

这是什么啊,这还是感情吗,他既然如此防备她,那还要娶她做什么! 可米莉却低低对苏菲说:"他的要求也不过分,毕竟他不是包二奶,他是要和你结婚才这

样的！如果你没有别的想法,那就先凑合着和他过吧!"

苏菲捂住了耳朵,这绝不是苏菲想要的感情,当初,她那么轰轰烈烈地网络通缉,那就是为了她心中的那份爱!如果这样,那和出卖自己,又有何区别呢?如果是出卖,她又何苦出卖给李斌这样的男人呢!

"拜托,你现在还有其他的路吗,现在,哪个男人还敢轻易要你啊!"米莉又低声说。到了此刻,苏菲才觉得自己是多么的孟浪,可李斌的脸上并没有写着"欺骗"二字,苏菲不是孙悟空,她没有火眼金睛!

苏菲拉着米莉快速离开,这里,她一分钟也不想待了,如果和这样的男人在一起,她一辈子都不会快乐!就当被毒蛇咬了吧,幸好发现得早,没被咬死!而那天晚上,表妹又来絮叨,她说:"表姐,你究竟想干什么啊?李斌不是满好的一个人吗,有十全十美的男人吗?他总归要比你通缉的那男人好多了吧!不要把爱情想得那么浪漫,好不好,你年纪已经不小了!"

苏菲对表妹翻了翻眼睛,这么小的小姑娘,她知道什么啊!

"表姐,你给我介绍的男人,怎么是木鱼脑袋啊,我主动约会他,他竟然不理睬。他是不是有另外的女人了!"表妹絮叨着,苏菲越发烦躁,爱情是两个人的事情,她能有什么办法,再说,她自己都不知道怎么办呢!男人是什么,难道离开男人就不能过吗!宁宁曾经说过,没有好男人,她就情愿一个人,现在这话,好像很适合苏菲。她照了照镜子,镜子里的她,脸色蜡黄,眼白无光。

看着看着,她禁不住打了个冷战,她30岁还没到啊,难道是未老先衰吗!不行,一个声音蹦了出来,过去,无论是吃亏还是占便宜,都成为了历史,她不能再沉迷其中,这样的想法,让她猛地站了起来,大声地对表妹说:"表妹,过去的我,已经死了,表姐我读了这么多年书,应该不是废物,表妹,我觉得未来要靠自己创造,而不是靠男人,表妹,你说呢!"说着,她大喊一声。

表妹给苏菲的喊声吓了一跳,她定定地看着苏菲,心想,那些遭遇不会把表姐搞得神经不正常吧。

220

第四章：网络再起风波，歹毒母亲抛弃亲生女

单身宿舍，苏菲住得不是很习惯，那里都是些小姑娘，根本就没有像她这样经历过同居和婚姻的女人。过了一个星期，李斌找来了，他冷着脸说："你如果真的要和我分手，我没话说，但你要考虑好，不是我不要你，而是你自己要这样的！所以，你不会得到我一分钱！"

苏菲没有理睬他，这男人，那也太现实了吧！她和李斌认识于电视台，互相了解的基础不够，可现在的"月月相亲会"都是这样的形式，一般都是看对眼，就去发展，谁又能把谁了解得那么透彻呢！

"表姐，表姐，快去看吧，网络上又热闹了，好像是你的事情！"表妹急匆匆地冲了进来。因为想写书，苏菲购买了一台笔记本，可以无线上网。在表妹的指引下，她看到一个帖子，那帖子这样写道："有这样的女人吗？我供她吃、供她喝，在她最无助的时候，是我收留了她！可她呢，现在的她竟然找借口离开我，大家评评理，世界上有这样的道理吗！"

这是帖子的部分内容，苏菲冷冷地看着，不用说，这个帖子是李斌发的，下面的跟帖已经很多。有人说男人傻，被女人骗成这样，也有人客观地分析，现在这样的事情很多，不管是男人还是女人都要擦亮眼睛，有个人说："现在分手是好事，只破了一点点财，如果结婚，那损失就更大了！你和她根本不是一路人，纠缠下去，那会更痛苦！"

这是一个情感板块，李斌没有点苏菲的名字，和金阳、张鸿都不同，李斌好像喜欢把自己的情感交给外人，据说当年，他前妻离开他的时候，他请电视台作见证，他购买了99朵玫瑰，献给前妻，但终究没有唤回前妻的心。

苏菲没在网上做任何回应，她关了电脑，内心更加鄙视李斌，让他去折腾吧，天不会塌下来，他这样的行为，反而加强了苏菲和他分手的决心。婚姻是一辈子的事情，她绝对不能和这样的男人过一辈子。

然而，仅仅几天时间，网络上又有许多帖子，依旧是李斌发的，人们知道了他

处的女人是个网络通缉女，而网络通缉女，除了她苏菲，那还会有谁呢？战火从那个情感版很快就转移到苏菲的版。

"我说你这个男人，你找谁不好，偏偏要找她，她苏菲是谁啊，她能甘心平庸地生活吗，要怪，那只能怪你自己，这也是男人好色的下场！"这个帖子看起来说男人，但矛头却直接指向苏菲，苏菲禁不住冷笑，这个帖子的用词，好像苏菲就是十恶不赦的女骗子一样。

"你们你情我愿，那也怪不得别人，苏菲网络通缉闹得风声那么大，你也应该知道，既然接受她，那就要有这样的心理准备！"这个帖子说得还比较客观，可这人不知道这其中李斌的欺骗，事实上，李斌也没说这些，他只说了他是多么地投入，然后受到了多大的伤害！

苏菲无言，她已经经历了那么大的网络通缉，所以，这样的网络事件，对于她来说已经是毛毛雨了，于是，她打了个电话给李斌，冷冷地告诉他："我觉得你比任何人都卑鄙，我们的路已经走到了尽头，从今以后，请你不要再来烦我！"

"你终于说出了实话，你是在找借口，我不会轻易放弃的！"李斌的声音很冲，他可能是想借助网友的力量，拉苏菲回头，这和苏菲当年网络通缉有些类似，可当初的苏菲是绝望中的不自觉行为，而李斌，似乎从开始就抱有目的。

"你哪里是她对手，她是个心狠手辣的女人，明明是和别人偷情生的孩子，却偏偏去通缉她的同居男友，在全世界的人都同情她的时刻，她自我炒作了一把，这样的女人，你也敢碰，你不是找死吗！"苏菲紧盯着这个帖子，她的脑海里不由得浮现出一个男人的狰狞面孔，对，这男人就是金阳，犹如鬼魂一样，和她在网络上纠缠不清的人。

"不只这些，她无情地把亲生女送给别人！孩子那么小，再怎么说，孩子没罪，孩子是她身上掉下来的肉，她也忍心，她居然舍得。就是为了孩子，我们才闹矛盾的！她说孩子阻碍了她的幸福，那她当初为什么要生呢！狠毒的女人，网友们说得没错，现在分手，对于我来说，真是一种运气！"这是李斌的声音，完全颠倒黑白，难道没有爱，就非得这样吗！当初她通缉金阳，也仅仅是盼望他回来，她从来没说过他有多么多么的不好！

苏菲冷冷地翻看着,她懒得去辩解,可网络四通八达,如果盛国知道孩子送人,找过来,那她该做怎样的解释呢!她又如何面对他呢!

"你们可以说我是个坏女人,但请理解一位母亲的心,金贝的失踪,从头到尾,我都非常被动,谁能找回我的金贝,我会报答他,如果他不嫌弃我,我会做他的女人!一辈子尽心尽责地伺候他。"苏菲动情地写着,这个帖子里还插了一个背景音乐,就是那首动听的《宝贝》。

许多女人看了这个帖子,流泪了。许多人说,要一分为二地看问题,苏菲不可能抛弃孩子的,如果抛弃,就没有那样轰轰烈烈的网络通缉,如果抛弃,也不会等到现在。于是,许多人说,大家可以帮助找,找到了,也算做了一件善事,一切真相都会明了。

苏菲的心里顿时有了一些暖暖的温情,看来网络不仅仅是暴力的,它也包含着温情的一面,经历过网络通缉的苏菲,深刻体会到网络的力量,她快速地上传了金贝的照片,还留了自己的手机号。

网络上这样的转变,可能是李斌和金阳没料想到的,而苏菲妈妈再次打电话来,她哭了:"你自己都有女儿了,还要妈妈烦心,你究竟又想怎么折腾啊!菲啊,你难道想妈妈早死吗!"

苏菲一句话都没说,因为她不知道该说什么。网络事件后,她想起自己的衣服还在李斌那里,就准备去拿,但赶到那里之后,却发现李斌把门锁换了,苏菲对他仅有的一点点信心瞬间消失了。

第五章:我要上法庭告你,你敢这样报道吗

"苏菲!"这天下午,一个报社记者找到了苏菲。苏菲仔细地看了他一眼,他曾经采访过她,可他们已经很长时间没联系了。"能聊聊吗?"这个记者没有当众说什么,而是把她拉到僻静处。

"据说那孩子不是你通缉那男人的?"

"你相信吗?对了,你不会是从网上看见的吧!"苏菲反问一句。

"不是,是有人专门到报社去反映了！苏菲,你能说说,孩子的父亲究竟是谁吗？如果金阳不是孩子的父亲,你这么通缉他,你觉得合适吗？"

原来是这样,那这个反映的人究竟是谁呢？不会是盛国,那剩下的,只能是金阳。

"你准备怎么写呢？你相信吗？"

"我不是来向你求证吗？"记者淡淡地说:"不管事情的真相如何,公众应该有知情权吧！"

苏菲看了一眼记者,她觉得他说得不对,至少这句话不妥,因为这不是公众事件,她也不是演员,这是个人隐私,没有必要让别人知道的。

"这样,你打电话给那个反映的人,我来和他说！"苏菲再次看了一眼记者,尽量平静地说。

"是我反映的,怎么啦,我说谎了吗？难道这不是事情的真相吗！"电话接通后,果真传来金阳的声音。

"行,你厉害,可你为什么不想想,孩子为什么非要是你的,我们什么关系,我们是夫妻吗,我们有结婚证吗,笑话！是你的才不正常！"苏菲回答得玩世不恭,但她却切中了问题的要害,金阳被她冲得说不出话来,确实,她们不是夫妻关系,他没有任何理由来要求她。

"可你不能把孩子当砝码来要挟我啊！"金阳火了起来:"你让全世界的人都知道我抛弃了自己的孩子,我是万恶的现代陈世美,你为什么这么恶毒呢！"

"哈哈哈——"苏菲狂笑起来:"我有这么做吗？倒是有些人,这样山盟,那样海誓,打扮得像个情种一样,我呸！我在网上说我的遭遇,有错吗！你还不是天天穿着马甲,恶毒地骂我吗！姓金的,既然你是个小人,就不要做伪君子,惺惺作态地让人要呕吐！"

那个记者看她们在电话里吵架,他有些不耐烦了,就对苏菲说:"电话也打了,究竟是真的还是假的啊！"苏菲正在气头上,她放下电话,就对记者一顿扫射:"你管事情真还是假呢？我告诉你,这孩子是野男人的,你敢写吗！有种你就这样写！"

记者被苏菲抢白得脸色青白,他看了一眼苏菲说:"我也很讨厌像你们这样乱七八糟的事情,我也想多反映一些民生,可老总说,这个事情有看点,我能不执行吗! 爽快点,是,还是不是!"

"绝对没那男人想象的那样龌龊,我劝你别乱想,如果听那男人一面之词写出来,那你要负全部责任!"苏菲狠狠地瞪了记者一眼。记者看上去很扫兴,他喃喃地说:"你如果早这样,何至于闹出这么大的风波!"

"那是我的事情,不需要你来教!"

苏菲和记者闹得很不愉快,采访无法继续下去,记者悻悻地准备离开。苏菲叫住了他,看了看他,然后认真对他说了对不起,她说:"原谅我的失态,我是着急啊,孩子是妈妈身上的肉,我能不疼吗! 我如果想抛弃贝贝,会等到现在吗! 这主要是我妈妈想让我平静生活,她现在也很后悔,但孩子找不到了,希望你们能呼吁帮忙找找,这也算是做了一件善事,拜托了!"

记者给苏菲搞得很不自在,他点点头,没说什么就离开了。他前脚刚走,金阳的电话又打了过来,他疯狂地叫嚣:"我不会让你平静的,下贱的女人,我要和你打官司!"苏菲忍不住疑惑了,她实在无法弄清楚,这官司究竟该如何打! 告她婚姻期里出轨,可这是子虚乌有的事情,那么告她用孩子来要挟他? 苏菲确实说过孩子,她希望金阳能看在孩子的面子上,能够平静地回到她身边,这应该没罪吧! 除了这些,那还有什么够得上让金阳控告她呢! 苏菲实在想象不出来。

"你摧毁了男人最后的自尊! 你会不得好死!"金阳继续咆哮,苏菲想了一下,就明白了,他是说她背叛了他,让他戴了绿帽子。不说没有这回事儿,就是有,那金阳抛弃了她,那他们至多也只是打了个平手。

"气死你,怎么啦,难道女人是该死的,难道只能男人抛弃女人! 这顶绿帽子你戴定了,想不开的话,去跳楼吧!"苏菲没好气地回应,随即,她挂了电话,她的心头除了气愤还是气愤,这时候,她本不应该和金阳再发生瓜葛的,她大可以把问题说清楚,这样也就少了很多烦恼。可金阳对她的抛弃、金阳对她的伤害,她是一辈子忘不了的,他要闹,那正好,她的情绪刚好还没出口呢……

网络上其实有很多事情,就说那网络博客,真是越来越火,那真是个好男人,

面对妻子及妻子的老情人,他一直装着不知道,他还是一如既往地对妻子好,但许多事例反映了他内心的挣扎。

"我爱我的妻子,我也在反复的思考,如果彼此没有爱,那是不是需要放手,可妻子小心翼翼地维护着,尽管她和老情人有联系,但她从来没有和他越轨。这是我内心欣慰的地方,谁没有过去,我决定永远不提,让妻子渐渐淡忘……"

这是一个男人的胸襟,不能说他窝囊,这只能说是一种包容,可世界上有这样的男人吗!苏菲翻看着这博客里的故事,要不是急于找到金贝,她也想像这样来书写自己的故事,出不出书都无所谓,那是一种心情的表述。

"你的故事是真的吗?世界上还有这样的好男人吗?你能听听我的故事,帮我参谋吗?"苏菲给博主留言,现在人可能就是这样,宁愿去相信陌生的网友。

"是真的,但一切都成为了过去,写这个博客,主要是一份怀念,你能明白吗?"博主很快回信。

"那我遇见的男人为什么都是豺狼,你说是为了一份怀念,难道说,你们最终还是离婚了,那为什么要离婚呢,是你不能忍受,还是她和老情人重归于好,把你抛弃了呢!"苏菲的心头有无数的好奇,博主沉默了一会,没说自己的故事,却让苏菲说说她的事情,因为他不相信,一个女子会遇见 N 个坏男人。

第六章:陌生人之间的网络交流,苏菲被骗走 500 元

苏菲忍不住说起自己的故事,等说完她抱了别人的孩子,后来又遭受到男人抛弃的时候,她开始提问:"你说,是不是从一开始,我就不应该管这个孩子!"电脑那端沉默了一会儿,反馈过来信息:"你抱养孩子和你被抛弃,没有必然的联系,当然,你当初可以不管这个孩子,但可以肯定的是,你还是会被那男人抛弃,只不过单身的你,多一份自由而已,但既然抱养了孩子,那就等于签订了一份契约。"

"签约有用吗?领了结婚证不也离婚了吗?"苏菲反问一句。

"签约对于君子有用,而对于小人,那是废纸一张,特别是在这个缺乏诚信的社会,我们管不了别人,但我们可以规范自我行为!"

　　这样的大道理,苏菲听了烦,她忍不住反问道:"你容忍老婆和老情人联系,那是信守契约,还是懦弱呢!"

　　"不要这么说,她的老情人,是在我没出现之前,而我们结婚之后,他们虽然还有联系,但没有越过那一步,可以这么说,我们都遵守了婚姻的契约,并小心地维护着,我想,如果真正失去爱,我不会死皮赖脸地缠着她的!今天就到这里,我有事,下次,我再来听你的故事!"

　　这是个什么样的男人,这么低调生活的男人,却存有这样高调的思想。苏菲笑笑,头又开始疼,她在网络上闲逛着,不少版块开始帮她寻找金贝,虽然这里面可能有求证的成分,但苏菲还是觉得心里暖暖的,真的,网络不仅仅是冷酷,更有温情的一面!之前有个身患白血病的学子,在网络上求助之后,得到众多网友的支持,继而挽救了生命。苏菲的眼眶有些湿润,之前那些网友对她的伤害,渐渐在淡忘。但可惜的是,金贝依旧没有任何消息。

　　不知道什么原因,报纸上的采访没出来,可能是报社觉得没什么新闻点吧。而到了晚上,苏菲再次和那个情感博主交流。博主帮他分析了金阳,他说:"你爱上这个男人,本身可能就是错误,但不一定就是错误,至少,你们本来是恩爱的!这些都不能怪你,谁也不知道谁,可你网络通缉,那真的没有任何意义!"

　　"按理说,男人和女人是对等的,但孩子呢,他一直以为孩子是我们的,难道他就不该尽点义务!"

　　"怎么说呢,和没诚信的人讲道理,无疑是对牛弹琴,你大可以去法庭索要孩子的抚养费!"

　　老一套,苏菲有些不耐烦,但他对张鸿的分析却很精辟:"这应该是个好男人吧,他把心都挖给你了,你怎么还说没遇见过好男人呢!我猜想,你一定觉得他平凡,你心有不甘,但绝大多数夫妻,婚后不都是在平庸中度过,有首歌不是叫《我想慢慢陪着你变老》吗。但那时候的你,想出人头地,当然,想出人头地,那也没错,可你要照顾他的感受,他毕竟是个活生生的男人,新婚蜜月,你让他独守空房,苏菲,你这么做,还能责怪男人吗!"

　　苏菲吃了一惊,他怎么知道她。男人接着说:"经过网络的闹腾,谁人不知道

你苏菲啊,这样的网络通缉,闪婚闪离,除了你苏菲,还有谁呢! 真的,开始我对你充满同情,一个寻爱的女人,可你后面的行为,却让我绝对不可思议! 那样做,值得吗!"

"那你这样做,值得吗? 不会也是炒作,为了出名吧!"苏菲针尖对麦芒。

"我爱她,所以坚守,我是永远不可能站到前台的!"

苏菲有些不耐烦了,她虽然很欣赏男人对老婆的宽厚,但她不喜欢他如老夫子一样的言论,她猜想,他老婆之所以和老情人有牵连,可能是这男人太迂腐吧。苏菲忍不住有些怀疑,这么迂腐的男人,真的有那么深情吗。

"苏菲,最近过得还好吧!"盛国忽然打来电话,苏菲的心头一惊,他不会是听到或者在网络上看到了什么吧,他是来要孩子的吧。苏菲不知道说什么了。"喂喂,苏菲,你没听到我说话吗,我觉得,我还是要汇钱给你,不然,我心头总有愧疚,你说我努力为什么啊,孩子不就是我的希望吗! 放心,我不会去看她,我只是想尽一个父亲的力量!"

苏菲擦了擦头上的汗水,看来盛国还不知道情况,她得加紧,可金贝究竟去了哪里呢? 苏菲拍打着头,她头疼得厉害。

"苏菲,我有办法找到金贝,你来一下!"李斌忽然打来电话,苏菲几乎笑弯了肠子,他竟然想用这样的花招,把苏菲骗去,可能是他这段时间没有女人,情欲高涨吧,一个连门锁都换掉的男人,会这么有爱心,这样的把戏不是太拙劣了吗。

苏菲没有理睬他,这个披着画皮的男人,她一想到就会恶心。他不会再次请电视台来拍摄他的忏悔吧! 她忽然觉得,他真的不如金阳,至少金阳不会这么弯弯绕绕。

"苏菲,我很同情你,但生活是生活,工作是工作,不要混淆了!"主管是个35岁的女人,外表慈爱,苏菲点点头,她已经请过好几次假,有些说不过去,因为在网络上发帖子留下手机号,经常有电话来,这也干扰了别人的工作。狠狠心,苏菲只得白天关机。

可这天上班的时候,有人忽然在网络对苏菲说,他在 W 城发现了金贝,那小孩和网络上一模一样,让她立即去。苏菲赶紧向主管请假,可主管说,她做不了主,

要她亲自跟老总请假去。苏菲心里很急,不想再去和老总磨,抬腿就跨出公司,直奔汽车站,然后登上了去 W 城的汽车。

到了 W 城,已经是下午 5 点,有个男人打她电话,他们联系上了。那男人大概三十几岁,瘦瘦的,戴副眼镜。男人带着苏菲左转右转,到了一个小区,然后对苏菲说:"抱养小孩的人和我是朋友,总得买些礼品去吧!"苏菲觉得对,就掏出 300 块钱,男人嘀咕起来:"有没有搞错,人家帮你养了这么长时间,300 块钱,你打发叫花子啊!"

苏菲觉得有道理,想起那次那对帮她寻找孩子夫妇的热心,苏菲禁不住有些惭愧,人家是好心帮自己。于是,她又掏出 200 块递到男人的手上。男人让她一道去超市购买礼品,可在超市转了一圈之后,她却把男人转丢了,打男人的手机,男人关机。

苏菲预感到不妙,这些钱,还是以前李斌给她的呢,她已经这样了,还有人趁火打劫……

第七章:再一次的十字路口,她究竟该走向何方

因为寻找金贝,苏菲再次丢了工作。其实,她也不是她自己说的那么高尚,她身上有 6000 多块钱,就是李斌的,她和李斌在一起的时候,李斌在经济上还是尽量满足她的。

"你还不如跟那男人认个错,服个软,还是接着跟他过吧,他总比你通缉的那个男人可靠,你现在自己都管不好,还管什么孩子啊!"米莉看着她说:"你这女人,一辈子就没做过一件上算的事情!"

有没有搞错啊,她凭什么向李斌认错,如果这样,她当初还不如不离开李斌呢。

"唉,男人不知道怎么回事,就说我那情人吧,天天说爱我,但前段时间走了,说永远不想再看到我,还骂我是婊子。那他为什么和婊子发生关系呢!"

苏菲看了看米莉,这个女人一直乱七八糟,但她的命似乎比她好,就要嫁给一

个有钱男人,从此衣食无忧,而且,唯一的麻烦还自动解除了。

"奶奶的,他走了之后,我真有些不习惯,还真有些想他!"

这女人,是不是天生的贱,那男人差点没让米莉崩溃,可她还对他恋恋不忘。

"知道吗,女人离开男人也能活,我妈妈不就是那么一辈子过来的吗!可我和她不同,我不想被这样一个男人牵着,我也不想继续找孩子了,因为那会影响到我寻找幸福!我就不信,我一个人还能饿死!"苏菲扬起头说,这样的观念其实时刻存在她心里,孩子不是她亲生的,她觉得自己已经仁至义尽,她不是英雄,没有崇高到那种地步,她狠了狠心,就是盛国找来,那又能怎么样,他敢杀了她吗!她现在有些后悔,在李斌那里拿的钱太少了。

"你现在名声已经臭了,拜托,谁还敢要你!大小姐,你还以为你是刚刚走出校园啊!你以为你还是清纯少女啊!"米莉絮叨着,可苏菲就是想不通,米莉比她混乱许多,为什么她滋润,她却落魄。想了一会儿之后,她忽然决定,既然人们都认为过去的她不好,那她自己为什么要坚守呢!换个名字,离开这个城市,一切不是从新开始了吗。

这个想法让她兴奋,她立即赶往户口所在地,但更换名字,手续非常烦琐,她真的没那个耐心。她忽然想,离开省城,到其他城市,在一个陌生的地方,那也就重新开始了。

可离开熟悉的城市,究竟去哪里呢,苏菲有些迷茫。不知不觉,她竟然来到 W 城,她把手机卡扔了,换了个本地卡。她长长地叹了一口气,好了,以后所有的人都找不到她了,包括她妈妈,这样才好,过去的她,已经死了。

苏菲先租了个单间住下,然后去人才市场转悠。因为不想再搞财务,苏菲连毕业证都没出示,这样,她选择的职业只能是一些操作工及保姆。可她毕竟读了多年的书,她实在又不想做这样的事情。就在她彷徨的时候,她的眼前忽然一亮,她竟然发现一个商务公司招聘催债女郎,这可是个新鲜的职业,她感觉到很适合自己的个性。于是,她就试探地报名了。

招聘的人仔细地打量了她一番,苏菲高高的个,娉娉婷婷的,外表不错。他又询问了苏菲一番,当即就录用了她。他说这是一个具有挑战性的风险职业,基础

工资500元,每要回一笔债务,会有奖金。

苏菲管不了那么多了,既然是新职业,她又想重新开始,于是,她就成为讨债公司的美女催债员。

"社会对我们讨债公司有偏见,可我们更多地靠智慧、合法手段来维护委托人的合法利益,公司欢迎像你这样前卫的女性加入!"老总对苏菲说,这家公司不大,但业务却开展得很红火。而像苏菲这样的美女催债师,就是要利用女人的优势,盯梢、暧昧、跟踪,甚至造谣都行,目的只有一个,让欠债者还钱。

苏菲有些懵懂,她的第一次讨债之路,也不是很平坦,老总指派她去向一个人讨债,那个人倒很爽快,让她在一个地方等,他去银行取钱,结果,那个人从此就失去了踪影。老总有些不高兴,就指着苏菲的鼻子说:"你这样的个性,能做催债师吗!你们那里不是出了一个网络通缉女吗!"

苏菲一怔,不知道老总要玩什么花样。老总又说:"你看看人家多能缠,我敢说,那个通缉女要来做催债师,那是一流的,她能哭能闹,还能在网上掀起那么大的风波。你看看你,人家说什么你都相信,这样,你能要到钱吗!"

苏菲给老总说了哭笑不得,此时此刻,她更加体会到流言的厉害。同时,她也为自己做出重生的决定而高兴,树挪死,人挪活,如果总在省城,她一辈子也不会安生的。

苏菲做得不好,但另外几个女孩却做得很滋润。苏菲向其中的一个取经,她笑着说:"你是不是女人啊,猪是怎么死的,笨死的!女人擅长什么,哭、闹、撒娇,真正不行,还可以在床上解决问题嘛!这个世界,只有男人能饿死,你看见过饿死的女人吗!"

原来是这样,苏菲觉得这个职业并不是很好,可一时也没有好的去处,她只能先挨着,骑驴找马吧。而每个夜晚,寂寞无依的苏菲都会找那个情感博主聊天。博主竟然也说,李斌不是很坏,他是一个普通男人,而且受过伤害,有防备心理,那是自然的。"再说,你的动机,那也不纯,你不是贪图他的房子吗!没有十全十美的男人,这个世界上!除非你去定制个情感机器男人。"

为什么总有人认为李斌不是很坏?

"白琳,你知道吗,如果你经常上网,那应该知道,她的老公不是十全十美吗!老婆很不堪,可他非但没有追究,而且还打官司维护她的名声!他几乎集中了男人的所有优点,俊朗、多金、柔情,把老婆当成宝贝一样的疼爱,你说,为什么我就不能遇见这样的男人!"苏菲不服气地辩解,这男人的博客已经停了几天,他好像遇见了什么难事,好像写不下去,可能他也不愿意暴露更多的隐私,继而让人们找到现实中的他。

博主没有回答苏菲,他似乎被苏菲驳倒了,过了几分钟,他的头像暗了……

第八章:和完美男人的亲密接触,谁才是明日黄花

"小苏,你回去一趟,那里有笔债务,你那里人头熟,锻炼你的机会到了!"老总拍着苏菲的肩膀说。苏菲无奈地点点头,那是她诚心离开,再也不想去的地方。

硬着头皮,苏菲按老总给的地址找到欠债的地方,那是家酒店,债主发了一批酒给这家酒店,但一年半过去了,酒店就是不给货款。苏菲准备利用女人的优势,缠住酒店老总,可等她和酒店老总见面,就深深惊讶了,原来酒店老总竟然是白琳的老公。白琳老公姓唐,叫唐力。那么优秀的人,会是一个老赖吗?苏菲怎么也想不明白。

唐力并不认识苏菲,他明白了苏菲的来意之后,很不耐烦地要苏菲去找财务部,但苏菲赶到财务部,财务部的人又说,没老总的签字,他们做不了主。苏菲只好又去找唐力,他正在看一份文件,根本不理会苏菲。没一会,他去洗手间,苏菲就跟在外面,但他也没当回事情。后来,来了客户,苏菲挡在那里,唐力不耐烦了,打电话叫来了保安,让他们把苏菲赶出去。

进来三个保安,其中一个保安看着苏菲笑了:"这不是网络通缉的苏菲吗,现在的人真会利用资源,可能他们希望这女人像狗皮膏药一样缠人吧!"说着,他们准备架着苏菲往外走。但唐力却叫住了他们,让他们把苏菲带到一个地方先坐下来,等他忙完再说。

苏菲被保安们架到一间办公室,等了两个小时,唐力急匆匆地赶来了。他让

人安排了酒席，和苏菲面对面坐着。"你就是苏菲，是你第一个发现白琳车祸的，是吗？"唐力看着她。苏菲点点头，她预感不妙，因为她那个版，曾经大爆特曝白琳的隐私，如此情况下，债款应该更难要了。可唐力的举动却有点出人意料，他叹了一口气说："这或许是一种解脱吧，对她或者对我！"

苏菲满脸狐疑，唐力就说了自己的事情，原来他知道白琳曾经怀孕生过孩子之后，非常地痛苦，但他太爱她了，于是，他把一切都藏在心底，可这又是怎样的折磨啊！但他是个不信邪的人，他觉得自己能够改变白琳。

"可你知道吗？那个坐牢的男人回来之后，他们竟然还在来往，我不只一次有了杀人的冲动！说实话，那时候，我真想一脚把她踢开，但面子上放不下！我怕别人笑话我！"唐力说得激动起来："大家都以为我很高尚，但自己的老婆和老情人继续来往，我还能高尚起来吗！不瞒你说，我真的设计了几个谋杀计划，但我想想又觉得没意思，我也想过找人去修理那男人，可这样的想法再次被我否定，因为我实在不想给自己留尾巴！就在我痛苦不堪的时候，出了那样的事情，开始，我还以为是她老情人搞的！"

苏菲定定地看着唐力，她越发疑惑，这就是完美男人的内心世界吗？可他为什么要对她说这些呢！"那么，你晕倒，打官司，都是应景吗！都是假装出来的吗？"苏菲说完，忽然感觉到后背上凉飕飕的，如果这样的"完美"男人都这样歹毒，那这个世界，还有能信任的男人吗！

"不，那倒不是，当我听到白琳死讯的时候，我的大脑瞬间空白，所有的支撑都垮掉了！晕倒，那是真实的！当看见白琳躺在医院，像个植物人时，我的心头总闪现我们在一起快乐的时光，我曾经诅咒他们死，但一切成真之后，我却怎么也舍不得，于是，我抛开一切杂念抢救她！"说着说着，唐力的脸上有泪水流动。

"后来的事情，你也知道，网络上那么轰轰烈烈，但白琳却像一张白纸一样，静悄悄的！这是多么鲜明的对比啊！人非草木，孰能无情！我总觉得有些事情没做完，但等官司打完，我的心又空落落的了。如果当初想杀死他们，那是个支撑点的话，那之后的日子，我就有些迷茫了。倒是白琳，一了百了，她完全解脱了，可她却把羞辱和悲伤留给活着的我！"

这个男人也有这么多私心杂念,看来网络上那个博主说得对,这个世界上本来就没有十全十美的人!可唐力为什么要对自己说这些呢,这可是他的隐私,难道他就不怕她拿着隐私胁迫他。

"你没有网络传说的那么坏,我是成熟男人,我会冷静分析的,当初你孤单无依靠,这才有了网络通缉,换成另外的女人,也可能这么做,毕竟,女人经营着男人和家庭!"苏菲实在搞不清楚,唐力究竟想做什么。于是,她把话题转到债务上。唐力笑笑,说:"我招待你,不是为了债务,这个供货商有问题,他供应的酒不纯,客人有不少反映,你说,这样的款项,我能给他吗,他不是找活闹鬼来折腾吗,但这些对我没用!"

唐力真是个厉害的男人,他的一番话,已经让苏菲的心向着他了。

"你不适合做这行,而且很不幸地遇见我这样软硬不吃的人,听我的,还是换一个岗位吧,你本质不坏,不要越陷越深!"唐力又恢复那种自信,那是令女人心醉的自信,难怪白琳当初那么狠心、那么紧张!可世间为什么偏偏会有这样的纠缠呢!她不由得想到盛国,无可否认,他也是个好男人啊,看来,遇见太多的好男人,那也是一种折磨。或许,也可能是这个女人命中无福消受吧!

那会儿,苏菲把催债的事抛到九霄云外,脑袋里想着的都是男女情爱,它让人笑,又让人哭,那么,这看不清、摸不着的东西,又是个什么东西呢!

唐力从身上掏出200块钱,递到苏菲的手上:"款子要不回去,车旅费不能报销,算是补偿吧!其实,我们都是芸芸众生,我们有时候会有一样的痛苦,和你交谈的时候,我就说过,人不能只看表象,可又有谁能穿破肚皮,看到那颗跳动的心呢!"

苏菲从唐力那里落荒而逃,她根本不是他的对手,何况,这个城市,让她看一眼都觉得伤心。这个城市,记录了她什么呢?轰轰烈烈的网络通缉,可那早已经是明日黄花,而最最刻骨的却是耻辱和伤痛。

苏菲赶着夜车向 W 城进发,这个城市,她一刻也不想多待。汽车终于出了城,坐在窗前的苏菲,忽然想起唐力说和她交谈过,可他们才第一次见面啊!苏菲忽然很想念妈妈,她找不到她,一定非常着急吧,于是,她拨通了家里的电话。

第九章：我就要她去催债，他们是那种关系

　　妈妈听到苏菲的声音，她非常着急，要她赶快回去。苏菲让妈妈放心，然后简单地说了自己的一些情况："妈妈，我现在挺好，离开也是为了重新开始，有人找过我吗，如果有人找我，你就说不知道，过去的我，已经死了！"

　　妈妈似乎理解了她的意思，她答应了，还告诉她，只有李斌来过。李斌去做什么，难道是想要回那6000块钱吗。但妈妈却说，李斌的意思还是想和她和好。这男人，就是这么婆婆妈妈。

　　"菲啊，我还是觉得你跟着他比较实在！"

　　苏菲不想听妈妈絮叨了，关照妈妈别透露自己的行踪之后，就挂了电话。

　　没要回钱，苏菲觉得自己也做不下去了，可让她没想到的是，她回去后的第二天，唐力就打来五分之一的款。老总很高兴，因为这个款子催过多次，但就是没有结果。

　　"你还是挺能干的，加油，给你800块嘉奖！"老总拍打着她的肩膀。

　　苏菲倒疑惑了，难道唐力发了善心，可怜她吗。她翻出唐力的电话号码，她想问问他。可电话过去，唐力正在开会，秘书让她留言。她就说："我是苏菲，唐总有时间，请打我手机！"

　　一个小时后，唐力的电话打了过来，他的声音雄浑有力："你一定感觉疑惑吧，我说我们交流过，你一定也是满心疑问，但一切都是真实的，那个情感博客！"

　　原来自从白琳离开之后，唐力虽然感觉到轻松解脱，可他的情绪一直没有出口。于是，他就在网络上写博客，没想到却引起那么多人的关注。

　　"我说过，人无完人，你还记得吗！我感谢那个博客，感谢许多的网友，他们的一些言论，陪伴我度过人生的空白期，虽然我不想继续写了，但我会一直保留，做个永久的纪念。其实，一开始听了你的事情，我也心有戚戚，我是成年男人，不会像那些小年轻那样去乱骂人，你这样的境遇，换到其他女人身上，那也可能这样的！你真的不错，据说那是别人的孩子。是这样吗！"唐力滔滔不绝。苏菲的脸上有泪花闪动，如果能嫁给这样的男人，就是死了，那也是值得的。

"说说款子吧,那批货只值这么多钱!"唐力的声音忽然冷峻起来:"就说这么多了,路在你自己脚下,努力! 当然,我也要努力!"冷峻的声音透着自信,这样的男人,会被女人爱死的。

"谢谢,谢谢唐总!"苏菲语无伦次,这个男人虽然有点居高临下,虽然款子没有还她,但却让她感动,那种很久很久以前愿为一个人牺牲的感觉又冒了出来。苏菲抹了抹泪水,狠狠地骂了自己一句,没出息,为什么就不能修炼成米莉那样的心肠,为什么就不能像米莉那样,把男人打造成床上用品呢。

比较成功地完成了一笔单子,苏菲在催债公司落下了脚,有个小姐妹似笑非笑地看着她问:"用什么方法和那男人上床的,那男人很俊呢! 既然能上床,那还要什么债啊,干脆做他情人,不是更好!"

苏菲笑笑,没有辩解,她忽然觉得,哪里都有这样心思的女孩子。工作稍稍稳定之后,她也在逐渐适应单身,她购买了一个大洋娃娃,晚上抱着她睡觉,有时候,还看看书,从学校出来后,她确实是想有所发展的,可遇见金阳之后,她所有的理想都消失了。躺在床上,她想,等一切安定下来,她会去进修。

这天,苏菲正在公司里忙碌着,忽然,她看见一个熟悉的身影,那是个女人,一袭黑衣,挺漂亮的。这女人好像在哪里见过,苏菲一时想不起,那女人也是来催债的,她在公司里转悠着,转到苏菲面前的时候,她忽然停住了,双眼紧紧地盯着苏菲,看了一会之后,她忽然哈哈大笑起来:"真是人生何处不相逢啊,你不是那个网络通缉的女人吗,以前是讨要男人,现在是讨要金钱,这个公司还真会用人啊!"

苏菲忽然想起,眼前这个女人就是金阳在南方的情人。苏菲看得没错,眼前这个女人正是赵颖,她刚嫁的男人,在这里有笔债务,用尽手段也要不回来,只好通过催债公司试试了。

"你在这里正好,我这里有笔债务,麻烦你去催要下!"说着,她从随身的包里拿出一张欠条,苏菲瞟了一眼,欠债者竟然是金阳,欠款不多,5万。苏菲沉默着,这可能是他们相好时,搞的玩笑,也可能是金阳真的向她借过钱。可她自己不能去要啊,催债的人,有时候就得象孙子一样,她可以在任何人面前装孙子,但就是在这女人面前不行。

"怎么,不愿意啊!"赵颖的声音高了起来,她快步地走向老总室。没一会,老总来找苏菲了。

"你怎么回事儿啊,你难道不知道顾客就是上帝吗,何况人家的要求也不高,要回要不回,只要去就行。你不去催债,她那笔单子,也不在我们这里做了! 算我求你了!"

"不行,老总,你不知道,这个男人根本找不到,再说,找到了,我也不去!"苏菲的脾气上来了,硬硬地顶了回去,老总立即蹦了起来:"你要是不去,就别在这里做了,立即卷铺盖走人!"

苏菲瞄了一眼老总,站起身说:"好的,我可以离开!"老总立即拉住她:"我就搞不懂了,这个债务,没有什么难度,更没什么压力,你为什么不去呢,你只要去,我就嘉奖你2000块!"苏菲看了看老总,说:"不瞒你说,我和那女人有化不开的仇,如果我那样做,那还不如用根绳子吊死呢!"苏菲坚决的态度,让老总迟疑起来,他跑去和赵颖商量,可赵颖坚持要苏菲去。她就是想看她笑话,她就是想让她无地自容,尽管是她踹了金阳,但一想到苏菲的网络通缉,她心里就有气,难得有这样的机会,她可不想轻易地放过。她实在想象不出,苏菲去向金阳催债,那会是怎样的一个情形。

"哈哈哈——"赵颖被自己的想法引得忍不住笑起来,她得意扬扬地晃动着身体。老总还和她商议着,苏菲忍无可忍地冲了过去:"你别难为老总了,你冲着我来好了,老娘不做了,你还有什么招,尽管使出来吧!"赵颖被苏菲冲得怔住了,过了一会,她再次哈哈大笑:"我真的有些可怜你,花那么大的力气,网络通缉一个没长大的孩子,这样的事情,也只有你能做,你会做! 我就奇怪,你为什么要拒绝呢,这不是为你们和好创造条件吗?你辛辛苦苦网络通缉,不就为那个人吗! 弱智!"

第十章:我要狠狠地揍她,竟然会再次遇见他

因为赵颖的捣乱,苏菲在催债公司待不下去了。从公司出来,她一肚子怒火,她真恨不得自己像武侠小说里那些大侠一样,有绝世武功,继而把那女人狠狠地

揍一顿。她漫无目的地在街上行走,一下子不知道去哪里才好,这里没有她熟悉的人,要是米莉或者宁宁在,那也可以找她们商量一下,就是她们不能拿出好主意,但至少能有个倾诉的人。

宁宁已经生了孩子,她现在是贤妻良母,就是她在面前,苏菲也不好意思再麻烦她的。奶奶的,一切靠自己,她苏菲不会被饿死的。可她心里确实是气愤难平,走着走着,她走到一个跆拳道馆面前,那里正在招生,一腔怒火的苏菲想也没想,就走了进去,她要学跆拳道,她要发泄怨气。

报完名后,她又急忙赶到人才市场,她必须迅速找到工作,她身上的钱也只够支撑半年的时间。人才市场转了一圈,但没有任何收获,只有一家房地产公司招聘售楼小姐,让她留下联系电话,等通知。

也只能这样了,除了等待,苏菲就在跆拳道馆"哼哈呼哈",挺解气的。这天,跆拳道馆的管理员把大家召集在一起,说要给大家介绍一个新老师。在学员的掌声中,走出一个男人,可苏菲一看见这男人,顿时就傻眼了,原来这男人竟然是盛国。他怎么到 W 城来了? 苏菲慌乱地低下了头。盛国说了一番客气话,然后教了几个动作,学员们学得非常认真,而苏菲蒙着头,做着架势,她在想用什么方法偷跑,而不引起盛国的注意。

晃来晃去,她晃到门边,悄悄地走了出去。她长长地舒了一口气,她不想再来这里了,跆拳道,那不是女人必须学的项目。可就在她要走出馆门的时候,却被一个人叫住了,她回头一看,头顿时大了,那人竟然是盛国。

苏菲跟着盛国漫无目的地走在大街上,她的心头就像一头小鹿在乱撞。盛国一句话都不说,气氛很压抑。走了 10 分钟,苏菲终于忍不住了,她走到盛国的面前,看着盛国说:"你究竟想怎样,要打要骂,随你!"

盛国依旧没说话,而是把她带到一个茶社,苏菲更加慌乱了,盛国是个强悍男人,他曾经想把他爱的女人推下地铁! 如今,他的孩子不见了,他不会对她不利吧? 但坐定以后,苏菲的心一横,觉得是祸躲不过,那干脆就让暴风雨来得更猛烈些吧。可盛国只是喝茶,脸上并没有怒气,苏菲终于忍不住了,她站起来,眼睛看着别处,低低地说:"金贝找不到了!"她觉得盛国可能不知道实情,但盛国终究会

知道的。

　　盛国没有像她想象的那样暴跳如雷，而是淡淡地说："我知道了，网络上那么大的动静，我能不知道吗，正因为孩子的缘故，我才来 W 城的，或许上苍可怜我，会让我们父女重逢！"苏菲不知道说什么，她的心里挺内疚的。她结结巴巴地说："盛国，我、我、我也不想这样，这其中有原因，难道我不爱金贝吗，我寻找过，但找不到！"说到这里，苏菲忍不住哭了起来。

　　"别这样，我知道，我理解，网络上，我也看到你的遭遇，不应该怪你，你抚养孩子那么久，我已经够感激的了！"盛国竟然劝说起苏菲："再说，只要有一线希望，我们都能找到孩子，对吗，就是找不到，我也会感激你的，毕竟，你抚养过我的孩子，还遭受了那么大的罪！"

　　通情达理的话，就像一股暖流，苏菲心里顿时有了种暖暖的感觉。男人并没有想象的那样可怕，张鸿、唐力、盛国，不都是好男人吗！

　　"谢谢，如果李斌有你这样的胸襟，那我们也不会走到那一步！"苏菲忍不住叹息。

　　"你是说那男人吗，我觉得他也有苦楚，他受过伤害，有防备心，那是正常的。站在他的角度来说，他可能觉得自己没错，可欺骗总是伤人心的，就说我和白琳，我也不知道她是不是在欺骗我，但我的心却被她搞得伤痕累累！"

　　盛国是个健硕的男人，棱角分明，茶社里的灯刚好照在他的眼珠上，闪现出一丝动人的光彩。金阳是个书生，而盛国却比金阳更多了一分吸引力，以至于苏菲胡思乱想，如果能和这样的男人在一起，哪怕穷一点，那也无所谓。

　　盛国敲桌子的声音，把苏菲从混乱的思绪中牵了出来，她立即站起来，赶紧说："盛国，你放心，我一定会把金贝找回来的！"

　　"你就别太自责了，孩子可以慢慢找，你在 W 城人生地不熟，工作找好没？"盛国关切地问了一句，苏菲把目光移到别处，她不想让这个男人看到自己的仓皇，于是，她就淡淡地说："还行，不然，也没心情学跆拳道啊。再说，学好跆拳道，遇见坏人，我好防身，而遇见金贝，我也好去抢啊！"这是她现编的词，在这个男人面前，她忽然想表现一下。没等盛国开口，她又说，孩子她已经顺着河流找了一遍，但没有结果。

盛国向她投来感激的目光，尽管苏菲没说假话，但她心里竟然很不安，就匆忙地和盛国告别了。第二天，她没去练习跆拳道，因为她真的害怕面对盛国。在人才市场转了个圈子，没有任何结果，她忽然想离开 W 城了。

如此想法让她当天晚上就开始收拾行李，当初来 W 城，她就是来和过去告别的，可在这里却不断遇见熟悉的人，这已经偏离了她的初衷。就在她收拾行李的时候，她接到盛国的电话，他约她吃饭。

这是个普通的电话，但却让苏菲心里荡起层层涟漪，她忽然觉得，自己如果这样走了，那盛国会一辈子看不起她，会认为她是个蛇蝎一样歹毒的女人！而这却是苏菲不愿意的！她决定留下来，但她也不想去见盛国，跆拳道馆，她是再也不想去了。就在她迟疑没有主张的时候，那家地产公司打电话给她，让她去做售楼小姐。

"每月 800 元的底薪，做得好，会有奖励！我们这里还有月收入几万的售楼小姐呢，关键要靠自己努力！"

第十一章：要不要救这个女人，没有人比我更废物了

苏菲做起了售楼小姐，由于国家宏观调控，楼市卖不动，销售处门可罗雀。第一个月，苏菲只拿了基本工资，好在这个城市有盛国，他时不时地约苏菲玩，没了心理障碍，苏菲再次练习跆拳道，她的身体也健康了许多，闲暇的时候，他们会一道寻找金贝的踪影。

这天，有人在网络上给苏菲留言，说 W 城城南的某户人家，他们抱养的孩子，非常像金贝。苏菲立即告诉盛国，于是，当天晚上，他们来到城南，找到那个热心人，那热心人领着他们，去了一户人家，结果那孩子根本就不是金贝。

"我遇见过几次这样的事情了，都说网络的力量大，但为什么就没有金贝的任何消息呢！难道她去月球了吗！"苏菲有些气急败坏。

W 城残留着一些古建筑，这里环境非常幽静，盛国的头上满是汗水，可能是急的，他擦了擦，打起精神笑了笑："苏菲，不要着急，既然抱养的人，搞得那么绝，那

240

一定不会亏待孩子的!"

　　盛国说得有些道理,可一个是亲生父亲,一个是用乳汁抚养过的养母,他们能不着急吗!因为心里闷,他们也不搭车,就一直步行,可就在他们路过一个僻静地方时,忽然听到前面有嘈杂声。隐约还有人喊救命。

　　难道是遇见了拦路抢劫,他们的心头一怔,盛国快步地向前。苏菲不放心,紧紧地跟着。走了几步以后,他们看见一个男人正拿着匕首,步步向一个女人进逼。女人的手臂好像被划伤了,似乎在滴血。盛国正想冲过去,但被身边的苏菲拉住了,因为她看清楚了,眼前这两人竟然是金阳和赵颖。

　　原来,催债的赵颖听说 W 城南城风景很美,夜色绝佳,晚上无事,就出来游荡。可她没想到,她竟然会遇见金阳,而金阳看了网络上的帖子以后,也到 W 城来打工了,他一直不相信金贝不是自己的骨肉,所以,他也在寻找她。可他的心情却是苦闷的,而且,他一直有种不安全感,所以,随身总带着一把匕首。晚上,他出来四处游荡解闷,没曾想,竟然遇见了单身的赵颖。

　　看着金阳那落魄的样子,赵颖厌恶地皱了皱眉,她有些想不通,她当初为什么会看上这样一个男人。虽然分手了,但毕竟在一起好过,赵颖就询问他过得可好。

　　"我已经报名读研,我会开始新的生活!现在我们父女团圆,我挺幸福的,哈哈!"金阳笑了起来,想着和赵颖在一起的一幕一幕,他的内心怎能痛快,于是,他就讥讽地说:"你呢,那男人岁数大了,你又那么骚,他能满足你吗!"赵颖对他翻了翻眼白,嘴角闪现出一丝嘲讽:"你这样手无缚鸡之力,竹竿形的男人,你觉得你很强大吗,别再自欺欺人了,我看了网上的帖子,说那孩子还不是你生的,你就这能力啊!我都替你脸红,别人不知道,我还不知道吗,这么长时间,我的肚子都没反应,要是别的男人,我孩子都会打酱油了!哈哈哈!"赵颖忍不住大笑起来。

　　两人越说越火,越说越僵,赵颖的心思真的令人费解了,既然已经不稀罕金阳,那一走了之就是了。可能是那段日子带给她很多的印记,可能那段日子,她太过投入,而这男人又不怎么听话,更没达到她想要的效果,所以,她就死命地挖苦他,以消除心中的块垒。可她不知道,此刻的金阳终日生活在绝望中,在她撕开他男人最后的尊严之后,他忍无可忍地爆发了。他从身上拿出匕首,快速地在赵颖

的手臂上划了一下，虽然不深，但流血了。金阳在赵颖面前，玩过许多次这样的把戏，赵颖并不陌生。她捂住手臂，向前靠了靠，咆哮起来："你就不是男人，你有种就杀了我，你敢吗，懦夫，孬种！"

她的话刚说完，金阳手上的刀又在她手臂上划了一下，这次比较深，她顿时感觉到一股钻心的疼痛。她抬起头，就看见金阳血红的眼睛，那种目光恐怖得像要吃人，赵颖有些害怕了，而金阳却步步向她进逼，他已经陷入一种疯狂中。人可能就是这样，总以为是他人导致自己陷入恶劣的生存环境，此刻的金阳可能就是这么想的，他觉得自己一辈子都被眼前这个女人毁了。如果没有这个女人，他在外面就是打工不顺畅，那回来也可以老婆孩子热炕头，而绝对不是像现在这样，形单影只，而且臭名远扬！可他如果能坚守，那怎么会有那么多的故事呢！但此刻的他，是不会检讨自己的，他的心头只有一个信念，杀死眼前这个女人，至少也要和这个女人同归于尽，他的人生已经没有什么念想，一了百了最好！

面对疯狂的金阳，看着他血红的眼睛，赵颖忽然害怕，于是，她边退边大声地叫起了"救命"，但她的叫声也让金阳想起在她结婚宴上所遭受的侮辱，于是，他就更加疯狂地进逼，手上的匕首寒光闪闪。

金阳离赵颖越来越近，由于惊慌，赵颖跌倒了，情况非常危急。盛国甩开苏菲，猛地从后面抱住金阳，刀子在他手臂上划了个伤口，血顿时流了出来，好在金阳的刀子也被碰掉了。

看着盛国流血，苏菲非常着急，赶紧用手按住，伤口并不深，血很快止住。苏菲拿开手，看着盛国说："你放下他，让这对贱人相互厮杀，不是很好吗，反正他们都贱到家了！"接着，她又走到赵颖面前，蹲下，恶狠狠地看着她："那贱人不是差你钱吗，你跟他要啊，你不是很生猛吗，怎么喊救命呢！"

盛国放下金阳，乘机把刀抢在手上，然后对苏菲说："你就少说两句吧！"苏菲顺从地站了起来，看金阳呆呆地站在那里，赵颖回过神来，她爬起来，对盛国说了几句感谢的话。然后，又拿出手机，看样子，她是想报警。但被盛国拦住了，他对她说："你们的事情，我知道一些，没有造成多大伤害，还是不要报警了吧，毕竟在一起过，不要把事情搞得那么绝，你先走，我看着，他刀也没了，你不要怕！"

赵颖看了看盛国,她忽然感觉到她现在并没有脱离险境,于是,她选择了快速地离开。等赵颖的身影消失以后,盛国对金阳说:"你这样做,有什么意思呢,难道非得像我一样,进监狱才甘心吗!我为我的脾气吃尽了苦头!同为男人,我奉劝你一句,男人要有男人的胸襟,别总是纠缠不清!"

金阳看着他,目光凶狠,但渐渐地,眼眶里满是颓废,呆了一会儿,他忽然说:"我是世界上最没用的废物,钱没人家多,连打架也打不过别人!我活着真是多余!"说着,他掩面向另一个方向狂奔而去。

"他为什么那么绝望啊!"望着金阳消失的背影,盛国有些不解:"他并不是那种深情的男人啊!"

"他是小心眼,他以为金贝是你和我生的,他觉得自己戴了绿帽子!"说着,苏菲的脸早已经通红……

第十二章:他竟然有能力购房,女孩是盛国的女友吗

房屋销售依旧冷清,倒是像盛国这样做体能教练,又会跆拳道的男人,收入逐渐看涨。早些年,他能有这样的收入,估计白琳也不会闹着和他分手了!爱情是浪漫的,可婚姻却是现实的。何况这个世界上并没有如果,再说,唐力确实是一个优秀的让女人心动的男人。他们的故事,有时候想想,真的令人扼腕。和他们对比,苏菲经常感觉到自己的经历,除了嘘嘘吵吵,其实并没有留下什么。

而在和盛国的不断接触中,她越来越被这个男人所吸引。这几乎是她找寻一生的男人,坚强果敢,且有责任心。他俊朗的外表,让苏菲时常想去亲近他,他有时所表现出来的霸气,那是张鸿那样的好心男人所不具有的!可在盛国面前,她总是很自卑,且不说她经历过三个男人,就是他们现在的生活背景和生存状况,那也不在一个层面上,盛国每月有近万元的收入,而且,跆拳道馆还给他安排了好的住所。而苏菲每月只有千元,窝在一间几平米的出租房里,想进修想读书提升自我,但她一直定不下心来。如果能够找到金贝,或许盛国会对她青眼有加的,可这只是一个女人内心的梦想,苏菲也只是想想而已。

经常带着客人看房子，现在的房子造得越来越漂亮，苏菲如果也能有一套，那该多好！想想她真是很可怜，难得住过一次套房，但却遭受到活生生的欺骗，李斌不会又拿房子去欺骗女人吧，他一直把自己装扮成受害者，他有的是理由，这个阴险小人。

"如果我能有这样一套漂亮的房子，那该多好！"苏菲的心中又升起了这样的梦想，但她只是想想而已，靠她现在的收入，除非发生奇迹，否则，那是绝对不可能的。

苏菲几乎不怎么上网了，上网也是浏览一些时尚商品，人们已经不知道她是谁，她渐渐恢复到女人本色。这天，她正趴在吧台上，看着外面的人群，做着白日梦。

"这里有房子卖吗？"这个声音把苏菲叫醒，她睁眼一看，吃了一惊，原来来人竟然是米莉的情人。

无论他是什么人，只要是顾客，她就得热情招待。苏菲赶紧说，有有。但她心里又不相信，这样的男人真的有能力购买房子。

男人也发现了苏菲，更感觉到苏菲的惊讶，他迟疑了一下，立即挺起了腰杆，说："我做生意赚了一笔钱，想购买套房子，不知道你们这里有合适的吗！你怎么到这里了！"苏菲没有回答他的话，但她还是热心地带他看了样房。男人转了一圈之后，没有任何表态，匆忙地离开了。看着他的背影，苏菲笑了，他可能也像她一样，过过房子瘾吧，可怜的男人，没钱不是看了更难受！有那么一阵子，苏菲喜欢玩网络上虚拟的房子，但后来觉得太虚拟，就失去了兴趣，想不到男人也爱这一套把戏。

果真如苏菲预想的那样，那之后，男人就再也没出现过。但苏菲的心头却还是有一些疑问，他难道真的和米莉断绝了关系，或者说，米莉和老男人结婚了，他失望地出走。想不通，苏菲也懒得想了，别人的事，她也管不了。

"苏菲，你快来，一对夫妻带着一个女孩来学跆拳道，那女孩很像金贝，我不敢确定！你快点来啊，因为他们想学又不想学，我想办法拖住他们！"盛国打来电话，这并不奇怪，虽然他是金贝的亲生父亲，但他们也只见过一次面，不能确定，那也是正常的。因为生意不忙，苏菲请假很顺利，她匆忙地跨出公司，招手打车。可过往的的士都拉着客，苏菲心急火燎，她觉得，如果因为她的缘故，再次和金贝失之

交臂,那她会成为一辈子的罪人,盛国可能会就此不理睬她。

15 分钟以后,苏菲左脚跨上车,右脚还在外面,她就狠狠地关车门,结果右脚被狠狠地夹了一下。驾驶员吃了一惊,问她要不要紧,要不要去医院。

"不要紧,快去跆拳道馆!"苏菲摆着手说。

在车子上坐定之后,苏菲这才感觉到右脚隐隐地痛,可急于赶到盛国那里的想法掩盖了疼痛。到了跆拳道馆门外,她付了车资,右脚一落地,又感觉到一阵疼痛。可她也顾不得这些了,三步两步走进馆内,直奔盛国的办公室。

盛国正和一对夫妻聊着天,这对夫妻的身边,有个女孩子,她的背影非常像金贝,岁数也差不多。苏菲的心一下子提到嗓子眼,她飞速地冲了过去,边跑边喊:"金贝,妈妈来了,贝啊,妈妈带你回去!"她的脸上挂着一行泪水。她的叫喊声,惊动了室内的人,那对夫妻呆呆地看着她,而盛国则一把搂住对面的小孩,从苏菲的叫喊声里,他猜想到眼前的小孩就是自己的女儿,他要占得先机。

可等苏菲和小孩对面之后,她再次傻了,原来小孩只是和金贝有些相像而已,她根本就不是她的金贝。那对夫妻回过神来,看着盛国,盛国又看着苏菲,苏菲低低地说了一声:"不是,我搞错了!"

那对夫妻莫名其妙,没多久,他们就带着孩子离开了。此时,苏菲右脚的疼痛感越来越强烈,她站不住,就瘫倒在椅子上。盛国并没有察觉到异样,他望着墙壁出神,似乎在想着什么问题。苏菲擦了擦头上的冷汗,看了看盛国,他究竟在想什么呢!

"盛国,盛国,说好出去玩的,我在那地方等了半天,你都没去,你搞什么啊!"一个长头发的女孩走了进来,她高挑身材,很漂亮,大约二十二三岁。盛国回过神来,笑着对女孩说:"刚好有些事情,耽误了!"女孩狐疑地看了看苏菲,苏菲心里顿时不是滋味,这女孩一定是盛国的女友吧,他们倒是挺般配的。

盛国对苏菲笑了笑,说:"我出去有点事情,我们下次再联系!"说着,他就和女孩匆忙地离开了。望着他们离去的背影,苏菲的心头忽然有一种巨大的失落,这样的好男人,她终究没有份。

右脚越来越疼,苏菲提了提裤管,右脚面竟然青了一大块。她试着落地走路,但疼得不能再疼。"他妈的,我就不相信了!"苏菲忽然和自己较上了劲,她觉得自

已不需要别人帮助,就是爬,那也要爬回去,这其实是一种受虐心理。

勉强地走到跆拳道馆门外,她全身已经汗湿,她靠在墙边,准备打辆车回去。

"苏菲,你怎么了,哪里不舒服啊,生病了吗?"盛国竟然回来了,他不是和那女孩一道出去了吗,怎么这么快就回来了?

第十三章:是谁掀起她心底波澜,老女人你闹腾什么啊

看见盛国,苏菲再也坚持不住,整个人瘫倒在地,她指了指自己的右脚。盛国赶紧提了提她的右裤管,知道事情经过之后,就责怪地对苏菲说:"你傻啊,你这是干什么啊,你把我当外人吗?别说了,赶快去医院!"说着,他一把抱起她,这是一个孔武有力的男人,和当初张鸿背她的感觉,那完全是两回事,苏菲有种眩晕的感觉。人生有时候真的很滑稽,她苏菲为什么就不能早遇见这样的男人呢!

盛国把苏菲平放在的士后座,他自己坐在副驾驶位上。到了医院之后,他抱着她去了外科,经过一番诊断,问题不是很大,没伤到骨头,上点药,休息几天应该就没事了。从医院出来,盛国一直把苏菲抱到出租车上,然后送到苏菲的出租屋。安顿好苏菲以后,他到外面购买了盒饭,然后坐着陪了苏菲一夜,这男人。

"那个女孩是你的女友吧?就是那个长头发的女孩!"

"不能算是,只是我们最近经常在一起玩!她父母都是公务员,她也和白琳一样,有些大小姐脾气,我和她是不可能的,我受过那样的伤害,不会再找那样的女孩,何况,孩子找不到,我也没那个心思!"

苏菲定定地看着盛国,她很想问,他究竟想找个什么样的女人,但这样的话终究没问出口。第二天早晨,苏菲醒来,盛国趴在桌子上睡得正香呢。苏菲不想惊动他,可她一发出声响,盛国就醒了,他急忙去街上购买早点,然后要替苏菲请假。但被苏菲阻止了。

"现在不容易,我不想再失业,再说,我的工作是坐着,应该没多大问题!"

苏菲既然这么说了,盛国也没坚持,但他又把她抱到出租车上,这男人,做事怎么这么自作主张。到了售楼处,他还想把苏菲抱进去,苏菲的脸顿时通红,她低

246

低地说:"人家会笑话的,你去上班吧,走慢点儿,我能行,谢谢你啊!"

那一整天,苏菲都在回味着被盛国抱在怀里的感觉,她的脸一直红彤彤的,右脚的疼痛就不那么明显了。

"如果能嫁给他,以后找到金贝也就名正言顺了,他确实是个好男人!"这个想法在她心中熊熊燃起,如浇了汽油的烈焰。但很快,又有一个声音把这样的思维压了下去。"你苏菲凭什么啊,经历过三个男人的残花败柳,他能看上吗,追求他的女孩子不是很多吗,你苏菲就别自找没趣了!"

下班的时候,盛国又来接她,再次把她送到出租屋,他还准备陪她,但她拒绝了,他晚上有课,不能耽误他。苏菲一直是这样一个女人,当年她对金阳,那可是用尽了心思,甚至后来对李斌,她也是全心全意。遭遇了那么多,本以为心肠已经如钢铁一样,可想不到,在内心的某个角落,依旧那么柔软。

盛国给他买了盒饭,但竟然忘记带筷子来,他匆忙地走了,真是一个粗线条的男人。苏菲笑笑,在 W 城,她也没开过火,锅碗都没,一般都是在路边的小摊上花几元钱将就。就在苏菲想着如何吃饭的时候,有人敲门,没等她答应,一个人就走了进来。苏菲定睛一看,竟然是找盛国的那个长发女孩。

女孩看了看她,忽然说:"我就奇怪,那天盛国为什么失约,我去叫他,他又找借口离开,原来是因为你啊!"苏菲给女孩说得一头雾水,那女孩又说:"要不是我盯梢他,怎么会知道你!"女孩说着,又转圈似的看了看苏菲,语气变得非常不友好:"喂,我说你这老女人,起什么哄啊,盛国昨天在这里待了一夜,我就在外面守着,你认为你配得上盛国吗!"

"不是那样的!"苏菲想辩解,如果女孩真的是盛国未来的女友,她真不想妨碍他们,她已经这样了,没必要让一个好男人跟着受罪。可她一时又不知道如何解释。

"你最好搬个地方,让他找不到你,想起盛国和你待了一夜,我他妈的就想呕吐,盛国是不是眼光出了问题! 他妈的,男人风流一点也正常,但你不该有非分的想法,更不该有非分举动,你搬家吧,没钱我替你出!"

这个女孩有些另类的高傲,但话说回来,如果她和盛国发生什么,她应该去找

盛国拼命,而不应该是找她。苏菲努力按捺住自己的情绪,认真看了看女孩,说:
"你敢肯定,盛国会要你!"女孩昂起了头:"笑话,不要我,还要你吗!"

　　"如果是那样的话,你大可以放心,我们的关系是正常的,可我搬家,还是没
用,他会找到我工作单位,你看这样好不好,我向你保证,我不会和他那样发展,并
且,我祝你们幸福!如果你不相信我的话,那我就没办法了!"

　　以苏菲的性格,她是不太可能这样说话的,可她想到,盛国走了那么多弯路,
情感遭遇那么大的创伤,如果能有这样一个女孩爱他,那也算是天大的造化了,那
她受点委屈又算什么呢!

　　"这样的把戏,我见识多了,你以为我是孩子啊?"女孩嘀嘀咕咕。苏菲忍不住
有些火了:"那你说怎么办?你给我一笔钱,不多,5 万,我立即离开 W 城!"苏菲一
下子把女孩问住了,但随即女孩就对她破口大骂:"你真无耻,终于说出内心的龌
龊想法!你跟盛国在一起,就是想要他的钱!"

　　等女孩骂了一番之后,苏菲平淡地对她说:"你大可放心,真的,你相信我的
话,什么事都没有,不相信的话,那就自己找罪受,盛国是我好友,像哥们那样的好
友,我能不希望他幸福吗!你可以这样对我,但你不能这样对盛国!"

　　"不要你管!"女孩在苏菲这里没讨到便宜,怒冲冲地摔门而去。苏菲又一次
苦笑,本以为改了手机号,换了城市,就能过平静的生活!可想不到在 W 城,依旧
有这么多的麻烦。她无心吃饭了,躺在床上,她的脑海里一会儿是盛国,一会儿是
那个女孩,她搞不懂自己是不是喜欢盛国,但就是希望,又有什么用呢!

　　"他妈的,像我这样的人,最好到火星上去生活!"她恨恨地自言自语。

第十四章:做一次房产间谍,他竟然真的购买了房子

　　房地产的冬季迟迟不过去,可也有些房产能卖的动。苏菲被指派到另一家房
地产公司去观察。她把自己装扮成购房客,任务就是看看那家是不是自我炒作的
买卖。如今这社会,无处不充满了暗战。

　　苏菲一打扮,还真像个有钱的女人,她本来是个漂亮女子,只是遭遇不好罢

了。以前和金阳在一起的时候,她也喜欢去楼盘转悠,但她的心是怯的,主要是口袋里没钱。既然是做戏,她也就放开了。

售楼小姐非常热情,她介绍说:"我们这里的楼盘正在打折,几乎是成本价,卖得很火,您再迟一些来,就没有了,现在我们这里只有 120 平米以上的房子,不知道您有没有兴趣!"苏菲点点头,反正是做戏,正好过一把购房瘾。

售楼小姐带苏菲看了样房,然后又说了价格,是打了八五折的。苏菲在楼盘待了这么长时间,她内心估算了一下,这样的价格听起来很诱人,但苏菲这样的内行来看,价格并不便宜,也只是开发商玩手段骗骗购房者而已。这样的把戏,他们楼盘也搞,可这里为什么能卖火呢? 可能是虚假信息吧。

"你们就这么多房子了吗,不会藏着好的不卖?"苏菲故意这样问。售楼小姐对她笑了笑,忽然指着一个男人的背影说:"那位先生刚刚购买了一套 138 平米的房子,你可以问问他!"顺着她的手指看过去,苏菲忽然觉得那个背影非常熟悉,会是谁呢,难道又遇见熟人! 此时此刻,她真不想遇见熟悉的人。

"嗯,好的,我相信你,不需要问了,我回去和爱人商量一下!"说着,苏菲匆匆出门,她不想再待下去,房地产这个行业,水很深,不是她一个小女子能搞懂的。可她竟然和那个背影在门口相遇。苏菲瞄了一眼,顿时又惊讶了,那人竟然是米莉的情人,他真的购买了房子,那么大的房子,接近 100 万,他有这个能力吗? 他哪里来的这么多钱呢!

男人看到苏菲,也吃了一惊,但他很快恢复了正常,他仰着头对苏菲说:"你来这里干什么?"

"听说你买了房子,不简单啊!"

男人沉默了一下,就得意洋洋地说:"没什么,现在是造就富翁的时代,只要努力再加上足够的智慧,就成功了,就像我这样! 你认为呢! 不过,像你网络上搞的那套,是永远不能像我这样成功的!"男人摇头摆尾。

是吗,那是苏菲以前小看这个男人了。

"米莉呢,米莉现在怎么样?"苏菲忍不住问了一句。

"不要提那个女人,她是个婊子,我被她害得不浅,幸亏我坚强地站了起来!"

苏菲摇摇头，米莉的行为确实有些像婊子，可这个男人不是和婊子混得火热吗，究竟是婊子无情，还是男人无情呢！这个男人，究竟做的什么生意，忽然就暴富了，这样的生意，她苏菲为什么就不能遇见呢！

虽然和盛国在一个城市，他们来往得并不多，看来盛国也只是把她当成一个普通朋友而已。苏菲已经不去跆拳道馆了，下班之后，她喜欢在网络上闲逛，她最喜欢聊天的人就是唐力。这天，她询问唐力，有没有新的目标。

"怎么说呢，人们对有钱男人存在着误解，总以为男人有钱就花心，但这只是以偏概全！打个比方，有这样一个新闻，说一个乞丐，白天乞讨，晚上西装革履地去找小姐，这又怎么说呢！同理，有钱男人也有情种，一个男人被一个女人骗去几百万，这是真实的新闻事件，人们都嘲笑这男人的低能，但如果这个男人不陷进去，不是真情真意，可能这样吗！"

苏菲只是随便问问，但没想到却引得唐力发了这么多的感慨，她觉得他说的是对的，那么，情感究竟是什么呢？她当初网络通缉，究竟是正确还是错到家了呢？唐力上网的时间并不多，看样子他已经度过了情感的空窗期，毕竟，对于男人来说，情感只是一部分，他们有事业，事业的成功可能会弥补情感的缺憾！但女人呢？确实存在着女强人，但数目却比男人少得多。

苏菲对 W 城有些厌倦，倒是唐力鼓励她，要她不要再轻易付出情感，靠男人，不如靠自己。这样的说法，苏菲几乎没听说过，她的那些朋友，都一直劝说她，赶快找男人嫁了，就连宁宁这样的职业女性，那也不能免俗。对，一定要靠自己，米莉的情人都能发达，她为什么就不行呢！这样的想法，让她在工作上有了劲头，房地产渐渐在回暖，她的收入增加了不少，她忽然觉得人生又充满了希望。男人，不要也罢！

"苏菲，我知道金贝的下落了！"竟然是李斌，他怎么知道她的新号码，一定是妈妈觉得他还比较可靠，再说他们毕竟举行过婚礼，一定是妈妈告诉他的。妈妈怎么能这样啊，但随即，她就想通了，毕竟两代人的观念不同。

"你就编吧，我没有这个耐心听，你最好到网上去写，你不是喜欢在网上发帖吗！你去发啊！"说完，她就挂了，怕烦，她连手机都关了，她感觉到这个男人的脸

皮真厚，以前网络上传说，他跪求前妻回去，那一定是真的了！现代社会，为什么还有这样的男人呢？苏菲忍不住想呕吐。她到 W 城就是想平静生活的，如果李斌跟来，或者李斌在网络上随意透露她的信息，她还能安宁吗！不过就是透露了，还有人会在意她吗，她只是一个平凡人，无意间成为了网络上的风云人物，可如今谁还能记得她啊。网络上不时地有事件出现，网友们都去打老虎了，谁还记得有她这么一个人啊。

"苏菲，你最近还好吧，最近有些忙，一直没联系你，晚上一起吃个饭，顺便商量一下如何找孩子！"盛国打来电话，这是个无法推脱的理由，她也想见见盛国，毕竟，在这个城市里，只有他算得上是个比较熟悉的人。"吃一次饭，那女孩不会发飙吧！"苏菲苦笑着摇头，女孩那样的岁数，可能对自己喜欢的男人，有着强烈的占有欲，苏菲不也是这么过来的吗？

第十五章：女孩忽然出现，我为什么不能竞争

和盛国在一起吃饭，无非是谈谈工作以及孩子的一些线索。苏菲确实有些想念金贝，可时间毕竟过去这么久，渐渐也就不那么强烈了。至于盛国，他对孩子怀着一份深深的歉疚，那是他的骨肉，为了孩子，他会牺牲自己一切。见苏菲愁眉苦脸，他就安慰她："孩子自有天命，你不要内疚，真正惭愧的，是我这个亲生父亲！"

话说到这个地步，两人都不知道说什么了，盛国只一个劲地让苏菲多吃点。而就在这时候，那长发女孩忽然冲了进来，她狠狠地瞪着苏菲，语气很冲："你不是说不和他来往了吗！"盛国赶紧站起来，对她说："你做什么啊，别闹，她是我朋友！"

"朋友！"女孩推开盛国，冲到苏菲的面前，恶狠狠地说："你不要以为我不知道你的底细，你不就是那个网络通缉的女人吗，一个把男人逼得无处藏身的女人，够狠毒的！"苏菲无言，因为她不只一次地在网络上看到女人对她的指责，女人，为什么就不能理解女人的苦呢！

"那个孩子竟然不是你通缉那男人的，也不是你的，你在替别人抚养孩子，你有那么伟大吗？"女孩指着苏菲的鼻子。

苏菲低着头，她哪里有那么伟大，她当初之所以抱养金贝，就是想讨金阳的欢心。

女孩呵呵地笑了起来："我在网络上查看了那些帖子，越来越觉得你这个女人的虚伪，那孩子明明是你和盛国生的，盛国坐牢了，你就缠上了后来被你通缉的男人，你巧立名目，脸皮真厚啊！不过我不会在意的，那毕竟是他的过去，我爱他，他爱我，这就够了！"

这是什么啊，也可能网络真的有这样的传言，她不是这样对金阳说过了吗。

女孩也太咄咄逼人了，苏菲心里的火腾腾地向上冒，盛国让女孩别乱说，苏菲却忍不住开火了："既然你都知道，你还来掺和什么呢，我们孩子都有了，我们是一家人，你在这里，难道不觉得多余吗！"

不等女孩开口，苏菲又说："你和盛国是什么关系，恋人关系吗，你确定并且肯定吗！他给过你承诺吗，你难道不觉得自己是自作多情吗！"苏菲一番话，把女孩打蒙了，她怔在那里，苏菲长长地出了一口气，其实，她真的不想这样，她确实是希望盛国幸福的，但这个女孩太欺负人了，现代社会，已经没有秦香莲那样的女人，更没有谁会像刘兰芝那样忍气吞声。

见女孩发怔的样子，盛国就笑着对她说："你别乱说，我们仅仅是朋友，你先回去，有话明天说！"盛国后面的话，已经有些不耐烦，可能怕盛国不高兴，女孩不情愿地离开了。盛国对苏菲笑笑："实在对不起，这小孩，不知道吃了什么药，来闹事！"

"你不惹她，她能这样吗？别得了便宜又卖乖！"苏菲故意这样说。

"我是那样的人吗，你刚才也出了气，就别乱说了！"

"我可没乱说，如果找到了孩子，我们三个人在一起生活，有什么不好呢！"这是藏在苏菲心底的想法，被女孩这么一闹，她忽然觉得她和盛国非常般配，他们都有过情感的挫折与伤痛，关键他们还有孩子这样一个纽带。幸福要靠自己去争取，苏菲这样的女性，更欣赏这样的规则，不然，也就不会有那么大的网络风暴了。

盛国显然没想到这一点，他愣了一会儿，说："你就别逗了，我现在不会去想那些乱七八糟的事情，就是想，也不会是你，请原谅！"这个男人说话不会转弯抹角，苏菲不由得想到省城的地铁站，他就说过要把心爱的女人推下去。可这话也太直接了，苏菲的脸上顿时挂不住，站起身要走，但被盛国一把拉住了："我不是在意人

252

言,苏菲,你应该知道,感情需要缘分!一段时间,我把你当成我的恩人,这段时间,我把你当成好友,我希望、我祈祷你能幸福,能找到如意郎君。但我真的不行……"

苏菲回到座位上,语气忽然平静了,她竟然笑了笑:"我只是和你开个玩笑,看把你吓的!说实话,我觉得现在一个人就很好!"苏菲努力地掩饰自我,不知道是她成熟了,还是圆滑了,可她的心里却不是滋味,从她内心来说,她渴望能拥有个像盛国这样的男人,但她没想到,这个男人会拒绝得这么彻底,甚至没有给她留一些情面,以后或许不好意思再见到他了。虽然苏菲被男人抛弃过,但这样被男人拒绝,那还是第一次。她忽然和自己较上了劲,她看着盛国说:"我没她漂亮吗?"盛国摇了摇头,说:"你比她漂亮,白琳也没你漂亮!"

"那么,你是怕承担责任,怕我来第二次网络通缉,那你放心好了,我甘心给你做情人,哪怕一夜情也行!"苏菲的心情不能平静,就由着自己的性子说。

"我是人,不是动物,苏菲,我看你是喝多了,你或许把我当成了异类,但我不希望你是异类!别再说了,我一直觉得你是一个为情而动的女人,你还是先回去吧!有些女人遭遇情感挫折之后,就放纵自我,但我不希望你这样!"盛国已经极不耐烦,语气很严肃。

虽然盛国说得这么严厉,但他还是把苏菲送回出租屋,临出门的时候,还说:"你有困难,有麻烦的时候,就来找我!"

可苏菲还有脸去找她吗!

男人也就那么回事,不要也罢。苏菲恨恨地想,她忽然又想到米莉情人的成功,他能成功,她为什么就不能,自己得来的成功,不是让人更兴奋吗!

她的手机响了,她懒懒地拿起来,是李斌的手机号,这个世界就是这样,渴望的人,是咫尺天涯,而讨厌的人,却像狗皮膏药一样黏着你!妈妈总认为李斌还行,可他究竟哪点好啊,浑身上下都透露着虚假,还阴死阳活的性格。去他妈的,苏菲不耐烦地把手机关了。

一夜没睡好,第二天苏菲吃了点儿早饭,开了手机,竟然有一条李斌发来的短信:"苏菲,你相信我,我真的真的知道孩子的下落!"

这个男人,搞什么鬼啊,这么三番五次乱说,究竟为什么呢!苏菲想再调一个

手机号,可她发出去的那些名片上都是这个号码,再换,对工作会有影响的。

真正不行,那就再换一个城市,唉,女人就像浮萍,飘到哪里好像都无所谓,有些女人,不是把自己搞到国外去了吗……

第十六章:网络上的连环画,孩子好可爱

做一个孤独的平凡女人,苏菲再次为自己定位。在夜深人静的时候,她也有些想金贝,可她越来越觉得,那是她亲生父亲盛国的事情,盛国既然这样对待她,她更没有义务去帮他找。想当初,网络让她名声鹊起,可网络也让她无处藏身,来W城,她就是想和以往告别的,但她终究离不开网络。网络对学习有帮助,但也聚集了许多无聊人,更有苏菲这样寂寞的女人,把网络当成了一种寄托。

其实,苏菲每天都会登陆QQ,但都是隐身,朋友和她说话,她一概不理睬,以至于人们感觉到她像空气一般消失了。其实,她非常喜欢看一些情感故事,有时候,她会拿自己的故事和别人的故事做对比,然后是自怜自爱。

网络上有的是新颖的玩意儿,一组儿童主题的连环画受到了网友的热烈追捧。

那是由一个网名叫"另一种美丽"的网友上传的,连环画两个一组,主角是个小女孩,有吃奶的,有学走路的,还有摔倒在地上哇哇大哭的,总之,样子千姿百态,女孩憨厚可爱。

漫画很写意,有的只是了了几笔,笔法甚至很稚嫩,但却充满情趣、充满温馨。自从有了网络,人们的审美观念似乎改变了许多:不要求有多经典,但一定要有特点。有些网友甚至预言,如果这样的连环画能出版,那一定会大卖。

苏菲对漫画也特感兴趣,追着、倒着、翻着看,因为漫画会让她不自觉想起金贝,男人可以不要,但孩子却是宝贝,科学研究不是表明,若干年之后,男人会自动消失吗!如果金贝在她身边,她就会感觉到夜晚充实点儿,而不觉得自己是个游魂。

"另一种美丽"或许就是一个美丽的妈妈,可她上传的速度非常慢,这是唯一的遗憾。

有感于漫画的火爆,网站准备采访她,众多网友都渴望能见到"另一种美丽"

的庐山真面目，可她却真沉得住气，几乎三四天甚至一个星期才上传一幅画。网友们已经迫不及待地勾画她的样子，她可能刚当上妈妈，既有做妈妈的喜悦，又有一个新妈妈的烦琐事务，所以，她作画的进度才没有那么快。因为漫画女孩可爱，网友们觉得作者的眼睛一定很大，因为眼睛大才能发现人世间的美好嘛！许多男网友甚至发出这样的渴求："我要是拥有这样的妻子，那该有多幸福啊！"

采访作者还有一段日子，苏菲的内心同样充满期待，因为她曾经也是一位母亲。

千呼万唤始出来，终于到了采访"另一种美丽"的日子，那天晚上，苏菲早早地坐在电脑前，眼睛盯着视频。主持人一番介绍和吹嘘之后，漫画的作者闪亮登场。苏菲忍不住惊讶了，她揉了揉眼睛，又掐了下自己的大腿，确实不是在做梦，这个世界也太奇怪了，"另一种美丽"竟然是喜欢盛国并和自己吵架的那个女孩。她自己还是个孩子，她能把孩子了解得这么透彻，她能这么清楚孩子的习性，苏菲的心头忍不住打了一个大大的问号！

网友们似乎也有相同的疑问，因为女孩实在太年轻了。但那样的疑问很快就在女孩的解释中消除了，女孩说，她是以她姐姐的孩子为蓝本的，她特喜欢姐姐的孩子，因为那孩子特可爱。有如此细腻的心思，可见女孩并不像她表现的那样咋咋呼呼，她能绘出那样可爱的画，其内心一定非常善良，可能是她太在意盛国的缘故，她才那么敌视苏菲吧。这么一想，苏菲忽然觉得，她真的和盛国是天生的一对，而她，真的不应该有那样的表现，她这样的行为，那和"棒打鸳鸯"又有什么区别呢？他妈的，她苏菲经常会是个多余的人。

女孩又说了姐姐家孩子的一些趣事，网友们的反响非常好。采访一结束，苏菲就忍不住打电话给盛国，电话一通，她就急吼吼地说："盛国，你听我说，那女孩确实不错，我今天在网上看了对她的采访，你千万别再错过了！"盛国笑了笑，没给一个明确的答复，只是关照苏菲要照顾好自己。

放下电话，苏菲忍不住也笑了，盛国或许和那女孩已经好上了，她这是着的哪门子急啊。

房地产的春天似乎到了，售楼处忽然忙碌起来，许多人来看房，如苏菲这样的售楼小姐，那是忙得团团转。这一忙碌，苏菲反而觉得生活充实了许多。

"这里的房子比较好！我一直想在这里买房子！"两个女人走了进来,苏菲赶紧迎了过去。真是人生何处不相逢,两个女人中,有一个竟然是追求盛国的那个女孩,也就是网络上的"另一种美丽"。女孩对她看了看,说:"是你啊,你在这里搞销售啊,这里有房子吗!"说着,她又指了指旁边的女人说:"这是我姐姐,准备在这里购买一套房子!"

房子确实有,但房价看涨,老总就准备囤房惜售,借机涨价。并指示她们,对顾客一律说房子卖完了。苏菲皱了皱眉头,她可不敢违抗老总的规定,于是,她就说房子卖完了。

"你什么意思啊,我知道你恨我,但这也不能带到工作中去啊!"女孩忽然发作了:"现在房价涨了,你借机报复我一下,就算你对我有意见,可我姐姐得罪你了吗!"苏菲给女孩说得哭笑不得,但她不知道该如何解释。而女孩却更加紧逼:"叫你们老总出来,我就不相信没有说理的人!"

老总自然是不会轻易出来的,销售经理立即赶来打圆场,她拿出一本售房记录给女孩看,以此证明房子确实卖完了。女孩的声音小了点,但还是恶狠狠地看了苏菲一眼:"没有也要委婉点嘛,她那态度,谁能受得了啊!"这要在以往,苏菲早就发作了,但自从看了对她的采访,她忽然对她多了一份好感,她就像漫画里的孩子一样,怎么会没有脾气呢! 所以,她不但没和她争吵,而且还想帮助她姐姐实现愿望。或许她的能力不能达到,但她确实瞬间动了这样的心思。

女孩的姐姐拉着嘀嘀咕咕的女孩往外走,苏菲默默地跟了出去。出了门之后,苏菲立即对女孩的姐姐说:"把你的联系方式告诉我吧,新楼一开盘,我就通知你!"

这或许是帮助女孩姐姐的一种方法,但女孩却没好气地说:"不用了,你会有那么好心!"

"你听我说,我真的和盛国没什么,你知道吗,自从我看了你的漫画还有对你的采访,我越来越觉得,你们真是天生的一对!"苏菲一口气说完,然后真诚地看着女孩。女孩呆了下,随即哈哈大笑:"感谢你欣赏我的漫画,但不要提那个男人,如果你有兴趣,不妨自己留着!"说着,她们姐妹已经走出去很远,而苏菲却待在原地,女孩是在说气话,还是她真的和盛国拜拜了呢!

Di 6 juan

第六卷

　　网络是造星工厂,可所谓的网络红人,又有几人能长久呢!可为什么还有那么多女人后浪推前浪,变着法子出头呢!

　　潮起潮落后,她倦了,或许平静才是她永久的归属。曾经的喧闹如烟云、曾经的是是非非也终究会散尽,她犹如一个过客,流星般地穿越了岁月,或许在那陌生的地方,才会拥有真正的开始……

第一章：为什么要去戳穿呢，她指责她心肠歹毒

虽然"另一种美丽"对苏菲充满敌意，可就因为那些漫画，让苏菲对她充满了好感，因为和她曾经闹过不愉快，苏菲总觉得欠她的。

房地产越来越热，开发商也就悄悄地开盘，故意造成一个印象之后，再囤房惜售。

有一天，她偶尔听到一个楼盘要悄悄开盘，她记下了开盘的日期，她忽然觉得这是帮助"另一种美丽"的一个好机会。无法说清楚她的心理，来 W 城，她就是来遗忘一切的，但这里依旧充满恩恩怨怨。自从看了那些漫画，她的内心忽然生出这样一个想法，不管别人如何对她，只求问心无愧就行。

她没有"另一种美丽"的联系电话，她想到了盛国，她拿起电话想问他，但忽然觉得在电话里又说不清楚，而且，她觉得应该把这个功劳留给盛国。那天下班比较早，她匆忙地赶往盛国的跆拳道馆。

盛国依旧对她很客气，让座端茶，但他的行为有些扭捏，毕竟苏菲对他那样表白过。而苏菲自从没有了那样的念想之后，反而坦然了。见四下无人，她低低对盛国说了开盘的事情。"你去对她说吧，她真的不错，她姐姐去我们那里购买过房子，这可是个表功的好机会哦！"苏菲笑着说。然而，盛国却苦笑地说："她可能会是第二个白琳，我和她，是不可能的！我不想犯同样的错误！"

259

苏菲微笑地看着他,觉得他可能是在秀幸福,可他却再次苦笑:"她是那种娇小姐的脾气,不说这些了,我会把你的好意转达给她,对了,具体日期!"盛国翻出一张纸,准备记录,苏菲瞄了一眼,顿时呆住了,那上面竟然是个小女孩的漫画,和网络上的一模一样。想了想,她又笑了,她和他本来就来往密切,可能是"另一种美丽"留在这里的吧。

盛国把日期记在漫画的背面,等他记录好,苏菲向他要过那张纸,仔细地看,没错,正是网络上那小女孩。她忍不住笑了:"盛国,你的福气真好,她那么喜欢小孩子,又这么有才气,你就别生在福中不知福了!"盛国狐疑地看着她。

"难道你不觉得这些漫画好有童趣,难道你不觉得绘画的人很有才气吗!"

"没啥,随便画画而已!"

"你太不知足了,这么有才气的女子,你竟然这么说!"

盛国似乎越来越迷惑:"你说什么啊,这是我画的,一个人寂寞,找点儿事情做,打发时间而已,我是以我姐姐家女儿为蓝本画的!"

这下轮到苏菲惊讶了,如果盛国说的是真的,那"另一种美丽"为什么会说是她画的呢?她这样做,难道就是想出名吗?那么,盛国知道这些吗?再说,一直练习功夫的一介武夫盛国会画画吗!

心中的疑问,让苏菲忍不住说了网络上的事情。听完苏菲的叙述,盛国呵呵地笑起来:"难怪她总是到我这里来取画,还总催我画!"苏菲看不出盛国有任何的不高兴,就提醒他,这些网络上很火,可能会出版,会带来名和利。

"怎么说呢,我出生在一个普通家庭,从小就喜欢画画,但阴差阳错,却考上了体校!在中学的时候,我是绘画特长班的一员!到了这个城市之后,除了你们几个,我也没什么朋友,外面确实是花花绿绿的,但我不习惯那样的生活!坐牢的时候,我学会了孤独,学会忍受孤独,而白琳走了之后,我更不知道去和谁说贴心话才好!有时候我就觉得,这个世界上,唯一让我牵挂的,就是我的孩子了!'另一种美丽'是个小女孩,喜欢出出风头,我又何必去戳穿呢!开始的时候,我真想把白琳杀掉,但最终还是原谅了她,我又何必在意一个孩子的行为呢!"

他的话汹涌地撞击着苏菲的心扉,这个男人有责任心,孔武有力,但又细致如

此，这才是男人，男人中的男人。

"说实话，我非常非常想嫁给你，可惜我不配！"苏菲微笑地说，她的眼眶有些湿润，她应该是个善良的女性，当初她抱养金贝，除了应付金阳之外，她内心的善良还是起了很大的作用，但后来她渐渐迷失了，情感里掺和了名和利，生活也逐渐失去了本真，甚至连性格也一度扭曲了。

"每次画画的时候，我都会想到我的孩子，我的内心就会隐隐的痛，我真的不是个好父亲，我真的愧对父亲这个称呼！"

"别说了，你是在责怪我，没有替你看好孩子，但你放心，如果我找不回孩子，我就一头撞死！"苏菲忽然发作了，因为她觉得盛国是在迂回曲折地指责她，她就是这样一个性情女子，不然，也不会有那么大的网络风暴了，说着，她就往外走。盛国赶紧表白，他不是那意思，但苏菲还是径自走了，那是因为她心中忽然很有情绪，一种说不清楚的情绪。

"另一种美丽"在网络上越来越火，当然，其热闹程度远远比不上苏菲当年的网络通缉来得那么猛烈。可她毕竟是正面的，她受到那么多人的追捧，苏菲有些嫉妒，甚至有些愤恨，因为这些漫画并不是她画的，而"另一种美丽"却从来没说明，这个女孩多么虚伪啊，难道为了所谓的名和利，连感情都可以不要吗！

"另一种美丽"打电话来，对她表示感谢，她嗯哈两句就挂了，而后，盛国又特意打电话来，着重关照她，让她别去网络上揭发"另一种美丽"。

"你经历过那么大的网络风暴，但还不是雁过无痕，没什么意思，我就不怎么上网，她还是个小孩子，不需要把她的名声搞臭！"苏菲答应了他，但她没有搞懂，盛国究竟是男人博大的胸襟，还是对"另一种美丽"有感觉呢，或者是两者都有吧！

开盘的日子终于到了，可售楼处竟然没有任何动静。就在苏菲疑惑的时候，售楼处的电话响了，一个售楼小姐接听后，把话筒递给了苏菲，电话是"另一种美丽"打来的，她对苏菲破口大骂："你的心肠也太歹毒了吧，我承认我得罪过你，但这个楼盘早就开盘过了，你究竟什么居心啊！"

这可是天大的冤枉，现在开发商的手段多得很，她怎么能知道啊，好心当做驴肝肺，苏菲气得把电话扔了。可就在她坐在那里生闷气的时候，主管打电话要她

过去,一照面,主管就严肃地对她说:"你去财务部领两个月工资,你走吧! 你被公司裁员了!"

第二章:金阳疯狂砍人了吗? 公司有窃听设备

房地产如此火爆,竟然会裁员,苏菲非常想不通,在这家公司,她的薪水收入逐渐升高,有一个月竟然拿了5000多,这样一个好工作,说没有就没有,她心里满是懊恼,她准备去找劳动局仲裁。可让她万万没想到的是,就在这时候,李斌竟然找来了,看来这世界真的很小,除非到火星上去,否则都有被找到的可能。

苏菲冷冷地看着李斌,她猜想他来的目的,不会是来和她算账的吧,她确实带走他6000多块钱。但他也不至于为了这点钱,那么样地费心寻找她吧。就在她胡乱猜疑的时候,妈妈的电话到了,妈妈声音有些低沉:"菲啊,和小李好好谈谈吧,他真的是不错的!"

不用说,是妈妈泄露了她的行踪,苏菲有些搞不懂,妈妈为什么就这么中意李斌,李斌又是哪点打动了妈妈呢!

"菲啊,这段时间,小李经常来看我,我和他谈过,觉得他不错,你就给他一个机会吧!"

妈妈还在嘀咕,但苏菲已经不耐烦了,她难道不知道李斌是个会做戏的男人吗? 噢,他多跑了几次,她就感动得把女儿卖给他了吗? 苏菲不耐烦地关了手机,目光依旧冷冷地看着李斌,想起他在网上的攻击,她的目光里忍不住闪现出一丝厌恶。

"你是来向我要6000块钱的吧,对不起,门儿都没有,你可以把我当成一个小姐,但你要是消费小姐,远远不止这个数,你说你想怎么办吧!"苏菲恶狠狠地说,这其实不是她的性格,她曾经想过,等她攒够钱,会托人把6000元钱还给李斌,因为她不想让他觉得自己是在卖,但李斌突然出现,再加上这段时间的遭遇,她的情绪忍不住就爆发了。

"我们不要这样敌对,好吗,你走后,我才深深地知道,我是这么喜欢、这么在

意你！我们可以谈谈吗？放心，我不会像你想象的那样的！"李斌真诚地说。苏菲看了看他，他不会又在做戏吧，但毕竟同床共枕过，他这么远跑来，就是一个普通的朋友，那也无需做得那么绝。

李斌和苏菲在街上漫无目地走着，一路上，李斌都诚恳地向她道歉。在 W 城生活的几个月里，苏菲对他的恨意似乎减轻了许多，确实，对他的恨怎么都不能达到对金阳那样的刻骨。苏菲笑了笑："李斌，你曾经帮助过我，我一直记得，而且非常感谢，不少人说你并不是很坏，我后来想想也是，但我希望你能明白，感情是不能勉强的！"

李斌被苏菲说得沉默了，半天没说话。苏菲再次看了看他，他脸上很多风尘，毕竟走了这么远的路。刚好路过一个饭店，苏菲停下了脚步，说："你还没吃饭吧，我们进去吃点饭！"李斌点点头，在饭桌上，苏菲主动提起 6000 块钱，她要李斌放心，要不了多久，她就会把钱还他。不知什么原因，她忽然不想和李斌那么对立了。

李斌没有说什么，饭钱也是苏菲付的，李斌也没有阻挡。出了饭店门，苏菲说："我还有别的事情，不能陪你了，你好好在 W 城玩玩吧！"

就在苏菲转身要走的时候，李斌叫住了她，说："你说谁把金贝找回来，你就和他结婚！是吗？"苏菲看了看他，点了点头，然后快步地离开了。

走在路上，苏菲回想着李斌刚才说的话，他一定是怕别人找到金贝，继而让他彻底失去机会吧。

"你是不是泄露了公司的机密啊！"售楼处一个女同事打电话给苏菲，她是用手机打的，她说，公司不是裁员，苏菲是被开除的，今天，他们全体开会，头头宣布纪律，谁都不允许透露公司里的事情，谁违反条例，就开除谁。

"据说公司里的电话都有窃听呢！"

苏菲总算明白自己为什么被"裁员"了，那个女同事又说，开发商一般都背景很深，一般人是斗不过他们的。可能真如女同事说的那样，苏菲有说不出的闹心，想帮助的人，恶毒地咒骂自己，公司又把自己开除了，她是一个女人，尽管曾经轰轰烈烈，可她没有任何的背景，这么一想，闹下去的信心忍不住动摇起来。

"表姐，你怎么跑掉了，我们这里好歹是省城，W 城好吗？你也真是的，走都不

和我说一声!"表妹打来电话。苏菲有些奇怪,表妹就说,是李斌告诉她的。原来是这样,看来他还想让她做说客。苏菲摇摇头,忍不住询问她和张鸿发展得如何了,表妹有些不耐烦,说:"别提那男人了,简直是木头一块,你当初怎么会看上他啊,我现在已经有了男友,正在发展,如果不如意,我就把他踹了,绝对不会像你这样窝囊。"

苏菲哭笑不得,看来城市正在改变着表妹的性格。

"表姐,告诉你一件事情,你网上通缉的那个男人,出事了!"

苏菲赶紧竖起了耳朵,仿佛是本能,对金阳的消息,她总会去关注。

"是的,报纸上都报道了,那男人是不是发神经病了!竟然拿刀砍人,砍的是个女人,孩子找到没,找到就给他送去,如果有孩子的拖累,看他还会这么嚣张吗!不是我说你,像你这样心肠的女人已经绝种了!"

表妹的话让苏菲深思,金阳和她在一起的时候,脾气就很暴躁,可正因为她像水一样柔软,不断化解了他的暴力!可他终究还是砍人了,他砍的是他南方的情人吗?苏菲忍不住叹息,如果他们一直在一起,他是不可能落到这一步的。可她仔细想想,又觉得有些不太可能,因为赵颖一直在南方,而且还有男人保护。想着想着,她忽然觉得,这可能是李斌故意编排让表妹说的,但李斌不是小孩子,他有这个必要这么做吗!

思绪有些混乱,她的头忽然疼了起来,她决定暂时不理这些事情,她现在的首要任务,是要生存下去,而不是那些怎么理都理不顺的情爱关系。

"拜托,他和我没有任何关系,以后别在我面前提他,我还有事,表妹,改日再聊!"

苏菲挂了电话,马路上人来车往,她漫无目的地走上一座天桥,目光遥遥地看着远方,她在深深思考,究竟是回去,还是继续留在 W 城,或者就干脆回到妈妈的城市,天天和妈妈在一起。

第三章:我们做个交易吧,没有男人重要吗

苏菲没有去仲裁,而是去了人才市场,没有收获之后,她回到出租屋,躺在床上,她在思考未来究竟该怎么过。就在这时候,有敲门声,苏菲开门,门外竟然站

着"另一种美丽"。她一定是来找茬的,苏菲非常不耐烦,恶狠狠地瞪着她,随时准备应战。可"另一种美丽"却对她鞠了一躬,连连说对不起。这倒让苏菲疑惑了,她竟然会对她说对不起,她不会是做梦吧。哦,可能是这样,她已经了解事情的经过,得知苏菲被开除,这才相信她没说假话,继而内心有愧疚吧。

"我真的没有骗你,现在相信了吧,其实你也别说什么对不起!我不是帮你,我是看盛国的面子。"苏菲淡淡地说。

"不要再提那些了!"

不提那些,那她来做什么,苏菲疑惑地看着她,"另一种美丽"跨进房间,一屁股坐在床上,看了看苏菲,说:"你知道网络那些漫画吧,盛国也对我说了,说你已经知道是他画的!但你没戳穿!我就知道你是个好人,当初要不是那男人那么绝情,你会网络通缉吗!"

原来是为这事啊,既然盛国都没意见,她又何必掺和呢!苏菲摆了摆手,说:"没什么,你应该感谢的人是盛国!"

"可他最近不画了,他说画漫画纯粹是兴趣,他已经没有兴趣画了,这不是急死人吗!对了,是不是你让他别画的啊!"她的目光里有了许多不友好,苏菲心里顿时不爽了,刚想反击,可那女孩又说:"我理解你的心情,你喜欢盛国!"

女孩边说边观察着苏菲的脸色,没等苏菲接口,她忽然又说:"你看这样好不好,我们来做笔交易,我把盛国让给你,你让他继续画!"

苏菲惊讶得张大了嘴巴,忍不住问了一句:"你不是爱他爱得死去活来吗!"

"另一种美丽"摆摆手,简单地说了她和盛国的交往过程,有次,她晚上在外面玩,回来的时候,被2个小流氓缠住了,就在她着急万分的时候,盛国刚好路过,三拳两脚就解决了问题,于是,她非常崇拜他,甚至一度到跆拳道馆学习,但去了几天,就没耐心了。另一种美丽接着说:"我知道盛国一定是爱我的,但我也知道你们俩好,君子成人之美,我就不介入了!你知道吗,当我在网络上遭受追捧的时候,我觉得自己就是个明星,是做明星好呢,还是要男人好呢!男人遍地都是,当明星错过就没机会了!"

疯狂的想法,苏菲被她震得说不出话来。当年她通缉的时候,内心也有过疯

狂，但她心里装满的，那还是她的男人，只是到最后，她才渐渐迷失。而眼前这个女孩，为了盛国，曾经盯梢过他们，看起来是那样执著，可网络的虚名竟然这么快就改变了她的内心！难道现代人的爱情都这样：来得快，去得更快！

"怎么，你不会害羞吧，连孩子都生了，还不好意思！一想到你们有这样的关系，我就想呕吐！最近，我越发觉得他平常，连你这样的女人都要！"

苏菲被她搞得哭笑不得，想解释，却根本不知道从何说起，于是，她严肃地说："一切都不是你想象的那样，我帮不上你，你可以走了！"

"果真是你搞的鬼，你为什么这么恶毒！"女孩起毛了，恶狠狠地指着她说："你究竟想怎样，我都把男人让给你了！"苏菲对她看了看："你的话没有道理，盛国是你的私人财产吗？凭什么要你让给我！你在这里闹，该不会让我去网络上揭露吧！"

这句话似乎拿住了"另一种美丽"的七寸，她对她翻翻眼睛，然后对她拱拱手，又翻了翻眼白，这才气呼呼地走了。苏菲忍不住叹息，本以为她很纯情，可想不到她，竟然为了虚荣，而不要感情！身为女人，她实在难以理解这个小女人，虚荣是好，但是，对女人来说，感情不是更重要吗！苏菲忍不住打电话给盛国，说了刚才的事情，盛国很不耐烦地说："她还是个孩子，我不和她计较，她总以为我和你有关系，还说要坚决和我这个不纯洁的男人断绝关系，真是邪门了！我确实很想帮她，可我没心情，再说，绘画水平就那样，想帮也帮不上啊，她不来烦我，最好，我还清净点！"

可能是"另一种美丽"对盛国彻底失望，也可能是她天生就爱慕虚荣。如果是后者的话，那她一定会想尽办法，网站或许也会帮她找个枪手，经历过网络通缉，苏菲对网络上的那一套，是比较了解的。呆坐了一会，她忽然想回省城一趟，顺便再看看妈妈，有些事情确实是躲不掉的，她对 W 城忽然有了一种厌倦感。

这天下午，她去了商场，她身上有 10000 多块钱，那是不能随便动的，那是她生存下去的资本。她在商场转悠着，想给妈妈购买几件衣服。就在她转悠的时候，忽然，她看见一个非常熟悉的影子，那不是米莉吗。她不敢确信自己的眼睛，就快步地走了过去。到了近前一看，不是米莉是谁啊！她一定是和那老男人结婚了，

无事到 W 城来玩。

"米莉!"她高兴地拍了一下她的肩膀,声音里透露出兴奋。米莉回过神来,一把拉住了她:"苏菲,你搞什么,你怎么说失踪就失踪呢,玩神秘,是吧!"

两个女人见面,衣服也不买了,去了附近的一家茶室,大半年没见面,两人显得很亲热。"米莉,现在结婚成富婆了吧!"米莉身上珠光宝气,苏菲觉得一定是这样,可米莉却摇着头说:"没有的事,老男人不想和我结婚,我还不想要他呢!那么老,做那事都不爽!"

苏菲被她说笑了,但有满心疑惑,不会吧?过富裕生活、做有钱女人,这一直是米莉的追求啊!她那样的性格,又怎么会轻易放弃呢!难道是那老男人真的不要她了,可眼前的米莉,神情、脸色都很好啊,倒是苏菲,脸色有些蜡黄。情感是最难让人搞懂的,想当年,许多人劝说她放弃网络通缉,她还不是一样钻进牛角尖出不来。

"苏菲,你通缉的男人被抓起来了!这件事情挺恶心的,金阳去夜总会消费,叫一个熟悉的小姐,又没钱埋单,小姐靠陪男人挣钱,有钱就是大爷,没钱就是孙子!这样简单的道理,他都不懂,根本不能称为男人!

"金阳在小姐那里碰了一鼻子灰,气呼呼地出来,到了一个饭馆喝了许多酒,然后在街上乱转悠,不知道怎么就和一个女人发生了争执,他大骂人家是婊子!人家是不是婊子,关他鸟事!女人气得骂他'龟公',吵着吵着,金阳就掏出一把刀,在人家头上砍了几刀!"米莉的性格似乎没怎么变化,依旧是滔滔不绝。

苏菲忍不住想呕吐,这会是金阳吗?那个让她掀起网络巨浪的男人,就是这样一个品性吗?他为什么要这样做呢,难道他是绝望得寻找刺激吗!

"你说,这男人身上怎么会有刀啊,你和他在一起待了那么长时间,他有那么暴力吗!据说这男人还要去读研,真他妈的笑死人!这样的男人,读个研究生出来,又能怎么样呢!"米莉继续说:"苏菲,你怎么样,有没有目标!忘记这个贱人吧!"米莉捣了捣她:"想什么呢,该不会为当初的行为后悔吧,为这样一个贱人,受了这么大的苦,真不值得!"

"米莉,我在这里看到过你那一位了。"苏菲看了看米莉,岔开了话题,她实在不想再谈论这个男人的事情了。

"哪位?"米莉一时没有反应过来。

"你不会男人多得记不清吧,就是为你伤胳膊伤手的那位啊!你知道吗,他发财了,购买了100多平米的房子!"

"提他做什么,他发财和我有什么关系,不就是一套房子吗? 很了不起吗! 我现在不要任何男人,没有男人,我一样过得滋润,难道不是这样吗? 我身上有什么不愉快的气息吗!"

苏菲彻底迷惑了,米莉可能在情场上栽了一个大跟头,想依靠的男人没靠住,就连一直跟着她转悠的情人,也玩丢了。

"看什么看,不认识我啊,苏菲,不是我说你,你一直就是这么不开窍,男人也会过期,过期的男人,留在身边有什么用啊! 不用说,你还是和过去一样,每个人都在进步,只有你原地踏步,被那姓李的男人骗得那么惨! 好了,不说这些了,你这样的傻女人,只有我帮你,下次,我帮你找个富裕的男人,干脆你做人家情人得了,搞些钱财,实惠!"

苏菲已经许久没听到这样的言论了,她深深地看了一眼米莉,她觉得自己无论如何,都不可能像眼前这个女人这样的。没错,没有男人是能过,但和男人乱搞,苏菲做不到,直到此刻,她依旧渴望爱,依旧渴望那个真心爱她、她也深爱他的男人赶快出现。而米莉和购买房子的男人,本来就是情人关系,一拍两散之后,双方也只能是这样一个态度:男人骂米莉是婊子,米莉虽然没有谩骂,但一副无所谓的样子,更显得乖戾!

第四章:孩子在我这里,你是否能兑现诺言

听米莉说了省城那些乱糟糟的事情,苏菲又不想回省城了,她准备留在 W 城,真正不行,她还可以做老本行,于是,她做了份简历,然后在人才市场转悠。她的那些同学几乎都进入围城了,可能只有她和米莉两人这样飘着吧,可米莉一直是主动的,而她却是事事被动,还是落到今天这个地步。

工作没找到,盛国倒打来电话,让她赶快去他那里,金贝有着落了。

　　不会像上次那样又搞错吧,但只要涉及到金贝的消息,苏菲都忍不住心动,可想到盛国对她的态度,她心里就不爽,于是,就推脱说走不开。

　　"你究竟有什么事?是怕花钱还是怕扣薪水,你说要多少钱,我给你,真是,你赶快来!"盛国忽然发火了,关心则乱,盛国本来就是个武夫,可能是一连串的遭遇,也可能他待在监狱里一直在反思,这才让他暴躁的性格渐渐趋向于平和。

　　挂了电话,苏菲匆忙地赶到盛国那里,这才知道,盛国在网络上下载了金贝的照片,然后打印出来,压在他的办公桌的玻璃下面,刚好一个学员进来,看到照片后,说见过这个小孩,她家邻居抱养的孩子,跟照片上一模一样。

　　事不宜迟,苏菲跟着盛国去了那学员约定的地点。等他们赶到,那学员已经等在那里了。学员带着他们进入一个小区,指着一个单元说,就是那家。盛国让苏菲去按门铃,毕竟女人容易沟通。

　　门铃响了之后,门开了,苏菲和盛国快速地走了进去。室内一对夫妻,狐疑地看着他们,这对夫妻都40出头了,但房间里并没有孩子的踪影。苏菲迫不及待地问:"你们是不是抱养了一个孩子!"那对夫妻互相看了一眼,然后点点头。

　　"那么,孩子呢,孩子是不是这个人?"苏菲递上了金贝的照片,夫妻俩看了一番照片之后,又点了点头。那女的就说:"你是孩子的妈妈吧,实话对你们说,自从抱养了这个孩子,我们就没安生过,她总吵着要妈妈!现在,你可以放心了,孩子已经被她爸爸领走了,刚领走一天,我们也放弃了,这孩子记忆力特好,养不家的!养到最后、养大了,或许养了个仇人!"

　　被孩子的爸爸领走了,苏菲和盛国对视了一眼,两人内心都很疑惑,究竟是谁领走了金贝呢?金阳还是李斌?苏菲还想探听点消息,但那对夫妻已经很不耐烦,那女的对苏菲说:"你不会有几个丈夫吧,我们有事要出门了!"

　　苏菲他们不好再待下去,虽然没见到金贝,但有了她的消息,两人兴奋不已。出了门,到了安静的地方,两个人开始推理,究竟是谁带走了金贝。

　　"不会是那对夫妇放的烟幕弹吧!不行,我要留在这附近监视他们!真正不行,我就动手抢!"盛国性格里的倔强显露出来。

　　"我没有金阳的手机号,先问问李斌再说!"

盛国点点头。电话很快接通,苏菲没绕弯子,直接询问李斌,金贝是不是在他那里。李斌沉默了一会,说:"是的,没错,是在我这里,我正准备给你送去呢!"李斌的话让两人的心安定了许多,可李斌又是怎么知道金贝的消息,他又是用什么手段,从那对夫妻那里,领走金贝的呢!

"你现在在在哪里?我去找你!"苏菲着急地问。

"我就在 W 城,你在你住的地方等我,我一会儿就过来!"

听李斌这样说,苏菲他们立即打车,快速地向出租屋奔去。

在出租屋待了大约半小时,李斌就赶到了,他的身后果真跟着金贝。苏菲激动得一把抱住她,眼泪忍不住哗哗地往下流,她的脸贴在金贝的脸上,金贝的小手抱住了她的脖子,"妈妈,妈妈!"她的叫声把盛国的眼泪都叫了出来,他怔怔地看着眼前这一幕,心里五味杂陈,更不知道该做什么!

而李斌却狐疑地看了看盛国,然后疑惑地问:"你是?"

"你忘记了,他是孩子的亲生父亲!"苏菲醒悟过来,她感激地看着李斌,说:"我不知道该如何表达我的感激之情了,李斌,谢谢你!但你又是怎么找到金贝的呢?"

李斌看了看盛国,慢慢地说了事情的经过,他一直是个细心的男人,以前苏菲找金贝,他并没有怎么用心,而跟苏菲闹翻之后,在网上看了苏菲愿意为孩子献身的帖子之后,他心里就开始琢磨了,但他一直也没想出个好办法。就在前段时间,他忽然觉得苏菲妈妈的电话来往记录,可能会有蛛丝马迹。于是,他特意赶到苏菲妈妈那里,和她一道去了电信局,调出了那段时间的电话记录。

拿着那个电话记录,李斌换个打电话,打了不少电话,终于找到了领养孩子的夫妇,那对夫妇正为金贝烦神呢,金贝一直养不家,随便怎么哄她,她总是吵着要外婆、要妈妈,渐渐地,那对夫妻也失去了耐心,甚至想把孩子送回去。可他们毕竟在孩子身上花了不少钱,就这么放弃,他们不甘心。听李斌询问金贝,他们就问他和金贝的关系,李斌就说是孩子的父亲。

女的说:"孩子是在我们这里,当初孩子外婆自愿给我们的,这大半年,我们在

孩子身上花了不少钱,你不补偿,就别想带回孩子!"

有了金贝的消息之后,李斌做了一番准备,他带了一张银行卡以及他和苏菲的结婚照。和那对夫妇联系上之后,那对夫妇开价三万,结果被李斌还到两万,那对夫妇甚至没落实李斌的身份,倒是李斌主动让他们看了结婚照,那对夫妇拿到钱之后,就让李斌带走了孩子。

原来是这样,可李斌为什么要这么做呢,他的经济条件不算差,他应该能找到女人,以前苏菲一直认为他有些小心眼,但小心眼的他,又细心地用这样的手段找到了孩子!人啊,总是有多重性格。

"这个钱应该由我来出,因为我是孩子的爸爸!不,我要出两万五,你花了那么多的精力,电话、车费、旅馆费,这些都需要开支的,谢谢你,非常非常地感谢!"盛国激动地说。李斌没有理睬他,眼睛一直盯着苏菲,搂着孩子的苏菲,忽然想起自己在网络上的诺言,李斌是在等他实践诺言呢。苏菲把孩子抱着坐在腿上,她这时候面临着两个抉择,其一,实践自己的诺言,跟李斌回去,继续做他的老婆;第二,把金贝还给盛国。

这两件事情顿时在苏菲的心里掀起波澜,和李斌在一起的风风雨雨,就像电影画面一般浮现在她眼前,这个男人是真的爱她吗?可他曾经欺骗过她、还在网络上那样攻击她。可如果不爱,那他又怎么会把孩子的事情放在心上呢!苏菲一直觉得自己算是个遵守契约的女人,但这毕竟是男女情感,她无法不犹豫,因为她不知道,她究竟还能不能像以前那样去爱李斌!她对李斌,究竟还能不能爱。而金贝更是她心头的一个结,如果看不见,摸不着,那也罢了,可活生生的金贝被她搂在怀里的时候,她怎么也舍不得放手。

第五章:仅仅是性,你愿意拥有这样的婚姻吗

李斌被苏菲安排在附近的一个宾馆,盛国取了两万五给他,他也没拒绝,为了让他安心,苏菲故意把金贝放在他身边,因为她知道,他是一个很现实的男人。

安顿好了李斌,苏菲和盛国在一家茶室坐了下来。苏菲看了看盛国,说:"你是个有经历的男人,你说到了这一步,我该怎么办?我是不是实践自己的诺言,跟

他回去!"盛国低头不语。

"你也知道,我对他已经没有爱了,再进入这样的婚姻,那我和行尸走肉又有什么区别呢!你理解我当初为什么网络通缉吗?那是因为我渴望爱情!"苏菲忍不住有些着急。

"我觉得李斌并不坏,之前我就说过了!如果你觉得他求女人窝囊的话,那我比他还窝囊,我不也曾经跪在白琳的面前。所以,我觉得男人求女人不丑,而是一种深情的表露!"盛国抬起了头:"再说,你在网络上又写了契约!"

"哈哈哈——"苏菲忍不住笑了起来:"大男人都可以不遵守契约,凭什么让我一个小女子遵守呢!如果那样,我成了什么,你们父女团圆,而我和一个吵得那么狠的男人在一起生活,那和一个免费妓女又有何区别呢!"

这刺到了盛国的七寸,孩子找到后,他再也不想交给苏菲了,他虽然很感激她,可她的生活一直不稳定,她交往的男人更是不稳定,孩子跟着她,只会再次受苦。

"苏菲,你听我说,我知道你舍不得,可那毕竟是我的孩子,对吗?"盛国不知道该如何说了,停顿了下,他接着说:"你可以提任何条件,我会努力办到!"

"可你的孩子,当初为什么要交给我,在那样的情况下,你和她,谁对孩子负起责任了!我背着孩子南下北上,又有谁可怜过了!你当时又在哪里呢!"

盛国给她冲得说不出话来。苏菲根本不停息,继续说:"你现在让我放弃孩子,那不是要我的命吗!退一步说,我把孩子留我这儿,但谁能保证李斌会喜欢她呢!"

这确实是个问题,一个难以解决的问题。苏菲又看了看盛国:"没话说了吧!我有个解决的办法!"

盛国赶紧竖起了耳朵,苏菲的眼睛里忽然闪现出一股笑意:"我们俩结婚,我们三个人组成一个家庭,你是孩子的亲爸,孩子也一直认我为亲妈,这样就皆大欢喜,而且还对孩子的成长有利!"

苏菲一口气说完,她豁出去了,她是21世纪的女人,和"另一种美丽"交锋之后,她心中残留的对盛国的爱慕,忽然又死灰复燃。她定定地看着盛国,她在等他的答案。

"不行,苏菲,我一直觉得你是个明事理的女人,爱情是一种缘分,如果那样的话,那就是对我们俩都不负责任!我是个坐过牢的男人,在别人眼里,可能非常低贱,可和你一样,我的心中残留着一份爱情,如果那样的爱不出现,我宁愿一个人孤单!"盛国坚定地看着她。

"你先走吧!我好好思考下!"苏菲不知道说什么,她的心里乱得很,她其实真的不仅仅为自己,只有按她设想的生活,那才能让金贝受的伤害最小。盛国是个真情真性的男人,他一定是觉得她不应该离开李斌,而李斌如果能够主动离开,那她的愿望就有可能实现。

她匆忙地赶到李斌住的宾馆,李斌看了看她,说:"我们什么时候动身回省城!"

"李斌,你听我说,你对我的好,我永远记在心上,并且会做牛做马一样的报答!可你想想,以我现在的心情,我还能像以前那样爱你吗!"说这话时,苏菲的脸涨得通红,她忽然觉得自己非常非常的无耻。

李斌呆呆地看着她,半天才问了一句:"是为那男人吗?"那男人,自然指的是盛国,为了不刺激他,苏菲摇了摇头,说:"如果你坚持要我跟你回去,我不反对,但我会一直不高兴,会没有任何表情,如果婚姻里穷得只剩下性,这样的婚姻,你愿意吗!再说,为了防备我,你连门锁都换了,你认为这样的婚姻还有意义吗!"

李斌狠狠地看了她一眼:"我不知道我们究竟是谁欺骗了谁,可你应该能从我的种种行为里,感受到我对你一片炽热的心!你通缉的男人,能像我这样坚持吗!和你闪婚的男人,能有我这样的细心吗!就是你现在身边的男人,他像我这样在意过你吗!"停顿了一下,李斌继续说:"不少人劝我,让我算了,就当花钱消灾!我也想这么做,那些爱或者不爱的玩意儿,我不知道!我就知道,你走后,我心里空得难受!从我内心来说,我们毕竟在一起那么长时间,我已经习惯,那段时间,也让我怀念,我是个普通男人,我要一个正常的妻子,难道有什么不妥吗!真的,到这一步,我不再强求你,确实,我是在网络上攻击过你,可我是人,难道我就不能发泄情绪吗!"

苏菲被李斌问住了,想想还真是这么回事情,她和李斌在一起的生活,虽然琐

273

碎,但他们的小巢也为她遮挡了许多风风雨雨。

"你带着孩子回去吧,我想休息一下,也好好想想,这一阵子,我真的累了!你爱怎么,就怎么吧,我也想通了。"李斌竟然这样说,这应该不是他的性格,据说他曾经跪在前妻面前,求她回去,可能苏菲的言行已经超出他忍受的极限了吧。

苏菲头疼欲裂,但她还是坚持带着金贝去了肯德基,看孩子香香地吃着喝着,她的脸上有了一丝笑意,她的信念在动摇,只要李斌能够善待孩子,她就愿意跟他回去。但李斌会接受吗,盛国会轻易地放弃孩子吗?

世界也真小,她竟然在肯德基遇见米莉,她不但没有回省城,而且在她身边的竟然是她的情人。"我正准备回省城,偶然遇见他,就拉呱了几句,你先走吧!我和老朋友聊聊天。"米莉说得轻描淡写,苏菲觉得肯定不是这样简单,可她也懒得去猜想了,她现在就需要一个像米莉这样的参谋。

苏菲简要地对米莉说了事情的经过,让她帮忙拿个主意。

"感情是什么,摸得着、看得见!李斌能够做到这样,已经很不错了,现在有几个男人会这样心细,如果你听我的,那就把孩子还给她的亲爸,孩子的亲爸现在虽然还可以,但这样的男人只适合小女孩,有点小竿子的味道,小女孩喜欢。现在他的收入是不错,可他的硬件太差了,你和他在一起,结婚又需要去租房子,你难道苦还没吃够吗!

"记住,问他要笔抚养费,如果他实在出不起,那也算了,你觉得养人家的孩子,有意思吗!其实,当初你就不该抱回去,现在正好脱手!真的喜欢孩子,那就和姓李的生个!别人的孩子,养不好就会养出个冤家来!"顿了一下,米莉加重了语气:"你就别玩那些虚拟的东西了,就像你网络通缉,那么大声势有用吗?你不是十七八岁的少女了,快抓住青春的尾巴吧,别捱着捱着,捱到没男人要的地步!"

是这样吗,苏菲确实应该为自己考虑考虑,她忽然想到白琳,她为了自己的幸福生活,连亲生孩子都不要,她又何必为一个没有任何血缘关系的孩子而伤神呢,那样做,值得吗?

第六章：两个男人的对话，如何面对不可知的未来

苏菲决定像米莉说的那样做。

李斌和盛国都很兴奋，李斌说，他们回去就领证。可在盛国要带走金贝的时候，却遇到了很大的麻烦，金贝牵着苏菲的衣角，说什么也不肯跟盛国走："妈妈，妈妈，我要妈妈！妈妈，你不要我了吗！"孩子的哭声，哭得苏菲心碎了。她一把抱住孩子，不知道说什么好。盛国拉了金贝几次，但孩子就是不要他。他顾不了那么多了，他确实是个心胸比较宽广的男人，可在某些方面，他又非常执拗，当初他不是差点就把白琳推到地铁下面去吗，他一把抱过孩子，硬起心肠往外走。

"妈妈，妈妈！"金贝扯着嗓子叫，苏菲的心揪紧了，仿佛有人用针刺她的头颅一样，她痛得站不住，跌倒在地上。李斌忽然拦住了盛国，盛国疑惑地看了他一眼，不自觉地抱紧了怀里的孩子。

"你把孩子先交给苏菲，我们到外面谈一谈！"

苏菲伤心欲绝的样子，盛国看了很不忍，于是，他按李斌说的做了。

两个男人走进附近的一家茶社，李斌看了看盛国说："你准备怎么做？"

"这还用说吗？带回我的孩子，谁阻挡，我就对谁不客气！"盛国握紧了拳头，随即，他的语气温柔了一点："老哥，我很感谢你替我找回孩子，你提个条件吧，我现在虽然没什么钱，但我会打借条给你，分期付款！"

李斌看了看他，忽然说："你不想伤害你亲生孩子吧！"盛国疑惑地看着他。李斌继续说："孩子一直由苏菲和她妈妈带着，她能接受你这个父亲吗！"盛国看了他一眼，说："我会慢慢培养和她的感情，这个你别烦，因为我毕竟是他的亲生父亲！"

"你认为苏菲会甘心吗，除非你从这个地球上消失，不然，她总会找来，你说，孩子是和她亲，还是和你亲！以后，我们和你，都没有太平日子过！"

这个问题把盛国问住了，他低下了头。

"再说，带个孩子在身边，就是找女友，那也比较困难，我不是那意思。我的意思是，你能保证孩子的继母对孩子好吗？而我和苏菲已经定型，那些看不见的矛

盾就不会出现了。别告诉我,你打算一辈子不结婚!"

"那你能对她好吗?听苏菲说,你很讨厌孩子!"盛国白了李斌一眼。李斌认真地看了他一眼,话语有些激动:"我不是讨厌孩子,我是心理不平衡,我只是一个平常男人,如果我的老婆乱七八糟,我自然不能接受,但像金贝这样的情形,我有什么理由不爱护她呢,对她,我没有任何的心理障碍!我不高尚,我只在乎我老婆是否快乐,为了给她快乐的情绪,我会把金贝当成宝贝的!"

李斌的话入情入理,盛国陷入了深思。为了孩子的幸福,他这个亲生父亲,或许真是多余。

"我知道你舍不得,但放弃有时候是一种美德,我们都是男人,不能像女人那样吧,苏菲一直说我小心眼,可她并没有真正的了解我,和她在一起的许多风风雨雨,又有几个男人能忍受呢!我承认自己的防备心理重,但我比较宠爱苏菲,这却不是假的吧!"

盛国点点头,从苏菲的描述中,他已经感觉到眼前这个男人并没有说假话。

"老哥,我信你,可我能带孩子住几天吗!"

"不行,一天都不行,当断不断,这是我最大的弱点,我不希望你也是这样。你想想看,如果像你说的这样做,那事情永远没有结束的时候,如果你同意我的设想,那以后就永远别来找金贝,如果你不相信我的话,那你把孩子带走,但孩子可能会心理扭曲,苏菲会经常去骚扰,你不想这样吧。我和金贝在一起生活过,她一直认为我是她的爸爸,你是想来破坏这样的局面吗!"

"……"

盛国甚至没和苏菲道别,清晨 6 点,苏菲就跟着李斌出门,登上了回省城的火车,途中,李斌详细地对苏菲说了他和盛国的交谈内容。苏菲没做任何的表态,不过她觉得,李斌的处事能力还是可以的,毕竟是商场里的男人。她看了看他,说了一句:"商人从来不肯做亏本生意!"

李斌笑笑:"感情除外!"

"那么,你认为和我在一起,那是做了亏本生意了?"苏菲心头忽然不再那么堵了,就调侃了一句,但她还是显得心不在焉,内心终究有股说不出的烦躁。李斌没

回答,因为他不想在这个问题上和苏菲纠缠不清。苏菲逗弄着金贝,但这孩子可能这几天累着了,很快就在她的怀里睡着了;望着窗外,那些往事,如烟雾般忽然萦绕开来,金阳、张鸿、盛国,这些男人的面孔像电影胶片一样,在她面前闪烁着。网络通缉的那些场面,让她忽然很不甘心,当初她为什么搞网络通缉呢?那不是为了自己心爱的男人吗?如果这样跟着李斌回去,生活还会美好吗?想起李斌的一些行为:假房产证赤裸裸的欺骗、网络上对她的攻击、换门锁等等,他这样的性格,适合她吗?他们再次在一起,还会有幸福吗?

覆水难收、破镜难圆,现在李斌的态度不代表他一直会这样,而一想到李斌那"超现实"的嘴脸,苏菲忍不住想呕吐!都什么年代了,女人还会这么窝囊吗!女人嫁男人,仅仅是为了一个安身的地方吗!越想苏菲心里越烦躁,她忽然觉得不应该这样跟着李斌回去,至于金贝,她自有她的命,现在的离婚女人,有几个想到孩子的感受啊,何况金贝还不是她亲生的呢!

这样的想法,忽然在苏菲的内心熊熊地燃烧起来,刚好,列车在一个城市停靠,苏菲把金贝递给李斌,说要下车买些饮料。可能是孩子在自己身边,李斌并没跟着。

下了火车,到了个僻静处,苏菲的内心更加乱了,金贝到现在还没户口,如果她带着孩子跟李斌在一起生活,会有许多麻烦事,未来不可预知,就在她迟疑的时候,火车开动了!事情到了无可挽回的地步,苏菲的内心反而轻松了,她打了个车到市中心,在车上,她拨通了盛国的手机。

完结篇

苏菲打电话给盛国,主要是让他去李斌那里领回金贝,她觉得孩子的交接,问题不是多大,没有了她,李斌不可能拖着孩子的。可这个电话却让盛国着急异常,他着急地询问,究竟发生了什么?告诉他,李斌不是她心目中理想的男人,但这样的话题,一时三刻,却也说不清楚,她干脆挂了电话。盛国发了许多短信,她也不回。

到了市中心之后，她接到李斌的电话，李斌火冒冒地质问她，究竟想干什么。"对不起，我想了又想，觉得我们的性格差异太大了，我想过了，我们在一起，是不可能幸福的，你的前妻给你的伤害还不够吗，我们可能还会走那样的路，那还不如现在就分手呢，忘了我吧，李斌，真的对不起！"苏菲一口气说完，心里顿时轻松了一大截。电话里的李斌沉默着，忽然，他爆发了："你果真是这样的女人，我已经这样，你还这样对我，你从开始就骗我，临走还带走6000多，你这样没心肝的女人，会给车子撞死的！"

苏菲不知道该作何解释了，6000多元钱好像是她的一个污点，她干脆把机子关了，心想，她一定要还那6000元钱的，不然，她的内心觉得很对不住李斌，尽管他们最终不能成为爱人。到了市中心之后，苏菲又茫然起来，以后，她究竟该怎么办呢？她想找个宾馆住下来，但转了一圈之后，她越发不知道该怎么做了，于是，她打了米莉的电话，这时候，苏菲需要一个米莉的参谋。

听了苏菲的遭遇，米莉没说什么，只是让她去W城，她会替她想办法。她能替她想什么方法，无非是帮她找个情人，可这并不是苏菲想要的！但苏菲也没地方去，暂时先和米莉聊聊也不错，这样至少能避免李斌的打搅，再说，W城留给她的印象还不错。

苏菲购买了去W城的车票，到了W城，已经是下午4点。米莉确实是苏菲的姐们，她接待了她，两人在一个小酒店吃饭，到了这一步，两人都不知道说什么了，气氛有些沉闷。"你怎么总在W城啊，难道你在W城安家了吗？"还是苏菲先打破了沉默。

米莉没有回答，她好像遇见了什么烦心事，吃完饭，苏菲准备找中介，再找个出租屋，两人一道出了酒馆，但刚走了几步，就被几个男人拦住了。那几个男人很魁梧，苏菲定定地看着他们，内心顿时很紧张，这几个男人，是要找米莉的茬，还是来找她的麻烦？

答案很快揭晓，那几个男人让米莉跟他们走一趟。米莉的脸色煞白。米莉这又是得罪谁了，苏菲越来越疑惑，其中一个男人，拿出一个证件在米莉面前晃了晃，他们竟然是警察，看着米莉被押上车，苏菲一头雾水，米莉究竟犯了什么罪，难

道她砍了老男人,或者是伤害了她的情人……

苏菲终于找到一个住所,面积不大,她准备先在 W 城住段时间再说。那天晚上,夜深人静的时候,苏菲打开手机,有不少短信息,是盛国和李斌的,盛国主要是对孩子的担忧,而李斌却说了很多,其中一条是这样的:"苏菲,你愿意和我一道回我老家生活吗,那样对金贝的成长非常有利,那里没人知道情况!你看,孩子能不能改姓李啊,一到我们老家,我就想办法给她报户口!"这个短信让苏菲的内心有些温暖,可既然跨出这一步,再回头,那样还有意义吗?

苏菲狠心地把手机卡下掉,此时此刻,她并不知道她究竟需要什么?或许独自安静思考,是她最好的选择。

幸好,她仅仅花了半个月的时间,就找到工作,虽然不是很满意,但至少可以生存下去。一个多月后,苏菲偶然看报纸,省城的报纸在 W 城卖得很火。苏菲本来不太喜欢看报,但网络通缉让她开始关注媒体新闻,继而就养成了这样一个习惯!忽然,她被一条法制新闻吸引住了。那新闻怎么看都是说的米莉,刚好,苏菲认识写这个报道的记者,于是,她立即打他的电话求证。那个记者证实了她的猜测。原来米莉渐渐对那老男人失去信心,老男人看来只是把她当成一个玩物,她心理越来越不平衡。有次,她忽然发现老男人和另外一个女人混在一起,米莉顿时觉得很委屈,但她没任何的表现。又有一次,她偶然听到老男人和朋友谈话,朋友劝他结婚,老男人说:"现在女人的心都看不透,如果我娶的女人闹离婚,那我的财产就要拦腰砍去很多,这比养女人费钱多了!"

米莉恨得咬牙切齿,她已经看不到任何希望,在那样的情况下,她巧用伎俩,在老男人那里偷走 300 多万,然后和她的情人一道去了 W 城,购房购车,就在他们准备领结婚证的时候,警察出现在他们面前。那个报道写道:"女人的情人,把所有的责任都推给了女人,因为没有证据证明他参与犯罪,所以,他没有任何罪,他只有协助调查的义务!而女人始终也没认罪,只是认为钱是男人给她的补偿!"

原来是这样,苏菲的心理非常不好受,米莉一直游离于男人之间,并以此为荣,可谁也没想到,竟然是这样一个结局。想起她情人在她面前显摆,苏菲忍不住苦笑,世界上怎么会有这样的男人呢?还有米莉,一直宣称,离开男人,她一样会过得潇洒,但不择手段搞到钱之后,首先想到的为什么还是她的情人呢!

　　苏菲躺在床上,脑袋很乱,她漫无目的地装上手机卡,打开手机,又是很多信息,依旧是盛国和李斌的,盛国告诉她,他去领孩子,李斌让他等两个月,如果她还不回去,他会把孩子亲自送还给他!"你究竟什么态度啊,你表个态啊,我快急疯了!"而李斌却说,他已经渐渐地把生意往老家转了,问她是不是愿意跟他一道回去。

　　"苏菲,我性格是不好,但我可以改正,你放心,我会把金贝当成自己的孩子!一到我们老家,我就想办法给她报户口!这对金贝,是非常重要的!"当然,信息中也有威胁的,李斌说,苏菲如果再没音讯,他也会搞一场"网络通缉"的!

　　苏菲犹豫起来,生活可能就是那样吧,平平静静才是真,过往的烟云在她心头已经渐渐淡了,难道她真的应该去和李斌破镜重圆吗!可她一直是个感性的女人,17岁的时候,她就有绚烂的恋爱梦想,可婚姻难道就现实到如此地步吗?抬头看着窗外,她的心头忍不住浮现了一丝幻想,在新的地方,没人知道她的过去,更不会有人对她指指点点,为了彻底告别过去,她会把名字都改掉!然后,她会与深爱的人结合,做个小女人,相夫教子,可能的话,她会再次充电,逐步重新融入到社会中!

　　一道闪电忽然划过夜空,苏菲从幻想中惊醒,风声忽然大了起来,还有雷声,刮了阵风之后,外面细雨朦胧,不知道哪家的音响里播放着这样的歌曲:

也许花开并非唯一的向往,
花落并非所有的感伤。
坠入尘世阅读沧桑,
多少个梦似月光的缥缈。
飞出心灵的围栏,
于朦胧间流浪……